Les Disparus de Blackmore

Du même auteur

Aux éditions XO et Pocket :

Le Loup des Cordeliers (*Les Aventures de Gabriel Joly*, t. 1), 2019.
Le Mystère de la Main rouge (*Les Aventures de Gabriel Joly*, t. 2), 2020.
L'Assassin de la rue Voltaire (*Les Aventures de Gabriel Joly*, t. 3), 2021.

Aux éditions Flammarion et J'ai Lu :

J'irai tuer pour vous, 2018.
Gallica, édition intégrale révisée et augmentée, 2018.
La Moïra, édition intégrale révisée et augmentée, 2017.
Nous rêvions juste de liberté, 2015.
Le Mystère Fulcanelli, 2013.
Sérum, saison 1 (en collaboration avec Fabrice Mazza), 2012.
L'Apothicaire, 2011.
Les Cathédrales du vide, 2009.
Le Rasoir d'Ockham, 2008.
Le Syndrome Copernic, 2007.
Le Testament des siècles, 2003.

Site officiel de l'auteur :
www.henriloevenbruck.com

Henri Lœvenbruck

Les Disparus de Blackmore

roman

XO
EDITIONS

ISBN : 978-2-37448-431-0

Au maître de Providence
et aux habitants d'Aurigny,
qui me pardonneront d'avoir quelque peu
transformé leur belle petite île...

1.

C'est en voyant se dessiner, à travers le brouillard, les contours de l'île de Blackmore que, au soir du samedi 24 octobre 1925, Lorraine Chapelle entendit pour la première fois ce son si singulier qui allait la hanter des jours durant. *WI-IH-ISH*… Les gens d'ici l'appelaient le *murmure des brumes.* Il résonnait en toute saison dès que le vent se levait de la Manche pour se faufiler entre les blocs de granite de l'île, produisant ce sifflement sinistre, comme autant de plaintes échappées des bouches torturées de mille fantômes. *WI-IH-ISH*… Lancinant, obsédant, il semblait ne jamais s'éteindre. Il n'y avait guère que le bruit d'un orage pour le faire oublier un instant.

— Devriez pas rester su'l'pont, mam'zelle, la mer est mauvaise ! La passe est dangereuse, ça va secouer !

Le matelot du SS *Courrier* – le gros bateau à vapeur qui, deux fois la semaine, et pour quatre shillings, faisait la liaison entre Guernesey et Blackmore en un peu moins de deux heures – soupira en baissant les yeux vers les petites chaussures salomé à talons de la frêle passagère. Fine, élégante, la Parisienne de vingt-quatre ans, au regard vert absinthe, arborait tous les attributs de la jeune femme ayant embrassé à corps perdu le mouvement libertaire de l'après-guerre, que, plus tard, d'aucuns qualifieraient d'Années folles, ou de *Roaring Twenties*. Certains y voyaient la désinvolture provocatrice d'une jeunesse privilégiée, d'autres, plus perspicaces, y reconnaissaient le combat légitime des femmes pour leurs droits les plus élémentaires.

— De temps en temps, il faut accepter de se faire un peu ballotter, répliqua Mlle Chapelle dans un anglais impeccable. Cela remet les idées en place.

Le marin ronchonna. Elle lui adressa une sorte de moue pincée, dans laquelle seuls ceux qui connaissaient bien la jeune femme eussent pu déceler la trace d'un sourire amusé. Puis elle renfonça sur sa coupe garçonne la calotte de son chapeau cloche et s'agrippa fermement au garde-corps, se tenant tout entière face aux offensives du vent. Elle n'aurait manqué la vue pour rien au monde.

De fait, le fier deux-mâts de cent cinquante pieds de long, qui pouvait transporter jusqu'à cent passagers mais n'en comptait qu'une vingtaine ce soir-là, livrait bataille contre la grande houle, se soulevant et retombant avec fracas, tandis que de la large gueule de sa cheminée jaune montaient des nuages de fumée. L'histoire de Blackmore regorgeait de naufrages funestes, tel celui de la *Blanche-Nef*, qui emporta avec elle la famille d'Henri Ier d'Angleterre, le privant d'héritier. De toutes les îles Anglo-Normandes, l'approche de celle-ci était réputée la plus périlleuse. Pour l'expliquer, certains disaient que pareille beauté se méritait, d'autres affirmaient que l'île n'aimait guère les visiteurs…

Le visage fouetté par les embruns salés, clignant des yeux lorsqu'une vague venait se briser sur la coque, Mlle Chapelle se laissa un instant hypnotiser par la circonvolution régulière du phare qui, au sommet de l'îlot de Bragbury, signalait aux navires la proximité du littoral.

— Quel est ce bâtiment qu'on aperçoit derrière le phare ? demanda-t-elle au matelot qui s'affairait encore sur le pont.

Pas plus qu'elle ne donnait à voir ses sentiments, Lorraine était de ces personnes dont la voix n'est teintée d'aucune variation tonale, d'aucune amplitude, si bien qu'elles semblent être tout le temps d'une même humeur morne et sombre. Beaucoup y lisaient la marque du dédain, de la froideur ou de la suffisance, là où en réalité se cachait la retenue d'une âme d'observatrice, mesurée et réfléchie. Si Mlle Chapelle était pleine d'assurance, elle n'en faisait jamais un étalage tapageur. Simplement, la courtoisie soumise de sa gent lui était devenue insupportable : Lorraine était une amazone qui parlait aux hommes comme à ses égaux, et soutenait leur regard avec un soupçon de défi, prête à décocher sa flèche au moindre faux pas.

Elle pointa le doigt vers l'ombre lugubre qui, évoquant l'architecture d'un vieux manoir hanté, flottait mystérieusement au cœur des ténèbres, seule sur son rocher.

L'homme hésita à lui répondre.

— C'est l'sanatorium de Bragbury. C'est là qu'ils y mettent les tuberculeux et les dingos. À cause de la contagion.

La lumière orangée du phare vacillait dans les nappes de brouillard, pendant que les prodiges de l'horlogerie faisaient tournoyer ses lentilles, telle la petite ballerine d'une boîte à musique. Chaque fois que son faisceau éclairait, sur son passage, un nouveau rocher aux formes inquiétantes – s'érigeant parfois jusqu'à plusieurs dizaines de mètres –, on eût dit le soldat d'une armée de géants en faction qui, assis au milieu des flots, suivait la progression du bateau de son regard hostile. Le SS *Courrier*, zigzaguant courageusement entre ces funèbres gardiens, continua pourtant sa course le long de la côte nord. De phare en phare, il traversa le courant piégeux du Swinge jusqu'à ce qu'apparût enfin la silhouette élancée du brise-lames, une jetée de près de mille mètres qui protégeait Port Brayne des fureurs de Neptune. Au-delà de ce môle éreinté par les assauts quotidiens de la mer, la baie se distingua peu à peu. À l'ombre du fort Daunay, on vit s'allumer une à une les fenêtres des rares maisons qui entouraient les docks.

Sitôt la digue passée, le tangage s'estompa et le navire put s'approcher lentement du ponton de pierre grise. La fin de la manœuvre fut signalée par un tintement de cloches, et le SS *Courrier* s'immobilisa enfin.

À cet instant, Mlle Chapelle, troublée par la fin du voyage, devint la proie d'une secrète mélancolie. Tandis qu'elle observait à l'horizon le relief arboré de l'île, des images de sa première visite, quand elle avait douze ans à peine, vinrent s'incruster dans ce décor, à la fois gothique et romantique. Sous le manteau de la nuit, là où l'imagination vagabondait à loisir, les ombres de Victor Hugo et de quelques créatures fantastiques ne se croisaient-elles pas ? Il lui sembla alors sentir la main de sa mère qui serrait la sienne, sur ce même bateau, douze années plus tôt. Et, dans le souvenir de ce geste affectueux, dans ces doigts maternels pressés contre les siens, elle crut percevoir la mémoire d'un message un peu flou – un mélange de complicité et de réconfort. Lorraine se demanda alors si, au fond, ce jour-là, en l'emmenant sur cette île lointaine, sa mère ne l'avait pas invitée à quitter les rives obscures d'une enfance malheureuse. Ou bien avait-elle voulu lui dire autre chose ?

Lorsque l'équipage s'apprêta à amarrer, la pluie s'invita au spectacle. Partout on se mit à presser le pas dans un ballet effréné : les matelots vers les cordages et les treuils, les lamaneurs jusqu'aux anneaux d'amarrage, les postiers aux sacs de courrier, les porteurs aux valises et, enfin, les voyageurs vers la passerelle, qu'on venait de lever. Le capitaine, mains croisées dans le dos, s'inclinait poliment pour dire au revoir à chacun d'eux. Lorraine, qui tenait son chapeau d'une main et sa malle de l'autre, appareil photo en bandoulière dans son dos, descendit le pont de bois en trottant entre les autres voyageurs. La pluie, sans vergogne, glissait déjà sur son échine. À mi-chemin, plissant le nez, elle fut saisie par l'âpre odeur de poisson qui submergeait Port Brayne. Une odeur si forte et si tenace qu'elle ne paraissait pas naturelle : on se fût cru arrivé dans les entrailles de quelque monstre marin.

À terre, enveloppé dans une vareuse de gros drap gris, le gardien du port agitait une lampe-tempête pour guider les voyageurs vers la petite place de la capitainerie. Obligé de crier au milieu du vacarme que produisaient autant l'agitation des hommes que l'ardeur des intempéries, il récitait, tantôt en anglais, tantôt en français, son message d'accueil rituel :

— Bienvenue sur l'île de Blackmore, m'sieurs-dames ! S'il ne reste qu'une île, ce s'ra celle-là ! Merci de présenter vot' passeport sanitaire. L'omnibus pour la ville partira dans quinze minutes, pas avant, pas après ! Et oubliez pas la p'tite pièce pour les porteurs, à vot' bon cœur !

L'employé rondouillard contrôlait une à une les fiches brunes cartonnées des nouveaux arrivants, obtenues après une visite médicale la veille ou le jour du départ et garantissant que leur détenteur ne risquait guère d'importer tuberculose ou choléra sur l'île.

Port Brayne, qu'on avait aménagé à la fin du siècle dernier pour remplacer l'ancien port, mal protégé, lui, des courants marins, était à moins de deux kilomètres de la ville qui arborait fièrement le nom de l'île. En dehors de la capitale, modeste – elle dépassait à peine mille âmes –, ce *morceau de France tombé dans la mer*[1], de six kilomètres sur trois, ne comptait que sept villages, les ruines d'un château et d'une abbaye, ainsi que trois imposants forts militaires. Hormis les mardis et samedis, quand le SS *Courrier* faisait son aller et retour pour Guernesey, on ne croisait à Port Brayne que des marins pêcheurs. Certains occupaient les maisons avoisinantes, et la plupart, à cette heure tardive, étaient amassés à quelques pas de là, dans la salle enfumée du *Spade & Flea*, un pub où les habitants de l'île qui ne travaillaient pas en mer osaient rarement s'aventurer. Pour cultiver sa sulfureuse réputation, le patron de l'établissement affirmait que celui-ci avait été jadis le repaire des corsaires et des contrebandiers – publicité qui ne résistait guère à l'analyse historique : le port de Blackmore se trouvait en ce temps-là de l'autre côté de l'île…

Passant devant le débit de boissons malfamé, Lorraine entendit les rires gras s'élever à l'intérieur et comprit rapidement qu'ils étaient motivés par le claquement saugrenu de ses talons de ville sur le pavé, où elle trébuchait un pas sur deux à s'en tordre les chevilles. Il y avait là une demi-douzaine de marins patibulaires, aux manteaux de toile goudronnée, coiffés de larges chapeaux cirés et chaussés de hautes bottes. L'un d'eux retint son attention, comme elle

---

1. « Les îles de la Manche sont des morceaux de France tombés dans la mer et ramassés par l'Angleterre », *Les Travailleurs de la mer*, Victor Hugo.

s'était arrêtée pour leur adresser une mine de défi. C'était, parmi cette bande hilare, le seul qui ne riait pas, et, en sus d'une figure de lutteur au nez épaté, il avait dans le regard quelque singularité que Lorraine n'aurait su décrire. Une sorte de noirceur inexplicable. Elle s'apprêtait à montrer verbalement à ces marins moqueurs de quel bois se chauffait une Parisienne quand une voix distinguée lui fit tourner la tête du côté opposé.

— Mademoiselle Chapelle, je présume ?

Le sexagénaire qui, dans une révérence retenue, tendit vers elle un large parapluie avait l'apparence du *butler* anglais dans toute sa splendeur flegmatique : veste longue et gilet noir sur mesure, chemise blanche coupe Windsor, cravate grise et pantalon à rayures assortis, gants d'un blanc immaculé, port altier, visage impassible, le geste lent, gracieux mais ferme, un *King's English*[1] à la diction sophistiquée, le ton placide et le discours parcimonieux. Et de sourire, jamais. Un raffinement qui détonnait insolemment avec l'habit fruste des marins alentour.

Lorraine, trempée jusqu'aux os, s'avança volontiers sous l'abri généreusement offert.

— Merci, monsieur. À qui ai-je l'honneur ?

L'homme la soulagea de sa lourde malle.

— Mademoiselle peut nous appeler Arnold. Je suis le majordome de sir Ronald Waldon. Nous nous sommes rencontrés quand Mademoiselle était enfant, mais elle a tant grandi que je n'étais pas certain de la reconnaître.

Lorraine hocha la tête sans mot dire, se remémorant vaguement, en effet, la silhouette de l'élégant domestique.

1. En référence à l'ouvrage de grammaire homonyme publié en 1906 par les frères Fowler, on désignait ainsi la forme la plus distinguée de la langue anglaise.

— Si Mademoiselle consent à s'avancer vers notre automobile…

Dans une nouvelle inclination cérémonieuse, Arnold fit un signe vers la Rolls-Royce Silver Ghost rutilante qui, moteur allumé, bourdonnait derrière lui.

— Je pouvais prendre l'omnibus, affirma Lorraine d'une voix tiède.

Pour toute réponse, le *butler* haussa un sourcil presque offensé, posa la malle sur le marchepied de la luxueuse voiture puis, sans jamais cesser de protéger son hôtesse de son parapluie, ouvrit la portière arrière.

— Si Mademoiselle veut bien se donner la peine…

La Française se hissa sur la banquette de cuir épais et s'y installa, avant de se frotter vigoureusement les mains et les bras pour les réchauffer. À travers la vitre embuée, elle regarda la vingtaine de passagers qui, alignés en file indienne sous la pluie battante, montaient piteusement les uns après les autres dans l'austère navette municipale. Sur la façade de la capitainerie, derrière eux, une banderole ballottée par la pluie annonçait l'imminence de la célébration annuelle locale : « *Blackmore Week, October 26-31* ».

— Si Mademoiselle a besoin de quoi que ce soit pour la nuit, reprit le sexagénaire qui était passé derrière le volant, nous pouvons la conduire au manoir, avant de la déposer à son hôtel.

— Merci, j'ai tout ce qu'il me faut.

Le majordome acquiesça diligemment et mit la voiture en route, abandonnant derrière eux le tohu-bohu du port et de la mer déchaînée, pour s'enfoncer dans les ombres vaporeuses des terres insulaires.

Lorraine poussa un long soupir. Ce voyage tenait presque du pèlerinage. Ses yeux d'adulte verraient-ils ce que la jeune fille de douze ans n'avait pas pu voir ? Trouverait-elle une réponse à ses plus secrètes questions ? Un remède à ses maux les plus inavouables ? Une chose était sûre : Paris était loin derrière elle, avec ses lumières trompeuses, ses foules immenses, ses bons et ses mauvais souvenirs. Ici, dans un isolement paisible et déraciné, tout tenait dans le creux d'une main et, sans doute, cela favoriserait l'introspection. Le temps lui paraissait s'écouler déjà plus doucement, comme si les aiguilles d'une horloge cosmique s'étaient mises à ralentir en résonnant sous la voûte céleste. *Clic, clic, clic…*

Moins de dix minutes plus tard – après un trajet cahoteux sur Brayne Road, la route pavée qui, à travers la campagne, menait du port à la ville –, ils arrivèrent à une bifurcation qu'éclairait péniblement un lampadaire, perdu parmi des chênes dégarnis. Au sud, la route conduisait vers le centre de Blackmore. Au nord, elle se resserrait en un chemin de terre étroit, portant le nom français de clos de Pierre. C'est dans celui-ci que la Rolls-Royce s'engagea prudemment.

— Vous… vous l'avez vu ? demanda soudain Lorraine en posant une main sur l'épaule du chauffeur, comme pour l'arrêter.

— Qui donc ?

— Le petit garçon ! Là ! Il y avait un petit garçon tout seul, au bord de la route !

Perplexe, elle essaya de retrouver, dans la pénombre, la silhouette improbable dont l'apparition venait de la troubler. Elle aurait juré que l'enfant, immobile et stoïque, en bras de chemise dans le néant, l'avait dévisagée, regardant passer la flamboyante Silver Ghost d'un air mauvais. Elle revoyait ses yeux grands ouverts, comme insensibles aux bourrasques et teintés de cette même lueur noire qui assombrissait ceux du marin silencieux, dans le port…

— Cela devait être l'un des enfants de l'Armée du salut. Que Mademoiselle ne s'inquiète pas.

— Que fait-il donc tout seul, sous la pluie, à une heure pareille ?

— Dieu seul le sait. Certains de ces petits ont indéniablement un géranium dans le crâne…

Au même instant, la voiture s'arrêta au bout de l'allée, devant l'imposant hôtel de trois étages où Lorraine Chapelle avait réservé une chambre.

Éclairé par de timides rayons de lune et deux lanternes à gaz, le bâtiment figurait un vaste cube à la sage architecture néogéorgienne, qu'égayaient deux rangées de pilastres ornementaux encadrant l'entrée et les fenêtres qui la surplombaient. Le nom de l'établissement, dont on devinait que la splendeur passée peinait à être entretenue, s'affichait en grand au sommet de sa façade, sur une orgueilleuse enseigne en lettres rouges aux proportions démesurées : *Mousetrap Inn*.

La pluie, plutôt que de cesser, tombait ici plus fort encore que sur Port Brayne.

— Par Jove ! frissonna Arnold en regardant l'hôtel, catastrophé. Mademoiselle est absolument certaine qu'elle ne préfère pas séjourner au manoir ? Nous y comptons de nombreuses chambres pour les invités…

— Non, je vous assure : je serai très bien ici.

— Bonne grâce ! se lamenta le majordome avant de lui ouvrir la portière.

Il prit les bagages de la jeune femme et l'accompagna jusqu'à la réception, d'où il ne daigna repartir que lorsqu'il se fut assuré que tout était en ordre, qu'on avait donné sa clef à Mlle Chapelle, qu'on lui avait attribué la meilleure chambre, et que quelqu'un se chargeait d'y monter la lourde malle.

— Je souhaite à Mademoiselle une nuit aussi bonne que le permet pareil endroit. Je viendrai la chercher demain matin, à sept heures précises, pour la conduire auprès de sir Ronald, qui l'attend pour le petit déjeuner.

— Merci, Arnold…

Avec un air digne, il feignit de ne pas avoir vu l'offense dont la Parisienne, croyant bien faire, s'était rendue coupable en tentant de lui glisser un shilling dans la main. Puis il s'inclina dans son masque glacial, tourna les talons et, de sa démarche quasi militaire, sortit de l'hôtel.

Lorraine scruta la petite dame, grêle et décharnée, au regard torve, aux cheveux d'un blanc opalin et à la peau à peine plus foncée, qui, installée derrière le comptoir d'accueil, lui avait remis sa clef.

— Me serait-il possible de boire un verre, avant de monter dans ma chambre ?

Mme Fletcher, épouse du propriétaire, avait tout juste soixante-dix ans mais en paraissait aisément dix de plus. Lorraine n'aurait su dire si ce trait de caractère était ancien ou nouvellement acquis, s'il était habituel ou circonstanciel, mais une chose était sûre : la petite dame n'était pas bien aimable et ne semblait pas prête à déployer quelque effort pour y remédier. Et surtout, elle avait dans le regard cette même lueur étrange, ou plutôt cette absence de lueur. Aussi Mlle Chapelle se demanda-t-elle si ce n'était pas une spécificité de l'île, comme une mélancolie que l'isolement et l'austérité eussent imprimée dans les yeux de ses habitants… Ayant le loisir d'inspecter ce mystère de plus près, elle remarqua que les cornées de son interlocutrice étaient entourées d'une sorte de couronne brune qui, en effet, les assombrissait.

— Le bar ferme à vingt-deux heures trente, répondit sèchement l'hôtelière.

La jeune femme leva les yeux vers l'horloge, pour être sûre de ne pas se tromper.

— Il est à peine vingt-deux heures. Il est donc encore ouvert ?

— Oui, oui, c'est bon, allez-y ! Mais je vous préviens, à vingt-deux heures trente, je ferme, que vous ayez fini ou non !

— J'avais déjà bien compris la première fois, merci.

Dans un soupir agacé, Mme Fletcher secoua la tête et désigna à sa droite la double porte vitrée qui donnait sur le bar.

À l'évidence, le *Mousetrap Inn* avait connu des jours plus glorieux. Derrière le triste délabrement qui l'avait désormais envahi, on devinait les fastes d'une époque révolue. L'hôtel, qui demeurait malgré tout le plus luxueux de l'île – les trois autres étant, à vrai dire, plus que modestes –, avait rencontré un joli succès dès son inauguration, en 1870, s'imposant d'emblée comme le point de chute incontournable des visiteurs aisés. Les photos encadrées qui ornaient les murs du lobby témoignaient de la belle société, non seulement jersiaise et guernesiaise, mais aussi britannique et française, qui s'était pressée ici, quand le développement du tourisme sur l'île avait été fulgurant. Parmi les riches hommes d'affaires, les artistes célèbres, les personnalités politiques et les têtes couronnées qui avaient honoré les lieux de leur présence, Lorraine, du coin de l'œil, avait reconnu les portraits du roi Édouard VII, de l'écrivain Oscar Wilde, du peintre Pierre-Auguste Renoir et de l'inventeur Thomas Edison. Et puis la Grande Guerre était venue et, du jour au lendemain, le tourisme s'était arrêté. La moitié des hommes adultes étaient partis au front et l'économie de l'île s'était effondrée. Ainsi, sept ans après la fin du conflit, alors que les grandes villes d'Europe s'enivraient de jazz et de danse dans une euphorie réparatrice, profitant, avec plus ou moins de réussite, de la spectaculaire croissance économique américaine, l'île de Blackmore, elle, n'était parvenue à se redresser. Ici, la plus grande victime de la der des ders[1] fut le tourisme. Le *Mousetrap Inn*, qui, naguère, avait affiché complet plusieurs mois à l'avance, atteignait désormais un taux d'occupation annuel qui ne dépassait point dix pour cent ! Endetté, le couple Fletcher n'était plus en mesure d'entretenir les lieux et désespérait de trouver le moindre repreneur.

C'était un spectacle bien triste à voir. Les tapisseries de qualité s'étaient boursouflées, pendaient sous les effets d'une humidité qu'on ne combattait plus et la vibrance de leurs couleurs originelles s'était effacée dans une terne monochromie brunâtre. Les tapis étaient si usés que, par endroits, leurs motifs disparaissaient complètement. Les miroirs s'étaient piqués, les voilages aux fenêtres avaient jauni, les boiseries avaient perdu leur vernis, les cuivres s'étaient nappés de vert-de-gris et, quand il restait des fleurs pour garnir les multiples vases en bronze, elles étaient mortes. L'air, enfin, était empesté par une odeur de moisi, de poussière et de vieille térébenthine.

Le bar, néanmoins, profitait d'un peu plus de soin que le reste de l'établissement, sans doute parce qu'il était le dernier lieu de vie, depuis que le restaurant et la salle de bal avaient fermé. Tout de bois, de verre et de cuivre, évoquant davantage un club privé américain qu'un pub britannique, il offrait une atmosphère paisible et chaleureuse, baignée de la douce lumière d'un feu de bois et de quelques lampes à pétrole.

1. Ainsi désignait-on alors la guerre de 14-18, en espérant qu'elle serait « la dernière des dernières guerres ». L'histoire, malheureusement, ne tarda pas à montrer que la bête immonde est toujours prête à revenir.

Adressant un sourire à l'unique occupant des lieux – un employé en smoking impeccable qui, derrière le long comptoir doré, était en train d'essuyer des verres d'un air absent –, la jeune femme prit place sur un tabouret de velours près de la cheminée et tendit les mains vers les flammes crépitantes. À l'autre bout de la pièce, un gramophone diffusait discrètement le délicieux *Charleston* de Paul Whiteman et son orchestre.

— Française ?

Lorraine sursauta et, se retournant, écarquilla ses grands yeux verts lorsqu'elle découvrit le barman qui se tenait devant elle, comme un diable sorti de sa boîte. Ne s'était-il pas trouvé une seconde plus tôt de l'autre côté du comptoir ? Ou bien s'était-elle assoupie devant l'âtre ?

C'était un grand Noir athlétique, dont on n'aurait pu deviner qu'il avait un âge avancé si ses cheveux crépus ne l'avaient trahi en se teintant d'éclats argentés. Appuyant sa question d'un haussement de sourcil, il croisa derrière le dos ses mains gantées de blanc.

— À quoi l'avez-vous deviné ? demanda Lorraine, s'efforçant de recouvrer le calme que la surprise lui avait dérobé. Mes habits ?

Le barman sourit et répondit dans un français nimbé d'un discret accent antillais :

— Sur l'île, comme en Angleterre, le service se fait au bar. Quand un client entre ici et ne vient pas directement me passer commande, une fois sur deux, c'est un Français.

— Ah. Et quand ce n'est pas un Français ?

— Alors c'est quelqu'un qui n'a pas soif.

— Ou un Français qui n'a pas soif…

— Saperlotte, ça, je n'ai jamais eu l'occasion d'en rencontrer !

Lorraine, chez qui le rire était rare, se contenta de hocher la tête.

— Mademoiselle désire-t-elle quelque chose ?

— Quelque chose pour me réchauffer et passer une bonne nuit…

— Un vermouth, proposa-t-il sans hésiter.

— Un vermouth, acquiesça-t-elle.

Le barman revint quelques instants plus tard avec un plateau d'argent sur lequel étaient posés un verre très généreusement servi et quelques chocolats.

— Merci, monsieur…

— Lucius.

— Merci, Lucius, et, c'est promis, je finirai mon verre avant vingt-deux heures trente.

Le grand Noir lui retourna un sourire entendu.

— Prenez tout votre temps, mademoiselle. Je vais dire à Mme Fletcher que je ferai la fermeture à sa place. Ce n'est plus tous les soirs que j'ai le plaisir de servir une compatriote !

La jeune femme avait à peine fini sa première gorgée que la porte du bar s'ouvrait dans un grincement, laissant apparaître un homme à l'impressionnante moustache en guidon et qui, portant sur le bras un long duffle-coat détrempé, dégoulinait lui-même de la tête jusqu'aux pieds.

— Bénissez mon âme ! s'exclama le nouveau venu dont l'accent laissait peu de doute sur l'anglaise origine.

Lorraine reconnut aussitôt le passager qu'elle avait aperçu à bord du SS *Courrier*, non pas tant grâce à sa splendide moustache qu'au long parapluie bleu à manche doré qu'il tenait dans la main d'une manière si naturelle qu'on eût dit un prolongement de son bras.

Ce que Mlle Chapelle ignorait, à cet instant, c'était qu'elle n'était pas si loin de la vérité, car s'il y avait une chose dont le détective Edward Pierce ne se séparait en aucune circonstance, c'était bel et bien de ce fameux parapluie bleu.

2.

— Verriez-vous, mademoiselle, quelque objection à ce que je prenne place près de vous, afin de profiter de la cheminée ? demanda l'homme au parapluie bleu, s'en revenant, dans son costume dégoulinant de pluie, du bar où il avait passé commande.

Les traits fins, les yeux bleus, la moustache et le cheveu blonds, il avait une trentaine d'années et un accent anglais si délicat et si précieux qu'on eût pu croire à une caricature.

Lorraine hésita brièvement, se laissant le temps de deviner les intentions réelles de son interlocuteur.

— Êtes-vous homosexuel, monsieur ?

Le Britannique se pétrifia.

Si l'Europe rencontrait depuis quelques années une lente libération sexuelle, et si la publication, trois ans plus tôt, du *Sodome et Gomorrhe* de Marcel Proust avait aidé certaines langues à se délier sur la question de l'homosexualité, la hardiesse de l'interrogation n'en restait pas moins incongrue et, pour beaucoup, des plus désobligeantes.

— Je… je vous demande pardon ?

— Je vous demande si vous êtes homosexuel, répéta Lorraine sur le même ton désinvolte, son verre à la main. C'est une question assez simple.

L'Anglais regarda autour de lui, craignant que le barman n'eût pas été le seul témoin de cette stupéfiante entrée en matière. Il balbutia quelques syllabes inaudibles, puis il éclata de rire et considéra Lorraine avec un œil nouveau, comme s'il découvrait un oiseau rare qui eût illuminé la journée d'une âme blasée par la monotonie.

— Ma foi, oui ! Je le suis ! concéda-t-il finalement, sans qu'une certaine perplexité s'effaçât de son visage.

On eût dit qu'il était surpris lui-même d'avoir ainsi répondu.

— Alors asseyez-vous, je vous en prie, l'invita Lorraine en désignant le tabouret près du sien.

Le Britannique partit d'un nouveau rire, puis il posa son parapluie devant l'âtre et prit place, comme Lorraine l'avait fait quelques minutes plus tôt, se réchauffant les mains qu'il tendit vers les flammes.

— Eussé-je répondu par la négative, ne m'auriez-vous guère laissé m'asseoir près de vous ?

— Je ne suis pas d'humeur, ce soir, à dépenser de l'énergie pour repousser une vaine tentative de flirt. Maintenant je sais qu'avec vous je suis tranquille.

— Et vous avez présupposé que je pouvais être… inverti en jugeant sur ma seule apparence ? Je ne sais pas si je dois être amusé, impressionné ou offensé.

— Il n'y a rien d'impressionnant ou d'offensant. Les femmes ont ce pouvoir, voilà tout.

— Voyez-vous cela ? Et quel attribut m'a trahi ? Le parapluie bleu ? La moustache ?

— Rien de tout cela. Il y a une théorie, avancée par le grand physiologiste Ernest Starling lui-même, selon laquelle les hormones que sécrète le corps humain ont une odeur. J'ai tendance à penser que les femmes, au cours des millénaires, ont développé un odorat subtil et sont capables de reconnaître les hormones du rut. Les vôtres m'ont semblé absolument pacifiques.

— Eh bien ! Le moins qu'on puisse dire, c'est que vous n'êtes pas ordinaire, mademoiselle ! Voilà qui est rafraîchissant.

— Si l'ordinaire consiste à ne pas oser verbaliser ses pensées de peur de heurter son interlocuteur, en effet, je ne m'y inscris guère. Les filtres sociaux m'ont toujours paru être une terrible perte de temps. Si une personne que je rencontre doit ne pas aimer ma façon de penser, par courtoisie je préfère qu'elle le sache tout de suite. Un psychiatre qu'on m'a présenté récemment m'a dit que je souffrais probablement d'un syndrome de désinhibition, peut-être causé par la maladie de Pick[1]... Je lui ai aussitôt répondu qu'il était épouvantablement laid.

— Je vois. Et vous ?

— Et moi, quoi ? Si je suis laide ?

— Non. Aimez-vous les femmes ? demanda-t-il à mi-voix.

— Ah ! Non. Moi, je n'aime personne. Pas même les animaux. Et surtout pas les enfants.

---

1. La maladie de Pick, décrite dès 1892 par le psychiatre tchèque Arnold Pick, résulte d'une détérioration des lobes frontaux et temporaux du cerveau. Ses symptômes comprennent un déclin du comportement social, tels que désinhibition, manque de tact, infraction à l'étiquette.

Et, pour la troisième fois, l'Anglais s'esclaffa de bonne grâce.

— Vous étiez à bord du SS *Courrier*, n'est-ce pas ? demanda-t-il alors que sa voisine terminait une gorgée de vermouth.

— Oui. J'ai eu la chance d'être attendue par une voiture, précisa-t-elle, comme pour s'excuser.

— Votre allure et le chapeau que vous portiez sur le bateau m'ont laissé croire que vous étiez française mais, à présent, votre anglais est si parfait que je doute de mes savantes déductions.

— C'est très aimable, mais je suis bien française.

Il s'inclina poliment.

— Edward Pierce. Enchanté, mademoiselle…

— Lorraine Chapelle. Et vous, monsieur Pierce, d'où vous vient cet accent britannique ?

— Je suis originaire de Canterbury, comme les contes et l'archevêque, mais il se peut que mon accent, par coquetterie, se soit légèrement teinté lors de mes études londoniennes.

Au même instant, Lucius fit une courte apparition pour déposer sur la table basse la tasse d'Earl Grey qu'Edward Pierce avait commandée, et dans laquelle il versa, bien sûr, un nuage de lait.

Il régnait dans la grande pièce une atmosphère si paisible, si suspendue, qu'il en émanait quelque chose de mystérieux. On se fût dit dans quelque *histoire extraordinaire* d'Edgar Allan Poe, où le silence et le calme précèdent souvent l'irruption de l'étrange. L'écho lointain de la voix de la grande Bessie Smith sur le gramophone, le cliquetis de l'horloge, le clapotis de la pluie contre les carreaux de verre, le crépitement des flammèches qui s'échappaient de la cheminée, ces petites virgules dans le silence, le vacillement des lampes à pétrole, l'odeur du feu, du vieux cuir et des tissus emplis de poussière… tout concourait à maintenir le bar entre une impression de calme rassurant et d'inquiétant flottement.

— Avez-vous remarqué ? murmura Pierce en s'approchant de Lorraine, qui regardait le serveur s'en aller.

— Quoi donc ?

— Les gens de l'île… Certains ont un petit quelque chose de singulier dont le barman est dépourvu…

Lorraine fronça les sourcils. Le Britannique venait-il de lire dans ses pensées ?

— Leurs yeux ? chuchota-t-elle, étonnée.

Il se contenta d'acquiescer, satisfait, puis reprit place sur son tabouret, de peur que l'employé de l'hôtel, retourné à son poste, ne surprenne leurs échanges à voix basse.

— Est-ce la première fois que vous venez sur l'île ? demanda-t-il.

— La deuxième. Et vous ?

— C'est pour moi une première. Je suis ici pour rendre visite au prêtre de Blackmore, le père Molloy, qui est un ami très cher. Vous le connaissez ?

— Pas du tout. J'avais douze ans l'unique fois où je suis venue ici.

— Je vois. Laissez-moi deviner…

Le Britannique, dans une posture assez curieuse, la regarda en plissant les yeux et prit un air pensif.

— Vous êtes parisienne, n'est-ce pas ?

Lorraine hocha la tête.

— Érudite, curieuse, indépendante, quelque peu désinhibée en effet… Vous êtes venue seule. Hmmm… Allez, je me lance : je dirais que vous êtes étudiante à l'Institut d'art de Paris et que vous êtes ici pour étudier l'architecture des forts de Blackmore, qui vous avaient fait impression lors de votre première visite !

— Pas tout à fait. Je viens de terminer mes études à l'université de Paris, en effet, mais dans un autre institut…

— Ah ! Les lettres ? tenta l'Anglais.

— La criminologie.

Edward Pierce eut un petit geste de surprise.

— Par le saint Christ ! Vous devez être l'une des premières femmes diplômées de la place du Panthéon ! Toutes mes félicitations !

— À vrai dire, je suis la première, acquiesça Lorraine. Monsieur est familier de Paris…

— Oh, j'y ai séjourné plusieurs fois. Une ville formidable ! Et je suis moi-même détective privé. Ce n'était pas le métier auquel me destinaient mes études à l'Imperial College à Londres, où je me dirigeais vers une carrière scientifique. Mais la guerre et l'état de santé de ma pauvre mère en ont voulu autrement. Bigre, n'est-ce point un hasard amusant ? Envisagez-vous une carrière dans la police ou, comme moi, dans le secteur privé ?

— Je viens de postuler au laboratoire de police scientifique de Lyon, mais je n'ai pas encore obtenu de réponse. Vous en avez entendu parler ?

— La prestigieuse institution de ce cher Edmond Locard ? Je vous souhaite vivement d'y être admise, mademoiselle. C'est une maison que le monde entier envie à la France, véritable tête de pont de la police scientifique ! Mais alors, si vous n'êtes pas ici pour vos études…

— Je suis venue voir un vieil ami, comme vous. Pour être exacte, il s'agit de sir Ronald Waldon, un ami de ma défunte mère. Et, pour tout vous dire, je me demande s'il n'était pas son amant…

— Sapristi ! Votre maman avait des amis en haut lieu !

— Elle n'était pourtant que femme de chambre. S'ils étaient bien amants, ce serait finalement d'une décevante banalité : un millionnaire qui trousse une femme de chambre…

— La mienne était couturière, et son meilleur ami était conservateur au British Museum. Comme quoi, la lutte des classes s'accorde parfois d'heureuses fraternisations…

Les deux étrangers continuèrent à parler ainsi de longues minutes près du feu, et la Parisienne dut admettre en son for intérieur qu'elle passait un moment agréable, se réjouissant d'avoir trouvé là un interlocuteur érudit et prévenant, à l'humour certain. Quand, un peu avant vingt-trois heures, ils convinrent l'un et l'autre qu'il était temps d'aller dormir, ils se levèrent, saluèrent le barman qui partit aussitôt éteindre les lampes une à une, puis se préparèrent à gagner chacun sa chambre.

— Tenez, mademoiselle, dit Edward Pierce en lui tendant une carte de visite avant que leurs routes ne se séparent dans le dédale des couloirs de l'hôtel. J'ai passé à vos côtés un délicieux moment. J'espère que j'aurai le bonheur de vous revoir sur l'île mais, si ce n'était point le cas, n'hésitez pas à me faire signe lors de votre prochain voyage en Grande-Bretagne. Après tout, c'est une île à peine plus grande que celle-ci.

Lorraine jeta un coup d'œil aux lettres soigneusement imprimées sur le papier couché et grimaça en découvrant ce qui était inscrit sous le nom de l'Anglais.

— *Détective de l'étrange ?* lut-elle à voix haute en l'interrogeant du regard.

Pierce sourit en s'appuyant de ses deux mains sur son parapluie bleu.

— Il y a deux ans, après un étonnant voyage qui m'a mené jusqu'à Constantinople, en compagnie du père

Molloy, justement, j'ai décidé de me spécialiser quelque peu. Mon agence de Canterbury ne traite désormais plus que des affaires liées à… l'inexplicable. Les sciences occultes, dirons-nous.

Lorraine fit une moue sceptique, presque déçue.

— Les sciences occultes ?

— Au sens large, oui.

— Les deux mots sont parfaitement contradictoires.

— La contradiction n'est-elle pas le meilleur moteur de la réflexion, laquelle mène alors à la connaissance ? répliqua Pierce, espiègle.

— Allons, monsieur ! La science et l'occultisme sont le fruit de démarches diamétralement opposées, qui ne peuvent coexister, lâcha Lorraine avec une pointe d'agacement dans la voix. La première tente d'expliquer l'univers et ses lois par des hypothèses qu'elle confronte à la méthode expérimentale, la seconde s'efforce de le rendre aussi mystérieux que possible, en s'affranchissant de toute démonstration empirique.

— Ma foi, mademoiselle, peut-être n'avez-vous pas encore assez voyagé. Pour ma part, j'ai déjà eu l'occasion d'être très empiriquement confronté aux manifestations de l'occulte.

La Française haussa les épaules. Pour avoir plusieurs fois croisé le fer avec quelques indéboulonnables adeptes de la théosophie, de l'Aube dorée, de la Rose-Croix ou d'autres mouvements ésotériques encore très en vogue dans certains salons parisiens, elle savait que ces conversations ne menaient jamais nulle part et préféra laisser filer.

— Eh bien, je vous souhaite une bonne nuit, monsieur Pierce, en espérant qu'elle ne sera pas dérangée par de vilains fantômes !

— Au terme de « fantôme », je préfère celui de « hantise », mademoiselle. Et il est des hantises des plus aimables, conclut le Britannique dans un clin d'œil.

Après un baisemain raffiné, il s'en fut avec grâce vers sa chambre.

3.

Père Pat Molloy
17 Devon Street
Blackmore
Blackmore Island

À l'attention de
Edward Pierce
16 Margaret Street
Canterbury, Kent
England

Blackmore, le 3 octobre 1925

Mon cher Edward, mon ami,

Fasse le Ciel que cette lettre te trouve en bonne santé et que, dans ta grande bonté, tu pardonnes le long silence dans lequel m'ont plongé les derniers mois. C'est le cœur lourd de contrition et l'âme piteuse que je t'adresse ces lignes, confus de ne t'avoir donné de nouvelles plus promptement, et plus encore de le faire quand les circonstances me poussent à te demander un service.

On m'a fait savoir que ton agence de Canterbury se portait fort bien, et je m'en réjouis pour toi. Après les nombreuses épreuves que le Seigneur, dans ses arcanes mystérieux, a semées sur ta route depuis la guerre, tu méritais de rencontrer le succès. J'espère qu'il t'apporte aujourd'hui un confort et une sérénité bien légitimes.

Rentré tout juste de Constantinople, comme tu le sais sans doute, et préférant me faire oublier des autorités britanniques, je suis venu prendre la charge de curé sur l'île de Blackmore. Mon ami le Dr Callum McCann – qui, depuis la fin de la guerre, dirige le sanatorium de Bragbury – a en effet eu la bienveillance de m'informer que la mort soudaine du précédent prêtre avait laissé sa place vacante.

Tu en riras sans doute, et le Seigneur me pardonnera peut-être l'audace pécheresse qui, riche des compétences de faussaire que m'ont conférées mes années de résistance au sein des Irish Volunteers, me fit réécrire quelque peu le passé afin de me présenter ici comme un prêtre anglican, et non plus catholique…

Toujours est-il que, depuis plus d'un an, j'officie, non sans bonheur, sur cette petite île éloignée du monde, partageant mon temps entre la lecture, les messes que je donne tantôt en ville, tantôt dans les chapelles alentour, les visites aux paroissiens et les œuvres de charité. L'isolement imposé par les lieux m'a fait d'abord le plus grand bien…

Or, depuis plusieurs semaines, l'île est confrontée à une série de drames. L'inaction de la police m'a conduit à mener mes propres recherches, et ces recherches à faire de très étonnantes découvertes, qui ne sont pas sans évoquer les mystères que nous avons connus, toi et moi, sur la route de Constantinople. C'est pour cette raison que, rendu à une impasse et conscient des limites de mes compétences, je sollicite désormais ton assistance. J'ai peu de doute que les faits invraisemblables qu'ont révélés mes recherches soulèveraient, chez d'autres, la plus moqueuse des incrédulités, et que toi seul oseras fouiller à mes côtés derrière l'inconcevable, à la lumière de ton esprit indépendant comme à celle de nos explorations passées.

Décidé à conduire mon enquête dans le plus grand secret, j'ai pu réunir, grâce au très respectable Pr Vandekade, docteur en histoire et directeur de la bibliothèque de Blackmore - le seul que j'aie choisi de mettre, partiellement, dans la confidence -, une somme de documents non négligeable. Les implications en sont effroyables et donnent à voir le début d'une explication aux phénomènes singuliers qui se sont emparés de l'île - explication que d'aucuns s'empresseraient de qualifier d'extravagante, mais dont je me permets de croire qu'elle est fondée et puise ses origines dans une époque bien plus ancienne que je n'aurais pu l'imaginer. J'avoue compter à présent, malicieusement peut-être, tant sur ton érudition que sur ton insatiable curiosité, afin qu'elles te motivent à venir m'épauler dans ces investigations aussi ardues qu'éprouvantes. Oh, Edward, il reste tant de fils à démêler dans cette sombre affaire que l'ampleur de la tâche me submerge !

Une hardiesse que tu comprendras sans doute m'incite à ajouter, en guise de conclusion, que cette humble demande revêt quelque caractère urgent, à l'heure où, Dieu me pardonne, je commence à craindre non plus seulement pour ma santé mentale, mise à rude épreuve par mes découvertes, mais aussi pour ma personne physique. Je présume en effet que mes recherches ont pu m'attirer quelques inimitiés sur l'île… Je ne connais pas encore le visage de mon ennemi - je ne suis même pas sûr qu'Il en ait un, à proprement parler -, mais je sais qu'Il est là.

Rassure-toi, je comprendrai sans peine que ton travail ne te laisse guère le loisir d'entreprendre le voyage jusqu'aux îles Anglo-Normandes, mais si, en souvenir de notre amitié, tu parvenais à en trouver le temps, je resterais à jamais ton éternel débiteur.

Où que tu sois, Edward, que Dieu te bénisse,

Pat Molloy

Le détective soupira en posant sur la table de nuit la lettre qu'il avait déjà lue au moins dix fois. Il éteignit la lampe Pigeon et s'allongea dans le lit glacé du *Mousetrap Inn*. Dehors, la pluie battait toujours son plein. *Dans quelle histoire t'es-tu encore fourré, mon vieux Molloy ?* songea-t-il en lissant sa longue moustache blonde. Le prêtre, avec lequel une aventure périlleuse et extraordinaire lui avait fait nouer d'inaltérables liens, était un homme passionné, pour ne pas dire enflammé, qui conserverait à jamais la fièvre des luttes armées de sa jeunesse irlandaise tout comme la ferveur de sa profonde foi. C'était un ami généreux, un compagnon de route au cœur aussi grand que son courage, mais aussi un exalté qui avait une soif d'aventure dévorante, sinon un goût inavouable pour le danger. À jouer si volontiers avec le feu, cet enfant de Derry, qui avait connu la famine, la misère et les guerres, s'était souvent brûlé. Peut-être fallait-il trouver dans la mort de ses deux frères aînés l'explication de ses téméraires bravades, comme si la perspective de les rejoindre précipitamment était une tentation quotidienne.

Pierce secoua la tête, souriant dans le noir, tandis qu'il se remémorait les prouesses les plus hardies du prêtre gaélique. Il était, en somme, bien impatient de retrouver son intrépide ami.

Quand Edward Pierce s'endormit enfin, et fort tard, le vent facétieux continuait de siffler au-dehors entre les rochers de l'île de Blackmore. *WI-IH-ISH…*

Blackmore
La Ville

1 - Chambre de l'île
2 - Maison du gouverneur
3 - Bibliothèque Glover
4 - Tour de l'horloge
5 - Église Sainte-Anne
6 - Palais de justice
7 - École des garçons
8 - Centre médical Sainte-Christine
09 - Caserne des pompiers
10 - École des filles
11 - Pub *Goose & Grill*
12 - Magasin d'antiquités
13 - Poste de Blackmore
14 - Banque de Blackmore
15 - Gillan's Department Store
16 - Armée du salut
17 - Temple maçonnique
18 - Murdoch Manor
19 - Edgecombe Manor
20 - Terrain de football
21 - Hôtel *Mousetrap Inn*
22 - Commercial Hotel
23 - Redman Manor
24 - *Blackmore's Gazette*
25 - Presbytère
26 - Enzo's Motorcycle Shop

4.

En la traversant à bord de la Rolls-Royce que conduisait en silence le majordome de sir Ronald Waldon, Lorraine Chapelle eut tout le loisir d'observer la ville de Blackmore en plein jour. Malgré la tristesse que donnaient à la petite agglomération les mornes pierres en granite gris de ses cottages aux toits de tuile, la jeune femme trouva un charme désuet à la juxtaposition des noms de rues, tantôt français, tantôt anglais. C'était comme si un village de l'East Sussex était venu se glisser dans un bourg du Cotentin. Ainsi, on passait du clos de Pierre à Walker Square, de la rue de la Vallée à Devon Street, puis on empruntait la rue de l'Église pour descendre Victoria Street, et, plus loin, on découvrait sur Royal Square la célèbre maison du gouverneur, devant laquelle se dressait la statue de Phillip Murdoch, héros national, dernier dignitaire d'une longue lignée de gouverneurs.

La ville, quasi déserte en cette journée dominicale, était d'une propreté exemplaire – ses rues pavées, quoique étroites, étaient admirablement entretenues, les vitrines et les enseignes des boutiques toutes pimpantes –, mais l'absence de foule lui donnait un air factice. Si Blackmore avait une âme, celle-ci était bien cachée ce matin-là. Seules quelques rares maisons aux façades peintes de couleurs vives venaient faire mentir l'impression morose qui se dégageait de cette quiétude déconcertante.

Murdoch Manor, reculé au numéro 11 de Fountain Road, était très certainement l'une des maisons les plus imposantes et les plus singulières de l'île. Quand la Rolls-Royce franchit le portail en fer forgé et pénétra dans le vaste parc sous les bourrasques qui faisaient virevolter les feuilles mortes, Lorraine n'eut aucune peine à reconnaître la propriété de sir Ronald Waldon : celle-ci avait déjà fait sur elle forte impression, douze ans auparavant.

La bâtisse était à la fois splendide et lugubre, évoquant par ses parures inquiétantes et son architecture victorienne le manoir hanté d'un roman gothique d'Ann Radcliffe ou de Nathaniel Hawthorne, l'*Angeline* d'un Émile Zola... Nul doute que le ciel gris d'octobre ne fit qu'accroître l'étrangeté de sa funèbre figure ce matin-là.

Dressée au cœur d'un vaste jardin où deux fontaines asséchées s'abîmaient sous une végétation galopante, la propriété de trois étages, en bois sombre, accueillait les visiteurs de sa façade aux planches disjointes, érigée entre deux tours hexagonales. Flanqué d'une aile sur sa droite comme sur sa gauche, le manoir aux toits à la Mansart eût pu être qualifié de château, eût-il disposé d'un plus vaste domaine ou de fortifications. Deux terrasses en bois couvertes encadraient le double escalier en arc de cercle qui menait à l'entrée principale, et sur les corniches s'alignaient de terrifiantes gargouilles de granite, dignes des plus belles cathédrales du passé. La plus sinistre se dressait à même le sol, entre les bras du perron : une créature ailée de trois mètres de haut, un griffon tout droit sorti d'un bestiaire médiéval pour mettre en garde le visiteur indésirable.

Ce qui rendait ce tableau fantastique plus troublant encore, c'était l'état de délaissement dans lequel se trouvaient les lieux, pourtant occupés. La maison n'avait pas trente ans, et elle était si mal entretenue qu'elle en paraissait le triple. Le lierre courait partout, le bois pourrissait, la pierre était fendue par les gelées. S'il n'y avait eu quelques fenêtres allumées, on eût pu aisément imaginer que la bâtisse était abandonnée.

Dernier héritier de la célèbre famille qui avait donné à l'île de nombreux gouverneurs, Francis Murdoch – rentier guère connu pour sa modération – s'était fait construire en 1899 cet orgueilleux manoir, bien qu'il vécût seul, sans femme ni enfants. Meurtri depuis que sa famille avait perdu la charge de gouverneur un siècle plus tôt, l'homme avait voulu s'offrir ainsi une demeure plus grande que la maison du gouverneur. Malheureusement, emporté par la tuberculose, il n'avait pu assister à la fin des travaux. La lignée s'étant éteinte avec lui, l'édifice fut mis aux enchères. Le richissime sir Ronald Waldon, que Lorraine venait voir ce jour-là, en avait ainsi fait l'acquisition en 1901, et la propriété conservait encore en 1925 le nom de Murdoch Manor, bien qu'aucun Murdoch n'y eût jamais vécu.

— Que Mademoiselle veuille bien pardonner le spectacle désolant des extérieurs du manoir, soupira Arnold en ouvrant la portière, les paupières tirées par le poids de la honte. Sir Ronald a perdu la vue, et l'entretien des jardins et de la façade ne l'intéresse malheureusement plus depuis longtemps. Sans jardinier, le temps dont je dispose me permet seulement de balayer l'allée et les escaliers. Cela fait des années que je répète à Monsieur qu'il faut faire venir une entreprise pour rénover la façade, mais il dit qu'il se moque des apparences et que, dans une maison comme chez un homme, c'est ce que l'on découvre à l'intérieur qui importe…

Le majordome avait certainement remarqué dans le rétroviseur l'étonnement de la jeune Française quand ils étaient entrés dans la propriété. Il paraissait aussi contrit qu'impuissant à l'idée de la recevoir au milieu d'un si grand délabrement.

— Il n'y a rien de mal à laisser la nature s'exprimer librement, dit doucement Lorraine, comme pour le consoler.

Arnold fit une moue sceptique, puis il l'invita à le suivre en haut des marches.

La porte passée, la jeune femme put constater que, de fait, le luxueux intérieur bénéficiait d'une plus grande attention. Si tout était patiné par les années, si les peintures et le papier de tenture manquaient de fraîcheur, ici au moins tout était propre : les poussières étaient faites, les vieux cuivres lustrés et, de pièce en pièce, Mlle Chapelle s'extasia devant la richesse du mobilier, la finesse des boiseries qui offraient au regard les attraits d'une maison de maître. Dans un silence de mort que seul le claquement de ses talons sur le parquet dérangeait, elle se laissa conduire, de hauts couloirs en vestibules, jusqu'à l'aile droite du manoir, où se nichait un salon, envahi par l'odeur d'une large cheminée. En entrant dans cette pièce confortable, Lorraine fut saisie par la différence de température : on passait d'un froid presque hivernal à la chaleur des tropiques. Des armoires et des casiers de chêne couvraient les murs du sol au plafond, débordant de vieux livres, de bustes, de vases, de gravures, de globes terrestres et autres bibelots antiques dont les contours vacillaient dans la lueur des flammes crépitantes. Une imposante pendule portique, posée sur le linteau de marbre, faisait résonner sous le plafond surélevé le cliquetis de son balancier. Son *clic clac* était si lent qu'on eût dit qu'ici le temps s'écoulait avec paresse, avec prudence, à moins que ce ne fût de la déférence… La pièce tout entière semblait figée dans une douceur ténébreuse.

Devant l'âtre, tournant le dos à la porte, la silhouette du vieux lord au crâne dégarni était enfoncée dans un fauteuil crapaud en cuir molletonné, sa tête légèrement inclinée dans une immobilité glaçante.

Le majordome, debout sur le seuil, se racla la gorge avant d'annoncer cérémonieusement l'arrivée de la visiteuse.

— Mlle Chapelle est ici pour vous voir, sir.

Après un moment d'inertie d'une durée embarrassante, le vieillard en robe de chambre finit par lever la main droite et faire un vague geste pour inviter son hôtesse à approcher.

Lorraine traversa le salon sur la pointe des pieds, comme si elle avait eu peur d'abîmer le parquet. Tenant contre son dos la besace et l'appareil photo qu'elle gardait toujours en bandoulière, afin d'éviter qu'ils ne heurtent un meuble, elle prit place tout au bout du sofa qui faisait face à l'octogénaire.

— Mes hommages, sir, dit-elle tout en scrutant le visage impassible du millionnaire.

En douze ans, l'homme avait beaucoup vieilli. Il offrait à la vue une figure pâle et maigre, usée autant par les jours que par les tracas, un front haut et étroit, auquel les taches brunes n'avaient pu toutefois ôter la fierté de jadis, un nez aquilin qui s'était épaté avec l'âge, et tout ceci entourait tristement les yeux éteints d'un vieillard qui ne pouvait plus voir. Sous ce labyrinthe de rides vénérables, qui étaient comme autant de témoignages inscrits par la pointe acérée du temps, se devinait néanmoins l'expression d'une profonde bonté.

— Vous n'avez pas changé, ma petite, s'amusa sir Ronald Waldon de sa voix posée et caverneuse, comme s'il avait deviné les pensées de sa jeune invitée.

La Française fronça les sourcils.

Près de son fauteuil, le vieillard avait posé une longue canne blanche. Imaginée quelques années plus tôt par James Biggs – ce Britannique qui, après avoir été renversé par une voiture, avait cherché un moyen de se rendre plus visible par les automobilistes –, la canne blanche était devenue l'accessoire dont les aveugles s'armaient de plus en plus souvent.

— Aha ! Vous pensez que je ne vous vois pas ? reprit Waldon. Ce n'est pas parce que mes yeux ne vous distinguent plus que mes autres sens ne vous perçoivent guère, savez-vous ? Oui, certes, vous êtes une femme, à présent, mais vous n'avez pas changé. Vous aviez douze ans quand vous êtes venue ici avec votre pauvre maman, n'est-ce pas ? À douze ans, les traits d'une femme sont déjà fixés, pour la plupart. Je me souviens très bien de vos grands yeux verts et de vos petites fossettes.

— Je garde moi aussi un souvenir vif de ma visite ici, affirma-t-elle sur son habituel ton monocorde. C'est un bon souvenir.

Dans le clair-obscur, la jeune femme laissait son regard glisser sur les nombreux tableaux du salon, tous sombres et surprenants : des représentations fantastiques, baroques, mettant en scène, sur fonds noirâtres, des personnages tourmentés ou des créatures mythologiques hideuses – ici un sphinx attaquant une ville, là un géant dévorant des enfants… Et ce tableau d'une hydre se dressant au milieu des cadavres, n'était-il pas une huile originale de Gustave Moreau ?

— Oh, mais par Jove ! s'exclama sir Ronald Waldon. Ce qui a changé, en revanche, c'est votre anglais ! Votre voix, pondérée, imperturbable, n'a peut-être pas évolué, mais votre anglais, pardon ! Vous le parlez désormais comme une langue maternelle !

— C'est un peu grâce à vous.

— Voyez-vous cela ? Et pourquoi donc ?

— Quand nous sommes venues ici, avec ma mère, j'avais éprouvé une grande frustration en me trouvant incapable de comprendre vos échanges, si bien que, à mon retour en France, je me suis mis en tête d'apprendre l'anglais. J'ai fini par me passionner pour la langue de Shakespeare. Depuis lors, je lis tous vos grands auteurs dans le texte…

— Splendide ! Mais vous dites que ce sont *mes* auteurs… Si je puis me permettre, Lorraine, je ne suis pas un citoyen britannique. Certes, j'ai quitté Blackmore très jeune pour aller étudier à Édimbourg et je suis resté en Grande-Bretagne pendant toute ma carrière, mais je suis revenu il y a déjà vingt-quatre ans sur cette île qui m'a vu naître. Je ne saurais revendiquer d'autre nationalité que celle que m'offrit ma naissance. À moins que vous ne vouliez parler des auteurs de Blackmore, auquel cas je m'incline, car je n'en connais moi-même que deux ou trois, qui en outre écrivaient non pas en anglais, mais dans notre délicieux patois local, si proche du normand.

— Non, admit Lorraine. Vous avez raison, pardonnez-moi : je voulais bien parler des auteurs britanniques…

— Et lequel donc aurait votre préférence ?

— J'en apprécie un grand nombre, sir. Mais en ce moment j'ai un petit faible pour Wilkie Collins, dont les romans à suspense me tiennent tellement en haleine que j'ai l'impression de les lire en feuilleton, comme ils étaient publiés en leur temps.

— Ah, sacré Wilkie ! Je l'ai rencontré à Londres, lors d'un repas organisé par M. Dickens, au terme de la tournée d'adieu de ce dernier. C'était en 1869, si ma mémoire est juste. Le pauvre Collins était déjà très atteint par les effets de l'opium qu'il prenait pour soigner sa goutte. Figurez-vous qu'il avait passé tout le dîner à parler avec une personne imaginaire, qu'il voyait assise à table, à côté de lui. C'était tout à fait désolant.

— Vous avez connu Charles Dickens ?

En posant cette question, Lorraine se rendit compte qu'au fond, de cet homme qui avait tant compté pour sa mère, elle ne savait presque rien, hormis qu'il était riche, très riche, qu'il était généreux, bienveillant, discret, et qu'il avait joué quelque rôle mystérieux dans la vie d'Anne Chapelle, quand celle-ci s'était trouvée veuve, à cause de la Grande Guerre.

— Connu, pas vraiment, mais disons que je l'ai un peu fréquenté…

Sir Ronald Waldon laissa passer un curieux instant de silence, comme si son esprit s'était soudain perdu dans les souvenirs. Et ce silence ne fit qu'accroître l'atmosphère déconcertante. Lorraine s'empressa de le rompre.

— Étiez-vous l'amant de ma mère, sir ?

La jeune femme avait à peine fini sa phrase que le *butler*, à l'autre bout de la pièce, s'étouffa dans un spasme embarrassé. Le vieillard, lui, se contenta de sourire.

— Je pourrais vous répondre, Lorraine, mais cela vous regarde-t-il ?

— Je ne dis pas que cela me regarde, je dis que cela m'intéresse.

— Votre mère et moi ne nous sommes vus que très rarement, en revanche nous avions des échanges épistolaires fournis, et nous nous aimions énormément.

— Cela ne répond pas vraiment à ma question.

— La réponse que vous attendez n'appartient qu'à votre mère et moi-même.

— Celle que vous me donnez ressemble à un aveu.

— Contentez-vous alors de cette ressemblance, et laissez votre imagination faire le reste. Savoir si cet amour fut consommé me paraît moins important que de savoir qu'il était d'une grande force. Après tout, une lectrice de Wilkie Collins ne peut pas détester qu'un mystère subsiste...

Lorraine hocha lentement la tête.

— Cela me va.

— Tant mieux, car, ma douce enfant, je ne vous ai pas fait venir jusqu'aux îles Anglo-Normandes pour vous dire si j'ai vu ou non les fesses de votre maman... Comme je vous l'ai écrit dans ma lettre, j'ai sollicité votre venue afin de vous confier une mission de la plus haute importance, pour laquelle je suis disposé à vous offrir la somme de cinq cents livres sterling, plus les frais.

— Cinq cents livres sterling ? s'exclama la jeune femme, hébétée. Sir, c'est très généreux, mais, enfin, c'est une somme totalement disproportionnée !

— Il me semble, mademoiselle, que le privilège d'estimer si un prix est trop élevé revient au seul client...

— Le plaisir de rendre visite à un « ami » de ma défunte mère suffit à justifier mon déplacement, sir. Elle m'a souvent dit que vous vous étiez montré des plus charitables avec elle, et si je puis vous être d'une quelconque assistance, ce sera en souvenir de sa reconnaissance.

— Allons, c'est avant tout la jeune criminologue que j'ai invitée, et j'espère que mes liens avec votre mère, quels qu'ils fussent, ne vous empêcheront pas de me considérer comme un client ordinaire. En outre, tout travail mérite salaire. Et celui que je veux vous proposer ne sera pas une mince affaire. Je me suis laissé dire que vos études avaient épuisé vos économies, et je sais que la vie parisienne est terriblement dispendieuse. Vous avez besoin d'argent.

— J'en conviens. Mais je vous dois d'être honnête, sir : vous êtes la première personne à faire appel à mes services. J'ai à peine terminé mes études et je n'ai aucune expérience professionnelle.

— Je le sais bien, Lorraine. J'ai suivi votre parcours de près.

— Je vois cela.

— J'ai appris avec bonheur cet été que vous aviez reçu votre diplôme, après vous être spécialisée dans la médecine légale et la psychologie criminelle, une science particulièrement ardue ! Or, pour qu'une jeune femme soit la toute première diplômée de l'Institut de criminologie de Paris, qui n'accueillait jusqu'ici que des hommes, c'est que vous devez être plus méritante encore que tous les candidats masculins. Je sais très bien comment sont les hommes, et quelles qualités il faut à une femme pour qu'on lui accorde la même considération. C'est bien regrettable, mais les femmes, pour réussir, doivent faire la preuve de leur talent deux fois plus que les hommes. Cela me confirme en tout cas que, si inexpérimentée que vous soyez, vous devez être la plus brillante criminologue de votre génération et la personne la plus qualifiée que je connaisse pour mener à bien une enquête que les misérables policiers de Blackmore n'ont su conduire efficacement. Car, voyez-vous, Lorraine, cela fait quelques mois que notre pauvre île est en proie à une série de drames terribles.

— De quel ordre ? s'enquit Lorraine, qui, à la vérité, attendait la réponse à cette question depuis qu'elle avait reçu la lettre de Ronald Waldon, deux semaines plus tôt.

— D'ordinaire, une île comme la nôtre ne connaît que très peu de crimes. Les vols sont rares, sur un territoire si petit, et les quelques homicides que l'on a eu à déplorer ces dernières années étaient le fruit de disputes entre mauvais voisins ou entre marins éméchés. Mais voici que, depuis l'été, Blackmore connaît de tristes événements d'une tout autre nature : trois personnes ont disparu au cours des derniers mois ! Et si je demande votre aide, Lorraine, si je prends cette affaire tant à cœur, c'est que la troisième personne qui a disparu n'est nulle autre que ma petite-fille.

Le vieil homme poussa un long soupir, et son corps, envahi par les ombres, sembla se voûter encore davantage.

— Margaret, que vous aviez vue lors de votre première visite ici, s'est volatilisée le 2 octobre dernier, dans des circonstances parfaitement incompréhensibles.

— Je suis désolée, sir...

— Sans sa petite-fille, la vie est devenue insupportable au vieil homme qui se tient humblement devant vous, mademoiselle. Aussi, je veux vous demander, vous supplier, même, de mener une enquête afin d'expliquer l'inexplicable.

5.

Parapluie bleu en main, Edward Pierce descendit lentement la chaussée pavée de Devon Street, dans la lueur froide de ce matin d'octobre. Observant le décor austère que le ciel taciturne peignait d'ombre et d'anthracite, il songea que Blackmore n'était pas sans rappeler certaines villes de la campagne anglaise – ces bourgades fantomatiques du Kent qui apparaissaient au milieu d'étendues sombres et sauvages, entrecoupées de barrières, de collines, et balayées par le vent de la mer. Tout était calme et froid. Au loin, par-delà les champs en cascade où s'éparpillait le bétail, les flots gris de la Manche se confondaient avec les nuages, si bien que l'île tout entière semblait coupée du monde, enfermée dans une immense sphère opaque. Les maisons, dont les plus hautes ne dépassaient guère trois étages, étaient pour la plupart construites en pierre sèche, extraite du granite argenté de l'île. Percées de fenêtres à guillotine, couvertes d'ardoise, bien alignées, elles avaient cette uniformité toute britannique. Seules quelques demeures plus bourgeoises prenaient leurs distances avec la rue, abritées derrière des fossés plantés de haies d'épines. Si l'automne avait déjà drapé les feuilles de leur robe orangée, on devinait, à la profusion des arbres, la clémence d'un climat tempéré. Les chênes, les myrtes et les lauriers se disputaient la place que leur laissaient, entre les bâtisses, les saillies de roches déchiquetées.

En chemin, le détective n'avait aperçu que deux ou trois personnes, et encore celles-ci avaient-elles le regard rivé au sol, évitant de croiser le sien – ce qui n'avait pas manqué de l'étonner. Sans doute s'était-il attendu à la chaleur naturelle des gens de la campagne : un sourire de bienvenue ici, un aimable signe de tête là. Pour un dimanche matin, la ville semblait bien silencieuse. Tout juste avait-il entendu, à l'angle de la rue de la Vallée, l'écho lointain de cinq notes de violon qu'un amateur maladroit jouait en boucle sous les toits, comme on répète ses gammes. Cinq notes lancinantes qui résonnaient encore quand il arriva à destination.

Le presbytère, sis au numéro 17, se trouvait dans un petit immeuble de deux étages qui faisait face à l'église Sainte-Anne. Sur l'une des portes, qui menait vraisemblablement au premier étage, une plaque, en langue française, précisait : « Presbytère Sainte-Anne ».

Un sourire nostalgique se dessina sous les larges moustaches d'Edward Pierce quand il se saisit du petit heurtoir de cuivre pour taper trois fois à la porte. Il n'avait pas revu le père Molloy depuis leur retour de Constantinople, au début de l'année 1924, et à cet instant il mesurait à quel point la crinière rouge du tonitruant Irlandais lui avait manqué. Quelle surprise lui réservait-il à présent ? Les aventures et les drames qu'ils avaient traversés ensemble en suivant la route de l'Orient-Express les avaient rapprochés comme deux frères de sang. Aucune distance, fût-elle dans le temps ou dans l'espace, n'aurait pu abîmer liens si profonds. Le détective était certain d'éprouver l'impression de n'avoir jamais quitté l'homme qu'il verrait apparaître derrière la porte. Malheureusement, celle-ci resta close, et aucun bruit ne se fit entendre à l'intérieur.

Pierce frappa trois coups plus forts à la porte rouge, toujours en vain. Sans hésiter, il tourna les talons et traversa la rue pour se diriger vers l'église. La messe du dimanche n'aurait pas lieu avant deux bonnes heures, mais le bon Pat Molloy était peut-être déjà à la sacristie pour la préparer.

L'église Sainte-Anne, mère de la Sainte Vierge, avait été bâtie en 1850 pour remplacer la précédente, devenue trop petite, et dont il ne restait plus guère que le clocher, qui se dressait à quelques pas de là. Consacrée par l'évêque de Winchester, la nouvelle église était la plus grande de celles présentes sur les îles Anglo-Normandes, bien que Blackmore fût un modeste territoire de l'archipel. Elle comptait en effet près de neuf cents fauteuils pour les fidèles, et il s'y tenait trois messes par semaine – deux en anglais, le mardi et le dimanche, et une en français, le samedi.

Construite dans le pur style normand, elle s'étirait d'est en ouest, et du nord au sud, figurant le Christ crucifié, et rappelant que son amour s'étendait jusqu'aux extrémités de la terre. Les murs, élevés dans le granite gris de l'île eux aussi, étaient néanmoins habillés de pierre blanche de Caen. Du côté sud se dressait une élégante sculpture du Bon Pasteur ramenant sur ses épaules l'agneau égaré.

S'appuyant sur son parapluie comme on l'eût fait sur une canne, le détective gravit la volée de marches du terrain en pente et se dirigea d'un pas preste vers la porte occidentale où se situait l'entrée principale.

À peine le seuil passé, Pierce ôta son chapeau et se laissa envahir par l'atmosphère sacrée des lieux. Un silence caverneux régnait sous les hauteurs, dérangé seulement par l'écho vertical que produisait le moindre pas, le moindre murmure, tandis que la douce lueur de quelques cierges allumés dansait parmi les ombres.

L'intérieur de Sainte-Anne était dépouillé de toutes fioritures, se révélant avec parcimonie dans la juste harmonie de ses proportions. Pierce longea les dix-huit arcs en ogive qui menaient au chœur, lequel s'élevait sur trois marches. Là, les transepts se ramifiaient à droite et à gauche pour former la croix, et le détective s'immobilisa, comme pour éprouver la solitude formidable de la Passion.

Fouillant chaque recoin du regard, il n'y trouva âme qui vive. Alors qu'il marchait vers la sacristie, à gauche de l'autel, une silhouette apparut à la porte de celle-ci, accompagnée d'un grincement aigu qui résonna longuement. Lorsque cette silhouette sortit des ombres, l'Anglais ne put réprimer sa déception en découvrant que ce n'était point le père Molloy qui approchait péniblement, mais une vieille femme replète et voûtée, de petite taille, qui portait la robe noire et le voile d'une diaconesse. Sur son visage grisâtre à la pilosité disgracieuse, au milieu d'un entrelacs de rides profondes, se dessina une sorte de grimace contrariée.

— L'office, y n'commence qu'à onze heures, el'dimanche, annonça-t-elle dans un anglais approximatif et roulé de *r* gras et dentaux.

— Bonjour, madame. Oui, je suis au courant, et je vous prie d'excuser mon irruption. Mais je suis venu voir mon ami, le père Molloy…

La vieille dame hocha vaguement la tête d'un air bourru.

— Y n'est point encore là. Y doit être chez lui…

— C'est-à-dire que je ne l'y ai pas trouvé, rétorqua Edward sans se départir de son accent aristocratique.

Cette fois, la petite femme difforme fit une moue amusée.

— Oh, pour sûr qu'y z'y est ! Mais y a des matins où que l'père Molloy, y a l'sommeil plus profond qu'à d'aut'.

— Je vois. Dans ce cas, j'y retourne de ce pas ! Merci, madame, que Dieu vous bénisse !

Sacré Molloy ! songea le Britannique. Il allait donc falloir le réveiller ! Tandis qu'il se dirigeait vers la sortie, le détective ne put s'empêcher d'arrêter son regard aiguisé sur l'un des vitraux du transept, dont l'allégorie lui parut se démarquer des autres, où se succédaient les témoignages rendus au Christ par les prophètes. Sur cette peinture-là, on voyait Jésus poser sa main droite sur le front d'un aveugle, et de la gauche porter l'index à sa bouche, comme pour lui intimer le silence. Pierce crut y reconnaître une scène de l'Évangile selon Marc, où un miracle du Christ permettait à l'aveugle de Bethsaïde de recouvrer la vue, et à l'issue duquel celui-ci était tenu au secret messianique. Mais ce qui avait retenu l'attention du détective dans cette composition de verre coloré, c'étaient surtout les yeux du Galiléen : n'étaient-ils pas identiques à ceux des quelques habitants de l'île dont Edward avait remarqué le singulier regard ? N'avaient-ils pas, eux aussi, cette étrange lueur sombre qui entourait la cornée ? Tout autre observateur n'eût sans doute pas noté ce détail, ou n'y eût vu qu'une coïncidence, une fabrication de l'esprit. Mais Edward Pierce, détective de l'étrange, ne put s'empêcher, lui, d'y voir le signe de quelque arcane mystérieux, un message.

6.

Droit comme un peuplier, Arnold venait d'apporter en silence une théière fumante et des tasses de porcelaine sur un plateau d'argent quand sir Ronald Waldon, le front soucieux, entama sa relation des faits. Celle-ci, grave, s'inscrivait fort naturellement dans le décor funèbre du salon aux volets fermés. L'on eût dit la prestation d'un conteur qui eût ménagé ses effets au coin du feu pour retenir de son auditoire la plus grande attention.

— Tout a commencé le 4 août dernier, expliqua-t-il de sa voix sépulcrale, tandis que les flammes de la cheminée agitaient sur son visage les ombres d'une rangée de pièces d'échecs. C'est arrivé la nuit. Chaque fois, d'ailleurs, cela arrive la nuit, quand l'île tout entière est endormie, hormis les pêcheurs qui partent au large. Ce fameux 4 août, donc, M. Élias Carteret, journaliste pour notre hebdomadaire local, la *Blackmore Gazette*, a tout bonnement disparu. Au petit matin, le jeune homme n'est pas venu travailler, et ses collègues, inquiets, sont allés le chercher chez lui. Il n'y était pas et il n'a pas reparu depuis.

Lorraine sortit un carnet et commença à prendre des notes méticuleusement.

— Un mois plus tard, environ, le… Mon Dieu, quel jour était-ce, Arnold ?

— Le 18 septembre, sir, intervint le majordome tout en versant le thé.

— Oui, c'est cela, le 18 septembre : ce jour-là, ce fut la pauvre Diana Tudor, l'une des institutrices de l'école des filles. Cette brave femme a disparu à son tour, dans la nuit, sans laisser plus de traces. Envolée. Et à son domicile : rien.

Les yeux vitreux du vieux lord, perdus dans le vague, oscillaient vivement de droite à gauche, expression involontaire d'un trouble profond.

— Et voilà qu'il y a un peu plus de deux semaines, le 2 octobre dernier, donc, le même sort mystérieux s'est abattu sur ma petite Margaret.

Ses mains se crispèrent sur les bras du fauteuil.

— La vie, ma chère Lorraine, s'est arrêtée pour moi ce vendredi-là. A commencé alors une longue nuit dont je ne puis me libérer. Depuis ce jour, je ne suis plus qu'un fantôme qui hante son manoir, drapé dans le désespoir.

— Mais, comment a-t-elle disparu ? Et où ? Ici ?

— Dame ! Nous n'avons aucune explication rationnelle quant aux circonstances de sa disparition, mon enfant ! Comme chaque soir, vers dix-neuf heures, Margaret a quitté les locaux de l'Armée du salut, où elle travaillait depuis ses dix-huit ans, et puis, voilà : elle n'est tout simplement jamais rentrée. Personne ne l'a vue disparaître, et personne n'a pu retrouver sa trace. C'est comme si ma douce Meggy s'était évanouie dans la nature… Vous vous souvenez d'elle, n'est-ce pas ?

— Je ne l'ai vue qu'un seul après-midi, ici, et nous étions toutes deux des enfants, mais oui, je me souviens d'elle. Nous avions joué ensemble tout en haut de l'une des tours de votre demeure.

— Dans la chambre de Meredith, mon ancienne intendante, en effet. Meggy allait toujours se réfugier là-bas, quand elle était punie ou qu'elle ne voulait pas rester avec mes invités…

— Quel âge a-t-elle aujourd'hui ?

— Elle vient d'avoir vingt et un ans. C'est une jeune femme épanouie, habitée d'une resplendissante joie de vivre, bien que, comme vous, elle ait perdu, trop tôt, ses pauvres parents. Elle est d'une force et d'une bonté admirables. Elle est le soleil qui éclaire les dernières années de mon existence…

— Un soleil, confirma Arnold d'un air désolé en regagnant sa place près de la porte.

— Elle n'aurait jamais quitté le manoir sans m'en avertir. Je puis vous assurer, Lorraine, qu'elle n'a pas fugué, au cas où vous envisageriez cette éventualité. Elle a été enlevée, comme les deux autres disparus, par un ou plusieurs personnages des plus machiavéliques qui rôdent impunément sur notre île…

— Vos soupçons se porteraient-ils sur quelqu'un ?

— Personne en particulier, répondit le vieillard après un bref silence.

Mlle Chapelle ne put s'empêcher de remarquer l'accent qui avait été mis sur les deux derniers mots.

— Que dit la police ?

— La police de Blackmore ne retrouverait pas un nez au milieu d'une figure, mademoiselle ! s'emporta sir Ronald Waldon en frappant de son poing l'accoudoir. Nous ne disposons, pour toute l'île, que de quatre misérables policiers.

Ce sont de parfaits incapables aux ordres du juge Gaudion. Je suspecte celui-ci d'obéir aux requêtes de notre gouverneur, Archie Glover, qui ne veut pas que ces histoires de disparitions s'ébruitent, de peur que l'économie du tourisme sur l'île ne s'effondre davantage. Mais voilà, ma petite-fille a été enlevée, comme deux autres habitants de l'île avant elle, et on étouffe l'affaire en haut lieu. C'est la raison qui me pousse à faire appel à vos services, ma chère enfant… En tant qu'enquêtrice privée, vous n'aurez aucun compte à rendre à nos gouvernants !

— Le fonctionnement de vos institutions ne m'est pas familier. Le gouverneur est-il la plus haute autorité de l'île ?

— Ah, il faut reconnaître que les choses sont un peu compliquées, chez nous, se lamenta Waldon en levant les mains au ciel. Blackmore, sans faire partie du Royaume-Uni, est malgré tout placée sous la suzeraineté de la Couronne d'Angleterre. Celle-ci est chargée de notre défense militaire et assume une certaine responsabilité dans nos relations internationales, mais nous jouissons de l'autonomie du bailliage de Guernesey, auquel nous appartenons, et nous avons en effet notre propre gouverneur.

— Est-il élu par les habitants de l'île ?

Une grimace déforma les lèvres du vieil homme.

— Non, la charge s'achète, mademoiselle. La Révolution française n'a pas su traverser la Manche. Le gouverneur est néanmoins assisté par l'assemblée de la Douzaine, notre parlement local, si vous voulez, dont les douze membres sont bien élus, eux, chaque année, au mois de novembre. Pour ce qui est de la police, si on peut désigner ainsi les quatre imbéciles chargés de nous protéger du crime, elle est subordonnée au juge, nommé directement par le roi, ce qui lui confère une autorité presque aussi grande que celle du gouverneur.

— En somme, la politique est aux mains du gouverneur, M. Glover, et la justice aux mains du juge, M. Gaudion ? demanda Lorraine en inscrivant les noms sur son petit carnet.

— Vous avez tout compris. Et l'un et l'autre semblent peu enclins à résoudre le mystère de ces disparitions, malgré les éléments qui ne laissent aucun doute quant à leur origine criminelle.

— C'est-à-dire ?

Le visage du vieillard se couvrit d'un nuage plus noir encore.

— Montrez-lui la lettre, Arnold, murmura-t-il lentement en levant la main avec une pesanteur théâtrale.

Lorraine se tourna vers le majordome, lequel extirpa une enveloppe de la poche de son veston et vint cérémonieusement la porter jusqu'à elle.

— Les proches des deux autres disparus ont trouvé une enveloppe similaire dans leur boîte aux lettres, le lendemain de leurs disparitions.

— Voulez-vous bien la poser sur la table ? demanda la Française en faisant signe qu'elle préférait ne pas la toucher à main nue.

— Oh ! s'exclama Arnold, piteux. Oui, bien sûr, pour les empreintes, c'est cela ?

Lorraine acquiesça tout en se levant, puis fouilla dans sa besace pour en sortir une paire de gants et un petit flacon de poudre métallique.

— Vous croyez vraiment en l'efficacité de cette méthode ? intervint derrière eux sir Ronald Waldon, qui n'avait pas quitté son fauteuil.

— J'ai suivi la formation du commissaire Jules Belin, de la première brigade mobile de la Sûreté nationale, et c'est grâce aux empreintes, sir, qu'il a pu confondre l'ignoble

Landru, il y a six ans de cela. Sans compter Bertillon, qui a arrêté la bande à Bonnot de la même manière, quelques années plus tôt… Cette méthode n'est pas infaillible, mais il ne faut négliger aucune piste.

La mine du vieillard s'éclaira d'un sourire retenu, comme si cette réponse lui confirmait qu'il avait fait le bon choix en demandant l'aide de la jeune Française.

Penchée au-dessus de la table, celle-ci inspecta minutieusement l'enveloppe. Elle ne portait pas plus d'inscription qu'elle ne portait de timbre.

— Elle n'a pas été postée, murmura Lorraine. L'expéditeur aura donc couru le risque de se faire prendre en la déposant lui-même dans votre boîte aux lettres ?

— C'est ce que nous pensons, mais personne ne l'a vu.

— Et vous dites que les familles des deux autres disparus ont reçu la même chose ? Dans les mêmes circonstances ?

— Oui, une lettre semblable, déposée chez eux dans des enveloppes tout aussi vierges.

Lorraine hocha la tête et saupoudra délicatement de sulfure de mercure la surface de l'enveloppe, qu'elle photographia aussitôt. Puis elle l'ouvrit et répéta l'opération sur la lettre elle-même, avant d'en inspecter délicatement le contenu.

En dépliant la page, elle découvrit trois lignes d'étranges symboles, tracés à l'encre noire, qui consistaient en des arrangements successifs de simples petits bâtons, verticaux, horizontaux ou obliques.

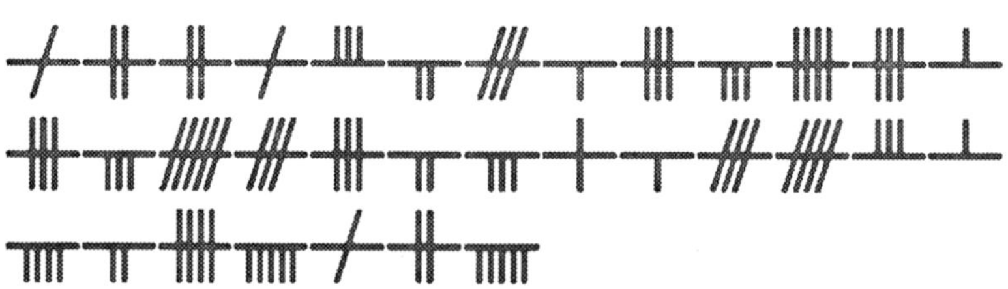

— Pourquoi donc crypter une lettre anonyme ? maugréa-t-elle en observant de près cette énigmatique série de symboles.

— Arnold m'a soigneusement décrit cette lettre, et il m'apparaît que nous avons affaire à un anonymographe des plus tordus. Peut-être pourriez-vous l'identifier en analysant son écriture. N'est-ce pas une technique de M. Locard que vous avez étudiée ?

— Si, bien sûr. La graphométrie ne nous permet pas forcément d'identifier l'auteur d'une écriture, mais elle peut au moins nous donner des indications à son sujet : son sexe, sa nationalité, s'il est droitier ou gaucher… Malheureusement, dans notre cas, nous avons affaire à de simples traits, sans doute tracés à la règle – leur alignement est d'une parfaite exécution. C'est astucieux, d'ailleurs, car cela empêche d'identifier une graphie. Ces symboles ne vous disent rien ?

— Non, affirma le vieil homme dans un raclement de gorge.

Lorraine eut le sentiment que sir Ronald Waldon ne lui disait pas toute la vérité. Qu'avait-il donc à cacher ?

7.

Aucune fumée ne s'échappait de la cheminée sur le toit de la maison, ce qui eût pu trahir la présence d'un occupant. Edward Pierce tapait en vain à la porte du presbytère depuis trois bonnes minutes quand, en proie à un mauvais pressentiment, il se décida à la crocheter plutôt que d'aller quérir la police, pour laquelle il n'avait plus, depuis longtemps, qu'un respect de courtoisie.

Un rapide coup d'œil vers la rue lui permit de constater qu'elle était déserte. Personne en vue pour surprendre son effraction. Il sortit aussitôt de son veston une petite poche de cuir dans laquelle étaient soigneusement alignés quelques outils miniatures. Après avoir étudié la serrure, choisissant avec savoir-faire le bon crochet et le bon entraîneur, il se mit à l'ouvrage.

Lorsque, dans un claquement sec, la porte s'ouvrit sous ses doigts agiles, il aperçut une ombre vers le haut de Devon Street, du côté de la caserne des pompiers. Une silhouette qui s'effaça sur-le-champ, comme si quelqu'un l'ayant épié en secret avait soudain repris sa cachette. Sans hésiter davantage, le détective se glissa à l'intérieur du petit immeuble et referma rapidement derrière lui.

— Hé ho ? lança-t-il en montant doucement l'escalier qui menait à l'étage. Pat ? Es-tu là ?

Aucune réponse. Le cœur du détective s'emballa alors que croissait son inquiétude. En haut des marches recouvertes d'une épaisse moquette poussiéreuse, il découvrit l'entrée modeste du presbytère. À côté d'une armoire des plus rustiques trônait un portemanteau, dont il nota qu'il était désespérément vide. Partant de ce vestibule, deux portes. Celle de gauche conduisait vers une salle d'eau. En face, la seconde menait au salon.

— Pat ? Es-tu là ? répéta Pierce en l'ouvrant. C'est moi, ton vieil ami Edward !

L'Anglais pénétra lentement dans cette grande pièce que des volets fermés maintenaient dans une douce pénombre. Trouvant une lampe à huile sur un guéridon, il l'alluma, alors l'intérieur lui apparut plus clairement.

Il y avait là un désordre immense, certes, mais un désordre organisé. Pas de ceux que laissent des cambrioleurs après avoir fouillé une pièce, mais bien celui occasionné par un propriétaire tel que le père Molloy : un désordre personnel. De manière incongrue, une table occupait presque tout l'espace, au centre du salon dont on avait écarté fauteuils et canapé, comme s'il n'avait plus eu d'autre fonction que d'accueillir cette surface de travail. De fait, la table était couverte d'un indicible fatras, si bien qu'on eût dit le bureau d'un étudiant en pleines recherches : des piles de livres, certains ouverts et emplis de notes, des liasses de coupures de presse retenues ensemble par des trombones, des pages noircies, des cartes diverses, des photos étalées, une loupe, des ciseaux, plusieurs règles… Fichtre, même sur son propre bureau, Edward n'avait jamais vu pareil fouillis ! Aux murs, les bibliothèques débordaient de livres, de feuilles et de carnets, disposés pêle-mêle sans précaution. Et le sofa relégué près de la cheminée ne valait guère mieux, enseveli sous autant de papier et de volumes reliés.

— Mais que fabriques-tu donc ici, vieux chenapan ? chuchota Pierce.

Le détective se remémora bien sûr la lettre dans laquelle Pat Molloy disait avoir mené des recherches et réuni « une somme de documents non négligeable ».

Mais la phrase qui le hantait était celle qui, à la lumière des circonstances, prenait une tournure véritablement préoccupante : « je commence à craindre non plus seulement pour ma santé mentale, mise à rude épreuve par mes découvertes, mais aussi pour ma personne physique ». Était-il arrivé quelque chose au père Molloy ?

Pierce parcourut brièvement les livres et les documents qui étaient entassés sur la table, repérant ici et là, à la hâte, les sujets auxquels ils étaient consacrés. Certains étaient liés à l'ancienne colonie de Roanoke – une vieille et étrange histoire dont Pierce avait déjà entendu parler –, d'autres abordaient le mystère des quatre mégalithes de Blackmore ou encore la chute d'un météore au large de ses côtes, en l'an 1700. Plusieurs articles évoquaient la disparition de soixante-deux soldats de la milice locale, en 1887, au fort Victoria, et d'autres encore décrivaient des événements violents inexpliqués, survenus sur l'île au cours des derniers siècles, allant de plusieurs séries de meurtres à un nombre singulier de naufrages, de catastrophes naturelles…

Perplexe, Edward abandonna la table pour s'avancer lentement vers l'autre bout du salon, où subsistaient deux portes fermées.

Derrière la première, il trouva une simple cuisine, dans un ordre respectable. Tout était propre, tout était rangé : on eût même dit qu'elle n'avait pas servi depuis plusieurs jours. La dernière porte, enfin, donnait sur la chambre à coucher. Là aussi, tout était en ordre : le lit était fait, les rideaux tirés, les armoires et les tiroirs fermés.

De plus en plus alarmé, le détective entreprit de fouiller les meubles, d'inspecter chaque recoin, jetant un coup d'œil sous le lit, éprouvant la poussière sur les surfaces boisées. Rapidement, à l'aune de son expérience d'investigateur, il aboutit à ces premières constatations : il se trouvait dans la chambre d'un homme qui avait soigneusement fait ses valises. Des espaces vides dans les alignements de vêtements, dans la rangée de chaussures, la trace rectangulaire laissée sur le lit par une lourde malle, l'absence d'un nécessaire de toilette dans la salle d'eau… La chose lui parut plutôt rassurante : le prêtre était peut-être tout simplement parti dans la précipitation, hypothèse bien moins inquiétante que celles qu'il avait commencé à envisager.

Revenu sur ses pas, il était en train de fouiller l'entrée quand il entendit trois coups secs frappés contre la porte du presbytère. Le détective se plaqua aussitôt contre un mur et ne fit plus un bruit. Un bref silence, puis on cogna de nouveau, plus longuement et plus fortement. Lorsqu'il entendit la porte s'ouvrir en bas des marches, Pierce serra la mâchoire et fila sur la pointe des pieds dans la salle d'eau, où il se tapit tant bien que mal derrière la large cuve en bois qui y faisait office de baignoire. Les bruits de pas montèrent lentement et une voix s'éleva dans l'entrée. C'était celle de la diaconesse.

— Père Molloy ? Z'êtes là ?

Edward se recroquevilla et retint sa respiration lorsque la porte de la salle d'eau se mit à grincer, juste devant lui.

— Père Molloy ?

Pierce ferma les yeux, et alors les secondes de silence lui parurent interminables, jusqu'à ce que les pas, enfin, s'éloignent vers le salon. Ils résonnèrent dans la chambre, avant de revenir vers l'entrée.

— Mais qu'est-ce qu'y a fabriqué encore, çui-là, Sainte Vierge ? maugréa la vieille femme dans sa barbe en poussant des soupirs exaspérés. Où qu'il est donc, bon sang ? Seigneur, c'te foutoir ! Ah ben y d'vait être encore dans un drôle d'état, l'Irlandais, tiens ! Pour un peu qu'il est même pas rentré d'la nuit ! L'a même laissé la lumière allumée et la porte ouverte !

Elle continua de ronchonner tout en descendant l'escalier. Le détective attendit d'entendre la porte claquer pour sortir de sa cachette, essuyant les gouttes de sueur sur son front.

N'écoutant plus que son instinct, il enfila une paire de gants et retourna d'un pas preste vers le salon. Là, il se saisit d'un carton qui traînait au sol et dans lequel, à la hâte, il entassa les documents étalés sur la table : photos, notes, coupures de presse…

L'instant d'après, il sortait du presbytère à son tour, non sans s'être assuré, en entrebâillant la porte, que personne ne pourrait le voir.

Une fois dans la rue, carton sous le bras, il se mit prestement en route pour l'hôtel. Par prudence, il emprunta les petits chemins de terre qui longeaient les jardins de derrière et contourna ainsi Walker Square, où il eût été exposé au regard des fidèles qui s'en allaient à la messe.

Arrivé au *Mousetrap Inn*, il monta directement dans sa chambre pour y examiner de plus près les documents du père Molloy.

8.

— Voici la chambre de notre chère Margaret, annonça tristement Arnold en ouvrant une porte à l'étage de Murdoch Manor, au bout d'un long couloir.

L'élégant majordome alluma cérémonieusement deux lampes à pétrole. Lorraine le remercia d'un signe de tête en pénétrant dans la grande pièce aux volets fermés. L'homme, debout sur le seuil, la regarda commencer son investigation.

Sans toucher à quoi que ce fût, elle fit d'abord le tour de cette chambre cossue, comme on visite un musée, afin de se représenter l'occupante des lieux. Tenant fermement son précieux Leica entre les mains, elle s'arrêtait ici et là pour prendre une photo, ainsi que le lui avait appris le commissaire Belin lors de la formation qu'elle avait suivie auprès de lui. Au moment du développement des clichés, on remarquait parfois des détails qu'on avait négligés sur place.

Tout était soigneusement rangé, ordonné – presque trop –, et la première chose qui frappa Lorraine fut que nulle part il ne subsistait d'objets qui eussent pu appartenir à Margaret Waldon quand elle était enfant. Pas d'anciens jouets, pas de poupée en porcelaine usée, pas de dessin conservé avec nostalgie, pas de vieux certificat de scolarité accroché aux murs, aucun trophée du temps jadis... Il n'y avait là, bien rangées au milieu des boiseries et des moulures en plâtre défraîchi, que les affaires impeccables d'une jeune femme sérieuse, sans fantaisie. Le seul vestige du passé que Lorraine put trouver fut la photo d'un couple de trentenaires, posée sur la table de nuit. Elle devina qu'il s'agissait des parents de Mlle Waldon.

— À quel âge Margaret est-elle arrivée ici ? demanda la Française à Arnold tout en continuant son inspection.

— Elle avait six ans quand ses parents ont été emportés par le choléra, en 1910. Dieu les bénisse. Elle a dû être rapatriée de Milan, pour vivre avec nous, à Blackmore. Elle ne nous a pas quittés depuis lors.

— Et sir Ronald, lui-même est revenu sur l'île en...

— En 1901. À la mort de M. Cornelius Waldon, son père, sir Ronald avait pris sa retraite de la Bank of Scotland, quitté Édimbourg et acheté Murdoch Manor, pour s'installer ici définitivement.

— Et être auprès de sa mère ?

— Non, Mme Waldon n'était déjà plus de ce monde, répondit le majordome dans un soupir désolé.

— En somme, sir Ronald n'est revenu sur l'île que lorsque ses parents n'y étaient plus...

— C'est une façon de voir les choses, répondit Arnold, légèrement offensé. Je pense que la mort de son père a simplement réveillé chez Monsieur un certain mal du pays.

Lorraine s'arrêta devant un tableau de belle facture, quoique lugubre, où l'on voyait le manoir, représenté à l'heure bleue, dans ces premiers instants de la tombée du soir, que l'on appelle « entre chien et loup ». Une seule fenêtre y avait été peinte allumée, et il sembla à la jeune femme qu'il s'agissait précisément de l'une des trois fenêtres de cette chambre.

— Pourquoi a-t-il acheté ce manoir ? N'y avait-il point de propriété familiale ?

— Je suppose que Monsieur ne voulait pas vivre parmi des fantômes. Ce manoir n'avait jamais été occupé avant nous, puisque sir Francis Murdoch, qui l'avait fait construire, mourut avant qu'il fût terminé. Cela nous assurait au moins qu'il n'était pas hanté…

Lorraine hocha la tête dans un semblant de sourire, se remémorant sa conversation de la veille avec Edward Pierce, le « détective de l'étrange ». Elle s'immobilisa ensuite devant une vitrine où une splendide collection de fossiles était consciencieusement exposée. Des ammonites, des trilobites, des empreintes de végétaux prises dans la roche sédimentaire : c'était un véritable cabinet de paléontologue.

— Ah ! Vous avez trouvé le trésor de Mlle Margaret ! intervint Arnold qui se tenait devant la porte. Elle nourrit une passion pour la géologie et l'archéologie…

Lorraine se colla à la vitre pour mieux observer. Aucune de ces momies de pierre ne portait la couleur caractéristique du granite de Blackmore.

— Les a-t-elle ramassés ici ?

— Non. Je ne crois pas qu'il y ait beaucoup de fossiles par ici. La plupart viennent de Guernesey.

— Elle s'y rend souvent ?

— Moins maintenant. Mais elle aimait y passer ses samedis, quand elle était adolescente et que le SS *Courrier* permettait de faire un aller et retour dans la journée.

— A-t-elle des amis à Guernesey ?

— Pas que je sache. Je crois qu'elle s'y promenait seule, pour ramasser des fossiles, ou pour faire, de temps en temps, un pèlerinage à Hauteville House, la demeure de Victor Hugo, qu'elle aime follement. Margaret est très sensible à la poésie, voyez-vous ? À vrai dire, elle est un peu poète, à sa manière…

— Et ici, sur Blackmore, compte-t-elle beaucoup d'amis ?

— Des collègues de travail à l'Armée du salut, essentiellement. Vous savez, Margaret a toujours été une jeune fille solitaire. Attention, je ne dis pas qu'elle soit malheureuse ou qu'elle peine à se faire apprécier. Au contraire, tout le monde l'aime, notre chère Margaret. Mais voilà, c'est dans son caractère : elle chérit l'isolement. On associe souvent, à tort, la solitude au chagrin. Il est des âmes seules plus heureuses que des esprits mondains.

— Certes, et avoir trop d'amis, c'est n'en avoir aucun… Quels sont ses rapports avec sir Ronald ?

— Oh, ils sont excellents, comme il vous l'a dit ! Margaret est une jeune femme délicieuse, et je peux dire sans la moindre hésitation que ces deux-là s'aiment tendrement. Je ne crois pas exagérer en vous confiant que sir Ronald ne vit plus aujourd'hui que pour Margaret.

— Aurait-il voulu corriger le passé en offrant à sa petite-fille l'amour que, trop occupé par sa carrière à la Bank of Scotland, il n'avait jamais su témoigner à son propre fils ?

Le silence du majordome valait acquiescement.

— C'est elle ? demanda Lorraine en s'arrêtant devant un magnifique portrait, orné d'un cadre aux arabesques dorées.

En réalité, elle connaissait déjà la réponse, car elle retrouvait les traits et la chevelure rousse de Margaret, quand bien même elle ne l'avait vue qu'enfant.

— Sir Ronald lui a offert ce portrait pour ses dix-huit ans.

— Qui l'a exécuté ?
— Un peintre de l'île dont le nom m'échappe.
— Il est saisissant, affirma la Française en reculant de quelques pas pour le voir mieux.

Hormis la lumière, qui donnait à l'ensemble une aura fantastique, la toile était d'un réalisme si troublant qu'on eût dit que son sujet vous dévorait des yeux. Le visage adolescent de Margaret, quoique fort pâle, paraissait habité d'un esprit si vivant qu'on s'attendait à le voir bouger. Le regard brillait d'intelligence, le front était empreint de mélancolie et les sillons qui bordaient les paupières conféraient à cette figure une sorte de sagesse, de sérénité triste, qu'on ne trouve d'ordinaire que dans les yeux d'une personne âgée.

— Tiens donc, murmura Lorraine en notant un détail au centre du tableau.

Elle le prit en photo et poursuivit son exploration, déambulant à présent le long de la bibliothèque, qui couvrait un mur entier de la chambre.

Convaincue que l'on n'en apprenait jamais autant au sujet d'un être qu'en consultant ses livres, la Française s'attarda devant les étagères emplies d'ouvrages, dont beaucoup étaient des éditions remarquables. Classés par thèmes et par auteurs, ces beaux livres témoignaient non seulement de la fortune de sir Ronald Waldon, mais aussi de l'intérêt de sa petite-fille pour des domaines du savoir bien particuliers : l'archéologie, en effet, mais aussi la philosophie, l'anthropologie, l'alchimie, les civilisations et les mythes anciens. Entre autres titres d'une grande rareté, Lorraine repéra la traduction latine du *Liber divinitatis de septuaginta*, du savant arabe Jabir ibn Hayyan, datée du XIIe siècle ; la traduction anglaise du très étrange *Livre d'Eibon*, que la légende attribuait à un sorcier de l'Hyperborée ; une reproduction de la fin du XVIe siècle de l'ouvrage inachevé de sir Walter

Raleigh, *The Historie of the World, in five bookes*, et aussi des ouvrages plus récents, mais non moins rares, comme l'*Itinerarium* de Cyriaque d'Ancône ou l'*Essai sur l'origine et la progression des êtres*, de Jacques Boucher de Perthes. Margaret Waldon, qui lisait non seulement l'anglais, mais aussi le latin et le français, n'était pas une jeune femme comme les autres, songea Lorraine en caressant le cuir des reliures.

Elle sourit intérieurement : ces livres, à n'en pas douter, eussent fait tomber M. Edward Pierce en pâmoison, lui qui, la veille au soir, lui avait avoué sa fascination pour les sciences dites « occultes ». Mais elle sourit davantage encore en constatant que ce corpus ésotérique, si sérieux qu'il se voulût, devait tolérer pour voisin, dans cette bibliothèque singulière, un rayonnage entier réservé aux revues de littérature populaire américaine, ces fascicules modestes où le fantastique côtoyait le roman policier, l'aventure exotique et la science-fiction, dans les collections intégrales des *Detective Story Magazine*, *Argosy All-Story Weekly*, *Black Mask*, *Weird Tales* et autres *pulp magazines* bon marché auxquels Mlle Waldon était abonnée de longue date – son nom figurait sur les petites étiquettes collées en quatrième de couverture. Il y avait, réunie dans ces pages granuleuses de papier bas de gamme, la fine fleur des auteurs populaires de l'époque : il y avait les jungles et la terre creuse d'Edgar Rice Burroughs, les Indes et l'Égypte de Talbot Mundy, les monstres indicibles d'Abraham Merritt ; il y avait les voyages extraordinaires de tous ces auteurs à l'imagination débridée, ces enfants de Jules Verne et de H. G. Wells que Lorraine lisait elle-même à Paris, en secret, avec un mélange de gêne et de passion. Et aussitôt elle éprouva pour Margaret Waldon un élan de sympathie, une sorte de sororité littéraire, car sans doute avaient-elles accompli ensemble, par l'esprit, les plus beaux des périples, ceux qui vous transportaient en quelques pages vers des planètes lointaines, des continents oubliés ou des ruelles sombres où fourmillait le crime. N'y avait-il rien de plus magique, au fond, que les livres, quand ils offraient aux âmes solitaires un pont réconfortant entre leurs tours d'ivoire ?

Bribe de sourire aux lèvres, Lorraine allait quitter la bibliothèque pour reprendre sa visite quand les pages d'un livre ouvert, posé négligemment sur le rebord de l'une des étagères, attirèrent son regard.

Fronçant les sourcils, elle rabattit doucement la couverture de vélin pour en découvrir le titre : *Cath Maighe Tuireadh*. Sans en comprendre le sens, elle reconnut dans ces mots leur racine gaélique, probablement irlandaise. Le livre lui-même regorgeait d'une foule de symboles celtiques – triskèles, croix, nœuds et entrelacs divers – qui laissaient peu de doute quant à son origine. Au milieu des ouvrages anglais, latins et français, ce livre au beau papier de Chine, qui contenait moins de cent pages, détonnait déjà quelque peu, mais ce qui avait attiré l'attention de Mlle Chapelle se situait au cœur de la double page à laquelle elle l'avait trouvé ouvert : on y voyait, dans un cercle, un ensemble de symboles qui lui parurent fort proches de ceux tracés sur la lettre anonyme qu'avait reçue sir Ronald Waldon. Les mêmes arrangements de petits bâtons entrecroisés. Après avoir noté le titre du livre sur son carnet, elle prit en photo les étranges symboles.

9.

Dehors, sous le ciel gris, les pluies d'octobre frappaient aux fenêtres dans un tintement aigu qui se mêlait aux murmures lancinants du vent. Cela faisait près d'une heure qu'Edward Pierce, dans la semi-quiétude de sa chambre d'hôtel, étudiait, de plus en plus interdit, les notes et les documents de son ami le père Molloy. Ici et là, il reconnaissait l'écriture de l'Irlandais. La frénésie de ses ratures comme de ses soulignements témoignait de l'exaltation qui avait dû accompagner ses recherches. Elle lui rappelait celle qui les avait animés tous deux lors de leurs découvertes, fantastiques et terrifiantes, sur la route de Constantinople. Quel terrible secret le prêtre avait-il pu mettre au jour sur cette île coupée du monde ?

Si la majorité des pièces rassemblées ici concernait l'histoire de Blackmore et certains mystères qui lui étaient rattachés – tels ses mégalithes, ses épisodes d'hystérie collective ou la chute d'un météore en l'an 1700 –, une quantité non négligeable traitait, elle, de la colonie de Roanoke. Celle-ci n'avait, à première vue, aucun rapport avec Blackmore, mais deux similitudes permettaient toutefois de penser que la présence de ces documents dans les notes de Pat Molloy n'était pas due au hasard. Et, songea le détective, ces deux similitudes devaient être au cœur des fameuses « étonnantes découvertes » que le prêtre avait mentionnées dans sa lettre.

D'abord, Roanoke était une île, elle aussi. Une île un peu plus grande, au large de la Caroline du Nord, célèbre pour avoir accueilli la première colonie anglaise en Amérique, en l'an 1584. Chargé par la reine Élisabeth Ire d'Angleterre d'établir une communauté au nord de la Floride, sir Walter Raleigh y avait effectué un premier voyage pour choisir le site idéal. Optant pour cette île aux ressources nombreuses, il y fit venir sept navires, avec six cents colons à leur bord. Rapidement, les Anglais s'installèrent à Roanoke et y bâtirent des maisons. Au cours de l'hiver suivant, les conflits avec les populations amérindiennes locales se multiplièrent, alors que les ressources de l'île commençaient à s'épuiser. Walter Raleigh entreprit donc un voyage vers l'Angleterre, afin de ramener vivres et renforts. Quand il revint aux Amériques, en juillet 1586, il fut confronté à un mystère stupéfiant : en débarquant sur l'île, il trouva le site désert, abandonné, comme si tous les colons avaient soudain disparu. Le fort, les maisons, les rues, tout était vide, abandonné, et aucun indice ne permettait de conclure à une éventuelle attaque. En explorant le village, Raleigh découvrit sur un poteau un indice troublant : quelqu'un y avait tracé le mot « Croatoan ». Huit lettres gravées à la pointe d'un couteau, comme un message mystérieux que les derniers colons avaient laissé à la hâte, avant de disparaître. D'aucuns avancèrent l'idée que la colonie avait dû être rasée par les Amérindiens de Roanoke. Mais alors pourquoi n'y avait-il aucun signe de bataille ? Aucun cadavre ? Où diable étaient-ils donc passés ?

Après plusieurs mois de fouilles acharnées, l'on se résolut à conclure que tous les colons étaient morts, bien qu'aucun corps ne pût être retrouvé. Depuis des siècles, archéologues et historiens tentaient en vain de trouver une explication à ces disparitions mystérieuses, et l'on appelait désormais la colonie de Roanoke la « colonie perdue ».

Or, il se trouvait qu'un événement de même nature s'était déroulé sur Blackmore, trois siècles plus tard. En témoignaient plusieurs coupures de presse réunies par le père Molloy, dont un article publié en septembre 1887 dans la *Channel Islands Gazette*, intitulé « Les disparus de Blackmore ». On y apprenait en effet que, dans la nuit du 19 août 1887, les soixante-deux soldats de la milice occupant le fort Victoria avaient, eux aussi, mystérieusement et soudainement disparu ! Aucun signe d'attaque sur le fort, aucun désordre, aucune piste laissée sur les terres alentour. Malgré de nombreuses fouilles, les militaires anglais chargés de protéger l'île n'avaient pu être retrouvés, et ces disparitions restaient aujourd'hui encore une énigme…

Était-ce donc là le mystère autour duquel enquêtait le père Molloy, et quelle découverte suffisamment édifiante avait-il faite pour demander au détective Pierce de le rejoindre ici au plus vite ?

L'Anglais était en train de parcourir d'autres notes de son ami quand ses yeux s'arrêtèrent sur une page manuscrite où trois noms, chacun accompagné d'une date, avaient été entourés plusieurs fois, d'un geste rageur. « Élias Carteret, 4 août 1925 », « Diana Tudor, 18 septembre 1925 », et « Margaret Waldon, 2 octobre 1925 ». Pierce fronça les sourcils en reconnaissant le dernier patronyme. Waldon.

C'était celui du millionnaire que Lorraine Chapelle, rencontrée la veille ici même, lui avait dit être venue voir. Et dans l'esprit d'Edward Pierce, ce genre de coïncidences n'existait pas.

Alors qu'il venait de plier cette feuille volante et de la glisser dans la poche intérieure de son veston, on frappa lourdement à la porte de sa chambre d'hôtel.

Intrigué, le détective alla ouvrir. Sa surprise ne fit que croître en découvrant le visage des deux policiers qui attendaient sur le palier.

— Monsieur Edward Pierce ?

— Détective Pierce, corrigea le Britannique.

— M. le juge Gaudion nous a demandé de vous escorter sur l'instant jusqu'au palais de justice, afin qu'il puisse s'entretenir avec vous.

— Par Jove ! Mais à quel sujet ?

— Au sujet de la disparition du père Molloy, monsieur.

10.

— Non, mademoiselle, ce n'est pas possible. Vous serez mignonne, vous refermerez bien la porte en sortant.

Lorraine s'efforça de ne pas se laisser atteindre par la condescendance odieuse de son interlocuteur. Elle tenta, une dernière fois, la méthode douce et polie, quand bien même elle avait cessé depuis longtemps de croire à l'efficacité de celle-ci.

— Permettez-moi d'insister, monsieur : j'ai été missionnée par sir Ronald Waldon pour retrouver sa petite-fille. J'aimerais donc simplement m'entretenir un instant avec M. le juge Gaudion, afin qu'il puisse, s'il le veut bien, me dire où en sont les recherches concernant les trois personnes disparues. Ce ne sera pas long.

Le palais de justice de Blackmore, sis au coin de Devon Street et de la rue de l'Église, était un bâtiment haut de deux étages, dont la façade jaune se dressait derrière une grille en fer forgé et arborait fièrement, sur un drapeau, les armoiries de l'île. Figurant deux lions face à face sur un pont, elles faisaient référence aux armes du duché de Normandie, dites « de gueules à deux léopards d'or ». L'ajout du pont symbolisait ici le lien qui, par-dessus la Manche, unissait à jamais Blackmore aux terres normandes. Siège de la justice pour toute l'île, le palais renfermait un tribunal, mais aussi les bureaux du juge et de ses employés, deux geôles et les locaux de la police, laquelle était dirigée par le connétable Parker. Ce dernier était un homme d'une quarantaine d'années, grand et maigre, les joues creuses, la bouche fine, les yeux enfoncés et habités d'une roideur rebutante, et sur son crâne se livraient bataille des cheveux aussi gras qu'ils étaient rares. Sa voix, à la fois enrouée et serrée, n'était pas fondamentalement plus attrayante.

— Missionnée ? Mais à quel titre ?

— Celui de détective privée.

— Détective ? Une femme ? s'étonna le connétable avec aplomb, comme si son étonnement eût été légitime.

Le pauvre homme ignorait que cette petite phrase venait de sceller son sort à tout jamais.

— Il n'est pas plus étonnant de voir une femme détective qu'un homme totalement crétin, vous savez ?

— Pardon ?

— Dites à M. le juge que j'aimerais le voir, et allez jouer avec des cubes, s'il vous plaît.

Décontenancé, le connétable se mit à bégayer bêtement en la dévisageant, les yeux écarquillés.

— Mais… je… enfin… des cubes ? Quels cubes ?

Lorraine fit de grands gestes explicites.

— Vous Parker, moi Chapelle. Vous chercher juge.

M. Parker, qui était resté assis jusqu'alors, se dressa d'un bond, l'air fâché et menaçant.

— Mais, enfin, mademoiselle, cessez de me parler de la sorte ! Je ne suis pas complètement stupide !

— Dans ce cas, vous êtes un comédien hors pair. Changez de métier. Y a-t-il un théâtre sur Blackmore ?

— Bon, écoutez, votre plaisanterie de mauvais goût a assez duré. De toute façon, M. le juge ne reçoit pas au pied levé. Si vraiment vous voulez le voir, il faut envoyer une lettre.

— À quoi bon envoyer une lettre, puisque je suis ici ?

— Afin qu'elle puisse être lue et votre demande étudiée !

— Par qui donc ?

— Eh bien, par le secrétaire de M. le juge !

— Dans ce cas, laissez-moi voir ledit secrétaire, je me ferai une joie de lui signifier tout de suite, et de vive voix, ce qui se trouverait dans cette missive. L'urgence de cette affaire ne saurait souffrir la lourdeur d'une correspondance plus qu'elle ne souffre déjà la vôtre.

— M. le secrétaire ne reçoit pas non plus au pied levé, mademoiselle ! Je vous l'ai dit : il faut une lettre.

— Si je devais en envoyer une, monsieur, ce serait au lieutenant-gouverneur de Guernesey.

Après les rapides explications de sir Ronald Waldon, Mlle Chapelle avait pris le temps d'étudier plus avant l'organisation politique des îles Anglo-Normandes. Le lieutenant-gouverneur – en tant que représentant du monarque britannique dans le bailliage de Guernesey – était la plus haute autorité de l'État, surpassant celle du gouverneur et du juge de l'île.

— Et que lui diriez-vous ? rétorqua le connétable sur un ton de défi plein de suffisance.

— Que vous êtes fort divertissant mais dangereusement incompétent, et donc tout à fait incapable de mener cette enquête.

— Incompétent ? s'exclama Parker.

— Dangereusement.

— Mais de quel droit l'affirmez-vous, mademoiselle, puisque vous ne savez rien de notre enquête, et que c'est justement pour cela que vous voulez la connaître ?

— Du droit de toute femme et de tout homme à combattre par le raisonnement ce qui lui paraît nuisible, à défendre par les actes ce qui lui paraît juste et utile, et à opposer au droit du plus bruyant celui du plus capable.

— Pardon ? Vous êtes complètement folle !

— Prouvez-le ! Opposez à l'erreur la vérité, plutôt que la colère au raisonnement ! Usez du peu de facultés dont la nature vous a parcimonieusement gâté pour distinguer la tutelle publique de la raison individuelle et...

— Je... je ne comprends rien de ce que vous dites...

— Manifestement. Allez me chercher un responsable !

Au même moment, comme l'avait espéré Lorraine en cherchant volontairement à provoquer chez son adversaire une rogne tapageuse, la porte la plus éloignée du comptoir d'accueil s'ouvrit brusquement et l'on vit apparaître un homme mûr, en robe de soie noire de magistrat, c'est-à-dire ornée d'une cravate blanche, large et plissée. Avançant d'une allure nonchalante, les épaules voûtées, l'homme agita mollement ses larges mains, tandis qu'une grimace d'agacement et de lassitude se dessinait sur son visage tout en longueur. Son collier de barbe, son nez aquilin, ses joues marquées d'un grand sillon, ses larges oreilles et son épaisse chevelure en pointe lui donnaient de faux airs d'un Abraham Lincoln sexagénaire et désabusé.

— Mais qu'est-ce que c'est encore que tout ce ramdam, monsieur Parker ?

— Eh bien, c'est cette demoiselle, monsieur le juge, qui me dit que le droit... que la raison... Que dites-vous, déjà ?

— Lorraine Chapelle, se présenta calmement la Française en tendant la main au juge Gaudion. Vous tombez à pic : je voulais justement m'entretenir avec vous, au sujet des disparitions des derniers mois, et en particulier de celle de Mlle Margaret Waldon. Je conduis une enquête sur la jeune femme.

— Une enquête ? Mais à quel titre ?

— Ah ! C'est exactement ce que je lui ai dit ! intervint le connétable, reprenant soudain un peu de contenance.

— Je suis diplômée de l'Institut de criminologie de la faculté de Paris, Votre Honneur, et mandatée par sir Ronald Waldon pour retrouver sa petite-fille dans les plus brefs délais.

Au même instant, du côté opposé, la porte d'entrée du palais de justice s'ouvrit. On y vit entrer le sieur Edward Pierce, et son parapluie bleu, encadré par deux policiers.

— Tiens ! Vous êtes là, vous aussi ? s'étonna le détective en découvrant Lorraine.

Commença alors une scène légèrement confuse qui, dans d'autres circonstances, eût pu être qualifiée de burlesque, tant l'enchevêtrement des dialogues qui suivirent cette deuxième entrée théâtrale évoquait un vaudeville à peine digne du pauvre M. Feydeau :

LE CONNÉTABLE

Aha ! Vous vous connaissez ? Comme c'est bizarre !

LORRAINE *(à Edward)*

Je mène une enquête sur une disparition… Mais vous, que faites-vous là ?

LE JUGE *(aux policiers)*

Est-ce bien l'homme qui a été vu ce matin chez le prêtre ?

EDWARD *(à Lorraine)*

Une disparition ? Vous êtes donc au courant, pour le père Molloy ?

UN POLICIER *(au juge)*

C'est en effet M. Edward Pierce, qui…

EDWARD

Détective Pierce, je vous prie ! Sujet de Sa Majesté le roi George V.

LORRAINE *(à Edward)*

Que voulez-vous dire ? Le père Molloy aurait-il disparu, lui aussi ?

LE CONNÉTABLE

Ce ne sont pas vos affaires, mademoiselle ! Laissez la police…

LORRAINE

Taisez-vous donc, misérable sot…

EDWARD *(à Lorraine)*

Comment cela, « lui aussi » ? Mais qui d'autre a disparu ?

LE CONNÉTABLE *(au juge)*

Avez-vous vu comme elle me parle, cette… cette insolente ? Nous ne pouvons pas laisser une femme – étrangère, de surcroît – parler ainsi à un représentant de l'ordre.

LORRAINE *(à Edward)*

Margaret Waldon, la petite-fille de sir Ronald Waldon, ainsi que deux autres habitants de l'île avant elle…

Le juge *(au connétable)*

Sur le fond, mademoiselle n'a pas tout à fait tort...

Edward *(à Lorraine)*

Saint Christ ! Attendez voir... Se pourrait-il qu'il s'agît d'Élias Carteret et de Diana Tudor ?

Lorraine

Précisément ! Comment le savez-vous ?

Le connétable

Mais enfin, monsieur le juge...

Le juge, Edward et Lorraine *(de concert)*

Taisez-vous donc !

Un policier *(au juge)*

Que doit-on faire de M. Pierce, Votre Honneur ?

Edward

Détective Pierce ! *(Puis, à Lorraine :)* Je vous expliquerai, la chose est un peu compliquée...

Lorraine

Cela fait donc quatre disparus, désormais ! Ah, mais çà, monsieur le juge, vous n'allez pas pouvoir étouffer cette affaire plus longtemps !

Le connétable *(au juge)*

Elle m'a demandé d'aller jouer avec des cubes ! Vous rendez-vous compte ?

— Il suffit ! s'exclama le juge Gaudion en frappant du poing sur le comptoir d'accueil. Que tout le monde se taise ! Vous ! Faites entrer mademoiselle et monsieur dans mon bureau, et les autres, disparaissez de ma vue !

Le policier sollicité s'exécuta. Avant que la porte du bureau du juge ne se referme derrière elle, Lorraine adressa un baiser distant au piteux connétable, qui semblait avoir perdu en quelques minutes au moins le quart de sa taille.

11.

— Votre Honneur, puisque vous nous affirmez que rien ne vous tient plus à cœur que d'élucider le mystère de ces trois disparitions, qui en sont devenues quatre, j'en déduis que vous vous réjouissez de l'aide que deux investigateurs privés pourront vous apporter et que vous ferez donc tout ce qui est en votre pouvoir pour faciliter notre enquête…

Le cabinet du juge était d'un faste ostentatoire : la finesse des marqueteries le disputait à celle des bronzes, les pendules resplendissaient sur des meubles – secrétaires à cylindre ou bureaux Mazarin – qui ne pouvaient être sortis que des ateliers de grands maîtres ébénistes, les bordures de glaces, les plafonds et les boiseries étaient aussi magnifiquement ouvragés que s'il se fût agi d'un cabinet royal, et le large bureau ministre derrière lequel le magistrat se tenait crânement dans un fauteuil Louis XV était au moins aussi long qu'une table de billard. Quant au sourire infatué dudit magistrat, il en disait autant sur sa suffisance.

— Sans vouloir vous offenser, mademoiselle, quel âge avez-vous, et depuis combien de temps êtes-vous sur notre île ?

— J'ai l'âge auquel les facultés intellectuelles d'un être humain sont à leur sommet, Votre Honneur. Une étude récente tend à prouver que le déclin de la mémoire s'amorce aux environs de la vingt-cinquième année – il y a fort longtemps pour vous, donc. Et la mémoire étant l'un des outils fondamentaux de l'investigation, il ne me reste plus guère que quelques mois, j'en conviens, pour être à l'apogée de mes capacités de déduction. C'est pourquoi nous devons faire vite. Quant à savoir depuis combien de temps je suis sur votre île, dois-je comprendre que, comme moi, vous pensez que la distance que j'entretiens avec elle est un atout majeur, garant de mon objectivité, et me mettant à l'abri de toute connivence avec d'éventuels suspects ?

Edward Pierce, assis près de Mlle Chapelle, lissa ses magnifiques moustaches pour tenter de cacher le rictus de délectation que lui inspirait l'effronterie de sa voisine. Faisant mine de regarder ailleurs, il en profita pour admirer une sculpture de bois représentant un apprenti tailleur de pierre qui, marteau et ciseau en main, dégrossissait un rocher. Sur le socle de ladite statue, on avait gravé un emblème qui n'échappa point au détective féru de symbolisme : une équerre et un compas entrecroisés. Il se demanda alors s'il était possible que ce juge fût initié aux mystères de la franc-maçonnerie. Le matin même, de Devon Street, Edward avait justement cru apercevoir, au loin, un temple maçonnique aux dimensions impressionnantes…

Pour sa part, le magistrat, ayant écouté la réplique de la jeune Française, se montra bien moins outré qu'il eût pu l'être et, à vrai dire, il parut aussi amusé que le détective.

— Le tout est donc de savoir, mademoiselle, ce qui prime dans une affaire de justice : l'intelligence de la jeunesse, ou l'expérience du vieux sage. Je vous accorde volontiers un don pour la première, mais laissez-moi vous faire profiter de la seconde. Vous êtes sur une île de mille habitants environ. Ici, tout le monde connaît au moins le cousin germain de quelqu'un, et ce depuis des générations. En revanche, comme en toute terre insulaire, on se méfie des étrangers. Il suffit de voir se dresser les trois forts militaires sur nos falaises pour mesurer combien la peur de l'invasion forge le caractère d'une communauté isolée par les flots. Lors, si charmante que soit votre pétulance toute parisienne, je me permets de vous mettre en garde contre les inimitiés qu'elle pourrait vous attirer.

— Je ne suis pas venue chercher l'amitié, Votre Honneur, mais la trace d'une jeune femme disparue.

— Soit. Faites donc à votre guise. Et vous, monsieur, pouvez-vous me dire ce que vous faisiez, ce matin, chez le père Molloy ?

— Nous avions rendez-vous.

— Et l'avez-vous vu ?

— Eh bien, non, puisqu'il a disparu.

— Pourtant on vous a vu entrer chez lui, insista le juge en levant un sourcil suspicieux.

— La porte était ouverte, mentit Edward, et la lumière allumée. Nous sommes suffisamment proches pour que je prisse la liberté de monter, en espérant le trouver et lui faire une surprise. Malheureusement, il n'était pas là.

— Et vous êtes alors retourné à votre hôtel, plutôt que de venir directement ici signaler sa disparition ?

— Pardon, mais à ce stade, je n'avais pas conclu à une disparition, simplement à une absence.

C'était, évidemment, un nouveau mensonge. Edward Pierce – qui s'était déjà fait, lui aussi, une petite idée de la qualité de la police locale – préférait garder sous silence le motif réel de son retour à l'hôtel, n'ayant pas la moindre intention de partager avec le juge les documents qu'il avait trouvés chez son ami.

— Rien n'indiquait qu'il eût été attaqué ou même cambriolé. J'en ai déduit que la sérénité de votre île expliquait qu'on y laissât aisément porte ouverte, et que le père Molloy devait être auprès de l'un de ses paroissiens. J'ai décidé d'attendre la fin de la messe à mon hôtel, pour retourner le voir cet après-midi.

— Cependant, en arrivant ici, vous sembliez persuadé que le père Molloy avait disparu, rétorqua le magistrat avec l'air satisfait de celui qui croit vous avoir pris en défaut.

— Parce que vos éminents policiers ont eu l'amabilité de me l'apprendre sur le trajet, précisant qu'il ne s'était pas présenté à la messe…

Le juge Gaudion soupira, peu convaincu. Il adressa au détective un regard entendu, qui signifiait : « Je n'insiste pas, mais je sais pertinemment que vous me prenez pour un imbécile. »

— Quels sont vos liens avec lui ?

— Je crois pouvoir dire qu'il est mon meilleur ami, Votre Honneur, quand bien même son installation sur votre île l'an dernier nous a tenus trop longtemps éloignés l'un de l'autre. Il y a quelques jours, j'ai reçu une lettre, par laquelle il m'invitait à venir le visiter. Je me faisais un plaisir de le retrouver – plaisir auquel je me refuse à renoncer. Vous risquez donc, tant qu'il n'aura pas été satisfait, de me revoir aussi souvent que Mlle Chapelle.

— Ô joie ! railla le juge.

Lorraine sembla ne pas avoir entendu ce sarcasme fort indélicat. En réalité, cela faisait un moment qu'elle observait, en silence, l'un des nombreux tableaux qui ornaient le bureau du juge. Non pas que l'œuvre fût d'un quelconque intérêt artistique, mais parce qu'elle représentait un homme dont la physionomie lui était familière, sans qu'elle pût dire pourquoi. Fidèle à ses habitudes, Mlle Chapelle n'hésita pas à verbaliser ses pensées.

— Cet homme me dit quelque chose, annonça-t-elle en pointant le doigt vers la peinture, dans le dos du magistrat.

Le juge se retourna.

— Ah ! Naturellement : il s'agit de l'honorable Cornelius Waldon, mon prédécesseur.

— Mais bien sûr ! s'exclama la jeune femme, faisant soudain le lien avec les traits du vieux lord. Le père de sir Ronald Waldon ?

— Lui-même. Je vous l'ai dit à l'instant : Blackmore est une toute petite île. Les grandes familles se comptent presque sur les doigts de deux mains.

— Tout le monde se connaît, mais tout le monde ne s'apprécie pas forcément... Auriez-vous quelque différend avec sir Ronald Waldon ?

— Aucun. Son père a été l'un des plus éminents juges que notre île ait connus. Nommé en 1854 par la reine Victoria elle-même, alors qu'elle faisait un séjour remarqué sur Blackmore, il a conservé cette digne charge jusqu'à sa mort, en 1901. C'est avec beaucoup d'humilité que je lui ai succédé.

— Voilà qui est bien dommage...

— Pardon ?

— Eh bien, s'il était encore là, sans doute serait-il plus enclin à enquêter sur la disparition de son arrière-petite-fille que vous ne semblez l'être.

Le juge secoua la tête, entre soupir et sourire.

— Je suis bien plus préoccupé par le sort de cette jeune femme que vous ne pouvez le croire, mademoiselle.

— Dans ce cas, si nous en venions à présent au seul sujet qui puisse rendre cet entretien un tant soit peu intéressant : les progrès de votre enquête au sujet des mystérieuses disparitions qui frappent les habitants de Blackmore ?

Le juge, se renfonçant dans son large fauteuil, écarta les bras d'un air impuissant.

— Eh bien, comme vous le dites fort justement, elles demeurent mystérieuses. Aucun des trois individus qui ont disparu n'a laissé de trace, et personne n'a été témoin d'un enlèvement. Nos policiers ont procédé à de nombreux interrogatoires, qui ne leur ont pas donné l'ombre du soupçon d'un début d'indice. À ce jour, la thèse la plus probable reste que ces individus ont tout bonnement décidé de quitter l'île, ce qui est leur droit le plus strict. Chacun est libre de quitter Blackmore, vous savez ? Même vous…

— Ces personnes n'auraient-elles point été vues à bord du SS *Courrier*, si elles avaient quitté l'île ? Avez-vous seulement interrogé le capitaine, les matelots ?

— Bien sûr ! Aucune de ces trois personnes n'a été aperçue à bord. Mais il y a d'autres façons de quitter Blackmore, mademoiselle, ne serait-ce qu'avec un bateau de plaisance.

— Mais si elles avaient vraiment quitté l'île de leur plein gré, comment expliquez-vous que leurs proches aient tous reçu, le lendemain de chaque disparition, une lettre similaire, anonyme et cryptée ?

Le juge ne put retenir une moue de surprise. Sans doute avait-il pensé que Mlle Chapelle ignorait ce détail, qui était pourtant loin d'être anecdotique. Cela signifiait-il que l'histoire des lettres anonymes avait été passée sous silence ?

— Nous n'avons pas été en mesure de décoder ces messages farfelus. Mais comme ils ont été envoyés après les disparitions, et non avant, je suppose qu'ils sont seulement l'œuvre d'un mauvais plaisantin. Nous en comptons malheureusement quelques-uns dans notre communauté.

— Indéniablement.

— Votre Honneur, intervint Pierce, au nom de votre amour évident pour la Justice, auriez-vous l'amabilité de nous laisser lire les rapports de police concernant les nombreux témoins que vous dites avoir entendus ?

— C'eût été bien volontiers, mais l'absence de témoignage concluant n'a pas justifié le moindre rapport écrit. Les policiers m'ont simplement fait un compte rendu oral : personne n'a rien vu.

Lorraine secoua la tête.

— Pas de rapport d'enquête non plus, concernant les relevés d'empreintes, les fouilles approfondies des domiciles et les battues que, bien entendu, vous avez diligemment conduits ?

Le juge haussa les épaules.

— Mais dites-moi, Votre Honneur, vous êtes à la tête d'un véritable New New Scotland Yard[1] ! Vos hommes sont à la pointe de la criminologie ! Ils devraient donner des cours dans les plus grandes facultés d'Europe et d'Amérique...

— Sachez, ironique demoiselle, que notre île a le plus faible taux de criminalité de l'archipel.

— En ce qui concerne le niveau de vos forces de l'ordre, le faible taux de criminalité en est plus probablement la cause que la conséquence... Allons, devant l'incapacité de vos

1. En 1890, Scotland Yard, quartier général de la très réputée police londonienne, fut délocalisé sur Victoria Embankment. On lui donna alors le nom de « New Scotland Yard ».

policiers à résoudre ces mystères, ne devriez-vous pas envisager de faire appel aux enquêteurs du bailliage de Guernesey ?

Un ricanement déforma le visage du magistrat.

— J'ai songé à le proposer à sir Archie Glover, notre gouverneur, mais à présent que nous avons sur l'île deux éminents détectives venus l'un de France, l'autre d'Angleterre, cela ne me semble plus si opportun. Un tandem comme le vôtre devrait être en mesure de résoudre cette affaire en deux coups de cuillère à pot, n'est-ce pas ?

Lorraine et Edward échangèrent un regard perplexe. En vérité, cet entretien calamiteux ne leur avait certes apporté aucune réponse, mais il scellait leur collaboration. À cette minute précise, le sort avait fait de ces deux étonnants investigateurs un couple bien plus redoutable que le juge n'eût pu l'imaginer.

12.

— Ces symboles vous disent-ils quelque chose ?

Lorraine venait de tendre la lettre anonyme à Edward Pierce, tandis qu'ils se dirigeaient ensemble vers le presbytère.

Toutes proches, les cloches de l'église se mirent à sonner vigoureusement, répétant par deux fois une simple mélodie de cinq notes. Il était deux heures de l'après-midi, et les rues de Blackmore étaient toujours aussi désespérément vides. Ce n'était pas que la ville fût déserte, mais plutôt que ses habitants se terraient chez eux, se cachaient peut-être. Le froid modéré du mois d'octobre ne pouvait justifier la chose à lui seul. Lorraine eut l'impression que, derrière les rideaux aux fenêtres, on les épiait. Elle avait même cru voir des silhouettes s'effacer au coin d'une ruelle, et elle eut le sentiment désagréable qu'ils étaient suivis. Elle se retourna plusieurs fois nerveusement, comme si ces regards indiscrets avaient provoqué une démangeaison sur sa nuque.

— Bien sûr, répondit le détective, luttant contre le vent qui s'acharnait à vouloir replier la feuille entre ses doigts. Il s'agit là d'une écriture oghamique.

— Oghamique ? Mais encore ?

— Une forme primitive d'alphabet celtique, ou irlandais, pour être plus précis. Dans la pratique, l'ogham n'est plus utilisé depuis le XIe siècle, mais il arrive qu'on le retrouve encore… dans certains cercles.

— Quel genre de cercles ?

— L'ogham est considéré, par quelques-uns, non comme un simple alphabet, mais comme un système magique et divinatoire à part entière, à l'instar des runes. Pour ma part, je n'y crois pas un seul instant. Les dernières découvertes archéologiques vont d'ailleurs dans mon sens : elles confirment que l'ogham, et ses petits bâtons, était juste un alphabet, utilisé dès le IVe siècle. Il permettait d'inscrire aisément les messages que l'on voulait graver dans la pierre. Contrairement aux runes, auxquelles les druides avaient en effet recours dans leurs incantations magiques, l'écriture oghamique n'avait aucune fonction occulte et n'était utilisée que pour les épitaphes laissées sur les pierres tombales ou les monuments commémoratifs. Certains cultes modernes, toutefois, lui prêtent aujourd'hui une dimension magique, mais on entre alors dans le registre du charlatanisme ésotérique…

— Tiens donc ! s'amusa Lorraine.

Un léger sourire se dessinait sur ses lèvres d'habitude si discrètes.

— Eh bien, quoi ? Ah, je vois ! Vous pensiez qu'un détective de l'étrange devait forcément accorder du crédit au moindre mouvement occultiste ? Vous vous trompez, Lorraine : je suis, au moins autant que vous, un pourfendeur de toute supercherie ésotérique ! J'aime la science comme vous, sinon plus : je lui fais suffisamment confiance pour expliquer, un jour, le mystère des mystères. Ce qui nous différencie, voyez-vous, c'est que moi, je laisse une place au doute, mademoiselle, plutôt que de me nourrir de certitudes ! Ne sauriez-vous donc point admettre que l'inexplicable puisse forger la science de demain ? Que l'imperceptible ne soit que le fruit de notre ignorance ? Et que ce que l'on appelle surnaturel aujourd'hui puisse n'être qu'un naturel qui nous échappe encore ?

— Fichtre, quel plaidoyer ! Je n'ai rien dit, se contenta-t-elle de répondre d'un ton un peu taquin. Et donc, vous sauriez traduire ce texte ?

— Allons, ma culture a ses limites... Je ne connais pas l'alphabet oghamique par cœur. Mais il suffirait que nous trouvions une table de correspondance, et nous pourrions nous y employer.

— Fort bien. Quoi qu'il en soit, je vous tire mon chapeau. Figurez-vous que, dans la chambre de Margaret, il y avait justement un livre irlandais dans lequel j'ai cru reconnaître les mêmes symboles...

— Quel livre ?

Mlle Chapelle sortit son carnet de notes, de peur d'en écorcher le titre.

— Le *Cath Maighe Tuireadh.*

À ces mots, Pierce s'arrêta brusquement de marcher.

— Saperlotte ! Mlle Waldon avait le *Cath Maighe Tuireadh* dans sa chambre ? demanda-t-il, interloqué.

— Oui, pourquoi ? Serait-ce un livre rare ?

— S'il s'agit d'une édition récente, pas vraiment...

— Elle date du siècle dernier, il me semble.

— Alors ce n'est pas d'une grande rareté, dit Edward en reprenant sa marche. L'édition la plus ancienne connue – un manuscrit conservé au British Museum – remonte au

XVIe siècle. Non, ce qui m'intrigue, chère amie, c'est que j'ai vu précisément le même ouvrage sur la table de travail de mon ami le père Molloy !

— Étrange coïncidence, en effet.

— Vous avez dit « étrange » ? la titilla l'Anglais.

— Et de quoi traite-t-il, ce livre ?

— C'est un récit mythologique qui relate les guerres des Tuatha Dé Danann, ces demi-dieux qui, venus de quatre îles légendaires, auraient importé en Irlande la science druidique…

— Quatre îles légendaires ?

— Falias, Gorias, Findias et Murias.

— À vos souhaits ! Et où se trouvent-elles, ces îles ?

Pierce sourit.

— Bien plus au nord que Blackmore, si c'est ce à quoi vous pensez. En réalité, ce sont des îles mythologiques, qui n'ont probablement pas existé…

— *Probablement ?*

— Par amour de la féerie, laissons, je vous prie, une toute petite place au doute. Disons qu'il est fort probable que ce ne sont que des lieux symboliques. La légende celtique les place « au nord du monde », quelque part dans cette région que nous nommons désormais l'Arctique, et où vivait jadis l'antique peuple de Thulé.

— Blackmore aurait-elle des origines celtiques ?

— Les Celtes y ont certainement séjourné, mais cela demande vérification… Vous voyez ? Je n'avance rien sans preuve !

Quand ils arrivèrent devant le presbytère, dont la porte avait été cadenassée par la police, Lorraine donna un coup de coude discret à son compagnon de route.

— L'avez-vous vue ? lui glissa-t-elle discrètement en faisant un signe de tête vers l'église.

Pierce acquiesça.

— Non seulement je l'ai vue, mais je la connais : c'est la diaconesse. Elle nous observe depuis que nous sommes entrés dans Devon Street. C'est elle qui a dû dire aux policiers que j'étais entré ce matin chez le père Molloy. Soit dit en passant, elle est loin d'être la seule à nous épier depuis que nous avons quitté le palais de justice…

Il s'avança nonchalamment vers la porte du presbytère.

— Dans ce cas, est-ce bien raisonnable ? demanda Lorraine à voix basse, comme le Britannique soulevait sans vergogne le volet de la boîte aux lettres.

— Pour ce qui est de la diaconesse, nous n'avons rien à craindre : nous sommes dans le même camp. Ce que j'ai vu d'elle me confirme qu'elle aime profondément le père Molloy. Pour ce qui est des autres… Bigre ! Je ne vois aucune contre-indication à ce que l'on sache sur l'île que, désormais, quelqu'un a bien l'intention de lever le voile sur le mystère qui s'y noue. Nous devons être le petit grain de sable qui vient se loger dans l'engrenage, Mlle Chapelle, le bâton dans les roues qui poussera notre adversaire à bouleverser ses plans, et ainsi à commettre sa première erreur. Nous serons, vous et moi, le coup de pied qui manque à cette fourmilière. Et puis, tout compte fait, il n'y a aucun mal à jeter un coup d'œil dans la boîte aux lettres d'un ami…

Et ce disant il s'exécuta.

— Par ma moustache, rien ! dit-il, non sans une nuance de désappointement dans la voix. Elle est vide.

— Les lettres anonymes n'ont été déposées que le lendemain des disparitions… Peut-être devrions-nous revenir demain.

— Ou bien la police aura trouvé le courrier avant nous. Je pense que la disparition du père Molloy date bien d'hier.

Cela dit, je ne crois pas qu'elle soit arrivée dans les mêmes circonstances que les précédentes…

— C'est-à-dire ?

— J'imagine que le père Molloy, avant nous, a dû vouloir donner le premier coup de pied dans la fourmilière. Il se peut que, contrairement aux autres, il n'ait pas été enlevé. Tel que je le connais, ce coquin d'Irlandais a dû prendre les devants : il sera allé affronter le danger, le couteau entre les dents. Reste à savoir où. Comme il attendait ma venue, je suis seulement étonné qu'il ne m'ait guère laissé d'indice pour me guider dans la même direction que lui. Peut-être est-il parti dans l'urgence, ou bien devrais-je étudier ses notes de plus près…

Lorraine, se retournant vers l'église, vit que la petite femme replète, bras croisés, les dévisageait encore du portail. Non sans ironie, elle lui adressa un salut de la main.

— Voulez-vous que nous allions les étudier ensemble ? demanda-t-elle au Britannique dans son dos.

— Excellente idée, ma foi ! Je ne serais pas fâché de croiser votre analyse avec la mienne.

Ainsi, bras dessus, bras dessous, ils se mirent en route vers le *Mousetrap Inn*.

13.

— Pourquoi êtes-vous venue ici, Lorraine ? demanda Pierce alors qu'ils arrivaient en vue du grand hôtel à la mine si triste.

— Eh bien, parce que j'ai été invitée par sir Ronald, qui…

— Certes, certes, mais pourquoi avez-vous accepté son invitation ? Pour l'argent ?

La jeune femme regarda son compagnon de marche, hésitant avant que de répondre.

— Ma situation actuelle de jeune diplômée ne me permet pas de faire la fine bouche devant un premier salaire, j'en conviens, mais ce ne fut pas le moteur principal de ma venue.

— Quoi donc, alors ?

— Je ne sais pas… Comme je vous l'ai dit, je me suis souvent demandé si sir Ronald n'avait pas été l'amant de ma mère. Peut-être ai-je eu envie de savoir…

Edward, qui avait attendu sinon espéré cette réponse, eut un sourire attendri.

— Cela changerait-il quelque chose, pour vous ?

— Fichtre, vous voilà devenu bien curieux ! N'est-ce pas le genre de confidence que l'on offre un peu plus tard, sur le chemin d'une longue histoire d'amitié ? La nôtre est encore dans l'œuf.

— Certes, mais j'entends profiter éhontément des effets désinhibants qu'a sur vous la maladie de Pick…

— Dans ce cas, je vais vous faire une première confidence : je n'ai pas la maladie de Pick. J'éprouve simplement un amour immodéré pour la vérité, qui m'empêche d'en avoir honte. Et je dois admettre que les effets de ma désinhibition m'amusent souvent…

— Il faut avouer que vous êtes assez drôle, dans votre genre. Mais donc ? Si vous deviez découvrir que Waldon fut bien l'amant de votre mère ?

— J'en serais ravie pour elle, mais cela me conduirait à une autre question, plus fondamentale pour moi : pourrait-il être mon véritable père ?

— Aha ! s'exclama Pierce. Enfin ! Voilà qui est intéressant ! En envisageant cette éventualité, pourrais-je répéter la même question : le fait de savoir que Waldon serait votre père changerait-il quelque chose, pour vous ?

— Vous pensez à l'héritage ? Ma foi, je n'ai jamais couru après l'argent. Tant que j'ai de quoi me payer une chambre sous les toits, des chaussures salomé, un peu de lecture et un bon americano de temps en temps, je suis une femme comblée. Les personnes les plus riches que je connaisse sont souvent les plus malheureuses. Mais mon père, Roland Chapelle, qui resta, toute sa vie, ouvrier à l'usine De Dion-Bouton à Puteaux, était une véritable ordure et un triste ivrogne. Il a passé ses dernières années à me cogner, à cogner mes frères aînés, et à cogner ma mère. Aussi, ayant craché sur sa tombe avec enthousiasme, en 1917, alors qu'il venait de tomber sous les balles allemandes au Chemin des Dames, je ne serais pas mécontente d'apprendre qu'il n'était finalement pas mon père naturel…

— Et s'il l'était ?

— Alors je miserais sur les failles de la théorie de Mendel[1] en espérant que je n'aurai point trop hérité de sa personne, et n'en aimerais ma mère que davantage. Mais je vous retourne la question, Edward : pourquoi êtes-vous venu sur Blackmore, vous ? En pinciez-vous pour le père Molloy, vilain chenapan ?

— Nullement ! N'en déplaise à la tradition catholique, Pat est un homme à femmes, figurez-vous ! Un grand consommateur, même, oserais-je dire. Mais il se trouve que je voue à l'amitié le même culte que celui que vous vouez à la vérité. Les gens comme moi souffrent d'une solitude plus grande encore que le commun des mortels, et quand on a la chance d'avoir un ami comme Pat Molloy, on ne manque jamais à l'appel.

— Croyez-vous vraiment que *les gens comme vous* aient le monopole de la solitude, mon cher ? Je crois, moi, que la solitude est l'état le plus universellement partagé par les êtres humains.

— Les autres peuvent l'adoucir en vivant leurs amours au grand jour…

— Oh, détrompez-vous : l'amour, qu'il soit hétérosexuel ou homosexuel, est la plus grande manifestation qui soit du mal-être solitaire.

— C'est fort joliment dit, mais l'affirmation est un peu bancale…

---

1. Gregor Mendel, botaniste autrichien, est considéré comme le père fondateur de la génétique, ayant défini, le premier, la manière dont les gènes se transmettent de génération en génération.

Ils venaient d'arriver à la réception du *Mousetrap Inn*, où Mme Fletcher se montra à peu près aussi aimable que la veille. Lorsque Lorraine et Edward passèrent devant l'hôtelière, celle-ci ne releva pas même la tête, marmonnant dans sa barbe d'un air bougon. Ils s'en amusèrent à voix basse tandis qu'ils montaient les marches, plaisantant notamment au sujet du faible taux de remplissage de l'hôtel, dont la cause n'était pas compliquée à établir... N'ayant croisé personne d'autre dans ces murs depuis la veille, ils se demandèrent même s'ils n'étaient pas les seuls clients du triste établissement.

— Je crois bien que c'est la première fois de ma vie que j'invite une femme à entrer dans ma chambre d'hôtel, annonça Pierce en glissant la clef dans la serrure.

— Vous filez un mauvais coton, mon garçon...

À peine Edward avait-il ouvert la porte qu'il se pétrifia.

— Saint Christ ! s'exclama-t-il avant de se mettre à courir soudain à travers la pièce, dont la fenêtre était grande ouverte.

Lorraine lui emboîta le pas.

— Là ! Il s'enfuit ! s'écria le détective en pointant le doigt vers le parc de l'hôtel. L'empaffé ! Il a pris les documents !

Pierce fit volte-face et retourna vers le couloir.

— Que faites-vous ? s'exclama la jeune femme, perplexe.

— Il faut le rattraper, pardi !

— Mais, enfin, ça irait plus vite de...

Lorraine n'eut pas le temps de lui expliquer qu'il était plus logique d'emprunter le même chemin que le cambrioleur : Edward avait déjà disparu dans l'escalier. Dans un haussement d'épaules, elle ôta ses chaussures, enjamba la fenêtre pour descendre la façade et s'agrippa à la large conduite d'évacuation qui courait le long du mur.

À deux mètres du sol, elle se laissa tomber, se réceptionnant avec adresse au milieu des herbes hautes. Puis elle se lança à sa poursuite. Et quelle poursuite ! Il eût suffi de savoir que Lorraine – contrairement à ce que pouvaient laisser penser à certains esprits étriqués ses tenues apprêtées de Parisienne coquette et raffinée – était une grande sportive, qui pratiquait chaque semaine de nombreuses disciplines, pour comprendre comment il lui fut possible de gagner si rapidement du terrain sur sa proie. Pieds nus, elle bondit comme un puma en chasse au cœur de la forêt. L'homme derrière lequel elle galopait était en outre embarrassé par le large sac où il devait avoir fourré, à la hâte, les papiers du père Molloy. S'écorchant les pieds, Mlle Chapelle fila dans la végétation, slaloma entre les arbres dont les branches lui griffaient le visage, et fondit sur sa cible comme une avalanche sur la vallée. Sans doute l'eût-elle rattrapé si, à l'embranchement de deux chemins de terre, le fuyard n'avait soudain sauté sur une motocyclette, qui l'attendait là, moteur tournant.

Courant de toutes ses forces, Lorraine s'entêta quelques secondes encore, jusqu'à devoir se rendre à l'évidence : l'allure de la machine était au moins cinq fois supérieure à la sienne. Rapidement, le brigand disparut à l'horizon.

À bout de souffle, la jeune femme tourna en rond en pestant, les mains posées sur ses cuisses endolories par l'intensité de l'effort.

Elle était en train de revenir vers l'hôtel, dépitée, quand elle vit Edward Pierce arriver en courant, son parapluie bleu serré dans son poing gauche, un revolver dans le droit.

— Où est-il, cet escogriffe ?

— Par là-bas, répondit Lorraine en faisant un signe derrière elle. Ne vous fatiguez pas, il était à motocyclette…

— Mais co… comment avez-vous fait si vite ? ânonna-t-il piteusement en arrêtant sa course à quelques pas de Lorraine. Et sans chaussures ?

— Je suis passée par la fenêtre, tête de pioche ! Vous m'auriez donné votre revolver, j'aurais pu tirer dans ses roues !

— Savez-vous donc tirer ?

En guise de réponse, elle lui lança un regard exaspéré.

— Ah, oui, pardon ! soupira Pierce. Suis-je bête ! Forcément, vous savez tout faire ! Vous êtes ma-de-moi-selle Lorraine Chapelle ! Et la motocyclette ? Avez-vous vu le modèle ?

— BSA modèle L, monocylindre de 450 centimètres cubes. Et elle était verte.

Edward la dévisagea longuement, se demandant si la jeune femme était sérieuse, ou si elle se moquait gentiment de lui.

— Eh bien, quoi ? soupira la Française, en lui adressant un regard condescendant. Mon père travaillait chez De Dion-Bouton, je vous l'ai dit. Il a construit toute sa vie des moteurs pour les plus grandes marques de motocyclettes. La première Harley-Davidson elle-même était équipée d'un moteur français, monsieur le détective de l'étrange ! Les rares bons moments que j'aie partagés avec mon géniteur présumé se résumaient aux courses qu'il m'emmenait voir, aux départs du Paris-Mantes-Paris, du Paris-Deauville ou du Paris-Nice. On y voyait des Triumph, des Peugeot, des Terrot, des René Gillet, des Motosacoche, des Norton, des Douglas et... des BSA !

— Soit. Je ne sais que dire, admit le Britannique, presque vexé.

— Alors dites-nous plutôt si notre cambrioleur a pris tous les documents du père Molloy, dans votre chambre ?

— Je n'ai pas eu le temps de vérifier, mais j'en ai bien peur.

— Merde !

— Sainte merde, oui ! Nous avons perdu de précieux indices… Seule consolation : j'ai eu le temps de les consulter ce matin. Ce que j'y ai vu ouvre quelques pistes que nous pourrons creuser. Il parlait notamment de la colonie de Roanoke et d'une série d'épisodes violents, des scènes d'hystérie collective qui auraient émaillé le passé de l'île, et au sujet desquelles nous devrions pouvoir nous renseigner assez aisément.

— Il me reste tout de même la lettre anonyme de sir Ronald…

— Et moi la missive de mon ami.

Lorraine fit un signe de tête vers le *Mousetrap Inn*.

— Un verre ?

— Un verre. Et une ou deux petites questions à Mme Fletcher, peut-être…

14.

Il n'était pas six heures de l'après-midi et, déjà, derrière le rideau des nuages, le soleil d'octobre descendait lentement vers la mer, quand Lorraine Chapelle et Edward Pierce arrivèrent ensemble devant les locaux de la *Blackmore Gazette.*

Comme ils avaient pu s'y attendre, interroger la propriétaire de l'hôtel n'avait rien donné, sinon un fort aimable « Ça vous apprendra à laisser vos fenêtres ouvertes en plein automne ». Personne n'avait été aperçu dans les environs, et Lucius lui-même, qui les avait néanmoins réconfortés en leur offrant un gin des plus fameux, assura, bien désolé, qu'il n'avait rien vu ni entendu de suspect dans les minutes qui avaient précédé leur fâcheuse découverte. « Les vols sont extrêmement rares, sur l'île, et encore plus dans notre hôtel », avait-il affirmé, ajoutant que la chose était d'ailleurs assez surprenante. Quand les deux clients lui avaient dit qu'ils n'avaient pas l'intention de porter plainte auprès de la police, persuadés que cela ne servait pas à grand'chose (sans préciser que les documents volés n'étaient, en outre, pas censés se trouver dans la chambre), le barman s'était contenté de leur retourner un sourire entendu.

Dépossédés des notes du père Molloy, les deux investigateurs s'étaient mis en tête d'aller interroger les proches des trois premiers disparus, afin de lancer véritablement leur enquête. Renseignements pris, l'école et l'Armée du salut étaient fermées au public le dimanche. Aussi avaient-ils repoussé au lendemain l'audition de l'entourage de l'institutrice et de Margaret Waldon. Pour l'heure ils allaient se contenter de celui du journaliste, Élias Carteret.

La *Blackmore Gazette* existait depuis 1875. Long de huit pages aujourd'hui, ce journal à la maquette sobre, agrémentée de rares photos ou gravures, était publié un samedi sur deux. Il jouissait sur l'île du monopole de l'information, si bien que plus de la moitié des habitants y étaient abonnés, quand bien même nombre d'entre eux recevaient aussi les numéros du *Guernsey Evening Press*, que le SS *Courrier* livrait chaque mardi et chaque samedi.

Tout en brique rouge, le bâtiment qui abritait le journal, à l'angle de High Street et de Murdoch Street, était haut de deux étages. Au rez-de-chaussée, la devanture se divisait en trois belles vitrines de verre teinté, qui arboraient en lettres d'or le nom du journal et les armoiries de l'île.

Après avoir poussé la porte dans un tintement de cloche, Lorraine et Edward découvrirent l'immense désordre que les baies vitrées opaques cachaient aux regards des passants. Si les locaux de la *Blackmore Gazette* n'avaient bien sûr pas la taille des salles de rédaction de grands quotidiens nationaux comme *L'Écho de Paris* ou le *Daily Mail*, ils présentaient néanmoins le même foisonnement visuel. Ils étaient en effet envahis non seulement par l'encombrant matériel d'imprimerie, mais aussi par un enchevêtrement chaotique de placards, de caissons à tiroirs, de tables et de bureaux sur lesquels s'entassaient machines à écrire, appareils photo, téléphones, livres, dossiers et documents. Les rares pans de murs qui n'étaient pas occultés par un meuble supportaient des cadres où s'affichaient les photos et les unes les plus mémorables du journal.

À cet instant, cependant, une seule personne travaillait au rez-de-chaussée : un jeune homme à la chevelure rousse et bouclée, qui portait un tablier de cuir et avait le bout des doigts couvert d'encre noire. Occupé à ranger des caractères de plomb dans ce long casier de bois que l'on appelle la casse, il s'affairait énergiquement entre la haute presse à cylindres, qui occupait près d'un quart de la pièce, et les alignements d'étagères où s'empilaient les plaques servant à la similigravure des photographies.

— Si c'est pour une petite annonce, il faut la déposer dans la boîte, à gauche de la vitrine, lança-t-il en adressant à peine un regard aux arrivants.

— C'est bien aimable, répondit Edward, mais, sans vouloir vous déranger, nous sommes plutôt venus pour vous poser quelques questions au sujet de M. Élias Carteret.

Cette fois-ci, le jeune imprimeur se retourna tout à fait en essuyant ses mains sur un chiffon.

— Ah, je vois. Dans ce cas, veuillez patienter un instant, je vais aller chercher M. Morris.

Empruntant l'escalier à l'autre bout de la pièce, il disparut à l'étage. L'homme qui revint avec lui portait une moustache au moins aussi grande que celle d'Edward Pierce, mais il n'avait plus de cheveux pour couvrir son crâne bien rond, et celui-ci était si large que même les branches de ses lunettes demi-lune semblaient écartelées. La soixantaine, petit et bedonnant, pour ne pas dire obèse, l'homme à la figure affable portait un costume trois-pièces trop étroit, quoique impeccable, qui semblait dater, par sa coupe, du siècle précédent.

— Madame, monsieur, bonjour. Isaac Morris, rédacteur en chef de la *Blackmore Gazette* ! s'annonça-t-il fièrement, dans une courbette que sa bedaine trop encombrante rendit maladroite.

— Mes hommages, monsieur Morris. Merci de nous recevoir à l'impromptu. Je suis le détective Edward Pierce, et voici Mlle Chapelle, criminologue.

Lorraine adressa à son voisin un regard d'étonnement. C'était la première fois qu'on la présentait ainsi. Au fond, il fallait qu'elle s'y habitue : diplôme en poche, c'était bien la réalité.

— Nous enquêtons sur les personnes disparues au cours des derniers mois, et donc sur M. Carteret, qui travaillait ici, n'est-ce pas ?

— Absolument. Malheureusement, nous n'avons pas revu Élias depuis le mois d'août… Notez que c'est bien dommage, car c'était un excellent journaliste. Et notre pauvre Mlle Appleton doit maintenant assurer toute seule la rédaction du journal, en attendant que je trouve quelqu'un pour la seconder.

Plutôt que d'inviter ses visiteurs à s'asseoir à l'une des tables, comme l'eussent voulu les convenances, il resta debout, planté devant eux, donnant à penser qu'il espérait que l'entretien serait bref.

— Avez-vous une idée de ce qui a pu lui arriver ?

— Oh, je ne peux pas être sûr, mais, si vous voulez mon avis, il a rcjoint la Francc.

— Comment cela ?

— Élias, qui était fort discret mais qui ne manquait guère d'ambition, a toujours rêvé de devenir reporter à Paris… Je pense qu'il est allé y tenter sa chance.

Les deux investigateurs échangèrent un regard perplexe.

— Vous… Vous ne pensez pas qu'il a été enlevé ? demanda Pierce.

— Oh, non, monsieur !

— Permettez-moi d'être surpris : les circonstances de sa disparition ne sont-elles pas un peu… étranges, tout de même ?

— Oh, vous savez, les circonstances exactes, personne ne les connaît vraiment ! Un matin, il n'est pas venu travailler, voilà tout. Tout le reste relève de la supposition. Ce qui est sûr, c'est que la police n'a rien trouvé de suspect chez lui, et que personne ne l'a vu se faire attaquer ou je ne sais quoi d'autre. Vous savez, l'économie s'est beaucoup dégradée sur notre île, et les personnes qui rêvent secrètement de la quitter sont nombreuses. Elles ne s'en vantent pas, bien sûr, car la chose est très mal vue, ici. Ce qui explique qu'en général elles partent sans prévenir, comme ça, du jour au lendemain. Pour ma part, je ne peux pas leur en vouloir. Il est vrai que l'âge d'or qu'a connu Blackmore avant la guerre est bel et bien terminé et, pour tout vous dire, il n'est pas impossible que je quitte moi aussi les lieux, quand le journal aura trouvé repreneur.

— Mais… n'avez-vous pas reçu, vous aussi, une lettre anonyme des plus singulières, le lendemain de sa disparition ?

— Ah ! La lettre… Oui, bien sûr. Mais, allons, je suis persuadé qu'il ne s'agit que d'une vilaine farce fomentée par l'un de nos facétieux concitoyens. C'était un assemblage ridicule de petits bâtons, on eût dit un vulgaire code de boy-scout ! Vous ne devriez pas accorder trop de crédit à cette histoire…

— Vous l'avez conservée ?

— Non, je l'ai donnée à la police.

— Vous leur avez donné l'originale ?

— Eh bien, oui.

Au même instant, une jeune femme blonde aux traits anguleux, chignon tressé et tailleur strict, apparut à son tour au bas des marches. Après un distant salut de la tête, elle se mit à fouiller dans un placard, situé juste derrière la presse. En observant discrètement les gestes de la nouvelle venue – dont elle devina qu'elle devait être la fameuse Appleton mentionnée par M. Morris –, Lorraine eut le sentiment que celle-ci ne cherchait rien de précis en vérité, mais qu'elle était plutôt descendue pour écouter la conversation.

— Votre journal a-t-il tout de même consacré un article au sujet des trois disparitions ? insista Pierce, que la nonchalance du rédacteur en chef laissait pantois.

— Non, non, il serait idiot d'alarmer les gens pour si peu. Je vous l'ai dit : il n'y a rien de mystérieux à ce que de jeunes personnes veuillent quitter notre île.

— L'institutrice n'est pas vraiment ce que l'on peut appeler une jeune personne…

— Oh, Mlle Tudor a la quarantaine, c'est encore jeune, non ? Et, dans son cas, je pense que son célibat lui pesait. Elle sera partie chercher l'amour à l'étranger…

— Vous savez, le célibat n'est pas forcément un poids, intervint Mlle Chapelle. J'ai plutôt tendance à penser le contraire : il n'y a rien de plus pesant qu'un mariage.

— Oui, certes, je conçois que cela puisse être pesant pour une femme de devoir se soumettre à un époux…

— Vous m'avez mal comprise. Si le mariage existe toujours, c'est que certaines femmes y trouvent leur compte, sinon cela ferait longtemps qu'il n'existerait plus. Nous sommes assez malignes, figurez-vous. Le célibat est un choix tout à fait acceptable, et agréable, même si je peux comprendre que certaines femmes optent pour le mariage, en y voyant une source de financement honorable pour élever leurs enfants…

— C'est un peu réducteur ! Il faut bien avoir un époux, pour avoir des enfants…

— Non. Pour avoir des enfants, n'importe quelle femme sait qu'il suffit de saisir la première bite qui passe. Cela ne manque pas.

Le rédacteur en chef, estomaqué, se mit à rougir.

— Je… Oui… Certes, mais enfin… Il faut aussi pouvoir les élever, après…

— Il est des pères qui sont formidables à distance, vous savez ?

— Mais enfin, certains pères ont envie d'élever leurs enfants !

— C'est leur problème. Ils n'ont qu'à adopter.

— Personnellement, cela ne me dérangerait pas, intervint Edward en toussotant.

Lorraine lui adressa un clin d'œil.

— Je… Je ne sais que dire, balbutia le rédacteur en chef, se demandant s'il était ou non l'objet d'une farce.

— Revenons-en aux disparitions, suggéra Edward. N'avez-vous pas eu envie de mener, au moins, une petite enquête ? Vous êtes journaliste, après tout !

— La *Blackmore Gazette* n'a pas vocation à mener des enquêtes de police. Le juge Gaudion et notre connétable s'en chargent bien mieux que nous. Chacun doit savoir rester à sa place.

Il n'en fallut pas plus à Lorraine et à Edward pour mieux comprendre ce qui se tramait ici : comme l'avait laissé entendre sir Ronald Waldon, le juge – et le gouverneur sans doute – avait demandé au patron du journal de ne pas donner d'écho à cette affaire, de peur qu'elle leur fît une mauvaise publicité. M. Morris, profitant certainement de substantielles subventions municipales pour faire vivre sa publication avec un lectorat si limité, devait se plier au moindre de leurs désirs…

— Vous ne lui connaissiez aucun ennemi ? insista Edward, en désespoir de cause. Des gens qui auraient été mécontents à la suite de l'un de ses articles, par exemple ?

— Aucun.

Voyant que son compagnon, déconcerté, ne savait plus que dire, Lorraine se décida enfin à intervenir. De sa voix morne et basse, elle se livra à son exercice préféré.

— Excusez-moi, monsieur, nous aimerions vous demander une dernière faveur, avant de vous laisser tranquille. Vous resterait-il encore, malgré l'heure et malgré l'âge, suffisamment de forces et de bonne volonté pour nous montrer une photo de M. Carteret ?

La figure du sexagénaire se figea.

— P… pardon ?

— De toute évidence, l'éventualité qu'il soit arrivé malheur à votre ancien employé pèse moins lourd sur votre conscience qu'une bourse de trente deniers dans les mains d'Iscariote, mais un ventre aussi large que le vôtre a forcément assez de place pour qu'un cœur s'y niche, si modeste soit-il : auriez-vous donc l'obligeance, s'il vous plaît, d'y trouver le soupçon de résipiscence qui saurait vous conduire à nous montrer une photo de M. Carteret ?

— Je… je… Eh bien, d'abord, je n'ai pas de photo de lui sous la main, mademoiselle ! Et quant à vous, mademoiselle, je ne vous…

— Pardonnez-moi, monsieur ! intervint derrière lui le jeune imprimeur, sur le visage duquel se lisait un discret sourire narquois. Mais souvenez-vous ! Il y avait une belle photo d'Élias dans le premier numéro auquel il a participé !

M. Morris, la figure rouge, ne sembla guère apprécier l'ingérence malicieuse de son employé.

— Mais non, mais non, Simon…

— Ah si ! Je vous assure ! C'était dans le premier numéro de juin 1921, monsieur. Je peux aller en chercher un exemplaire tout de suite…

Le rédacteur en chef, coincé, fut bien obligé de lui donner suite, pour ne pas perdre la face.

— Ah, eh bien, oui, faites donc, se résigna-t-il, de mauvaise grâce.

L'instant d'après, le rouquin apportait fièrement un exemplaire de la *Blackmore Gazette*, daté du samedi 4 juin 1921, qu'il tendit à Lorraine d'un air complice. En deuxième page, on pouvait effectivement voir une grande photo du sieur Élias Carteret, que la légende présentait comme « notre jeune et brillant nouveau collaborateur ».

— Formidable ! Je peux le garder ? demanda la Française en agitant le journal dans sa main.

— Eh bien, euh, oui, d'accord…

Lorraine glissa le périodique dans sa besace.

— Vous êtes trop bon, monsieur.

— Dites-moi, cher ami, reprit Edward, qui avait lutté pour ne pas rire pendant la tirade de sa voisine. Si vous le permettez, et sans vouloir abuser de votre patience, j'aurais moi aussi une dernière question, avant de partir : pourriez-vous nous dire où habitait votre regretté journaliste ?

— Je lui louais un petit appartement, au bout de la rue du Colombier, mais je l'ai cédé à quelqu'un d'autre, fin septembre, comme il m'a paru évident que M. Carteret ne reviendrait pas. Bien, je ne voudrais pas vous chasser, mais…

— Et que sont devenues ses affaires ?

— Je les ai données à la police.

— À la police, bien sûr, grommela Edward. M. Carteret n'a pas de famille sur l'île ?

— Non. Il était fils unique et orphelin : sa mère est morte de la tuberculose, quand il était très jeune, et il a perdu son père pendant la guerre.

— Je vois. Eh bien, nous n'allons donc pas vous embêter plus longtemps, monsieur Morris...

L'homme, dont le visage s'était empourpré, moitié de honte, moitié de colère, avait aussi changé de ton : il répondit assez sèchement.

— C'est-à-dire qu'en effet j'ai encore fort à faire. Nous sommes dimanche, et la Blackmore Week, qui commence demain, nous donne beaucoup de travail...

— Pour sûr ! Alors bon courage, monsieur ! Et merci pour votre diligence admirable ! Mademoiselle, jeune homme...

Edward Pierce les salua avec sa grâce habituelle, remit son chapeau et, parapluie droit devant, il sortit dans la rue en entraînant Lorraine derrière lui.

— Ah, ma chère, vous êtes intenable ! s'esclaffa-t-il une fois dehors. Mais je suppose que vous pensez comme moi...

— Oui. Enfin... sans doute un peu plus vivement !

— Vilaine bête ! Bref : on ne tirera rien de cette marionnette, qui mange probablement chaque matin dans la main de M. le juge Gaudion.

— Certes, mais il faudrait revenir quand il ne sera pas là. Quelque chose me dit que ses employés seront bien plus loquaces.

Ils étaient en train de remonter High Street en direction du centre-ville quand, en passant sur Royal Square devant la statue majestueuse de Phillip Murdoch, ils entendirent des pas approcher dans leur dos. Se retournant de concert, ils virent la jeune employée du journal qui venait dans leur direction en trottant. Mais au lieu de s'arrêter à leur hauteur, comme ils eussent pu s'y attendre, la belle blonde continua sa trajectoire rectiligne, sans même leur adresser un regard. Et tandis qu'elle les dépassait, à la manière d'un ventriloque, elle leur lança du bout des lèvres :

— Retrouvez-moi dans les tribunes du terrain de football.

Ils la regardèrent s'éloigner, perplexes.

— Seigneur Jésus, quel suspense ! Il faut croire que l'acte II de la *Blackmore Gazette* va se jouer plus tôt que prévu, s'amusa le détective en serrant le bras de Lorraine.

15.

Enchâssé dans le grand triangle que formaient High Street, Victoria Street et Murdoch Street, le terrain de football de Blackmore était d'une taille remarquable pour une agglomération comme celle-là, signe que l'île devait avoir hérité de l'amour inconsidéré qu'éprouvait l'Angleterre pour le ballon rond. La pelouse, magnifiquement entretenue, arborait fièrement le nom du Blackmore FC, tracé à la peinture blanche le long de ses deux lignes de touche.

À cette heure, l'endroit était désert.

En inspectant l'immense esplanade dans les dernières lueurs du jour, Lorraine et Edward comprirent aisément pourquoi l'énigmatique journaliste leur avait demandé de la rejoindre ici : afin de se prémunir contre le bruit que devaient occasionner les matchs, aucune des maisons qui faisaient comme un rempart autour du terrain ne comptait de fenêtre qui donnât de son côté. En somme, ici, bien qu'en plein centre-ville, on était à l'abri des regards.

Pourtant, à cet instant, sans pouvoir vraiment l'expliquer, Lorraine eut de nouveau un sentiment étrange.

— J'ai encore l'impression qu'on nous espionne, confia-t-elle au détective.

— C'est très probablement le cas, ma chère. Depuis ce matin, on ne nous quitte pas des yeux. Au moins, ici, notre indiscret limier sera bien obligé de se tenir à une distance d'où il ne pourra pas nous entendre…

La quiétude qui pesait sur une surface si grande lui conférait une atmosphère fantomatique et lugubre, à moins que ce ne fût le sifflement du vent, qui faisait tournoyer ici, comme partout sur l'île, son entêtant *WI-IH-ISH*.

— Tenez, elle est là-haut, murmura Lorraine en repérant, dans le clair-obscur, la jeune femme assise sur le banc le plus élevé des tribunes en bois.

Pressant le pas, ils grimpèrent jusqu'à elle et prirent place à ses côtés.

— Mlle Appleton, je présume ? demanda poliment Edward en soulevant son chapeau.

— Vous pouvez m'appeler Priscilla.

— À quelle heure débute le match ? s'enquit Mlle Chapelle d'un ton très sérieux.

La journaliste concéda un rapide sourire. Son apparence soignée, stricte même, lui donnait quelques années de plus que les vingt-quatre qu'affichait son état civil. Lorraine, à qui ses études de psychologie criminelle et sa sagacité naturelle avaient offert quelque don pour la perception de la nature humaine, perça rapidement à jour les motivations de leur interlocutrice. La jolie blonde avait dans le regard la lueur ardente de ces jeunes gens que le désir de réussite anime plus que tout, et qui n'ont de temps que pour la carrière qu'ils entendent se construire. Dans ses gestes se devinait une vive impatience, que camouflait à peine une indéboulonnable assurance.

— Pardonnez la forme quelque peu dramatique de ce rendez-vous, mais vous allez vite comprendre ce qui motive mon désir de discrétion.

— Laissez-moi deviner, proposa calmement la Française en la fixant. Ce cher M. Morris cherche désespérément à vendre son journal. Vous rêvez de le lui racheter, mais vous êtes issue d'un milieu modeste et vous n'en avez pas les moyens. Aucune bague à votre annulaire, et donc aucun époux fortuné pour courir à votre secours. Ainsi, pour qu'une banque vous accorde le prêt qui rendrait la chose envisageable, vous avez besoin de vous faire une réputation, en devenant, par exemple, la jeune et brillante journaliste qui aura révélé au public la très mystérieuse affaire des disparus de Blackmore. Vous aimeriez donc nous proposer un échange de bons procédés. Malheureusement, vous ne pouvez pas le faire devant votre rédacteur en chef, qui n'est pas seulement un vieil imbécile, mais un vil délateur, un misérable pantin asservi au juge et au gouverneur, lesquels tiennent à étouffer cette affaire. Vous entendez donc mener votre enquête en secret et, quand elle sera terminée, vous menacerez M. Morris de la donner à un journal de Guernesey s'il ne la publie pas dans le sien. Qu'il cède ou non, vous deviendrez la reporter vedette des îles Anglo-Normandes, et un prospect plus intéressant aux yeux de votre banquier…

Malgré un discret sourire au coin des lèvres, Mlle Appleton était restée impassible pendant l'exposé de sa voisine. Quand il fut terminé, elle hocha la tête d'un air exagérément admiratif.

— Félicitations ! C'est presque un sans-faute, hormis une petite erreur, laquelle, cela dit, est tout à fait pardonnable, car vous ne pouviez pas savoir qu'Appleton n'est pas mon véritable patronyme.

— Fichtre ! Et comment vous appelez-vous donc ?

— Eh bien, puisque nous sommes ici pour parler sans fard, en témoignage de ma bonne volonté, et en misant sur votre discrétion future, je vais faire une exception et vous confier ce qu'ici personne ne sait : je suis née à Bristol, sous le nom de Priscilla Wills.

— Wills ? À Bristol ? s'étonna Pierce en fronçant les sourcils. Comme Henry Overton Wills, le géant de l'industrie du tabac ?

— Mon grand-père, acquiesça la jeune journaliste. Un philanthrope qui, malheureusement, n'a su transmettre ses plus belles valeurs à certains de ses enfants, et surtout pas à mon géniteur. Ainsi, voyez-vous, mademoiselle Chapelle, je ne viens pas d'un milieu modeste, et loin de là, en vérité. Mon père est l'un des principaux actionnaires de l'Imperial Tobacco Company et jouit de l'une des plus grosses fortunes du Royaume-Uni. Une fortune à laquelle j'ai cependant renoncé, définitivement, et sans regret, il y a près de trois ans. Je venais d'atteindre la majorité et de finir mes études de littérature à l'université de Bristol quand j'ai décidé de fuir la cage dorée dans laquelle on entendait m'enfermer. J'ai changé de nom et je suis venue m'installer ici, loin de l'emprise familiale, dans le plus parfait et le plus libérateur anonymat. Mais, au fond, vous n'étiez pas loin de la vérité, puisque je suis en effet, à présent, sans argent, et que je n'ai d'autre choix que de réussir par moi-même.

— Je vois, concéda Lorraine en inclinant la tête. Toutefois, sans vouloir éreinter votre élan admirable, êtes-vous certaine qu'un journal puisse être lucratif sur une île qui ne compte qu'un millier d'habitants ?

— Mon dessein n'est pas de faire de la *Blackmore Gazette* une affaire juteuse, mais seulement une affaire rentable, notamment en le faisant passer à une périodicité quotidienne.

— Pardonnez-moi, et c'est sans aucun jugement, mais je peine à croire qu'une femme comme vous puisse se contenter d'une affaire *seulement rentable*...

— Et vous avez parfaitement raison, rétorqua Mlle Appleton tout sourire. Mais qui vous dit que je n'envisage pas de me servir de ce marchepied pour acquérir par la suite un deuxième titre, sur une autre île, puis un troisième, et un quatrième ?

— Ah, tonnerre de Brest ! La première baronne de la presse ! Voilà un portrait plus convaincant ! En somme, vous voulez vous faire un nom, qui ne soit point celui de votre père...

— Exactement.

— C'est tout à votre honneur. Complètement stupide, mais tout à votre honneur. À votre place, je lui aurais pris un ou deux millions avant de partir.

— Ne l'écoutez pas ! intervint Edward en levant les yeux au ciel. Rien n'amuse autant Mlle Chapelle que de se faire passer pour plus détestable qu'elle ne l'est. Pour tout vous dire, je crois qu'elle craint d'être aimée...

— De grâce, monsieur Pierce ! Ne vous vautrez pas en public dans une psychanalyse de comptoir. Allons ! Ouvrons plutôt les négociations : qu'avez-vous à nous offrir, mademoiselle Appleton ?

La journaliste, ne ménageant guère ses effets, fouilla dans son sac et en sortit une enveloppe qu'elle posa sur ses genoux, d'un geste théâtral.

— Je suis prête à vous révéler tout ce que je sais, et tout ce que je pourrai apprendre par la suite.

— Mais encore ?

— À cette heure, je peux déjà vous donner de quoi vous faire avancer significativement dans votre enquête.

— Et en échange, donc, que demandez-vous ?

— Le plus classique des donnant-donnant : que vous me confiiez vos propres découvertes futures, à condition, bien sûr, que je puisse m'assurer de leur véracité. Je prends mon métier au sérieux.

— Vous faites bien, il l'est. En somme, vous aimeriez que nous partagions nos informations, quand nous sommes certains de leur authenticité.

Lorraine, dans un haussement d'épaules, se tourna vers le détective.

— Edward, qu'en pensez-vous ?

— Tout dépendra de la qualité des informations que mademoiselle pourra nous fournir… Mais si elles en valent la peine, je n'ai aucune réticence à ce que nous lui retournions la faveur. Après tout, je préfère une presse bien informée que mal renseignée.

— Alors c'est un marché conclu, confirma la Française. Nous vous écoutons, Priscilla.

La jeune journaliste leur adressa un signe de tête reconnaissant, puis leur tendit son enveloppe.

— Voici déjà une copie de la lettre anonyme qui est arrivée au journal, le lendemain de la disparition d'Élias. Je l'ai photographiée avant que M. Morris ne la porte au juge Gaudion.

— Judicieux et prudent ! la félicita Edward.

Et il ouvrit la feuille de biais, afin que Lorraine pût la découvrir en même temps que lui.

Il s'agissait de plusieurs lignes de signes, quatre cette fois, et toujours en alphabet oghamique.

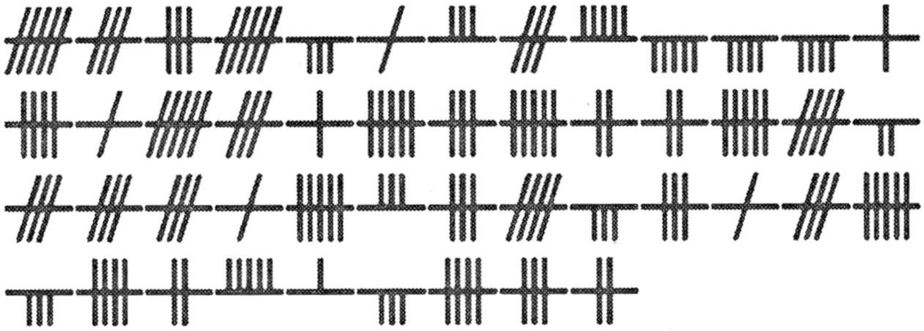

— Mystère des mystères, murmura Pierce en lissant ses belles moustaches blondes. Pouvons-nous la conserver ?

— Je vous en prie. J'ai la photo originale.

— Formidable. C'est un bon début, mais que pouvez-vous nous dire de plus ?

— Je ne peux pas vous dire grand'chose sur la vie d'Élias, qui était un garçon très secret, très discret. J'ignore, par exemple, s'il avait des ennemis sur l'île – ce dont je doute néanmoins, car c'était une personne des plus aimables. Je peux vous dire en revanche où il se rendait, le soir où il a disparu.

— Où donc ?

— Sur la tour du télégraphe. Je ne peux pas affirmer qu'il s'y trouvait au moment précis de sa disparition, mais c'est en tout cas l'endroit où il avait prévu de passer une bonne partie de la nuit. Contrairement à ce que laisse entendre M. Morris, Élias n'avait aucune intention de quitter l'île. Et je suis persuadée qu'il n'est pas revenu chez lui, cette nuit-là.

— Pourquoi ?

— C'est moi qui ai alerté la police, quand son absence est devenue inquiétante. J'étais présente lorsqu'ils ont ouvert sa porte. Tout était en ordre, et le lit était fait.

— Il paraît qu'il y a des gens qui font leur lit, le matin… Je sais que cela peut sembler étrange, mais admettons. Dites-nous plutôt : qu'allait-il faire sur cette fameuse tour ?

— Le 4 août dernier, c'était la nuit des étoiles filantes. Élias est passionné d'astronomie. Il m'a expliqué qu'il voulait écrire un article de vulgarisation scientifique au sujet de ces phénomènes et en profiter pour raconter l'histoire de la tour du télégraphe.

— Où se trouve-t-elle ?

— À moins d'une demi-heure de marche, dans la campagne, au sud-ouest de Blackmore, où l'altitude de l'île est le plus élevée. Il y a un peu plus d'un siècle, en pleines guerres napoléoniennes, on a fait construire cette tour afin de pouvoir communiquer avec Guernesey par sémaphores. Elle n'est plus guère utilisée aujourd'hui, et le mât a disparu, mais la tour en pierre est toujours là, et de son sommet on a une vue splendide.

Lorraine, comme à son habitude, prit des notes sur son petit carnet.

— Devait-il s'y rendre seul ? demanda-t-elle.

— Je crois. En tout cas, il ne m'a pas dit qu'il serait accompagné. Élias est un garçon solitaire. Il n'a pas de petite amie, à ma connaissance, et je ne l'ai jamais vu en compagnie du moindre camarade. Il consacrait tout son temps au journal et à sa passion pour l'astronomie.

— Très bien, la remercia Edward. Et au sujet de Mlle Tudor et de Mlle Waldon, auriez-vous des choses à nous apprendre ?

— Rien d'intéressant, à ce stade, je le crains. Mais, n'en déplaise à mon rédacteur en chef, il est évident que, tout comme Élias, elles n'ont pas quitté l'île de leur plein gré. Il leur est arrivé quelque chose, j'en suis persuadée.

— Et quoi donc, à votre avis ?

— Diantre ! Si je le savais, je n'aurais pas besoin de votre aide. Mais il existe une piste qui, selon moi, mérite d'être fouillée, quand bien même elle pourra vous paraître quelque peu farfelue…

— N'ayez crainte, M. Pierce a une véritable adoration pour les histoires farfelues.

— Nous sommes tout ouïe, confirma le détective.

— Il y a une rumeur obscure qui court au sujet de notre île. Les premières fois que je l'ai entendue, je n'y ai guère prêté attention, tant elle semblait relever du folklore et des légendes que l'on retrouve dans toutes les régions du monde. Mais, depuis trois ans que je vis ici et que je travaille pour le journal, cette rumeur m'est revenue trop souvent aux oreilles, au détour de conversations, et à demi-mot, pour que je ne finisse pas par m'y intéresser davantage. Ce qui m'a intriguée, en réalité, c'est que, contrairement aux légendes habituelles que les gens aiment raconter pour offrir un peu de mystère à leur région, ici, c'est tout le contraire : la plupart des personnes que j'ai interrogées ont refusé de m'en parler et ont coupé court à la conversation. Comme si la chose leur faisait peur et que les habitants de l'île craignaient même de l'évoquer. Pourtant, plusieurs éléments tangibles pourraient nous pousser à accorder à cette rumeur quelque crédit, si prudent soit-il…

— Dame ! Vous piquez ma curiosité, Priscilla ! De grâce, brisez donc cet insupportable suspense !

Les traits de Mlle Appleton s'étaient soudain tendus, et si son visage s'était assombri, ce n'était pas seulement à cause du soleil couchant. À l'évidence, elle éprouvait quelque trouble inattendu à l'idée d'en dire davantage. Silencieuse, elle regarda longuement les deux investigateurs, avant de reprendre :

— Selon cette rumeur, il existerait sur Blackmore une sorte… eh bien, oui, une sorte de culte. Un culte très ancien, caché, qui œuvrerait en secret depuis des siècles et se livrerait encore aujourd'hui à des rituels obscurs, à l'abri des regards. La chose, j'en conviens, pourrait paraître fantasque, au premier abord, et l'on serait en droit d'en rire s'il n'existait plusieurs indices qui, au minimum, nous obligent à envisager cette histoire avec pragmatisme, avant de la tenir pour une simple affabulation. Au premier rang de ces indices, pour le moins tangibles, il y a…

— Les quatre mégalithes de Blackmore ! la coupa frénétiquement Edward Pierce, dont le regard brillait d'exaltation.

Mlle Appleton, d'abord surprise, puis rassurée d'avoir trouvé une oreille attentive, hocha lentement la tête.

— Absolument. Les mégalithes ! Leur origine, attestée comme fort ancienne, demeure un mystère pour tous les historiens qui les ont étudiés. Certes, leur seule présence ne constitue aucunement la preuve qu'un culte sévit en ce moment même sur l'île, mais au moins qu'il en exista un jadis, dont l'histoire est restée secrète, puisqu'il n'est mentionné nulle part.

— Qu'un culte païen ait existé sur cette île par le passé n'a rien d'étonnant, intervint Lorraine. À vrai dire, il serait plus surprenant qu'elle n'en eût point connu. De même, l'hypothèse qu'un groupe de personnes, plus ou moins illuminées, s'évertuent à perpétuer aujourd'hui un antique culte païen n'aurait rien d'extraordinaire ; on voit régulièrement fleurir, un peu partout, des sectes paganistes dont les adeptes jouent au druide, à la sorcière ou au chaman…

— Si vous estimez pertinent de nous parler de cette rumeur, Priscilla, c'est que vous avez trouvé d'autres indices qui vous laissent penser qu'un tel culte existe aujourd'hui sur l'îlc, n'cst-cc pas ?

— J'y venais. C'est un indice des plus minces, certes, que je n'ai pu étayer, et qui ne révèle pas grand'chose, mais c'est un indice. L'an dernier, le matin du 1er novembre, et donc au lendemain de la fête qui clôture chaque année la Blackmore Week, en me rendant à l'extrémité orientale de l'île, vers les carrières du Quesnard, au sujet desquelles j'avais un article à écrire, j'aperçus au loin de la fumée dans les ruines de l'abbaye de Pennygarth. Intriguée, je m'en approchai sans attendre et constatai que quatre colonnes de fumée étroites s'élevaient entre des murs effondrés. Leur forme et leur faible intensité me rassurèrent quelque peu, évoquant davantage l'extinction récente de plusieurs feux de camp qu'un possible incendie. Toutefois, les lieux, considérés comme fort dangereux, étaient formellement interdits au public... Aussi mon étonnement me poussa-t-il à franchir la grille qui entoure le terrain, et à aller voir cela de plus près. Là, parmi les ruines, à l'endroit où se trouvait jadis la chapelle, je découvris ce qui ne pouvait être autre chose que les restes d'une fête, ou plutôt d'une sorte de célébration. Les colonnes de fumée s'échappaient de quatre tas de cendres, répartis sur un cercle qui s'inscrivait lui-même dans un cercle plus grand, jalonné de torches éteintes. J'envisageai d'abord que de jeunes galopins eussent organisé ici quelque fête clandestine, mais la chose me parut peu crédible car, la nuit du 31 octobre, tous les habitants de Blackmore, ou presque, participent avec enthousiasme à celle qui se déroule ici même, sur le terrain de football, et je doute fort qu'il se trouve une seule jeune personne sur l'île pour manquer ce grand raout. En outre, l'absence de déchets, que de jeunes fêtards eussent très probablement abandonnés derrière eux, me fit douter encore davantage de ma première hypothèse. C'est alors que, poussant plus avant mon investigation, je tombai sur un nouvel indice qui m'invita à en formuler une seconde : à l'extérieur du cercle que formaient les quatre amas de cendre, un sillon, large de deux mètres environ, était creusé dans la terre. En l'inspectant, je découvris une accumulation de traces de pas et fus rapidement convaincue qu'elle ne pouvait qu'être le fruit d'une longue procession au cours de laquelle un groupe non négligeable de personnes s'étaient livrées ici à quelque circumambulation, telle qu'on en pratique dans de nombreux rites et religions… Quand, dans les jours qui suivirent, j'essayai de savoir si quelqu'un était au courant d'une célébration à laquelle on se fût livré dans les ruines de l'abbaye de Pennygarth, je fus confrontée aux mêmes réactions étranges que lors de mes précédentes recherches au sujet du culte : la plupart des gens que j'interrogeai se montrèrent embarrassés ou inquiets, nul ne confirma, et certains refusèrent même de répondre en me faussant prestement compagnie. En somme, on me fit comprendre, par le silence, qu'il valait mieux que j'oublie cela et que je n'en parle plus jamais.

— Fichtre ! lâcha Edward Pierce, pendu à ses lèvres.

— Mais qu'est-ce qui vous fait penser que cette drôle d'histoire puisse avoir quelque rapport avec notre affaire de disparitions ?

— D'abord, il y a ces lettres anonymes qui, vous en conviendrez, ne sont pas sans évoquer, par leur forme, quelque origine ésotérique…

— Vous pouvez même dire païenne, intervint le détective. Leur écriture est d'origine celtique…

— Pour le reste, il ne s'agit que d'un pressentiment, je vous l'accorde. La criminalité sur l'île, depuis des années, est quasiment inexistante. Élias, Mlle Tudor et Mlle Waldon sont des personnes sans histoires, très appréciées par les habitants. Ainsi, en l'absence de toute autre explication logique, et même si rien ne peut le prouver à ce stade, il ne me semble pas totalement inepte d'imaginer que leur disparition puisse être l'œuvre d'un groupe de fanatiques qui se livreraient sur l'île à d'étranges rituels païens...

À cet instant, Edward se pencha vers Lorraine et lui posa une question à voix basse. La jeune femme répondit d'un simple hochement de tête.

— Bien, fit alors le détective en se redressant sur le banc. Conformément à notre accord, à notre tour de vous livrer une information qui, justement, pourrait apporter de l'eau à votre moulin. Dans la chambre de Margaret Waldon, Mlle Chapelle a trouvé un ouvrage, ouvert en évidence à une page qui contenait l'alphabet utilisé dans les lettres anonymes. Et mon ami, le père Molloy, avait également cet ouvrage chez lui. Les chances pour que cela soit une coïncidence sont très faibles. Sans négliger la prudence et la mesure qui s'imposent, cet ensemble de concordances nous permet toutefois d'envisager le scénario suivant, qui n'est pas nécessairement le seul possible : la personne ou *les personnes* responsables des trois premières disparitions entretiennent manifestement un lien avec la culture celtique et entendent le laisser savoir, par l'entremise de leurs lettres. Pour l'instant, nous ne sommes pas en mesure de le prouver, mais il pourrait très bien s'agir d'un culte païen, une résurgence celtique, sévissant sur l'île. Lors, la présence du *Cath Maighe Tuireadh* dans les affaires de Mlle Waldon nous laisse imaginer que, comme vous, elle enquêtait en secret sur ce culte, et que son indiscrétion eût motivé son enlèvement, si c'est bien de cela qu'il s'agit... Il pourrait en aller de même pour mon pauvre ami, le père Molloy. Auquel cas, je ne saurais trop vous inviter à la plus grande vigilance, Priscilla... Votre enquête pourrait très bien vous avoir mise en danger, vous aussi.

— J'en suis parfaitement consciente, et je suis sur mes gardes, comme le prouvent les précautions que j'ai prises en vous donnant rendez-vous ici.

— Vous avez bien fait. Encore une fois, tout ceci n'est qu'une supposition. À ce stade, nous n'avons d'autre choix que de procéder par tâtonnements, pour dégager des premières pistes à suivre, dussent-elles s'avérer concluantes ou non. Cette histoire de culte mérite en tout cas que l'on s'y intéresse, et je vous promets que nous allons la creuser et vous tenir informée.

— Je vous en saurais gré. Chers amis, nous aurons sûrement encore bien des choses à nous dire, mais le temps passe, et je dois absolument retourner au journal afin de préparer la couverture de la Blackmore Week et surtout d'éviter qu'une absence trop longue n'éveille les soupçons de M. Morris. Si vous voulez vous mettre en rapport avec moi, vous pouvez déposer une petite annonce dans la boîte du journal, en la maquillant un peu, pour m'indiquer une heure et un lieu de rendez-vous.

— C'est entendu, sourit Edward en lui serrant la main. Quant à vous, vous pouvez nous laisser un message au *Mousetrap Inn*, en prenant garde toutefois à ne pas trop en dire, car…

— … car Mme Fletcher est une odieuse harpie, je sais ! termina la journaliste à sa place en leur adressant un clin d'œil.

Elle les quitta promptement.

— Doux Jésus, se réjouit Pierce en se frottant les mains, voilà enfin une rencontre enrichissante ! Et il était temps ! Je commençais à croire que cette île n'était habitée que par de fâcheux esprits !

— Sir Ronald est un homme délicieux, rétorqua Lorraine tandis qu'ils descendaient à leur tour les marches de la haute tribune.

— Je n'ai pas eu la chance de le rencontrer…

— Je vais faire en sorte que ce soit le cas rapidement. Après tout, puisque nous avons décidé de faire équipe, mon petit Edward, il me semble important qu'il fasse votre connaissance, avant que je lui demande de vous verser la moitié des honoraires qu'il m'a promis.

— Vous n'y pensez pas, enfin !

— Allons, pas de manières, gros bêta ! C'est dans l'ordre des choses. Je vous préviens : si vous refusez, je mets un terme à notre collaboration et je m'associe au connétable.

— Oh, le pauvre homme ! C'est fort aimable de votre part, Lorraine, et j'apprécie infiniment l'attention, mais vraiment, cela me gêne…

— Votre gêne sera vite oubliée quand vous découvrirez le montant des honoraires, croyez-moi ! Sir Ronald est à la tête d'une fortune colossale, qui n'a de mérite que si elle est redistribuée. Et il n'a, à l'évidence, aucune notion de la valeur réelle des choses, ce qui, dans son cas, n'est pas très grave.

— Je vous rappelle que vous parlez d'un homme dont vous envisagez qu'il puisse être votre père…

— Justement ! Profitez-en avant que je n'aie une raison de surveiller ses dépenses afin de préserver mon héritage !

— Lorraine ! Vous êtes si odieuse, parfois, qu'on pourrait vous confondre avec un mâle ! Méfiez-vous, je vais finir par tomber amoureux !

— Mon pauvre ami, vous vous rendriez vite compte que, pour vous satisfaire, il me manque l'essentiel.

— Un cœur ?

Ils étaient arrivés au bord du terrain quand, sans dire un mot, Lorraine se lança dans une course effrénée en direction de High Street.

— Qu’est-ce qui vous prend ? balbutia Edward. Je plaisantais…

Mais, rapidement, voyant avec quelle énergie et quel acharnement Mlle Chapelle continuait sa chevauchée, il comprit qu’il se tramait quelque chose et se mit à courir derrière elle.

Alors que Lorraine, malgré son avance, était encore à une dizaine de mètres de la rue, une détonation retentit dans les airs.

16.

Quand elle arriva dans High Street, à bout de souffle, Mlle Chapelle poussa un cri de rage, manifestation de colère qui n'était pourtant guère dans ses habitudes.

En passant la rangée de maisons, elle avait tout juste eu le temps d'apercevoir, au loin, la moto qui s'enfuyait à vive allure, et de reconnaître la silhouette de son pilote.

La jeune femme baissa lentement la tête. À ses pieds, le trottoir offrait le terrible spectacle qu'elle avait immédiatement imaginé lorsque le coup de feu avait déchiré le ciel. Le corps de Priscilla Appleton, figé dans une posture effroyable, gisait sur le pavé. De l'orifice qui s'était logé au beau milieu de son front s'écoulaient d'affreux ruisseaux écarlates.

Ivre de colère et de frustration, Lorraine se laissa tomber sur les genoux à côté de la journaliste. Dans un geste aussi vain que naturel, elle posa la main sur son épaule, comme pour offrir à la morte un dernier réconfort de sororité.

Abattue, elle ne prit pas la peine de se retourner quand elle entendit Pierce arriver dans son dos.

— Oh, mon Dieu ! s'exclama le détective, horrifié en découvrant la scène à son tour.

Tout en répétant plusieurs fois cette lamentation, il vint s'agenouiller près de Lorraine.

— Comment… comment avez-vous su ? Vous êtes partie avant le coup de feu…

La Française mit un moment à répondre, comme si la question avait dû franchir de nombreuses barrières pour la sortir enfin de sa torpeur.

— J'ai reconnu le bruit de la motocyclette, au loin… Mais je suis arrivée trop tard.

— C'était la même qu'à l'hôtel ? la pressa Edward. Le même homme ?

Elle hocha la tête et tendit la main vers le bout de la rue.

— Je l'ai vu s'enfuir par là. Je n'ai rien pu faire. Bon sang, nous aurions dû la raccompagner… C'est notre faute, Edward.

— Ne dites pas de bêtises, Lorraine.

— Vous êtes conscient que c'est parce qu'elle nous a parlé qu'elle a été tuée ?

— C'est possible, mais cela ne nous rend pas responsables du meurtre. La seule personne responsable, c'est celle qui a tiré.

Autour d'eux, un attroupement se forma, mais il s'avéra bien moins grand qu'on eût pu s'y attendre. Lorsque la police arriva, il n'y avait guère plus de douze personnes autour du corps, Edward et Lorraine inclus. Plus étonnant encore, ce petit groupe de curieux, plutôt que de produire un brouhaha de commentaires, de plaintes ou de récriminations, resta discret et silencieux. Tout juste put-on entendre quelques larmes et soupirs désolés.

Dans les minutes qui suivirent, la gestion du drame, laborieuse, fit une nouvelle fois la preuve du terrible manque d'expérience dont souffraient les forces de l'ordre locales. Toutefois, en de telles circonstances, Pierce et Chapelle se retinrent de les accabler. Ils s'efforcèrent de les assister et prodiguèrent quelques conseils avisés sur le traitement de la scène de crime, la recherche des indices et le recueil des premiers témoignages, en prenant garde néanmoins à ce que cette aide ne puisse être interprétée comme de la condescendance. Ce faisant, ils purent constater que, quoique mal formés, sous-équipés et manquant autant d'assurance que d'entraînement, les quatre policiers de Blackmore semblaient désireux de bien faire, ne manifestant aucune hostilité à l'égard du détective et de la criminologue. On pouvait même deviner dans leur regard, comme dans leur attitude, une aversion contenue pour leur supérieur, le connétable Parker.

Une heure plus tard, alors qu'une ambulance transportait le corps de Mlle Appleton vers la morgue du centre médical Sainte-Christine, Lorraine et Edward furent conduits de nouveau au palais de justice. L'échange qu'ils eurent cette fois avec le juge Gaudion se joua sur un ton bien différent. Le magistrat se retrouvait désormais avec un homicide sur les bras et sans doute avait-il bien conscience qu'il ne pourrait pas étouffer cette affaire-là.

Sur le trajet, à voix basse, Chapelle et Pierce s'étaient mis d'accord sur l'attitude à adopter. Ainsi, en apparence du moins, ils jouèrent la plus grande transparence, répondant à toutes les questions du juge et lui racontant les événements dans leurs moindres détails, à l'exception de certains éléments, qu'ils avaient donc choisi de conserver pour eux. Au sujet de la première apparition de la moto et de son chauffeur, à l'hôtel, ils ne précisèrent pas l'objet du vol, à savoir les documents découverts chez le père Molloy. Au sujet de Mlle Appleton, ils se gardèrent de dire qu'elle leur avait remis une copie de la lettre anonyme, et ils passèrent sous silence l'évocation d'un mystérieux culte païen. Quant à l'identité réelle de la journaliste, enfin, ils respectèrent la discrétion qu'elle avait espérée d'eux et n'en firent guère mention.

— Mademoiselle, monsieur, je vous remercie de votre collaboration, conclut le juge Gaudion d'une voix qui paraissait sincère. Je suppose même que je vous dois des excuses, n'ayant guère fait preuve d'une grande affabilité à votre endroit, ce matin. Ma méfiance instinctive envers les étrangers et les réserves que j'éprouve à l'égard des enquêteurs privés m'ont sans doute rendu moins accueillant que je n'aurais dû l'être, et je le regrette. Toutefois, nous nous trouvons maintenant face à un crime avéré, grave. Comme je devine qu'il ne fera que motiver davantage votre désir d'enquêter, nous devons trouver un moyen de travailler en bonne intelligence, afin de nous prémunir contre toute nouvelle contrariété et de faciliter la résolution de ce mystère, plutôt que de la ralentir.

— À la bonne heure ! approuva Pierce en inclinant la tête.

— Aussi, voici ce que je vous propose : reconduisons ensemble l'accord que vous a proposé Mlle Appleton, et promettons-nous un échange d'informations, fondé sur la réciprocité. Je m'assurerai personnellement que la police vous tient au courant, au fur et à mesure, de toutes ses découvertes, et j'attendrai de vous que vous en fassiez autant.

— Cela nous semble tout à fait honorable.

— Mais attention ! Cette proposition s'accompagne de conditions strictes : qu'à aucun moment vous ne vous substituiez aux forces de l'ordre, que vous fassiez appel à elles chaque fois que vous serez confrontés à une situation qui incombe à leur seule fonction, et que vous respectiez scrupuleusement les règles qui encadrent votre profession. Je ne vais pas vous les apprendre : vous avez le droit d'effectuer des filatures, tant qu'elles ont lieu sur l'espace public, d'auditionner des témoins, tant que vous n'usez pas de la contrainte, de faire des demandes, auprès de mes services, pour obtenir l'accès à des archives d'ordinaire fermées au public, etc. Je m'efforcerai de vous assister avec la plus grande détermination, de faciliter sans délai toutes les démarches administratives que pourrait nécessiter votre enquête, mais si j'apprends que vous commettez le moindre délit, la moindre intrusion non sollicitée dans une propriété privée, le moindre vol de preuves, le moindre acte de violence, alors j'ordonnerai, sur l'heure, votre expulsion du territoire. Sommes-nous bien d'accord ?

— C'est la moindre des choses, et, depuis le temps que je l'exerce, jamais il ne me viendrait à l'idée de trahir le code déontologique auquel ma profession m'oblige, Votre Honneur !

Cette promesse solennelle, dans la bouche de l'homme qui, le matin même, avait crocheté la porte du père Molloy et emporté un carton empli de documents privés, ne manquait pas de sel.

— Mademoiselle ? lança le juge en se tournant vers Lorraine.

— Votre Honneur, qu'on ouvre ma poitrine, et l'on découvrira alors, sur mon cœur, un seul mot gravé : probité.

— Oui, oui, c'est très beau… Malheureusement, mademoiselle, je ne juge jamais une personne sur ses mots, mais seulement sur ses actes. Je vous aurai donc à l'œil, vous pouvez me croire !

— C'est noté. Et pour ce qui est de la motocyclette ? lança Lorraine en dévisageant le juge Gaudion. Sur une île de mille habitants, le nombre de personnes qui possèdent une BSA modèle L de couleur verte doit pouvoir se compter sur les doigts d'une seule main. Et encore…

— Je vous ai dit que j'allais m'en occuper. Mais détrompez-vous : il y a bien plus de motocyclettes sur Blackmore qu'on ne pourrait le croire. Notre île peut se vanter d'avoir l'un des plus anciens moto-clubs au monde, le BMC, qui a été créé en 1905. Il compte désormais une quarantaine de membres, qui organisent tout au long de l'année de nombreuses courses au nord de l'île, mais aussi une célèbre épreuve de *hill climbing*[1], qui se déroule pendant la Blackmore Week – cette semaine donc – et qui attire des spectateurs venus de tout l'archipel. Enfin, nous avons dans Victoria Street un magasin de motocyclettes. J'irai évidemment interroger Enzo, son propriétaire, dès demain, à la première heure, et je lui demanderai de nous fournir la liste des propriétaires de BSA. Bref, je ferai ce qu'il faut, mais il se peut que cela soit plus compliqué que vous ne le pensez.

— C'est compris.

— Bien. Une dernière question : êtes-vous armés l'un et l'autre ?

— Je possède un Smith & Wesson de calibre 38, répondit Edward en soulevant son veston pour faire apparaître le holster sous son épaule, et je dispose d'un permis de port d'arme en bonne et due forme.

---

1. Dans cette épreuve motocycliste, parfois appelée « montée impossible » en français, les participants affrontent une côte naturelle de plus de 45 % de pente, boueuse et difficile à franchir. Le gagnant est celui qui sera arrivé le plus vite et le plus haut dans la pente.

— En ce qui me concerne, je n'ai ni l'un ni l'autre, enchaîna Lorraine.

— Ah. Mais savez-vous tirer, mademoiselle ?

La jeune femme, qui ne s'était pas attendue à ce que la conversation prît cette direction, ne put retenir un petit air surpris.

— Eh bien, oui. À vrai dire, j'ai pratiqué le tir sportif pendant quelques années.

Aussitôt, le juge ouvrit l'un des tiroirs de son large bureau et en sortit un revolver qu'il lui tendit.

— Ce qui s'est passé aujourd'hui nous invite à la plus grande prudence. Il est fort probable que votre enquête vous met en danger l'un et l'autre. Je serais plus tranquille en vous sachant armée, mademoiselle. Promettez-moi seulement de n'en user qu'en cas de légitime défense et de me restituer l'arme quand vous quitterez notre île.

Lorraine hocha la tête, et cette fois sans ironie.

— Parfait. Je ne vous retiens pas plus longtemps, il est déjà fort tard. Mes hommes vont vous reconduire à votre hôtel. Et n'oubliez pas : je vous ai à l'œil.

— Et nous de même, glissa malicieusement Lorraine.

— Une dernière chose, Votre Honneur, si vous le voulez bien : le palais de justice dispose-t-il d'une bibliothèque ?

— Oui, à l'étage, pourquoi ?

— L'*Encyclopædia Britannica* s'y trouve-t-elle ?

— Évidemment ! Nous possédons les vingt-neuf volumes de la onzième édition, qui est sans conteste la meilleure.

— Splendide ! Me permettez-vous d'aller y jeter un coup d'œil ? Cela ne devrait pas me prendre plus de cinq minutes…

— Je vous en prie.

17.

Bien que le bar de l'hôtel fût officiellement fermé, Lucius, qui avait appris la terrible nouvelle, avait eu l'amabilité de monter discrètement dans la chambre d'Edward Pierce une bouteille sans étiquette. « Cela devrait vous réconforter un peu, avait-il glissé dans un clin d'œil amical. C'est un rhum martiniquais, qui vient de la distillerie où travaille mon oncle... »

Encore ébranlés par l'épisode qu'ils avaient traversé ensemble, Lorraine et Edward restèrent silencieux un long moment. Il devait être près de minuit quand, n'ayant aucune envie d'aller se coucher, ils décidèrent ensemble de jeter un coup d'œil aux lettres anonymes. Edward avait eu la lumineuse idée de recopier le tableau de correspondance de l'alphabet oghamique qu'il avait trouvé dans l'*Encyclopædia Britannica* du juge Gaudion.

Ainsi, s'assistant mutuellement, ils remplacèrent les symboles des deux lettres anonymes par leur équivalent dans l'alphabet latin. Malheureusement, le résultat fut d'une déconcertante nébulosité.

Le texte sur le message adressé à sir Ronald Waldon donnait la série de lettres suivante : M-O-O-M-T-L-P-B-W-F-E-U-H-V-F-R-P-U-L-F-A-B-P-X-T-H-S-L-E-N-M-O-N.

Et celui sur le message adressé au journal : R-P-V-R-F-M-T-P-Q-N-S-S-A-E-M-R-P-A-I-W-I-O-O-I-X-L-P-Y-Y-M-I-T-V-Z-F-V-M-P-J-F-E-O-K-H-F-E-U-O.

— Bon. Ce n'est donc ni de l'anglais ni du français, soupira Mlle Chapelle. Pensez-vous qu'il puisse s'agir d'un authentique texte celtique, et qu'il nous faudrait donc un dictionnaire afin de le traduire ?

— J'en doute, répondit Edward. Je pense qu'il s'agit bien d'une langue contemporaine transcrite en lettres oghamiques, mais que le texte est chiffré.

— Quelle tannée ! Il n'y a même pas d'espaces entre certaines lettres qui nous permettraient de distinguer des mots !

— L'absence d'espaces dans un texte n'empêche jamais de le comprendre, avec un petit effort. Regardez :

Sur son carnet, il écrivit « VOUSÊTESIDIOTE ».

— Je vous remercie. Et donc ?

— Et donc, si mon hypothèse est la bonne, il nous manque seulement la clef de chiffrement. Cela ne nous empêche pas de tenter un décryptage. Procédons dans l'ordre : en supposant qu'il s'agisse d'une simple substitution de lettres, méthode de chiffrement la plus élémentaire, et donc la plus courante, il peut s'avérer payant d'effectuer une analyse séquentielle.

— C'est-à-dire ?

— Si les messages codés sont en langue anglaise, les lettres les plus fréquentes sont, dans l'ordre, le *e*, le *t* et le *a*. S'ils sont en langue française, il s'agit du *e*, du *s* et du *a*. Il faut donc d'abord que nous relevions le nombre d'occurrences de chaque signe.

Et c'est ce qu'ils firent. Cela leur demanda de longues minutes. Le résultat, une nouvelle fois, fut peu concluant. Aucune lettre ne se distinguait clairement des autres par sa fréquence.

— Fichtre ! Il se pourrait donc que ce soit un chiffrement plus compliqué que par substitution. Un chiffrement par permutation, ou par décalage multiple, peut-être, ce qui rend le décodage moins aisé, puisque, dans ce cas, la même lettre chiffrée peut en remplacer plusieurs.

Lorraine soupira.

— Vous me donnez déjà mal à la tête, Edward. Je vous laisse faire, vous semblez bien plus calé que moi sur ce sujet. Pendant ce temps, je vais relire mes notes.

Ainsi, les deux investigateurs cogitèrent une bonne heure encore, chacun de son côté, griffonnant par moments sur leurs carnets respectifs, poussant un juron par-ci, un soupir par-là, et ponctuant leurs recherches de courtes pauses alcoolisées.

Lorsqu'il fut près de deux heures du matin, Lorraine, sans conviction, déclara :

— J'ai peut-être un petit quelque chose…

— Vous avez de la chance ! Moi, je n'ai rien. Je penche de plus en plus pour un chiffrement par décalage multiple. Mais sans connaître la suite de chiffres utilisés pour décaler les lettres successives, il faudrait non pas des heures, mais des jours, peut-être même des semaines, pour déchiffrer ces textes.

— Faites donc un effort, Edward ! le taquina Lorraine.

— Je fais de mon mieux, vilaine marmotte, mais force est de constater que mon cerveau, pourtant bien plus développé que le vôtre, ne suffit pas. Et qu'avez-vous trouvé, vous ?

— J'ai repéré une coïncidence qui pourrait bien ne pas en être une. Mlle Appleton nous a dit qu'Élias Carteret devait se rendre sur la tour du télégraphe, la nuit du 4 août, sous prétexte que c'était la première nuit des étoiles filantes. Il est vrai que les premiers jours d'août sont réputés pour être favorables à leur observation. Toutefois, en consultant le calendrier de mon agenda, j'ai été étonnée de voir que le 4 août correspondait à une nuit de pleine lune. Or, si M. Carteret était réellement passionné d'astronomie, comme nous l'a affirmé la journaliste, il devait savoir qu'une lune pleine, au contraire, engendre une pollution lumineuse qui nuit à l'observation des étoiles… Titillée par la chose, dans un accès de génie indéniable, j'ai eu l'idée de consulter les dates des deux autres disparitions.

— Et alors ?

— Et alors figurez-vous que le 18 septembre, date de la disparition de Mlle Tudor, tombait une nuit de nouvelle lune. Et que le 2 octobre, pour Margaret Waldon, tombait de nouveau une nuit de lune pleine. Un dénominateur commun qui, je vous l'accorde, est très mince, et probablement fortuit, mais je ne pouvais pas le passer sous silence, surtout auprès d'un homme comme vous…

Le visage de Pierce s'illumina.

— Et vous avez bien fait, ingénieuse petite fouine que vous êtes !

— Ah ! Et pourquoi donc ?

— Parce que le calendrier celtique, ma chère, était, justement, un calendrier lunaire, et que les quinzaines s'articulaient autour des lunes pleines et des nouvelles lunes.

— Tiens donc…

— Il y a une trentaine d'années, des fragments de bronze, couverts de gravures, et remontant au IIe siècle après Jésus-Christ, ont été découverts en France, à Coligny. En les reconstituant, les chercheurs ont pu mettre au jour un calendrier celtique, sur lequel les mois dépendaient en effet du cycle lunaire. La date des disparitions serait-elle une nouvelle référence à la culture celtique ?

Lorraine haussa les épaules.

— Tout cela est fort ténu…

— Certes. Mais quand les conjectures se multiplient et pointent toutes dans la même direction, l'investigateur n'a pas le droit de les négliger.

— J'en conviens. Une chose est sûre : la prochaine lune pleine aura lieu, comme par hasard, samedi prochain, le dernier jour de la Blackmore Week, et cette nuit-là, si j'étais un habitant de Blackmore, je serrerais vivement mon popotin…

— J'espère bien que nous aurons résolu notre enquête avant cela…

— Il y a tout de même un sujet que nous n'avons pas abordé, et qui me turlupine.

— Je vous écoute…

— Vous vous souvenez, hier soir, quand nous nous sommes rencontrés ?

— Comment oublier ? répliqua Edward d'un ton exagérément nostalgique.

— Nous avons évoqué ensemble une particularité au sujet de certains habitants de l'île, qui nous avait frappés tous les deux…

— Les yeux ?

Mlle Chapelle hocha lentement la tête.

— J'avoue que j'ai du mal à imaginer qu'il puisse y avoir là matière à enquêter, et pourtant… Ce particularisme, que je décrirais comme une sorte de couronne brunâtre qui entoure la cornée, je l'ai d'abord remarqué dans le regard d'un marin, qui m'avait dévisagée quand nous avons débarqué à Port Brayne. Je l'ai vu ensuite dans les yeux d'un enfant un peu étrange, qui, au beau milieu de la nuit, et sous une pluie battante, se trouvait seul sur la chaussée, et m'a regardée d'un air singulier, alors que je passais devant lui à bord de la voiture de sir Ronald. On eût dit un guetteur qui surveillait la route qui va du port à la ville. Et enfin, je l'ai remarqué dans le regard de cette charmante Mme Fletcher, notre hôtelière acariâtre. Cela faisait déjà beaucoup. Mais ce qui m'intrigue le plus, à présent, c'est que j'ai retrouvé cette même bizarrerie dans un portrait de Margaret Waldon, qui trône dans sa chambre, tout comme sur la photo d'Élias Carteret.

Elle posa l'exemplaire de la *Blackmore Gazette* où figurait le portrait du jeune homme.

— Qu'en dites-vous, Edward ? La chose est pour le moins singulière… Et c'est vous, après tout, le détective de l'étrange !

— Mon trouble est aussi grand que le vôtre, Lorraine. J'ai observé moi aussi cette anomalie dans les yeux de quelques habitants, à commencer par la diaconesse de l'église Sainte-Anne. Plus intrigant encore : sur l'un des vitraux, un personnage biblique était atteint de cette même bizarrerie. Il y a peut-être matière à creuser, en effet, mais je ne suis pas sûr que la chose relève de mes compétences en sciences occultes. Elle semble relever davantage de la pathologie, vous ne pensez pas ?

— Une maladie génétique qui toucherait plusieurs familles de l'île ?

— C'est certes l'explication la plus rationnelle…

— Devrions-nous alors interroger un médecin ?

Edward, songeur, se frotta le menton un instant.

— Le père Molloy a mentionné un certain Dr Callum McCann, dans sa lettre, en me précisant qu'il était l'un de ses amis, et qu'il dirigeait le sanatorium de Bragbury…

— Bigre ! Du bateau, j'ai aperçu ce bâtiment, isolé sur un îlot, au nord-ouest de Blackmore. Il m'a semblé tout à fait lugubre !

— Un sanatorium est rarement folichon… Mais je pense qu'en nous recommandant du père Molloy il y a des chances que ce médecin-là soit plus loquace qu'un autre. Les gens n'ont pas l'air d'être très bavards, sur cette île. En outre, peut-être pourrait-il nous éclairer sur ces histoires de scènes d'hystérie collective dont parlait Pat dans ses notes, et dont le passé de Blackmore fourmillerait. La chose relève sans doute de la psychiatrie…

— Soit. Nous essaierons de le voir demain. Mais avant cela, il nous reste à interroger l'entourage de Mlle Tudor, à l'école des filles, et celui de Margaret, à l'Armée du salut. La journée ne sera pas de tout repos !

— Pour les sages, il n'est d'autre repos que la mort…

— Dans ce cas, permettez-moi, Edward, d'aller mourir quelques heures. Nous ressusciterons pour le petit déjeuner.

18.

Ce lundi 26 octobre 1925 marquait l'ouverture de la Blackmore Week, fête annuelle de l'île, qui se tenait traditionnellement durant les cinq jours précédant le 31 octobre, veille de la Toussaint, où l'on se livrait alors aux festivités d'*All Hallows' Eve*[1].

C'était, pour Blackmore, l'occasion d'une semaine de réjouissances, au cours de laquelle des festivités diverses étaient organisées aux quatre coins de l'île : concerts, bals, parades, spectacles de rue, œuvres de charité, élection de Miss Blackmore, compétitions sportives… Un programme destiné aux gens de tout âge, qui attirait toujours de nombreux visiteurs, au point que le SS *Courrier* faisait exceptionnellement un aller et retour quotidien afin de permettre aux habitants de Guernesey et d'ailleurs de venir participer à

1. « Veille de tous les saints ». Avec le temps, par contraction, le nom de cette fête s'est transformé en « Halloween ».

la fête. Au plus fort de l'événement, la population de l'île passait aisément du simple au triple.

Ainsi, dès le réveil, Lorraine et Edward découvrirent la ville sous un jour nouveau. Fort paradoxalement, alors qu'un homicide avait eu lieu la veille, en pleine rue, Blackmore leur parut soudain bien plus joyeuse. Leur première surprise fut, au petit matin, de voir que le *Mousetrap Inn* s'était soudain considérablement empli, renouant, bien que très provisoirement, avec la folle effervescence d'un passé révolu. Se retrouvant au rez-de-chaussée à l'heure convenue pour profiter ensemble du *full English breakfast* de l'infatigable Lucius, ils passèrent devant une file surprenante, où une rangée de clients, jeunes comme âgés, attendaient que Mme Fletcher leur remette la clef de leur chambre.

« Il fut un temps où l'affluence était la même chaque matin, hiver comme été », leur avait confié le barman à mi-voix, en déposant sur leur table deux belles assiettes garnies d'œufs brouillés, de bacon, de saucisses et de toasts nappés de haricots blancs à la sauce tomate.

Et quand, une heure plus tard, ils arrivèrent en ville, leur étonnement fut plus grand encore : de Walker Square, ils purent admirer l'enfilade de bannières colorées qui s'étendaient d'un côté à l'autre de Victoria Street, affichant en lettres vives les armes de la ville et l'élégant logotype de la Blackmore Week. Il n'était pas une vitrine de magasin qui ne fût décorée pour l'occasion, et cette artère qui, la veille encore, leur avait paru si déserte était à présent noire de monde. À une trentaine de mètres à peine, une foule remarquable se pressait devant le *Goose & Grill*, unique pub du centre où, malgré l'heure, la bière coulait déjà à flots.

— Eh bien… On ne dirait pas vraiment une ville en deuil ! fit remarquer Lorraine, sur le ton du reproche, en regardant le spectacle qu'offrait la rue commerçante.

— J'imagine que l'on a fait en sorte de ne pas trop ébruiter le meurtre de Mlle Appleton, pour ne pas effrayer les visiteurs. Fichtre, on se croirait à Londres un vendredi soir !

Mlle Chapelle grimaça.

— Il n'y a rien de tel qu'une foule euphorique pour me rappeler à quel point je déteste mon prochain.

— Tss, tss… Lorraine ! Je vous connais désormais suffisamment pour que vous cessiez de vous donner la peine de vous faire passer pour misanthrope. Ce petit jeu ne prend plus avec moi.

— Détrompez-vous. Tenez, par exemple : levez les yeux, Edward, et regardez la taille de l'école des filles, où nous nous apprêtons à entrer. Elle ne fait pas même le quart de celle des garçons, là-bas, à l'autre bout de la rue de la Vallée. Comment voulez-vous que j'aime une espèce qui, elle-même, néglige la moitié de ses individus ?

— Parce que vous savez que ceux qui sont responsables de ces injustices ne sont qu'une minorité. Une minorité qui a encore le pouvoir, certes, mais une minorité, et qui tombera un jour. Vous êtes la première femme diplômée de l'Institut de criminologie de Paris, mais vous n'êtes pas la dernière. Il y en aura bien d'autres après vous. Il faut des tempéraments comme le vôtre pour ouvrir la voie, il faudra d'autres Théroigne de Méricourt, d'autres Louise Michel, d'autres Maria Deraismes, d'autres Emmeline Pankhurst et d'autres Marie Curie pour qu'un jour on ne juge plus un être sur son sexe, mais sur ses seules qualités. Ce sera long, sans doute, mais l'humanité est ainsi faite que les luttes les plus justes, dussent-elles prendre des siècles, finissent toujours par l'emporter. En attendant, allons donc rencontrer les collègues de Mlle Tudor, cette institutrice dont, j'en suis convaincu, le combat, s'il fut plus silencieux, ne fut pas moins louable que celui des suffragettes.

— C'est beau. Vous allez me faire pleurer, se moqua Lorraine.

— Mais taisez-vous donc, infâme foutriquette !

Ainsi ils entrèrent ensemble dans l'école des filles, une modeste institution ouverte en 1860, soit plus d'un siècle, en effet, après celle des garçons. Au lendemain de la guerre, une loi avait rendu l'*elementary school* obligatoire pour tous les enfants de l'île, de l'âge de quatre ans jusqu'à l'âge de quinze ans, quel que fût leur sexe, si bien que l'école des filles, jadis réservée aux familles les plus aisées, souffrait désormais d'un terrible manque de place et d'effectif. Les institutrices, en nombre insuffisant, n'avaient d'autre choix que de faire des classes de plusieurs niveaux, réunissant jusqu'à trois tranches d'âge différentes : l'on pouvait voir des élèves de six ans étudier dans la même salle et avec la même maîtresse que des élèves de huit ou neuf ans… Au-delà de quinze ans, la plupart des enfants de Blackmore entraient dans la vie professionnelle, et seuls les plus fortunés intégraient la *secondary school* de Guernesey, ce qui impliquait d'y être pensionnaire, en raison de la distance et de la rareté des transports pour s'y rendre.

Le bâtiment, aux murs peints du même jaune que ceux du palais de justice, n'était pas bien grand, et les deux investigateurs n'eurent aucune peine à trouver le bureau de Mme Elsie Montgomery, la directrice.

— Oh ! Dieu vous bénisse ! s'exclama cette fine sexagénaire à la pâleur quasi maladive, quand ils lui expliquèrent le motif de leur visite. Puisse-t-Il vous guider dans vos recherches et vous aider à retrouver notre chère Diana ! J'espère qu'elle n'a pas connu le même sort que cette pauvre

Mlle Appleton. Il ne se passe pas une journée sans que l'absence de Diana nous pèse, à moi comme à toutes ses collègues, non pas seulement parce qu'elle effectuait ici un travail remarquable, mais surtout parce que c'est une femme d'une bonté sans égale, qui n'a de cesse qu'elle n'ait rendu service à son prochain, et surtout à nos petites élèves. La perspective qu'il ait pu lui arriver malheur m'est insupportable, et je n'arrive pas à me résoudre à l'idée que qui que ce soit puisse vouloir du mal à une femme si dévouée...

— Avez-vous une idée des circonstances qui ont conduit à sa disparition ?

— Parbleu, aucune ! C'est un mystère qui nous hante toutes encore, comme je l'ai dit au juge Gaudion. C'était dans la seconde quinzaine de septembre, l'école n'était ouverte que depuis quelques jours. Un soir, elle est rentrée chez elle, comme tous les soirs depuis près de vingt ans. Et le lendemain, elle n'est pas revenue. Je n'ai pas la moindre idée de ce qui a pu se passer cette nuit-là, et la police n'a rien trouvé chez elle qui puisse nous fournir une explication...

— Vous êtes certaine qu'elle rentrait chez elle, ce soir-là ? N'aurait-elle pas pu avoir quelque autre chose de prévu ?

— Oh, j'en suis sûre et certaine ! En partant, elle m'a dit qu'elle allait passer la soirée à corriger les copies de ses élèves. Je m'en souviens fort bien, car c'était le premier devoir qu'elle leur avait donné. Grâce à ce contrôle préliminaire, Diana pouvait comparer le niveau de ses élèves d'une année sur l'autre et s'assurer ainsi que la qualité de notre éducation ne se dégradait pas. Comme elle était notre institutrice la plus expérimentée, elle s'occupait exclusivement des élèves en dernière année, et elle le faisait avec un zèle admirable.

— Vivait-elle seule ?

— Eh oui, sainte femme ! Sa vie tout entière ne tournait qu'autour de son métier.

— Et a-t-elle de la famille à Blackmore ?

— En dehors de son frère Nicky, aucune. Ses parents ne sont plus de ce monde depuis bien longtemps. Pour ce qui est de Nicky, c'est un brave garçon, mais elle ne le voyait pas souvent : il est marin pêcheur et passe le plus clair de son temps à naviguer au large. Non, vraiment, la vie de Diana se résumait essentiellement à nos élèves, qui l'appréciaient d'ailleurs autant que nous. Sa disparition restera pour moi le plus grand mystère et le plus triste drame de ma carrière... Chaque jour qui passe m'entraîne un peu plus à imaginer le pire, et l'horrible assassinat de Mlle Appleton hier soir n'arrange rien. Je prie aujourd'hui pour que votre enquête fasse mentir mes craintes...

Malgré toute la bonne volonté dont Mme Montgomery faisait preuve, Edward et Lorraine comprirent rapidement, après lui avoir posé les questions d'usage, qu'elle ne pourrait leur donner aucune piste intéressante au sujet de la disparition de Diana Tudor.

— Accepteriez-vous, madame, de nous dire où habitent non seulement Mlle Tudor mais aussi son frère, qu'il serait bon que nous rencontrions ?

— Oh, mais, bien sûr ! Je ne trahirai aucun secret ! Vous savez, ici, tout le monde sait où habite tout le monde ! Diana occupe la petite maison à l'angle de Little Street et de la Marette, à l'extrême sud de la ville. Quant à son frère, Nicky, il a un appartement au nord de l'île, pas très loin du port, à Madison Bay. Je ne saurais vous donner une adresse précise, mais il vous suffira de demander sur place au premier passant venu. Cela dit, il me semble qu'il n'y est pas souvent.

Après avoir dûment remercié la directrice de l'école, Lorraine et Edward en prirent poliment congé et se retrouvèrent bientôt dehors, dans l'agitation de la Blackmore Week.

Sur Walker Square, une fanfare installée devant le monument aux morts était sur le point de jouer son premier morceau, tandis qu'une maigre foule de personnes âgées s'assemblait autour d'elle.

— Je ne sais pas ce que vous en pensez, Edward, mais, personnellement, j'irais bien jeter un coup d'œil au domicile de Mlle Tudor…

— Qu'est-ce que vous entendez par « jeter un coup d'œil » ?

— Eh bien, disons que, si nous y trouvions un ouvrage sur la culture celtique, notre faisceau de conjectures deviendrait un faisceau de preuves… Et la lettre anonyme, peut-être ?

— Auriez-vous déjà oublié les commandements du juge Gaudion ?

— Absolument pas : il a dit qu'il serait fâché s'il apprenait que nous avions désobéi à ses injonctions. Mais s'il ne l'apprend pas, il n'a aucune raison d'être fâché…

— Ce n'est pas faux, dit le détective en souriant. Allons donc jeter un coup d'œil.

À peine s'étaient-ils mis en route que la fanfare derrière eux entama son premier morceau.

— Décidément ! lança Edward en fronçant les sourcils.

— Qu'y a-t-il encore ?

— Cette musique !

— Eh bien ?

— Vous ne la reconnaissez pas ? Ce doit être l'hymne de Blackmore. C'est l'air que jouaient hier les cloches de l'église…

— C'est fascinant. Bon. Y allons-nous, ou préférez-vous aller jouer du trombone ?

— Allons-y, allons-y, se résigna Edward.

Il avait sur le visage ce petit air suspicieux que Lorraine commençait à connaître.

19.

La maison de Mlle Tudor était parmi les plus modestes de la ville, pour la plupart disséminées à la périphérie de celle-ci. Comme beaucoup d'entre elles, ce n'était pas une maison en pierre, mais en bois. Quoique modeste, elle ne manquait guère de charme, soigneusement entretenue et décorée avec goût. De plain-pied, elle devait compter une soixantaine de mètres carrés sous son toit, et un garage jouxtait son mur méridional. Volets fermés, elle semblait certes inoccupée, mais pas à l'abandon.

— Regardez les fleurs aux fenêtres, fit remarquer Lorraine au détective tandis qu'ils approchaient de la bâtisse.

— Eh bien ?

— L'institutrice a disparu depuis plus d'un mois. Quelqu'un, à l'évidence, vient les arroser régulièrement. Et la petite allée serait couverte de feuilles mortes si l'on ne venait pas la balayer de temps en temps…

Edward hocha la tête, puis inspecta les alentours.

— Bon. Sommes-nous sûrs que c'est une bonne idée, alors ? grommela-t-il, inquiet. Quelqu'un pourrait venir.

— Mais non ! Tout va bien se passer.

— En général, quand quelqu'un prononce cette phrase, cela finit mal…

— Je ne vois personne dans les environs. Si vous voulez, nous n'avons qu'à passer par-derrière.

— J'allais justement vous le proposer.

Ainsi, après s'être de nouveau assurés que personne ne pourrait les voir, ils contournèrent discrètement le terrain par la droite, se faufilant entre les arbres. Mlle Tudor faisait partie des nombreux habitants de l'île qui n'avaient pas le souci de délimiter leur terrain par un muret ou même une simple barrière, si bien que les deux investigateurs purent aisément rejoindre la façade arrière, où se trouvait une seconde porte. Un potager trônait au milieu du jardin, mais il semblait, lui, ne plus être entretenu.

Après avoir fouillé les environs, Lorraine revint avec une sorte de barre de fer qu'elle avait trouvée plantée dans le sol et qui avait dû servir naguère de tuteur.

— Que faites-vous ? s'exclama Edward en la voyant approcher d'un pas décidé.

— Eh bien ? Pour faire levier ! Avec la porte !

— Mais ! Avez-vous perdu la tête ? Espèce de barbare !

Il la repoussa gentiment sur le côté et sortit sa petite trousse à crochetage de la poche intérieure de son duffle-coat.

— Laissez donc faire les professionnels !

Lors, le Britannique se mit à l'œuvre. Il ne lui fallut guère plus d'une ou deux minutes pour parvenir à ouvrir la serrure à l'aide d'un crochet et de son entraîneur.

— Et voilà le travail ! murmura-t-il en poussant doucement la porte d'un air victorieux.

— Dame ! Cela fonctionne à tous les coups ?

— Depuis le temps que je m'entraîne, j'ai atteint un taux de réussite qui frôle les quatre-vingts pour cent, mademoiselle !

— Mazette !

— Allons, pas de bruit !

Ils pénétrèrent prudemment dans ce qui s'avéra être à la fois une cuisine et une salle à manger. En son centre était disposée une petite table carrée, en pin, entourée de quatre chaises, mais l'on imaginait aisément que Mlle Tudor devait y souper seule la plupart du temps. L'absence de bibelots, de tableaux, le sol en tomette et les murs blanchis à la chaux témoignaient de l'usage fonctionnel de la pièce, sans la moindre décoration, et de la volonté d'en garantir une hygiène facile à entretenir. Quelques rares gouttes d'eau s'écoulaient sous une haute glacière à compartiments, indiquant que la glace, qu'il fallait réapprovisionner d'ordinaire chaque semaine dans le récipient supérieur, avait fondu depuis longtemps et que le bac de récupération devait fuir légèrement. Une armoire en bois polyvalente accueillait vaisselle et batterie de cuisine. Sur le mur qui lui faisait face, un évier et un égouttoir jouxtaient un large poêle. C'était à peu près tout. La pièce était d'une propreté irréprochable, que seule la petite flaque qui s'était formée sous la glacière venait altérer.

Lorraine fit signe à Edward qu'elle allait ouvrir la porte de droite. Il acquiesça et se dirigea vers celle de gauche.

Il n'y avait pas un seul bruit dans la maison, et tout indiquait qu'elle était vide, mais cela n'empêchait pas la prudence. La jeune femme tourna la poignée aussi délicatement que possible et découvrit un couloir aux murs lambrissés, dans lequel elle se glissa.

À droite, une porte donnait sur une petite salle d'eau. À gauche, un salon, plongé dans la pénombre de ses volets fermés. Lorraine, parvenant à deviner les silhouettes du mobilier, avança précautionneusement, à tâtons. Ici un piano droit, collé au mur, là un sofa, plus loin une bibliothèque, débordant de livres…

Au centre de la pièce, elle s'immobilisa, intriguée. Une odeur lui était montée aux narines. Et cette odeur… était celle qui se dégage subrepticement lorsque l'on éteint la flamme d'une bougie. L'information, et ses conséquences évidentes, avait à peine atteint son esprit que Mlle Chapelle entendit, mais trop tard, un bruit sourd dans son dos. Aussi n'eut-elle pas le temps de se retourner pour parer l'attaque. Elle se retrouva alors avec l'avant-bras de son assaillant autour du cou. Collé derrière elle, l'homme, surgi de nulle part, commença à l'étrangler.

Lorraine, qui ne manquait ni de force ni d'agilité, tenta de se libérer de la prise, mais sans succès. Son agresseur, qui la maintenait fermement, avait une vigueur phénoménale. Rapidement toutefois, Lorraine comprit qu'il n'essayait pas de la tuer, mais seulement de l'immobiliser. Aussi, suffoquant après une ultime tentative infructueuse, cessa-t-elle de lutter, espérant que ce geste de soumission éviterait que son ennemi ne change d'avis.

— Vous êtes qui ? cracha l'homme contre son oreille. Qu'est-ce que vous foutez là ?

La jeune femme s'apprêtait à lui répondre péniblement quand, plus loin derrière elle, résonna le cliquetis caractéristique d'un revolver dont on arme le chien. Lors, la voix providentielle d'Edward Pierce, à la fois douce et ferme, s'éleva dans la pièce comme une sentence divine :

— Lâchez-la, monsieur, ou je tapisse les murs de votre cervelle !

Il y eut un moment d'hésitation, et la poigne de l'homme se détendit.

Lorraine, libérée mais la gorge en feu, fit un pas en avant, puis se retourna subitement, pour découvrir son attaquant qui, les mains en l'air, la dévisageait avec une rage indicible.

— Vous êtes Nicky Tudor, n'est-ce pas ? devina-t-elle en se frottant le cou.

— Vous faites quoi chez ma sœur, vous aut' ? grogna-t-il en guise de réponse.

L'homme, ses épais cheveux bruns coupés fort court, avait le corps et la figure d'un boxeur. Il devait avoir dépassé la trentaine depuis peu. Les épaules et la nuque larges, le nez épaté, la mâchoire carrée, les lèvres épaisses, les sourcils saillants et entrecoupés de cicatrices, il n'était toutefois pas vilain garçon, arborant plutôt le physique d'un baroudeur endurci, marqué par les épreuves, certes, mais doté du charme singulier de quelque gladiateur romain. Un Spartacus.

— Baissez votre arme, Edward. Nous devons à ce monsieur des explications.

Le détective hésita un instant, puis, désarmant son revolver, il le baissa lentement. Toutefois, il le garda bien en main.

— Je me nomme Lorraine Chapelle, et voici Edward Pierce, détective privé. Nous enquêtons sur les disparitions qui ont eu lieu au cours des derniers mois. Nous aimerions donc comprendre ce qui a pu arriver à votre sœur et aux autres…

— Détective privé ? Alors z'avez rien à foutre ici. Sortez !

— Si c'est vraiment ce que vous voulez, Nicky, nous allons sortir. Mais peut-être serait-il plus sage que nous discutions, calmement. Ne souhaiteriez-vous pas que nous puissions retrouver Diana ?

— J'vous ai dit de sortir, répéta le marin, qui n'avait guère quitté son air courroucé.

— Savez-vous ce qui a pu lui arriver ?

L'homme se tourna lentement et, le regard menaçant, fit un pas vers Edward.

— Si vous sortez pas tout de suite, va falloir user de votre arme, monsieur !

— Vous avez reçu une lettre, après sa disparition, n'est-ce pas ? insista Lorraine derrière lui. Si seulement vous vouliez bien nous la montrer, cela pourrait nous aider à...

— J'ai reçu aucune lettre ! Foutez le camp, que j'vous dis !

À cet instant, les sens aiguisés de Lorraine reçurent tous les signaux qui, dans le langage corporel, trahissent le mensonge. Le mot « lettre » avait fait tiquer l'homme : une déformation du visage imperceptible au plus grand nombre, mais qui n'échappa guère à la criminologue.

Dans un soupir, la Française jeta un dernier coup d'œil alentour, puis elle fit signe au détective.

— Allons-y, Edward, laissons M. Tudor tranquille, lança-t-elle avant de se diriger vers le couloir par lequel elle était arrivée. Si vous changez d'avis, monsieur, et que vous avez la bonne idée de nous parler, nous séjournons au *Mousetrap Inn*.

— Allez en enfer !

Il claqua la porte derrière eux.

20.

— Merci, Edward. Vous êtes arrivé à point nommé…

— Il est charmant, ce jeune homme ! s'exclama le détective tandis qu'ils s'en revenaient vers le centre-ville.

— L'aurions-nous été davantage, à sa place ?

— Oh, vous, probablement pas, j'en conviens !

— Pour tout vous dire, j'ai le sentiment que ce Nicky Tudor n'est pas un mauvais bougre. Un peu rustre, certes, mais un brave type, légitimement sur les nerfs. C'est lui qui vient arroser les fleurs de sa sœur, je pense… Il doit être dévasté. Figurez-vous qu'il s'agit du fameux marin de Port Brayne dont je vous avais parlé. Celui qui m'avait dévisagée sur le quai lors de mon arrivée. Vous avez remarqué ses yeux ?

— Bien sûr. Le disque brunâtre, autour de la cornée… Ce qui peut laisser penser que, si c'est bien une maladie génétique, sa sœur l'avait peut-être aussi, comme les deux autres disparus. Mais, pour l'heure, la question qui me préoccupe vraiment, c'est de savoir si ce monsieur va aller se plaindre auprès du juge Gaudion, auquel cas nous devrions préparer nos valises...

— J'en serais très étonnée. Je ne pense pas que ce jeune homme soit un grand admirateur de la chose policière. Quoi qu'il en soit, nous n'avons pas tout perdu en venant ici.

— Comment cela ?

— J'ai eu le temps d'apercevoir quelque chose qui n'a pas manqué d'éveiller mon intérêt, pendant notre petite conversation.

— Mais encore ?

— Sur la bibliothèque, il y avait une photo qui m'a paru ancienne, où l'on voyait une fille dans un parc... Et derrière elle, on distinguait un grand bâtiment dont la silhouette m'a semblé familière. Je suis presque sûre qu'il s'agissait du sanatorium de Bragbury. Ainsi, je me demande si Mlle Tudor n'y aurait pas fait un séjour, lorsqu'elle était enfant... Non pas que je sois certaine que cette information ait une quelconque importance dans le cadre de notre enquête, mais sait-on jamais. Cela sera une question supplémentaire à poser au directeur du sanatorium, l'ami du père Molloy.

— Je ne vous cache pas que, les notes de mon ami nous ayant été volées, je suis assez impatient de savoir également si ce médecin a quelque chose à me dire au sujet de ces histoires d'hystérie collective que Pat mentionnait.

— Cela ne m'étonne pas de vous.

— Que diriez-vous d'une répartition des tâches, dans ce cas ? Vous iriez à l'Armée du salut interroger l'entourage de Margaret Waldon, et, pendant ce temps-là, j'irais voir ce fameux Dr Callum McCann, sur l'îlot de Bragbury, et le Pr Vandekade, le directeur de la bibliothèque, auquel Molloy m'a dit avoir beaucoup parlé ?

— La probabilité qu'un inconnu tente de m'étrangler dans les locaux de l'Armée du salut étant relativement faible, je ne vois pas d'opposition à y aller seule… C'est une bonne idée. Nous gagnerions du temps. Nous nous retrouverons en fin d'après-midi à l'hôtel.

— Soyez prudente, Lorraine, et ne vous fâchez pas avec tout le monde !

— Je serai sage comme une image, ô mon sauveur !

Ainsi, sous le ciel gris d'octobre, les deux investigateurs se séparèrent, décidés à avancer rapidement dans leur enquête.

Il n'était pas loin de onze heures du matin quand Mlle Chapelle, emmitouflée dans son manteau de laine et coiffée de son petit chapeau cloche, arriva devant les locaux de l'Armée du salut, au beau milieu de High Street. La ville résonnait déjà du bruit des premières festivités. À quelques pas de là, devant les vitrines du Gillan's Department Store, le plus grand commerce de la ville, un couple de marionnettistes jouaient devant un jeune auditoire le célèbre spectacle de Punch et Judy, qui était à la culture britannique ce que Guignol est à la culture française. L'histoire que racontaient ces saynètes avait toujours paru pour le moins étrange à Lorraine, lorsqu'il s'agissait de la présenter à un jeune public :

Judy, qui doit s'absenter, demande à son mari Punch de surveiller leur bébé. Mais le père finit par s'agacer et jette le marmot par la fenêtre. Quand son épouse revient et constate qu'il a tué leur enfant, elle le tape avec un bâton. Punch se défend et finit par la tuer. Après avoir échappé à la police, à la Mort et au Diable, le vilain séduit Jolie Pollie, une belle courtisane, avec laquelle il s'en va vivre des jours heureux…

Morale singulière, donc, à moins que le dessein de ce spectacle fût de montrer aux enfants que, finalement, leur père n'était pas si méchant que ça. Lorraine secoua la tête et se tourna de nouveau vers le Poste, comme on désignait ce temple de l'Armée du salut.

C'était une bâtisse austère, assez large, dont la façade – affichant son ostentatoire « Salvation Army » en grandes lettres d'or – n'était pas sans rappeler, par ses fenêtres en ogive, ses vitraux et la gargouille ailée qui la dominait, celle d'une église, bien qu'elle se trouvât engoncée entre les deux maisons qui la jouxtaient. Outre ses bureaux et ses espaces d'accueil, elle abritait une authentique chapelle.

Cette œuvre caritative, fondée soixante ans plus tôt par un pasteur méthodiste londonien soucieux de propager la foi et de lutter contre la pauvreté dans les quartiers défavorisés de la capitale britannique, s'était depuis lors beaucoup étendue. S'il était assez naturel d'en trouver une branche sur une terre où le protestantisme s'était bien implanté, celle de Blackmore, ouverte en 1882, n'en restait pas moins remarquable par son envergure. La maison salutiste de l'île était même une véritable institution, qui prenait chaque jour une part active dans la vie de la commune. Ici, conformément à la devise de l'organisation (*Soup, Soap, Salvation*[1]), on s'attachait à apporter aux habitants les plus démunis un soutien matériel autant qu'un chemin spirituel. Tout en propageant auprès d'eux l'Évangile de Jésus-Christ, les « soldats » de l'Armée du salut s'efforçaient d'offrir aux habitants défavorisés des conditions de vie décentes. On leur proposait une aide alimentaire, et on pouvait également leur fournir vêtements et biens de première nécessité, mais aussi les accompagner dans leurs éventuelles démarches

1. « De la soupe, du savon et le salut. »

administratives et leur proposer des cours d'alphabétisation. L'hiver, chaque soir, on servait de la soupe à l'entrée du Poste, autour d'un brasero, ce qui permettait aussi à cette population souvent isolée de profiter d'un moment de sociabilisation bienvenu.

Au lendemain de la Grande Guerre, le nombre d'enfants et d'adolescents que la perte d'un père avait plongés dans la misère s'était considérablement accru, si bien que l'organisation avait dû multiplier ses actions en faveur de la jeunesse et s'était grandement développée.

D'inspiration martiale autant que religieuse, l'œuvre avait adopté un règlement des plus stricts, de telle sorte que ceux qui y travaillaient, bénévoles ou non, portaient un uniforme militaire bleu et se soumettaient à une hiérarchie rigoureuse, allant du simple « jeune soldat » à l'officier, et jusqu'au général. Singularité notable, toutefois, les postes les plus élevés pouvaient être aussi bien occupés par des hommes que par des femmes. Et justement, l'Armée du salut de Blackmore était dirigée par une femme, Nancy Donahue, qui portait le grade de major et le titre de pastoresse, et avec laquelle Mlle Chapelle obtint rapidement un entretien.

Quand Lorraine découvrit la femme assise derrière le large bureau, à l'étage du Poste, elle ne put s'empêcher d'éprouver de la surprise en constatant que celle-ci était aveugle. La pastoresse de l'Armée du salut devait avoir dépassé les soixante-dix ans et avait ce regard vitreux et tremblotant, qui semblait fixer un invisible lointain, par-delà le plafond de la pièce. Posée contre le bras de son fauteuil, on pouvait apercevoir la poignée d'une canne blanche, semblable à celle de sir Ronald Waldon.

— Prenez place, mademoiselle, je vous en prie.

Tout en s'installant, Lorraine ne put s'empêcher de continuer à fixer les yeux de Mme Donahue. Toute rationnelle qu'elle fût, et quand bien même la probabilité pour que plusieurs personnes aveugles se trouvassent sur l'île était fort grande – il y en avait certainement bien plus que deux –, la Française peinait à ne pas s'interroger sur la coïncidence. Se pouvait-il qu'il y eût un lien entre la cécité et la particularité qu'Edward et elle avaient remarquée dans les yeux de certains habitants, dont deux au moins des disparus ?

— On m'a informée que vous enquêtiez pour le compte de sir Ronald Waldon…

— En effet.

— Bien. Je me réjouis d'apprendre que des femmes puissent exercer aujourd'hui le métier de détective privé.

— En réalité, je suis criminologue.

— Encore mieux ! Mes félicitations, mademoiselle. Alors, que puis-je vous dire au sujet de Margaret que son grand-père n'ait déjà pu vous dire lui-même ?

— Je sais votre temps précieux, major, tout comme le mien. Aussi, j'irai à l'essentiel : avez-vous une idée de ce qui a pu lui arriver ? Avez-vous noté, ces derniers temps, quelque chose qui soit sorti de l'ordinaire dans la vie de Mlle Waldon ?

— Rien de particulier, non. Quant à savoir ce qui a pu lui arriver, je n'en ai pas la moindre idée non plus. Le drame qui a frappé notre ville hier soir, d'une violence à laquelle nous ne sommes guère habitués, me fait craindre le pire. Et si vraiment je devais formuler une supposition, je dirais que Mlle Waldon a dû tomber dans les griffes d'un homme malintentionné. Margaret est une jeune femme d'une grande bonté, charitable, dotée d'une nature bienveillante. Elle a commencé ici comme bénévole, il y a trois ans, et, très vite, constatant ses qualités, je l'ai incitée à suivre la formation d'officier pour intégrer notre congrégation de manière professionnelle. Son altruisme et sa compassion lui donnent ici toute sa place, et son travail est inestimable. Malheureusement, ces mêmes qualités constituent aussi sa plus grande faiblesse dans la vie civile. Mlle Waldon n'est pas une femme assez méfiante, elle offre trop aisément sa confiance au premier venu, ce qui en fait une cible de choix pour les quelques crapules dont, hélas, notre île ne manque pas. Si vous voulez mon avis, Ronald l'a beaucoup trop couvée quand elle était enfant, espérant compenser ainsi la perte de ses parents. Ce faisant, il ne l'a pas préparée à la réalité du monde... À l'adversité.

Lorraine releva que la pastoresse, pour évoquer le millionnaire, avait employé juste son prénom.

— Vous connaissez bien sir Ronald Waldon ?

— Oui, nos parents étaient amis. Nous avons près de dix ans d'écart, mais nous nous sommes croisés souvent dans notre jeunesse, et quelquefois depuis qu'il est revenu sur Blackmore. Je n'ai rien contre lui, simplement je pense qu'il n'a pas su jouer le rôle qu'il aurait dû jouer, après la mort de son fils et de sa belle-fille. Je ne dis pas qu'il est responsable de ce qui est arrivé à Margaret, mais que, peut-être, il aurait pu empêcher cela en l'armant davantage contre le monde extérieur. Savez-vous pourquoi William Booth, le fondateur de notre congrégation, lui a donné le nom d'Armée, et a tenu à ce que nos membres arborent un uniforme et adoptent une discipline toute militaire ?

— Pas vraiment...

— Précisément pour cette raison ! Il voulait ainsi éviter que nos ennemis – car nous en comptions beaucoup, à l'époque, parmi les hommes politiques et les classes aisées – ne confondent charité et faiblesse. Porter l'uniforme et se doter d'une organisation militaire était une démonstration de force, un acte de défi contre les violentes oppositions auxquelles nous étions alors confrontés. Nous sommes des soldats au service des plus pauvres, mademoiselle. Nous menons un combat contre l'injustice et nous entendons le faire savoir à quiconque verrait dans notre altruisme la marque d'une vulnérabilité.

— Je vois… Mais, pour en revenir à Margaret, savez-vous si elle avait quelque chose de prévu, le soir où elle a disparu ?

— Je ne pense pas. Comme chaque soir, elle a veillé à ce que notre équipe de bénévoles prépare bien la distribution de soupe, et puis elle est partie, comme à son habitude, vers six heures et demie, pour rentrer chez elle, je suppose.

Lorraine hocha la tête, d'un air pensif.

— Je vais vous poser une question qui pourra vous paraître incongrue, mais qui a son importance pour mon enquête.

— Je vous écoute.

— Margaret conserve-t-elle son uniforme quand elle quitte le Poste, le soir ?

— Non. Comme tous nos employés, elle se change en arrivant le matin, et de nouveau le soir. En repartant, elle laisse son uniforme ici, dans son casier. Pourquoi ?

— Un uniforme est un signe distinctif non négligeable. Si des gens l'ont aperçue, elle était donc en tenue civile. Me permettriez-vous d'aller examiner ce fameux casier ?

— Ma foi, puisque vous travaillez pour son grand-père, je n'y vois aucune objection.

— La police l'avait-elle inspecté, lors de son enquête ?

— Non, répondit la pastoresse avec un léger ricanement.

— Très bien. Je ne vais pas vous embêter plus longtemps, madame.

— Vous ne m'avez pas embêtée, et j'espère que vous retrouverez Margaret saine et sauve. Je vais demander au gardien qu'il vous ouvre son casier.

Ainsi, on conduisit Lorraine au sous-sol du Poste, où se trouvaient deux vestiaires réservés aux employés et bénévoles, l'un pour les hommes, l'autre pour les femmes.

— Je vous attends devant la porte, expliqua le gardien après avoir ouvert le casier de Mlle Waldon, visiblement gêné de rester dans cette petite pièce, vouée à l'intimité des seules dames.

À l'intérieur du haut compartiment de bois, Lorraine fut bien déçue de ne trouver que l'uniforme de Margaret. Aucun sac, aucune trousse, aucun carton abandonné là, qui eussent pu révéler quelque secret, aucune lettre, aucune photo collée derrière la porte, comme on en voyait parfois dans les pensionnats de jeunes filles, et qui eussent pu mettre au jour une face cachée de Mlle Waldon. Dans un soupir, la jeune femme glissa tout de même une main dans les poches de la veste bleue, sur la manche de laquelle était cousu l'écusson rouge et or de l'Armée du salut. La première était vide. Mais dans la seconde, ses doigts trouvèrent la surface lisse d'une feuille pliée en deux. S'en saisissant aussitôt, elle l'extirpa pour l'examiner.

Lorsqu'elle découvrit le contenu de ce qui s'avéra être un billet doux, Lorraine eut un discret mouvement de bouche, mélange de surprise et de satisfaction.

Ma douce Meggy, mon p'tit amour,

Bon Dieu, c'est enfin vendredi ! Qu'est-ce que c'est long, une semaine sans toi. Je t'attendrai ce soir à sept heures, au même endroit que la semaine dernière. La vache, j'ai le cœur qui palpite drôlement, tellement que je suis pressé de te sérré contre moi. J'aurai ma moto donc je pourrai te ramené chez ton grand-père pour le soupé, c'est promi.

Ton p'tit Tony qui t'aime

La jeune femme, le regard soudain illuminé, replia la lettre et la glissa dans sa besace.

— Eh bien, murmura-t-elle, il n'est pas très doué en orthographe, notre motocycliste…

Quelques minutes plus tard, Mlle Chapelle sortait prestement du bâtiment, revigorée par sa découverte. Elle n'avait pas fait deux pas sur le trottoir quand, titillée une nouvelle fois par ce sentiment d'être épiée, elle jeta un rapide coup d'œil dans son dos. Sans pouvoir en être sûre, il lui sembla alors avoir vu un rideau bouger à l'étage de l'immeuble de l'Armée du salut. Comme si quelqu'un, à l'intérieur, l'avait regardée s'éloigner…

21.

En descendant, seul, sur la jetée, Edward Pierce ne put retenir un frisson, non pas tant à cause du vent froid qui lui fouettait le visage, mais plutôt à cause du spectacle inquiétant que le sanatorium offrait au visiteur. Entièrement reconstruit quelques années plus tôt, le bâtiment en lui-même n'avait rien de lugubre, mais, par son isolement et par sa nature, il inspirait instantanément une appréhension aussi funèbre qu'irrépressible. À l'abri des regards, ici se nichaient la souffrance, la mort et la folie.

Trois fois par jour, matin, midi et soir, le *Marie-Madeleine* – un bateau à vapeur qui pouvait transporter jusqu'à vingt personnes – faisait l'aller et retour entre le petit port de Kimton End et l'îlot de Bragbury. Ce lundi-là, pour le trajet de la mi-journée, le détective s'était trouvé l'unique passager à bord, avec pour seuls compagnons le capitaine Stout et deux matelots, ce qui n'avait fait qu'accroître l'atmosphère sinistre de son excursion. Avant de descendre, il glissa une pièce dans la main du brave marin édenté avec lequel il avait fini par papoter.

— Merci, m'sieur. Y a un chemin par là, pour aller chez les fous, mais faites-y gaffe, l'est point dans un bel état. Sinon faut prendre la route, mais à pied c'est plus long, à cause qu'elle fait deux fois l'tour de l'île, pour monter.

Sur le débarcadère de ce grand rocher de granite, un énorme panneau rappelait, en lettres rouges, l'heure du dernier retour : six heures du soir. Il précisait ensuite aux visiteurs que, s'ils manquaient ce rendez-vous et qu'ils devaient passer la nuit sur place, ni le sanatorium ni le phare n'offraient de solution d'hébergement. Les dimensions fort impressionnantes de la pancarte laissaient deviner que plusieurs voyageurs inattentifs avaient dû découvrir ici, par le passé, les joies d'une nuit à la belle étoile… Peu tenté par cette perspective, Edward sortit la montre de son gousset, vérifia l'heure et remonta énergiquement le mécanisme. Puis, s'appuyant sur son parapluie bleu, il entama la lente ascension du sentier qui conduisait au bâtiment.

L'immense édifice, accroché en terrasses successives au sommet de la petite île, était déjà visible de la mer. Quand, en débarquant sur l'île, on arrivait enfin à son pied, sa silhouette devenait saisissante. On se sentait alors comme sous son emprise, comme aspiré par elle. À cet instant précis, Edward eut l'impression que, si le *murmure des brumes* – ce mystérieux sifflement que le vent poussait à travers les montagnes – devait prendre naissance quelque part, c'était peut-être là, dans les sous-sols du sanatorium de Bragbury.

Élevés sur trois niveaux, les différents bâtiments de ce grand ensemble, encerclés par une muraille infranchissable, obéissaient à une architecture symétrique : la grande allée centrale, que l'on voyait monter vers une sorte de petit temple à colonnes doriques, divisait une succession d'ailes gauches et d'ailes droites parfaitement identiques.

Quand le détective arriva enfin, essoufflé, devant le haut portail en fer forgé, il s'arrêta pour observer, à travers les barreaux, la prodigieuse perspective. Dans les galeries, les cours et les jardins, au loin, on devinait les silhouettes de quelques patients, qui portaient la blouse blanche, et du personnel de l'établissement, qui était, lui, vêtu de bleu. Les malades déambulaient lentement, comme écrasés par quelque pesanteur singulière et malicieuse qui ne se fût exercée qu'une fois passé la sinistre enceinte du sanatorium.

À gauche du portail, un volet s'ouvrit, mais à moitié seulement, sur le mur extérieur de ce qui devait être la maison du gardien.

— Permis de visite ? lança une voix masculine peu amène.

De là où il était, Edward ne pouvait pas voir la figure de l'homme qui lui parlait.

— Je suis venu voir le Dr McCann…

— Vous avez rendez-vous ?

— Non, mais si vous aviez l'amabilité de lui faire savoir que le détective Pierce aimerait s'entretenir avec lui, de la part du père Molloy, je vous en serais fort reconnaissant.

Un soupir résonna à l'intérieur.

— Bon. Attendez là.

Et le volet se referma aussitôt.

Les minutes qu'Edward passa à attendre dans le froid, devant la grille en haut de laquelle se déployait en lettres dorées le nom du sanatorium de Bragbury, lui parurent une éternité. Il était un peu plus de deux heures de l'après-midi quand apparut enfin dans l'allée centrale un homme en complet noir qui descendait d'un pas preste vers l'entrée principale. Alors que l'individu franchissait la centaine de mètres qui le séparait du portail, Pierce put distinguer peu à peu sa physionomie.

De taille moyenne, plutôt mince, le cheveu rare et clair, les traits anguleux, les joues creuses, les lèvres fines et serrées, le quadragénaire portait de petites lunettes rondes argentées, dont l'un des verres était entièrement noir et opaque. Edward songea que sa figure avait quelque chose de germanique…

— J'arrive, monsieur ! lança le nouveau venu en trottant vers la grille. Désolé de vous avoir fait attendre !

Il avait une voix forte, quoique légèrement nasillarde, et parlait vite, comme ces gens qui semblent craindre de ne jamais avoir le temps de dire tout ce qu'ils ont à dire. Après avoir trouvé au fond de ses poches un énorme trousseau de clefs, il entrouvrit l'un des battants du haut portail.

— Dr Callum McCann, se présenta-t-il en tendant la main. Enchanté.

Quand il tournait la tête, on avait un aperçu de ce que cachait le verre gauche de ses lunettes : sous les paupières closes, il manquait un œil.

— Détective Pierce, Edward Pierce, répondit l'Anglais en lui serrant amicalement la main. Je vous remercie de me recevoir ainsi au débotté. Je suis désolé de vous avoir fait descendre jusqu'ici… Pat, que je considère comme mon plus cher ami, m'a dit le plus grand bien de vous dans sa dernière lettre, et je vois qu'il ne mentait pas : vous êtes fort aimable.

— Oh ! Sacré père Molloy ! C'est donc vous, le fameux Eddie avec lequel il est allé à Constantinople ? Il me parle souvent de vous, voyez-vous ? Comment va-t-il ?

Edward fronça les sourcils.

— Vous n'êtes pas au courant ?

— Au courant de quoi ? Nous vivons un peu coupés du monde, ici, voyez-vous ?

— Eh bien, Pat a disparu, hier, ou plus probablement avant-hier. Toujours est-il que personne ne sait où il se trouve à l'heure qu'il est. Tout était en ordre chez lui, alors j'ai tendance à penser qu'il est parti de son plein gré, mais dans l'urgence. Reste à savoir où et, surtout, pourquoi.

— Par Jove ! Voilà qui est troublant, très troublant... Est-ce le motif de votre visite ?

— Pas directement, non, même si la disparition de Pat fait partie de l'enquête que je suis en train de mener. Je suppose donc que vous n'êtes pas au courant non plus du meurtre de Mlle Appleton ?

— La journaliste ? demanda le médecin, épouvanté.

— Elle a été tuée hier soir, en pleine rue, par un homme qui a pris la fuite.

— Mon Dieu ! Quelle horreur ! Mais quel mal s'abat soudain sur notre pauvre petite île ?

— C'est l'objet de mon enquête. Et, dans ce cadre, j'aurais des questions d'ordre médical à vous poser, si vous voulez m'accorder un peu de temps.

— Mais bien sûr, bien sûr ! Les amis du père Molloy sont mes amis, voyez-vous ?

Edward sourit, ayant immanquablement remarqué le tic de langage du Dr McCann qui, en plus de parler à toute hâte, ponctuait ses phrases d'un « voyez-vous ? » machinal.

— Suivez-moi, si vous le voulez bien. Nous allons nous mettre au chaud, dans mon bureau.

Ainsi, ils se mirent en route côte à côte, montant l'allée de gravier qui conduisait à la grande cour centrale de l'établissement.

— Pat, je l'ai connu à la fin de la guerre, expliqua le directeur. Ça crée des liens, voyez-vous ?

— Bon sang ! Cela me revient, maintenant ! Seriez-vous le fameux médecin qui lui a sauvé la vie en France, après la seconde bataille de la Somme ?

— Exactement ! C'était à Amiens, pour être précis. 11 août 1918. De fort mauvais souvenirs. Amiens... Une véritable boucherie. Une de plus. En trois jours à peine, plus de quarante mille morts du côté allié, et au moins autant du côté allemand. Que des gamins. Pat était salement amoché quand je l'ai récupéré au poste médical. Et moi, j'avais déjà perdu mon œil à Cambrai, l'année précédente. 26 novembre 1917. J'étais diminué, voyez-vous ? J'ai eu bien du mal à l'opérer. En outre, les conditions... Oh, je vous épargnerai les détails. Disons que ce sacré Molloy, après ce jour-là, avait une dette de plus envers Notre-Seigneur. Un miraculé, vraiment !

— Il m'a beaucoup parlé de vous, lors de notre périple jusqu'à Constantinople. Il vous était infiniment reconnaissant... Mais il ne m'avait pas précisé votre nom. Je m'en serais souvenu.

— Oh, vous savez, c'est une période sur laquelle nous restons tous évasifs. Nous avons vu des choses, là-bas... Bigre ! Des horreurs indicibles. C'est ce qui m'a poussé à œuvrer pour que le sanatorium de Bragbury soit totalement reconstruit.

Il fit un geste vers les bâtiments au-dessus d'eux.

— Avant la guerre, je travaillais comme aliéniste, à l'hôpital de Jersey. À l'époque, le sanatorium de Bragbury n'était qu'un bâtiment modeste, destiné seulement à recevoir les patients de l'archipel atteints de la tuberculose. De fait, ce petit îlot réunissait les conditions favorables au soin des tuberculeux : traitement par cure d'air, de lumière et de soleil, éloignement de la pollution des villes... Son isolement permettait en outre de minimiser le risque de contagion sur les îles. Mais, début 1919, une fois la guerre finie, quand je suis revenu, plutôt que de reprendre mon poste d'aliéniste à l'hôpital, je me suis senti comme investi d'une mission. Je n'ai cessé de me battre pour que les autorités de Jersey, de Guernesey et de Blackmore acceptent de financer ensemble la reconstruction de ce sanatorium, afin d'y ajouter un département psychiatrique digne de ce nom. Car, voyez-vous, il fallait de toute urgence accueillir les nombreux soldats traumatisés par la Grande Guerre.

— Je comprends, et…

— Cela n'a pas été simple au début. Cela nécessitait un budget colossal, et les caisses étaient vides, après la guerre. Mais, quand les hôpitaux de Jersey et de Guernesey se sont retrouvés débordés, les gouverneurs ont fini par accepter mon projet, d'autant que j'avais œuvré pour qu'il fût soutenu par quelques-unes des plus grandes fortunes de l'archipel – de généreux donateurs, comme les familles Barkley, Dewert et Waldon, ainsi que plusieurs institutions charitables, comme le Lion's Club et la loge de Blackmore.

— Ah, il y a bien une loge maçonnique à Bla…

— Oui. Le temple est sur Arenon Square. Bref, une fois ces questions de financement résolues, nous nous sommes inspirés des asiles les plus récents. Je voulais que notre établissement soit à la pointe des méthodes thérapeutiques. Quand les travaux ont été terminés, en 1921, on m'a proposé la place de directeur…

— Eh bien, félicitations, docteur !

Edward, en réalité, était surtout impressionné par l'incroyable débit de son interlocuteur. Il avait rarement vu homme capable de parler aussi vite et autant, avec un enthousiasme indéniablement communicatif. Le Dr McCann, à l'évidence, était un homme passionné, habité par sa mission.

— Je fais de mon mieux. Nous avons un peu plus de quatre cents malades en ce moment, dont la grande majorité sont des hommes, bien sûr. Essentiellement des vétérans, voyez-vous ? Certains finissent par se remettre des atrocités que nous avons vues pendant la guerre mais, pour d'autres, c'est beaucoup plus difficile.

— J'imagine... Je ne suis resté qu'un an sur...

— Il faut du temps et...

Cette fois-ci, Edward, qui commençait à être légèrement agacé, refusa de se laisser couper la parole et continua sa phrase :

— ... qu'un an sur le front. En 1917, mon frère a été tué à Verdun. On m'a rapatrié à Canterbury, afin que je puisse m'occuper de ma mère. Mais le peu de temps que j'ai passé au combat me permet de comprendre aisément l'effet que les monstruosités de la guerre ont pu avoir sur certains soldats.

— Terrible ! Terrible ! Pour sûr ! Certains ont vu des abominations innommables, qui ont dangereusement porté atteinte à leur santé mentale ! Ce que l'on appelle le *traumatisme de guerre* a produit de graves commotions, conduisant parfois à des névroses sérieuses, des psychoses ou même à l'hystérie. C'est pour cette raison que j'ai voulu que notre sanatorium soit à la pointe de la thérapeutique. Voyez plutôt : j'ai fait construire de nombreuses divisions, tant dans le quartier des femmes, qui se trouve à notre droite, que dans celui des hommes, à notre gauche.

Il pointa le doigt vers les différents bâtiments qui, en effet, s'étendaient de chaque côté de l'allée centrale. On y voyait des hommes et des femmes qui marchaient, hagards, le long des colonnes, ou qui tournaient en rond autour d'un arbre en marmonnant des paroles inaudibles. Certains évoluaient seuls, d'autres étaient accompagnés par des gardiens qui, aux aguets, leur tenaient le bras. Par moments, des cris s'élevaient dans le lointain. Derrière les fenêtres à barreaux résonnaient des râles, des rires hystériques qui s'arrêtaient soudain. Le directeur, continuant son exposé, semblait ne plus vraiment les entendre…

— Cette organisation en divisions distinctes permet de traiter séparément les patients, en les classant d'une manière méthodique, en fonction de leur état. Ici, on met les simples mélancoliques, qui ne restent jamais longtemps ; à côté, ce sont les tuberculeux et, au fond, les infirmes et les paralytiques. Les cas les plus compliqués se trouvent sur la terrasse supérieure : là, les monomaniaques, plus loin les imbéciles et les épileptiques et, dans le dernier bâtiment, les agités. Enfin, le long du mur d'enceinte se trouvent les cellules réservées aux aliénés furieux, que nous devons tenir à l'écart des autres, bien évidemment.

— Ils peuvent être dangereux ?

Le médecin leva un sourcil, comme si la question lui avait paru un peu sotte.

— Très. Lors des périodes de crise aiguë, nous avons huit cellules de force, là-bas, tout en haut. On peut y isoler les furieux pendant quelques jours, dans l'obscurité, en les attachant sur des chaises, le temps qu'ils se calment. En général, ils se calment. C'est en dernier recours, voyez-vous ?

— Je… je l'espère, oui. Mais sinon, quels sont les soins que vous prodiguez aux patients, quand vous ne les enfermez pas ?

— Très bonne question ! Nous visons l'excellence, voyez-vous ? D'une part, il y a les activités que nous proposons à nos pensionnaires : les jeux, les divertissements… Nous avons même une salle de bal et une bibliothèque, avec un coin lecture. Ensuite, il y a bien sûr les moyens thérapeutiques traditionnels : l'administration de médicaments, analgésiques, sédatifs, anesthésiques rachidiens, antispasmodiques, hypnotiques ou neurotoniques, ainsi que les saignées et surtout l'hydrothérapie.

— L'hydrothérapie ?

— Bien sûr ! Les bains surprise ou les douches froides ont des effets remarquables, voyez-vous ?

— Vraiment ?

— Absolument ! Et puis, c'est moins barbare que ce qui se pratique dans d'autres établissements. Tenez, par exemple, j'ai banni l'usage de la lobotomie, ici. Ce n'est pas que je nie son efficacité, mais disons que son aspect irréversible me dérange un peu.

Au même instant, un hurlement suraigu et inhumain retentit dans le bâtiment le plus proche. Edward sursauta, terrifié.

— Ah ! Vous voyez ? Ça, par exemple, c'est un bain surprise !

— Ça… ça n'a pas l'air très agréable.

— C'est un peu froid. Mais, quand le patient en ressort, les bénéfices sont visibles immédiatement. Oh, je sais, vus de l'extérieur, nos soins peuvent sembler un peu rustiques, mais je vous promets que nous sommes à la pointe de l'innovation, dans notre domaine. Ayant moi-même connu les horreurs de la guerre, je m'attache à ce que le sanatorium de Bragbury soit un établissement modèle. Regardez : sur la plus haute terrasse se trouvent deux jardins, l'un pour les hommes, l'autre pour les dames. Les malades peuvent s'y livrer tous les jours à la promenade. Et, une fois par semaine, des excursions sont organisées au-dehors, sur l'île, pour ceux qui sont en état d'y prendre part.

— Je vois, je vois… Et cette espèce de temple, là, tout en haut, avec ses colonnes et son fronton ? Qu'est-ce donc ?

— C'est une chapelle. Le père Molloy venait justement y dire la messe, une fois par semaine. Fichtre, j'espère qu'il ne lui est rien arrivé, il va falloir que je trouve un aumônier…

Pierce, qui était en train d'observer l'architecture anachronique de la chapelle, se tourna vers son interlocuteur, l'air froissé.

— Pardonnez-moi, docteur, mais, si je puis me permettre, le plus embêtant, dans sa disparition, n'est pas le fait que vous deviez lui trouver un remplaçant…

— Certes, certes, je me suis mal exprimé.

En haut d'un large escalier, ils venaient d'arriver sur une grande esplanade, dite cour de l'administration.

— Voilà, mes bureaux sont ici ! J'espère que je ne vous ai pas trop ennuyé avec mes histoires ? Je suis tellement fier de ce que nous entreprenons que j'ai tendance à en parler beaucoup, voyez-vous ?

— Non, non, je vous assure.

— Parfait, parfait. Suivez-moi.

Ils montèrent un escalier en colimaçon et prirent enfin place dans le bureau du directeur.

C'était une pièce fort grande, magnifiquement décorée, tout en boiseries, et dont les murs regorgeaient de volumes par milliers. Parcourant de loin le dos en cuir des livres soigneusement rangés, Edward ne put s'empêcher de remarquer, parmi les nombreux traités de médecine et de psychiatrie, la présence d'ouvrages plus singuliers. Fort de son érudition dans le domaine des sciences occultes, il en reconnut certains sans peine. Il y avait là *Les Noces chymiques de Christian Rosenkreutz*, d'un auteur anonyme du XVIIe siècle, une copie des *Constitutions d'Anderson* de John Montagu, texte fondateur de la franc-maçonnerie spéculative, *Les Cinq Livres des mystères* de John Dee, *Le Livre des esprits* d'Allan Kardec, le *Zohar*, qu'on appelait parfois *Livre de la splendeur*, ainsi qu'une version latine, visiblement très ancienne, de *La Table d'émeraude*. À n'en pas douter, le Dr McCann entretenait un intérêt certain pour l'ésotérisme…

— Bien. Alors, détective, venons-en au fait : que puis-je pour vous ?

22.

— Malheureusement, mademoiselle, nos recherches n'ont rien donné de probant, annonça le juge Gaudion, sincèrement désolé. Pour tout vous dire, je n'ai trouvé la trace que d'une motocyclette BSA de type L sur l'île, et elle n'est pas verte – pourtant la couleur standard de ce modèle – mais rouge. Et d'un rouge vif, même, car son propriétaire, Roland Boyle, que je connais très bien par ailleurs, l'a repeinte l'année dernière. Roland est un homme qui a passé la cinquantaine, membre honorable du BMC, le Blackmore Motorcycle Club. C'est un honnête citoyen dont j'imagine mal qu'il soit notre assassin. Vous pouvez bien sûr aller l'interroger, en vous recommandant de moi, mais je suis certain que ce n'est pas la bonne piste.

— J'en doute, en effet, soupira Lorraine, notant toutefois le nom sur son petit carnet. Je n'ai pas vu son visage, mais notre suspect m'a paru beaucoup plus jeune.

— Comme je vous l'avais promis, j'ai également interrogé M. Rivarin, propriétaire du magasin de motocyclettes, qui se fait appeler Enzo. Il m'a confirmé qu'en dehors de celle de Roland Boyle il n'a importé sur notre île aucune autre BSA de ce modèle-là. En revanche, il a vendu plusieurs modèles E, bien plus courants, et j'ai ici la liste de leurs propriétaires. Peut-être avez-vous confondu les deux modèles, dans la précipitation.

Il tendit la feuille à la jeune femme.

— Non. Il s'agissait d'un monocylindre. Le modèle E est un bicylindre, beaucoup plus gros. J'aurais fait la différence.

Le magistrat eut un petit hochement admiratif.

— Dans ce cas, l'explication la plus probable est que cette motocyclette a été importée sur l'île par son propriétaire, sur un bateau privé.

— Peut-être. Pour ma part, j'ai trouvé ceci.

Elle posa sur le bureau le billet doux qu'elle avait découvert dans les affaires de Mlle Waldon, à l'Armée du salut.

— Regardez, expliqua-t-elle. L'expéditeur lui donne rendez-vous un vendredi. Or, Margaret a disparu le 2 octobre, un vendredi soir… Cela m'incite à placer ce fameux « Tony » – visiblement propriétaire d'une moto, qui plus est – tout en haut de ma liste de suspects. Connaissez-vous un jeune homme sur l'île qui se fait appeler Tony, et qui pourrait avoir une motocyclette et entretenir une relation secrète avec Mlle Waldon ?

Le juge relut plusieurs fois la feuille avant de la rendre à la jeune Française.

— Cela ne me dit rien. Sans doute un Anthony quelque chose, ou Antoine, ou Anton ? Je vais demander à ma secrétaire d'éplucher nos registres d'état civil pour établir une liste. En attendant, peut-être pourriez-vous aller voir M. Rivarin à votre tour et lui poser la question. Sa boutique est dans Victoria Street… Je retournerais bien le voir moi-même, mais je suis déjà fort occupé par les nombreuses démarches qu'entraîne le meurtre de Mlle Appleton. Pour l'instant, nous n'arrivons à localiser aucun des membres de sa famille, afin de les informer de la triste nouvelle. Nous avons beau chercher, nous ne trouvons aucune trace administrative de cette pauvre journaliste, ni sur l'archipel ni même en Angleterre, d'où elle était originaire. C'est comme si la jeune journaliste n'existait pas !

S'étant engagée à protéger le secret de Mlle Appleton, Lorraine choisit de ne pas expliquer au juge Gaudion qu'il ne cherchait pas le bon patronyme, et garda le silence.

Ainsi, après avoir remercié le magistrat d'avoir tenu parole, elle en prit congé et se rendit dans la rue commerçante de Blackmore.

Il n'était pas trois heures de l'après-midi, et cette artère colorée de la ville était pleine d'une cohue joyeuse. Sous les guirlandes bariolées de la Blackmore Week, on chantait, on riait, on parlait fort. C'était un va-et-vient continu de groupes de badauds plus ou moins larges, plus ou moins jeunes, plus ou moins alcoolisés… Les rares voitures qui s'aventuraient là peinaient à se frayer un chemin à travers la foule. Chaque arrivée d'une Ford ou d'une Austin s'accompagnait d'une myriade de coups de klaxon, auxquels répondaient en écho les *bou-hou* des piétons.

Mlle Chapelle, dont on sait à présent à quel point elle détestait la multitude, renfonça un peu plus son petit chapeau sur sa tête, releva le col de son manteau et traversa la chaussée en trottant.

L'Enzo's Motorcycles Shop était une boutique assez modeste, à la devanture de bois clair, coincée entre la quincaillerie Saverio et un petit restaurant français. Sur le trottoir, à gauche de la porte d'entrée, une ancienne moto grise, à la ligne gracieuse, trônait fièrement pour appâter le chaland. Lorraine reconnut sans peine cette Harley-Davidson de 1911, modèle emblématique de la marque, que l'on surnommait le « *silent grey fellow*[1] », car il avait été l'un des premiers à être dotés de silencieux efficaces. Derrière la vitrine, on distinguait cinq ou six autres motocyclettes, bien plus récentes, et des pancartes annonçaient la liste des marques anglaises et américaines importées par le propriétaire.

Mlle Chapelle, que ces images renvoyèrent inéluctablement aux rares souvenirs heureux qu'elle gardait de son père, du temps où il l'amenait aux départs des grandes courses, ne fut pas sans éprouver des émotions contradictoires en passant la porte du magasin.

À l'intérieur régnait un délicieux bazar qui, dès le premier coup d'œil, enchanta la visiteuse. C'était un paradis tout de chrome et d'acier. Des pièces détachées, neuves ou usées, s'entassaient dans des grands bacs superposés sur des armoires en fer, des roues et des pneus pendaient du plafond, les murs étaient couverts d'affiches publicitaires, de plaques d'émail vantant les mérites de telle huile, de telles bougies, il y avait çà et là des bidons de toutes les tailles, alignés sur des étagères ou posés à même le sol… Partout, les logotypes flamboyants des grandes marques se disputaient la vedette : les Royal Ruby, les Villiers, Rudge, Alcyon, Velocette, Atlas, Excelsior, Connaught, Royal Enfield… Plus loin, dans un large placard, on avait soigneusement disposé les accessoires essentiels de la parfaite tenue de gentleman motocycliste : les fameux pulls à col de tortue Dehen, qui faisaient la fierté des pilotes, les casquettes en cuir à courte visière, les gants allongés et robustes, les

1. « Compagnon gris silencieux ».

vestes en coton ciré et les hautes bottes, inspirées des tenues équestres d'antan, les longs manteaux de coupe militaire, hérités de la Grande Guerre, les lunettes d'aviateur... Sur un présentoir, près de la caisse, enfin, on pouvait trouver, d'un côté, une pile d'anciens numéros de *The MotorCycle* et, de l'autre, des rangées de paquets de cigarettes que le propriétaire proposait à la vente.

Prenant une profonde inspiration, les yeux fermés, Lorraine fut propulsée, l'espace d'une seconde, vers les rives d'un passé lointain. Elle avait retrouvé cette odeur si singulière d'huile, de graisse et de métal usiné. Cette odeur inoubliable qui envahissait les ateliers de Puteaux, où son acariâtre paternel n'avait parfois eu d'autre choix que de l'emmener. Il exigeait alors que la petite fille timide se niche sagement dans une caisse en bois, sous un établi, dont elle ne devait pas bouger tant que sa mère ne pourrait venir l'y chercher. Elle se surprit pourtant à éprouver quelque nostalgie inexplicable pour une époque qu'elle avait si souvent maudite...

Le cœur et la gorge un peu serrés, elle rouvrit les yeux et aperçut, tout au fond de la boutique, dans la partie qui servait d'atelier, la silhouette d'un grand gaillard qui, allongé sur le dos, travaillait sur le moteur d'une vieille Triumph. Plutôt maigre, le crâne dégarni, avec un nez épaté au milieu de sa longue figure aux joues creuses, il devait avoir une bonne cinquantaine d'années et portait, au coin des yeux, les rides souriantes d'une sympathie manifeste. Le mégot d'une cigarette, éteinte depuis longtemps sans doute, pendait au bout de ses lèvres charnues, et de petits tas de cendres s'étaient accumulés sur son débardeur maculé de taches brunes.

— Qu'est-ce qu'elle veut, la p'tite dame ? lança-t-il sans tourner la tête, les mains toujours occupées par la mécanique.

— Êtes-vous bien M. Rivarin ? demanda Lorraine en s'approchant.

— Ben ouais, pardi ! Y a qu'moi ici, hein, ma cocotte. Mais on m'appelle Enzo. Pas d'chichis. Tenez, soyez gentille, apportez-moi l'graisseur à huile, là, qu'est sur la table à roulettes. L'espèce d'arrosoir avec marqué Shell dessus…

— Merci, Enzo, je sais reconnaître un graisseur à huile, soupira Mlle Chapelle en lui tendant la petite burette.

— Ah, merci, z'êtes un ange. Foutues soupapes latérales : j'ai jamais vu un plan de joint qui s'déformait comme ça, nom de Dieu de merde ! Pardonnez mon langage, hein ?

— Oh ! Ne vous retenez surtout pas avec moi ! Foutre ! Les jurons, c'est mon dada !

— Haha ! À la bonne heure ! Tenez, vous voulez d'la saucisse ? Là, y a d'la bonne saucisse de chez Langley, sur l'comptoir. Coupez-nous donc une ou deux tranches. N'y allez pas d'main morte, hein ? Le gras, c'est bon à la santé. Et pis r'mettez-moi un p'tit verre de rouge, tenez, tant qu'vous y êtes, vous s'rez bien aimable. Et servez-vous aussi, hein ? Faut pas hésiter. C'est du vin français, c'est pas du clairet dégueulasse de chez les Brits[1]. J'termine, et j'suis à vous dans une minute !

Lorraine, immédiatement conquise par la bonhomie de ce grand zèbre à la voix de stentor, retourna volontiers vers le comptoir, où, non sans surprise, elle trouva une bouteille venue de Nuits-Saint-Georges, petit village qui produisait l'un des meilleurs vins de la côte de Nuits, et une assiette pleine d'une belle saucisse. Attrapant deux verres à la propreté douteuse, elle les emplit avec entrain, coupa quelques tranches de charcuterie et retourna s'asseoir sur un petit tabouret, à côté du patron encore étendu sous son moteur.

1. Surnom donné aux Britanniques dans les îles Anglo-Normandes.

— L'avantage avec les soupapes latérales, dit-elle d'un ton nonchalant tout en posant l'un des deux verres au-dessus de la tête du mécanicien, c'est que les pistons ne risquent pas d'entrer en collision avec elles.

Le fameux Enzo se dégagea aussitôt de sous le cadre et se redressa pour mieux regarder la visiteuse, la dévisageant, amusé.

— Comment qu'vous savez ça, vous ?

— Et vous, Enzo ? Où trouvez-vous des bouteilles de nuits-saint-georges ?

— Ma parole, mais c'est-y qu'vous seriez française ?

— *Oui, monsieur*, répondit Mlle Chapelle dans la langue de Molière.

Elle leva son verre pour l'inviter à trinquer.

— Nom de Dieu ! J'aurais dû m'en douter ! Çà ! Les Françaises, c'est aut'chose quand même ! Mes parents, ils m'parlaient uniquement dans l'patois d'ici, et un peu en français. Pouvaient pas blairer les Brits. Mon vrai prénom, c'est Jean-Pierre, mais j'me fais appeler Enzo, c'est mieux, pour la mécanique. Allez, *vive la France* !

— *Vive la France !* lança Lorraine en écho.

Et ils trinquèrent.

— Pour répondre à vot' question, mon nectar, je l'fais venir de chez mon ami Dumontel, qu'est négociant à Guernesey, et qui sait qu'j'aime les vins bien corsés, juste comme çui-là.

Il but une gorgée, fit claquer sa langue, puis il se releva péniblement avant d'essuyer ses mains pleines de graisse sur le torchon déjà bien sale qui pendait de la poche de son bleu de travail.

— Alors ? Qu'est-ce que j'peux faire pour vous, *mademoiselle* ?

— Eh bien, cher Enzo, vous allez peut-être trouver cela étrange, mais je cherche un jeune homme de Blackmore. Il se fait appeler Tony. Et si je vous demande à vous, c'est parce que ce jeune homme aurait une moto. Je me suis dit que, peut-être, vous sauriez comment le trouver…

— Oh là ! Elle s'rait tombée amoureuse d'un p'tit gars d'chez nous, la Française ? s'amusa Rivarin dans un clin d'œil malicieux.

— C'est le contraire, à vrai dire. Si j'arrivais à lui mettre la main dessus, il se pourrait que j'aie plutôt envie d'en faire un steak à la tartare et d'assaisonner le tout avec le jus de ses roubignolles…

Le patron resta pétrifié un instant, avant de partir dans un éclat de rire tonitruant.

— Eh bien, mazette ! J'aimerais pas être à sa place ! Ma foi, j'réfléchis, mais j'crois pas connaître de Tony parmi les gars de l'île. Comme ça, là, ça m'dit rien. Mais j'vais m'renseigner si vous voulez ?

— Ce serait bien urbain de votre part.

— Décidément ! Tout le monde en veut aux motocyclistes, aujourd'hui ! C'matin c'est l'juge Gaudion qu'est v'nu m'tirer les vers du nez !

— Je suis au courant. En réalité, c'est au sujet de la même affaire…

— Ah. Les disparitions et le meurtre de la p'tite Appleton ? fit Enzo, retrouvant soudain un air plus sérieux.

— Précisément.

— Tsss, sale histoire, ma parole ! Et y aurait un motocycliste qui serait lié à tout ce bazar ?

— C'est possible.

— Ça m'étonne, c'que vous m'dites. Vous savez, les gens qu'ont les moyens de s'payer une machine comme ça, c'est rarement des voyous, hein ? R'gardez, not' moto-club, par exemple, c'est plutôt le rendez-vous d'la haute et des gamins de riches, si vous voyez c'que j'veux dire…

— Il y a des voyous très fortunés, vous savez ?

— C'est pas faux ! concéda le patron en se grattant la tête. Ou alors, c'est p'têt un militaire, vot' gars ? Depuis la guerre, les soldats, ils se sont tous mis à la motocyclette ! Ces années-là, toutes les marques ont participé, pour soutenir les troupes. Douglas, Triumph, BSA… Ils ont tous fait tourner les usines jour et nuit. L'armée, elle est rev'nue du front avec tellement d'machines qu'ils savent plus quoi en faire.

La Française hocha lentement la tête. Un militaire… C'était assurément une piste intéressante ! À en croire le billet doux qu'il avait adressé à Mlle Waldon, le fameux Tony semblait n'avoir que ses vendredis soir de libres. N'était-ce point là un emploi du temps qui eût tout à fait pu correspondre à celui d'un soldat ?

— Bon, eh bien, je vous remercie, Enzo. Ne serait-ce que pour le verre de vin…

— Oh, y a pas d'quoi. Promis, j'vais m'renseigner. R'passez m'voir à l'occasion, j'vous dirai si j'ai trouvé quelque chose, et on boira un coup…

— Avec plaisir !

Elle lui adressa un salut reconnaissant et se dirigea vers la sortie. Les yeux tournés vers les cinq modèles exposés dans la boutique, elle s'immobilisa d'un coup.

— Dites-moi, Enzo, vos motos… vous arrive-t-il de les louer, parfois ?

Rivarin prit un air surpris.

— Les louer ? En voilà une drôle d'idée ! C'est sûr, quand j'reçois un nouveau modèle un peu sportif, il m'arrive de l'prêter à un bon pilote, sur une course de piste en terre, pour faire un peu d'publicité. Mais les louer, non !

Les motos, moi, j'les vends et j'les répare, et c'est déjà bien assez d'boulot !

— Ne feriez-vous pas une exception, pour une petite Française ?

Il la regarda, stupéfait.

— Vous voulez louer une moto ?

— Eh bien, oui. Pourquoi ? Les femmes ne conduisent-elles pas, sur Blackmore ?

— Ma foi, si ! Il y a même deux femmes dans l'moto-club, et elles ont des sacrés bons résultats en endurance, d'ailleurs. C'est juste qu'en général c'est pas les dames qu'achètent leurs motocyclettes, c'est leurs maris. C'est pour ça que ça m'surprend un peu. Faut pas m'en vouloir. Mais, de toute façon, j'vous l'ai dit, j'les loue pas, mes motos. J'suis désolé, *mademoiselle* !

— Je vous en aurais bien acheté une, mais je ne vais pas rester ici très longtemps. C'est dommage, car cela reste sans conteste le meilleur moyen de se déplacer sur une île comme la vôtre…

— Z'êtes pas ordinaire, vous, hein ? sourit le grand drille.

— On me l'a déjà dit.

Lorraine poussa un soupir puis, remontant le long de la rangée de motocyclettes, elle s'arrêta devant la dernière.

— Elle est magnifique, cette Harley-Davidson, dit-elle en caressant doucement le guidon.

Le propriétaire la rejoignit, les poings fièrement calés sur les hanches.

— Vous pouvez l'dire ! C'est une JD 1 200 centimètres cubes. Ce qui s'fait de mieux de l'autre côté de l'Atlantique !

— J'en ai déjà vu une, à Paris, mais elle n'avait pas un réservoir comme celui-là…

— Ma parole, z'avez le coup d'œil, vous, hein ? C'est l'tout nouveau réservoir. Ils appellent ça « en goutte d'eau ».

Ça permet d'embarquer quinze litres d'essence, au lieu de dix.

— Ça lui donne une belle silhouette. Combien coûte-t-elle ?

— Ah, çà, c'est pas donné ! Avec les frais d'importation et tout le toutim, je la vends cent vingt livres sterling. Vous imaginez un peu ? Vous pouvez vous acheter deux Ford modèle T, à ce prix-là !

Lorraine hocha lentement la tête, s'agenouilla près de l'engin et inspecta le moteur, faisant glisser ses doigts le long des deux cylindres en V. Ce nouveau réservoir, plus large et majestueux, comme bombant le torse, le cadre bas et plongeant, qui s'écartait de la large selle en suspens, le moteur imposant, qui remplissait avec la pompe à graisse tout l'espace intérieur… Jamais la ligne d'une motocyclette ne s'était autant éloignée de celle des vélos d'antan. La jeune femme eut le sentiment d'observer un véhicule d'une nouvelle espèce, qui lui procura la même fascination qu'une œuvre d'art avant-gardiste.

— Voici ce que je vous propose, Enzo, dit-elle enfin en se relevant. Je vous achète cette moto, là, tout de suite. Quand je quitte l'île, vous me la reprenez, à un tarif qui tiendra compte de l'état dans lequel je vous la ramènerai. Qu'en dites-vous ?

— Z'êtes pas sérieuse ? s'esclaffa Rivarin.

— Je le suis tout à fait.

Il croisa les bras, pencha la tête d'un air suspicieux et dévisagea la jeune femme, se demandant si elle se moquait de lui. En soutenant le regard immobile de Mlle Chapelle, il fut rapidement convaincu que non.

— Et si vous avez un accident et que vous la détruisez complètement ?

— Eh bien, dans ce cas, tant pis pour moi ! répliqua Lorraine dans un haussement d'épaules.

— Dites donc, c'est un sacré risque, tout de même ! Vous êtes très riche ?

— Non. Je conduis très bien.

Une nouvelle fois, Rivarin éclata de rire.

— Bon sang ! J'vous ai à la bonne, ma p'tite dame ! J'en ai rarement vu, des comme vous ! Comment qu'vous vous appelez ?

— Lorraine Chapelle.

— Eh bien, *mademoiselle* Chapelle, c'est un marché conclu !

Ils se tapèrent dans la main, puis l'homme baissa les yeux vers les chaussures de la Parisienne.

— Il va vous falloir des bottes, aussi…

— Ne lésinons pas. Je vais vous prendre la tenue complète, Enzo.

23.

— Je devine, à votre bibliothèque, que vous nourrissez quelque intérêt pour l'ésotérisme ? demanda Edward, les yeux encore tournés vers la remarquable collection du Dr McCann.

— Parbleu ! Vous êtes doté d'un sens de l'observation et d'une perspicacité admirables, détective !

— Ma foi, dans mon métier, c'est un minimum requis…

— Évidemment ! Suis-je bête ? Eh bien, pour tout vous dire, je suis membre de la St. Thomas Lodge of Blackmore, la loge maçonnique dont je vous parlais tout à l'heure, qui a participé au financement des travaux de ce sanatorium. Nous menons essentiellement des actions caritatives, des œuvres de bienfaisance, mais nous ne négligeons pas le travail ésotérique propre à notre société initiatique. Aussi, sans me départir du regard critique et cartésien de l'homme de science que je suis, je m'applique à m'instruire sur tous ces sujets, voyez-vous ? Certes, depuis la perte de mon œil, je lis moins qu'avant, car ma vue se fatigue plus vite, mais disons que j'essaie toujours de concilier mon travail avec une perpétuelle quête spirituelle, débarrassée des dogmes. J'ai toujours pensé qu'il était important de donner du sens à mon bref passage sur terre.

— C'est tout à votre honneur ! affirma Pierce en inclinant respectueusement la tête. Je me passionne moi-même pour les sciences occultes, en les soumettant à l'analyse logique d'un détective qui cherche sans cesse à percer les mystères, même les plus insondables. Mais alors, dites-moi, l'île compte-t-elle de nombreux francs-maçons, qui œuvrent à vos côtés « de midi à minuit », comme on le dit chez vous ?

— Ah, cher ami ! répondit le médecin avec un sourire entendu. Puisque vous semblez connaître un peu nos coutumes, vous me pardonnerez la réponse d'usage : nous sommes… un certain nombre ! La plupart de nos membres ne cachent pas leur appartenance à la franc-maçonnerie, mais nous faisons serment de respecter le désir de confidentialité que formulent quelques-uns d'entre eux. Sachez néanmoins que notre loge existe depuis 1851, et que la plupart des gouverneurs de Blackmore y ont été initiés. Allons, je ne trahirai aucun secret en m'autorisant à satisfaire un peu votre curiosité : ceux-ci revendiquant ouvertement leur appartenance, je peux au moins vous confirmer que notre gouverneur actuel, sir Archie Glover, et le juge Gaudion comptent tous deux parmi nos frères.

— Pour ce qui est de ce dernier, quelques indices dans son bureau me l'avaient laissé soupçonner…

— Contrairement à la maçonnerie française qui, depuis la Révolution, a dû se faire plus discrète pour se mettre à l'abri de ceux qui continuent de lui prêter des complots ridicules, notre besoin de secret, ici, est assez limité. Le temple de

Blackmore a pignon sur rue. Vous l'avez peut-être aperçu, d'ailleurs, sur Arenon Square…

— De loin, en effet. Il est impressionnant…

— Notre loge est très présente dans la vie quotidienne de l'île, et je crois pouvoir dire que nos œuvres de bienfaisance sont appréciées par les habitants. Mais, dites-moi, cher ami, je pensais que vos questions avaient trait plutôt au domaine de la médecine… Nous en voilà bien éloignés !

— Certes, admit Edward en souriant à son tour, pardonnez, je vous prie, l'insatiable curiosité du détective que je suis ! Commençons donc par la première question que je voulais vous poser et qui, vous allez le voir, relève bien de vos compétences de médecin. En arrivant ici, j'ai remarqué… Comment dire ? Eh bien, j'ai remarqué une particularité troublante, une sorte de curiosité physique commune à plusieurs habitants de Blackmore. La chose, je vous l'avoue, m'intrigue quelque peu. Les yeux d'un certain nombre de vos concitoyens présentent une sorte de cercle brunâtre…

La mine du médecin, restée circonspecte dans un premier temps, s'était soudain détendue.

— Ah ! Je vois ! s'exclama-t-il, presque rassuré. Une fois de plus, monsieur est fort perspicace ! Et vous avez raison : la réponse à votre étonnement relève bien, cette fois, de la seule médecine ! En effet, les îles comme la nôtre – où une population réduite, et isolée par son insularité, entraîne souvent des mariages consanguins – peuvent souffrir de divers maux, dont la gravité varie selon le niveau de ladite consanguinité. Celle-ci peut avoir de nombreuses conséquences, comme un plus fort taux de mortalité infantile et une diminution de l'espérance de vie, mais aussi une surreprésentativité de certaines maladies congénitales. Ce risque, quoique mieux défini aujourd'hui, est connu depuis l'Antiquité, et il est d'ailleurs à l'origine de la condamnation morale ou pénale de l'inceste dans la plupart des sociétés. Ainsi, la singularité que vous avez pu remarquer dans les yeux de certains habitants de Blackmore est le résultat d'une pathologie congénitale, qui se nomme maladie de Wilson, et qui, pour les raisons que je viens d'évoquer, frappe un nombre non négligeable de nos concitoyens. Au sein d'une large population, on rencontre en général un cas de maladie de Wilson pour vingt mille habitants, guère plus. Ici, selon mes dernières estimations, nous sommes plus proches des cinq pour cent…

— C'est un écart considérable ! s'exclama Edward.

— Je ne vous le fais pas dire ! Malheureusement, comme on ne sait pas encore guérir cette affection et qu'elle n'a cessé, depuis des siècles, de se transmettre de génération en génération, elle continue de se répandre sur Blackmore, voyez-vous ? La maladie de Wilson a une chance sur deux d'être transmise à un enfant quand l'un de ses parents en est atteint, et elle se communique systématiquement aux enfants dont les deux parents sont affectés. La solution, bien sûr, serait d'interdire à deux personnes malades de se marier ou, au moins, de procréer. Malheureusement, aucun gouverneur n'a jamais voulu imposer cette mesure qui, selon moi, quoique cruelle et liberticide, serait pourtant la seule à même de faire disparaître cette maladie, ou, disons, de diminuer fortement son incidence.

Le médecin se leva et, tout en continuant son exposé, partit se laver les mains dans un petit lavabo, au fond de son bureau. Il fit la chose avec un tel naturel qu'on y devinait un mécanisme auquel il ne réfléchissait plus, et on avait l'impression qu'il n'avait même pas conscience des gestes qu'il était en train d'accomplir.

— Le problème, voyez-vous, c'est que les personnes atteintes de Wilson, sur notre île, ont tendance, au contraire, à se marier entre elles ! La chose peut sembler étrange, *a priori*, compte tenu de ses conséquences, mais, en réalité, elle est tout à fait explicable. Les individus sains, sur l'île, refusent presque toujours d'épouser une personne infectée, craignant de voir leur descendance hériter de la pathologie. Il en résulte que les victimes de Wilson souffrent d'un impitoyable ostracisme qui les oblige à se réfugier dans le communautarisme. Les malades s'entourent de personnes qui partagent le même sort et, rejetés par les autres, finissent par se marier entre eux... C'est un serpent qui se mord la queue.

Pierce secoua la tête d'un air attristé, tout en commençant à prendre des notes sur le carnet qu'il venait de sortir.

— Pouvez-vous me dire quelles sont les caractéristiques exactes de cette maladie ?

— C'est une pathologie assez sérieuse, en vérité, qui touche à la fois les yeux et le foie. Dans les cas les plus graves, elle peut aller jusqu'à causer une mort prématurée. L'un des symptômes est cette fameuse coloration marron clair, qui se dessine sur le pourtour extérieur de la cornée, et qui donne à ses victimes ce regard particulier qui a retenu votre attention. Malheureusement, c'est une maladie encore mal connue. Elle n'a d'ailleurs été baptisée ainsi que depuis une quinzaine d'années, du nom du médecin britannique qui venait de la décrire pour la première fois : le Dr Samuel Wilson. Quant aux cercles qui colorent le pourtour de la cornée, on les appelle les « anneaux de Kayser-Fleischer ». Selon ces deux éminents confrères allemands, ils seraient le résultat d'une trop grande accumulation de sels de cuivre dans le sang, conséquence directe de la maladie de Wilson. Quoi qu'il en soit, cette affection provoque une dégénérescence du noyau lenticulaire. Plus rarement, elle peut déclencher des troubles psychiques tels que l'hyperémotivité, la mélancolie ou même des états de psychose. Nous avons ici même, au sanatorium, quelques pensionnaires touchés par la forme la plus grave de la maladie de Wilson.

— C'est terrible ! Cette dégénérescence peut-elle aller jusqu'à provoquer la cécité ?

— Cela peut arriver, oui...

Marquant une pause, Edward, songeur, se tapota le menton du bout de son crayon. Ce faisant, il ne put s'empêcher de fixer son regard sur le squelette entier qui, suspendu à une tige de fer, trônait derrière le fauteuil du médecin.

— En somme, ce regard étrange serait le seul fruit d'une maladie congénitale...

— Vous semblez déçu ? Espériez-vous une explication plus... ésotérique ? demanda McCann, un peu taquin.

— Non, pas du tout ! s'excusa Pierce. Je réfléchis à voix haute, voilà tout. Bien. Ce mystère étant résolu, j'en viens, si vous le voulez bien, à ma deuxième question : parmi les personnes qui ont disparu, au cours des derniers mois, figure une certaine Mlle Tudor. Je suppose que vous la connaissez ?

— Oui, bien sûr, l'institutrice de l'école des filles.

— Lors de mon enquête, je suis tombé sur une photo où on la voyait ici, au sanatorium de Bragbury, alors qu'elle était enfant.

Le médecin fronça les sourcils et frotta un instant son crâne dégarni.

— Diana ? Oh, non ! Mais je crois deviner la source de votre méprise, cher ami ! Le cliché que vous avez vu était probablement une photo de sa petite sœur, Sarah.

— Ah ? J'ignorais qu'elle avait une sœur. Je croyais qu'elle n'avait qu'un grand frère, Nicky.

— On aura omis de vous mentionner Sarah, du fait qu'elle n'est plus de ce monde. Seigneur Jésus, la pauvre enfant ! Elle était la petite dernière de la fratrie. Ses parents l'avaient placée au sanatorium de Bragbury, en effet, mais c'était avant la guerre, avant que je ne travaille ici. Ce devait être dans les années 1908-1909, je dirais.

— Et pourquoi l'avaient-ils envoyée ici ?

— La tuberculose, sans doute, puisqu'à l'époque c'était le seul mal qu'on traitait ici. Attendez, je vais regarder.

Il alla chercher un vieux registre dans son armoire, au milieu d'une somme considérable de dossiers, et en éplucha longuement les pages, approchant une loupe de son seul œil valide.

— Ah, voilà ! C'est bien cela ! Sarah Tudor est entrée au sanatorium le 13 janvier 1909. C'est d'ailleurs sa grande sœur, Diana, qui a signé le bulletin d'admission.

— Tiens donc ? Ce serait l'institutrice qui aurait fait interner sa propre sœur ?

Le médecin haussa les épaules.

— C'est possible. Ou bien, plus probablement, leurs parents étant analphabètes, elle se sera chargée des démarches administratives.

— L'admission d'un patient tuberculeux n'est-elle pas faite à la demande d'un médecin ?

— Pas forcément. Elle peut l'être à la demande de la famille, puisque c'est elle qui prend en charge les frais. Pour être honnête avec vous, à l'époque, le diagnostic de cette affection était encore un peu flou, voyez-vous ? On parlait tantôt de « consomption », tantôt de « phtisie »… Je crains bien qu'il n'y eût par le passé quelques patients placés dans des sanatoriums après une erreur de diagnostic, et qui eussent ensuite véritablement contracté la maladie, au contact des autres pensionnaires.

— Quelle horreur !

— Hélas, oui. Ce qui prouve combien la recherche médicale est importante, car elle seule permet les progrès qui nous sauvent de ce genre de tribulations. Il en va de même pour les traitements qui, ma foi, étaient encore assez rudimentaires.

Tandis que le professeur rangeait son registre, Edward eut l'impression d'entendre, au-dehors, les cris de quelques patients, et il se demanda comment les employés du sanatorium pouvaient supporter chaque jour pareil environnement. Avec le temps, finissait-on vraiment par s'habituer à la folie humaine ?

— Toujours est-il que la petite Sarah, qu'elle fût réellement victime de la tuberculose ou non, mourut ici, dans les murs de l'ancien sanatorium. Nicky Tudor a tenu mes anciens confrères pour responsables de cette triste fin et leur en a beaucoup voulu, se montrant parfois fort agressif à leur endroit. Je ne saurais l'en blâmer. Vous qui m'avez confié que vous aviez perdu votre frère pendant la guerre, vous devinez la douleur que Nicky et Diana ont dû éprouver en perdant leur jeune sœur. Si elle avait profité des soins que nous prodiguons aujourd'hui dans mon institution, peut-être aurait-elle survécu… Mais que voulez-vous ? Ainsi va l'histoire de la médecine. Ses plus grands progrès sont souvent le fruit des tâtonnements du passé…

— Figurez-vous que j'ai eu l'occasion de croiser ce fameux Nicky. Il m'a semblé qu'il avait, lui aussi, ce cercle brunâtre autour des yeux, provoqué par la maladie de Wilson. Savez-vous si c'était également le cas de Diana, sa sœur, l'institutrice disparue ?

— Absolument. Je vous le confirme, détective. Leurs parents en souffraient tous deux, et les trois enfants ont donc fatalement hérité de cette pathologie.

— Je vois.

Edward griffonna sur son carnet, puis il marqua une nouvelle pause, plus longue cette fois, comme s'il hésitait à poursuivre. Quand son silence devint trop gênant, il se décida enfin à reprendre, d'un ton presque embarrassé :

— Ma troisième question, docteur, sera un peu plus vague, et peut-être vous paraîtra-t-elle étrange…

— Allons ! Ce n'est pas moi qui vais vous apprendre qu'il n'est aucune question qui soit idiote, mais seulement leurs réponses possibles. Je vous en prie, cher détective…

— Soit. Alors voilà : il se trouve que j'ai eu l'occasion, quoique trop brièvement, d'apercevoir des notes de notre ami commun, le père Molloy. Il y faisait référence à des événements passés qui m'ont… intrigué.

— Lesquels donc ?

Le regard de Pierce, comme il essayait de guetter la moindre réaction sur le visage de son interlocuteur, se fit à la fois plus sibyllin et plus intense.

— Pat mentionnait dans ses papiers plusieurs épisodes, aussi effroyables qu'inexplicables, qui auraient marqué l'histoire de Blackmore. À en croire ses écrits, il y aurait eu sur l'île, au cours des derniers siècles, un nombre étonnant de vagues de violence, de folie ou de fureur, entraînant presque chaque fois la mort d'un grand nombre de personnes…

Le médecin ne sembla guère surpris, au contraire. Il hocha lentement la tête.

— Je vois très bien de quoi vous voulez parler, monsieur, car notre bon père Molloy m'a interrogé à ce sujet, il y a quelques semaines.

— Tiens donc…

— Un jour, il est venu me voir et m'a demandé mon avis sur plusieurs événements malheureux qui, il est vrai, ont émaillé l'histoire de Blackmore. Je ne sais pourquoi il s'intéressait à tout cela. Installé depuis peu, s'interrogeait-il sur l'équilibre entre les forces du Bien et les forces du Mal sur ces terres ? Se demandait-il si le pouvoir du diable s'exerçait plus vigoureusement sur une petite île comme la nôtre ? Je n'en sais rien. Quoi qu'il en soit, comme je le lui ai dit ce jour-là, je dois vous avouer que je ne me sens guère qualifié pour déterminer si la récurrence de ces drames, dans le passé, revêt quelque anormalité... De tels phénomènes ont été relatés aux quatre coins du monde, et je ne dispose d'aucune donnée statistique qui me permettrait de dire si leur nombre fut plus grand sur notre île qu'en tout autre lieu. Sans doute faudrait-il poser la question à un historien. Par exemple au Pr Vandekade, le directeur de la bibliothèque de Blackmore, qui a enseigné l'histoire pendant de nombreuses années à Cambridge.

— C'est prévu, assura Edward. Mais, si nous laissons un instant de côté la question de leur fréquence, anormale ou non, je me demandais simplement si votre expérience dans le domaine de la psychiatrie vous permettait d'envisager une explication scientifique à ces mystérieux épisodes. Si mes souvenirs sont exacts, le père Molloy mentionnait, entre autres, un funeste procès, qui aurait eu lieu au palais de justice de Guernesey, vers 1570, et au cours duquel quatre adolescentes de Blackmore auraient été accusées de sorcellerie. Ces jeunes femmes auraient manifesté simultanément des crises qualifiées de « surnaturelles » par leurs contemporains. Après avoir donné la mort à plusieurs animaux, elles s'en seraient prises aux habitants de l'île, se rendant coupables d'une dizaine d'homicides, avant d'être arrêtées dans leur folie meurtrière.

Pierce humecta le bout de son index et tourna les pages de son carnet pour retrouver les notes qu'il avait prises.

— Plus loin, Pat évoquait un autre événement, qui aurait eu lieu aux environs de l'an 1650 dans l'abbaye de Pennygarth, où une religieuse, en proie à un délire subit, aurait commencé à mordre les autres sœurs de sa communauté. Petit à petit, la fureur qui la possédait aurait gagné toutes les femmes de l'abbaye. De nombreuses attaques par morsure seraient rapportées dans les annales de l'époque, où l'on eût dénombré la mort d'une vingtaine d'habitants de l'île ! N'ayant pu parcourir ses notes qu'une seule fois, je n'ai évidemment pas tout mémorisé, mais je crois me souvenir que le père Molloy y avait relevé au moins une douzaine d'épisodes du même acabit s'étant déroulés sur l'île, tous aussi violents et étranges... Comment l'aliéniste que vous êtes expliquerait-il ces atrocités ?

Le médecin, après avoir remonté ses petites lunettes rondes qui, quand elles glissaient trop sur son nez, laissaient fâcheusement apparaître le haut de sa disgracieuse énucléation, écarta les bras, presque désolé.

— Bigre ! Tout ce que je puis vous dire, c'est qu'il s'agit là, me semble-t-il, de cas d'hystérie collective. Ces phénomènes divers ont été étudiés par certains de mes confrères. Malheureusement, à ma connaissance, il n'en existe aucun qui se soit produit à une époque suffisamment récente pour pouvoir être analysé, de près, avec les outils de la psychiatrie moderne. Tenez, par exemple, les cas décrits par le passé comme relevant de la sorcellerie ou de la possession seraient très probablement qualifiés, par un observateur moderne, de crises épileptiques. De même, il arrive, lorsqu'une personne est atteinte d'une affection aux symptômes frénétiques et inquiétants, qu'un certain nombre des membres de son entourage, sous les effets de l'angoisse, s'imaginent souffrir à leur tour du même mal. On parle dans ce cas d'hystérie épidémique. Il existe tant d'hypothèses possibles ! Plusieurs études très sérieuses envisagent que la morsure d'insectes venimeux – en particulier celle de *Latrodectus*, cette araignée appelée plus communément « veuve noire » – puisse déclencher de violentes crises de psychose chez leurs victimes. D'éminents confrères, encore, proposent une autre explication à ces soudaines irruptions de frénésie de groupe : l'éventualité d'une contamination par *Claviceps purpurea*, l'« ergot du seigle », ce champignon qui se développe parfois sur les graminées et provoque une maladie que l'on a nommée l'ergotisme. Celle-ci, infligeant à ceux qui en sont atteints des douleurs insupportables, peut les conduire à des accès de fureur parfaitement effroyables. Au Moyen Âge, quand le manque d'hygiène favorisait le développement dudit champignon dans les céréales, ce mal était assez fréquent. On l'appelait alors « feu de saint Antoine », « peste de feu » ou « feu d'enfer », car le malade avait le sentiment d'être dévoré de l'intérieur par des flammes ardentes.

— Je vois, acquiesça Pierce, avec une conviction toute relative. Cependant, si vous le permettez, un détail m'a intrigué, dans cette longue liste établie par le père Molloy : selon lui, cette série d'événements sinistres aurait soudainement pris fin en l'an 1700. Depuis cette date, et jusqu'à la nouvelle série de drames que Blackmore traverse désormais, aucun épisode de violence similaire n'aurait été relaté sur l'île. Or, coïncidence ou non, il se trouve que c'est précisément en l'an 1700 qu'un météore s'est abattu sur Blackmore. Un événement dont vous avez sûrement entendu parler…

— Oui, bien sûr ! D'ailleurs, si je puis me permettre, le météore ne s'est pas abattu sur l'île, en vérité, mais au large de ses côtes. Quoi qu'il en soit, pour ce qui est de cette concomitance de faits, je suis parfaitement à l'aise en vous affirmant que je n'y vois, pour ma part, que pur hasard. La chute d'un météore est un phénomène astronomique relativement ordinaire. Si le souvenir que je garde des quelques articles que j'ai pu lire à ce sujet par le passé ne me trompe guère, il tombe chaque année sur terre plusieurs centaines de fragments rocheux venus des profondeurs du ciel.

— Certes, mais celui-là était d'une dimension remarquable, se défendit Pierce. Le fait qu'il signa la fin abrupte de ces épisodes violents mérite, au minimum, qu'on s'y interroge.

— Ah, je ne dirai jamais qu'on a tort de s'interroger en toute circonstance, bien au contraire ! Le doute est la ressource première de l'intelligence, nous sommes d'accord ! Cependant, si gros que fût ce météore, démontrer qu'il puisse exister un lien entre la chute d'un corps céleste et la disparition de phénomènes sociaux ou médicaux au sein d'une population entière me semble une entreprise fort hasardeuse. Il m'apparaît bien plus prudent et raisonnable d'estimer qu'à partir du XVIIIe siècle les progrès de la médecine, la meilleure diffusion du savoir et, surtout, l'amélioration considérable de l'hygiène et des conditions de vie ont permis de mettre un terme à ces crises d'hystérie assez courantes au Moyen Âge, et…

Le médecin fut interrompu par un impétueux tambourinement à la porte de son bureau.

— Docteur, docteur ! s'écria une voix dans le couloir.

McCann, brutalement coupé dans sa verve superbe, fit une grimace agacée.

— Eh bien ? Que voulez-vous donc ?

— C'est une urgence, docteur…

— Diable ! Mais entrez, imbécile !

Un gardien du sanatorium, en nage et écarlate, apparut dans la pièce. Il regarda l'hôte du directeur d'un air un peu benêt, comme s'il n'osait pas parler devant lui.

— Que se passe-t-il, Warner ? le gronda Callum McCann. Je vous écoute, nom d'une pipe !

— Nous avons… nous avons un problème de protocole 3 dans la division des agités, monsieur le directeur !

— Et alors ? Vous n'arrivez pas à régler ça tout seul, cornegidouille ?

— C'est-à-dire que cela a pris beaucoup d'ampleur, très vite, et que cela s'étend maintenant aux divisions voisines. Nous… nous sommes complètement débordés !

D'un coup, un nuage sombre enveloppa la figure immobile du médecin.

24.

Rhabillée de la tête aux pieds en parfaite aviatrice, il ne fallut guère plus d'une minute à Lorraine pour sortir de la ville au guidon de sa Harley-Davidson, loin des foules de la Blackmore Week. Il fallut un temps plus court encore pour que cette incroyable sensation de liberté offrît à son visage un sourire qu'elle n'y déliait que fort rarement. C'était là le sourire, euphorique, de la plus irrésistible délectation solitaire. À peine lancée sur les routes sinueuses de la campagne automnale, elle se laissa griser non seulement par le décor de l'île, aux vifs camaïeux bruns et orangés, mais par la vitesse, le bruit ensorcelant du moteur, les vibrations galvanisantes de la machine et la vive caresse du vent. L'on n'eût pu dire si les larmes qui coulaient sur ses joues étaient le fruit des courants d'air qui assaillaient ses yeux écarquillés, ou la manifestation d'une irréfrénable allégresse. Mais lorsqu'elle plongeait son engin dans un nouveau lacet ou qu'elle se sentait aspirée d'un coup par l'accélération soudaine qu'occasionnait une descente inattendue, ce sourire déjà si rare se muait en rires véritables, en acclamations de délice. « Ihou ! » hurlait-elle, espiègle et radieuse, à la face des nuées qu'elle semblait embrasser.

Pendant la demi-heure que dura sa course folle, Mlle Chapelle éprouva une plénitude dont aucun être sur terre n'eût pu comprendre la profondeur, car, à la vérité, elle n'avait plus ressenti plaisir si intense depuis de très longues années. Et alors plus rien n'exista en son cœur blessé que le défilé des arbres, les successions de collines bienveillantes que sa chevauchée avalait l'une après l'autre, la révérence complice que lui adressaient, sur son passage, les phares haut perchés, les ruines lointaines et les voûtes de granite, les claquements délicieux des cylindres que les gorges de roche grise lui renvoyaient en écho, comme autant d'ovations miséricordieuses. Plus rien n'exista que la terre et le ciel, et aussi longtemps que continua cet instant suspendu, ils lui appartinrent tout entiers.

Il était quatre heures passées quand la jeune femme, sa nouvelle casquette de pilote solidement enfoncée sur le crâne, arriva en vue de la tour du télégraphe, au sud-ouest de l'île, là où les falaises atteignaient leur point culminant. Ralentissant un peu, elle quitta la route de Westcliff et s'aventura sans vergogne dans une expédition cahoteuse au milieu des mottes de terre, filant tout droit à travers champs, debout sur les cale-pieds pour préserver son dos des violentes secousses.

Arrivée enfin devant l'édifice, Lorraine, à regret, coupa le moteur de la motocyclette. Elle descendit, les yeux encore illuminés de ferveur, et la cala contre le mur.

La tour de pierre circulaire – dont la fonction première avait été abandonnée – était inoccupée, bien que, assez récemment encore, elle eût servi d'abri au club de golf de

Blackmore. Construite en 1811, dans le climat des guerres napoléoniennes, elle avait permis de signaler la position des navires français en communiquant par sémaphore avec l'île de Guernesey à l'aide d'un ingénieux système d'indicateurs lumineux, visibles à plusieurs dizaines de kilomètres, et articulés sur un mât. Ce dernier, perché en haut de la tour, avait désormais disparu.

Reculant de quelques pas sous les assauts de la bise qui courait à la surface du plateau, Lorraine passa un petit moment à regarder le monument dans son ensemble, ainsi que son environnement.

Le journaliste Élias Carteret avait-il disparu ici ? Certes, sa consœur, feu Mlle Appleton, avait expliqué qu'il devait se rendre à cet endroit précis le fameux soir du 4 août. Mais rien ne permettait encore d'affirmer qu'il s'y fût trouvé réellement, et que quelque chose lui fût arrivé là. Et si oui, quoi ? À première vue, il n'y avait ici aucune bizarrerie qui eût pu frapper Lorraine comme un indice évident – une bicyclette abandonnée, des traces de pneus dans le sol, que le départ ou l'arrivée violente d'une voiture eussent laissées, un bout de veste déchiré, la porte de la tour enfoncée, ou un cadavre, même…

— Que s'est-il passé ce soir-là, monsieur Carteret ? murmura la jeune femme en essayant d'imaginer la scène. Étiez-vous tout là-haut, en train d'observer le ciel, quand on vous a attaqué par surprise ? La vue est si dégagée alentour, comment auriez-vous pu ne pas voir arriver votre agresseur ? Peut-être n'avez-vous point été attaqué. Peut-être êtes-vous parti de votre plein gré, comme le pense votre employeur. Mais où, alors ?

Luttant contre le vent qui soufflait de plus en plus fort, elle revint au pied de la tour. La porte en bois, étroite et basse, était fermée seulement à l'aide d'un loquet. Lorraine se glissa à l'intérieur.

Les appareils permettant jadis d'actionner le système de sémaphores avaient été enlevés depuis longtemps et les lieux étaient entièrement vides. À vrai dire, pour une tour ouverte au public, ils étaient même d'une propreté étonnante ; il n'y avait pas un seul déchet qui traînât sur le sol, aucune dégradation visible, aucune pierre éboulée trahissant un manque d'entretien : tout était propre et net. Après avoir fait le tour de la pièce, la jeune femme monta l'escalier qui menait au premier étage, où elle fit le même constat. Il n'y avait rien d'autre à voir là que les murs et le sol, lesquels étaient de la même tenue. Au deuxième étage, pareil. Du côté sud, une échelle en bois s'élevait jusqu'à une trappe dans le plafond, laquelle était fermée. Lorraine ramena sa besace et son appareil photo dans son dos, grimpa, souleva l'écoutille et se hissa sur le toit, accueillie aussitôt par une bourrasque formidable. *WI-IH-ISH…* Sur le point le plus haut de l'île, le fameux *murmure des brumes* devenait un hurlement.

Tenant la visière de sa casquette d'une main, Mlle Chapelle s'avança jusqu'au muret, au sommet de la tour du télégraphe. Hypnotisée par les rafales striduleuses qui tournoyaient avec une vigueur grandissante, elle se laissa envoûter par les splendeurs funestes de la baie, tandis que les pans de son long manteau de cuir se soulevaient derrière elle. Le ciel, encore bleu quelques instants plus tôt, commençait à noircir, comme se formaient ici et là des nuages sombres, qui gonflaient à vue d'œil. La mer sembla se réveiller, se mouchetant de moutons blancs qui, en se soulevant, faisaient, sur cette étendue obscure, de longues crinières d'écume. Et ainsi, sous le regard hypnotisé de la jeune Française, l'île de Blackmore se laissa gagner par les prémices d'une tempête formidable. Bientôt, l'air lui-même parut se charger d'électricité. À deux cents mètres de la tour à peine, là où s'arrêtait brusquement le plateau de roche sur lequel elle était érigée, on devinait le précipice, et l'on entendait le son étouffé des vagues furieuses qui venaient se briser au pied de la falaise. Par moments, l'agitation de l'onde était si grande que les rochers, dispersés au large des côtes, disparaissaient sous les flots. Et puis une brume distante se forma, telle une armée qui se lève au fin fond d'un champ de bataille. Dans sa danse macabre, elle effaça peu à peu la ligne qui séparait la mer et le ciel, bouleversa l'horizon. Lorraine, quoique son corps fût secoué par les assauts capricieux d'Éole, était comme pétrifiée, étourdie par la beauté du spectacle autant que par son inquiétante noirceur. C'était un tableau lugubre et magnifique, une fresque gothique qu'un peintre céleste ne cessait de venir retoucher sous ses yeux, ajoutant à chaque nouveau battement de cils un peu plus d'obscurité, un peu plus d'épouvante. Il fallut l'illumination soudaine et aveuglante d'un premier éclair dans le lointain pour sortir la jeune femme de sa torpeur.

Marchant péniblement contre le vent, le visage fouetté par le haut col de son cache-poussière, Lorraine rabaissa ses lunettes d'aviateur et retourna vers la trappe, dans laquelle elle se glissa prestement. Après avoir refermé l'écoutille, non sans difficulté, elle descendit l'escalier de la tour au pas de course. Arrivée dehors, elle s'apprêtait à enfourcher sa motocyclette quand un détail sur le sol, à quelques mètres à peine, la coupa dans son élan.

Alors qu'un roulement de tonnerre grondait au large, Mlle Chapelle s'avança lentement vers l'arrière du bâtiment, du côté opposé à la mer, et s'agenouilla dans l'herbe en fronçant les sourcils.

25.

— Monsieur Warner, veuillez escorter le détective Pierce jusqu'au portail, s'il vous plaît, ordonna le Dr McCann d'un air préoccupé, en se levant de sa chaise.

— Que se passe-t-il ? demanda Edward.

Le médecin hésita, comme embarrassé.

— Vous qui m'interrogiez tout à l'heure au sujet des phénomènes d'hystérie collective, je crains que ce qui m'attend dehors ne s'en approche quelque peu…

— C'est-à-dire ?

— Nos gardiens doivent adopter le protocole 3 de notre règlement de sécurité quand plusieurs malades de la division des agités entrent simultanément dans des crises de psychose aiguës. Visiblement, c'est le cas.

— Cela arrive souvent ? s'enquit le détective en se levant à son tour.

— De temps en temps, surtout parmi ceux que l'on appelle les « aliénés rebelles », mais M. Warner semble décrire un épisode plus violent qu'à l'accoutumée…

— Beaucoup plus, monsieur le directeur ! confirma le gardien, dont le poing était serré sur le manche de la matraque qui pendait de sa ceinture.

Callum McCann ouvrit alors un placard dans lequel il se saisit d'entraves, de manchons et d'une grosse seringue préremplie qu'il glissa dans sa poche en secouant la tête.

— Bien. Il faut que j'aille voir l'ampleur de la chose. Monsieur Pierce, je suis désolé de devoir ainsi vous chasser, mais je n'ai d'autre choix que de gérer cette crise avant qu'elle ne se propage. Suivez M. Warner jusqu'à la sortie, je vous en conjure : notre règlement nous interdit d'exposer nos visiteurs au moindre danger.

Edward, un peu désemparé, se mit diligemment en route derrière l'employé en blouse bleue, lequel, le regard sombre, lui fit signe de se presser. Ensemble, ils dévalèrent l'escalier qui conduisait au rez-de-chaussée. En bas des marches, le gardien détacha sa matraque et s'en empara fermement.

— Restez près de moi en toute circonstance, monsieur.

— Bien sûr.

Lors, Warner prit une profonde inspiration puis, d'un coup sec, ouvrit l'épaisse porte qui donnait sur la cour de l'administration. D'un seul élan, ils se précipitèrent au-dehors. Mais après une première foulée à peine, Edward se figea devant le spectacle qui s'offrait à ses yeux et le vacarme que, de l'intérieur, il n'avait pu entendre.

D'abord, il y avait le ciel. Pendant l'heure qui avait précédé, enfermés dans le bureau du Dr McCann, qui était dépourvu de fenêtres, ils n'avaient pu assister au changement soudain des conditions météorologiques. Une tempête, indéniablement, était sur le point d'éclater, annoncée par de gros nuages noirs et des rafales de vent d'une force vive. On eût dit qu'un brouillard de carbone, une fumée produite par quelque houille immense était en train de descendre, des nuées, sur l'île.

Mais surtout, il y avait les hommes, fussent-ils pensionnaires ou infirmiers. Le désordre alentour était tel qu'on ne savait plus où poser le regard. De toutes parts s'élevaient les échos de cris, d'injures, de grognements, le bruit des pas de plusieurs courses folles, le fracas de portes ou de fenêtres qui claquaient, de bois qui craquait, de verre qui se brisait… Là, le long de la première galerie, trois gardiens tentaient de maîtriser au sol un malade. L'aliéné poussait des cris inhumains et gesticulait avec une violence telle que ses geôliers peinaient à l'immobiliser. Plus loin, un pensionnaire hagard titubait, nu, au milieu de la cour, les yeux perdus dans le vide. Son torse comme le pourtour de sa bouche étaient couverts de sang. À ses pieds gisait un employé du sanatorium, immobile, sa blouse maculée, au niveau des entrailles, d'un liquide écarlate et poisseux. Plus loin, des agités se battaient entre eux avec une férocité abominable, à coups de barre de fer et de hache à incendie, pendant que d'autres essayaient d'enfoncer une porte. Il y en avait qui couraient sur les toits, il y en avait qui fuyaient vers les jardins, il y en avait qui sautaient des fenêtres, qui rampaient sur le sol, et il y en avait trois, enfin, qui avançaient dans cette direction, armés de bâtons et de chaînes.

— Doux Jésus, murmura Edward, horrifié.

— Pour l'amour de Dieu, venez ! s'écria Warner en l'attrapant par le bras pour l'obliger à le suivre.

Se ressaisissant, le détective fit volte-face et lui emboîta le pas. Alors que des hurlements bestiaux s'élevaient dans leur dos, ils plongèrent sous la grande arche qui séparait la cour de l'allée principale, s'engouffrant dans l'ombre que le bâtiment produisait sur toute sa largeur.

Ils allaient sortir de ce tunnel quand, à l'angle de l'édifice, le détective entra en collision avec un malade, surgi de nulle part. L'homme, décharné, livide, avait une figure effrayante. On eût dit le visage d'un macchabée, deux ou trois jours après son trépas. La peau était sèche et grisâtre, les yeux vitreux, enfoncés dans leurs orbites, et l'horrible bougre n'avait pas plus de sourcils sous le front qu'il n'avait de cheveux sur le crâne. Reprenant son équilibre après l'impact qui avait failli le faire tomber, le malade se tourna lentement et leva les mains vers Edward, dans l'intention sans doute de l'étrangler.

Obéissant aux réflexes que sa profession et son expérience avaient imprimés, Pierce dégaina son revolver et le colla sous le menton de l'aliéné, avant de plaquer celui-ci violemment contre le mur.

L'homme, plongé dans une léthargie profonde, se laissa faire mollement. Au moment où l'arrière de son crâne heurta la pierre, ce fut comme s'il n'avait éprouvé aucune douleur. Ses yeux, injectés de sang, fixaient le Britannique, et l'on avait l'impression qu'il n'y avait plus rien d'humain derrière ce regard. Puis, du bout des lèvres, il balbutia un mot étrange, d'une voix rauque et caverneuse :

— *Croatoan.*

M. Warner, qui était revenu sur ses pas en voyant que le détective ne le suivait plus, s'écria :

— Mais que faites-vous, pour l'amour du ciel ?

Edward maintint l'aliéné contre le mur encore quelques instants, le canon de son arme toujours collé sous la mâchoire de l'épouvantable personnage.

— *Croatoan*, répéta celui-ci calmement, comme une litanie funeste.

Cette fois, on eût dit qu'il souriait.

Edward, lui, était livide. Car ce mot, il le reconnaissait. Il l'avait vu dans les notes du père Molloy. C'était le mot étrange qu'on avait retrouvé sur une maison, gravé dans le bois, après la disparition de la colonie de Roanoke.

— Lâchez-le et rangez votre arme, je vous en supplie ! lança le gardien en s'approchant lentement.

Edward, reprenant ses esprits, obtempéra. Après avoir repoussé fermement l'aliéné sur le côté pour s'assurer qu'il ne pourrait l'atteindre, il rengaina son revolver et fit signe au gardien qu'ils pouvaient reprendre leur course.

— On ne sort jamais une arme à feu dans un sanatorium, malheureux ! chuchota Warner d'un air réprobateur tandis qu'ils se remettaient en route.

L'aliéné squelettique n'essaya pas de les suivre. Il se contenta de les regarder s'éloigner, répétant en boucle ce mot énigmatique, *croatoan*, *croatoan*, tout en se dandinant sur place comme un somnambule.

— Lorsqu'on m'attaque, je sors mon arme où je veux, et quand je veux, monsieur ! répliqua l'Anglais, catégorique.

Ils coururent ainsi jusqu'en bas de l'allée principale. Dans leur dos résonnaient les bruits étouffés de l'émeute. Par chance, cette partie du sanatorium était encore épargnée. Aucun enragé en vue.

— Ouvrez le portail ! cria le gardien en voyant son collègue planté sur le seuil de sa petite maison.

— Qu'est-ce qui se passe, là-haut ? répliqua celui-là, presque fâché.

— Nous avons déclenché le protocole 3 ! Ouvrez le portail, bon sang, et laissez M. Pierce sortir !

Le gaillard s'exécuta en grognant.

M. Warner escorta le détective jusqu'à la sortie, le poussa au-dehors et referma derrière lui.

— Rejoignez le débarcadère, monsieur, et attendez le départ pour rentrer sur Blackmore, lui dit-il d'un ton autoritaire à travers la grille.

Edward sortit sa montre.

— Mais le *Marie-Madeleine* ne part pas avant près de deux heures !

— Qu'importe ! Attendez en bas, nom de Dieu ! répéta le gardien, agacé. Et ne revenez pas ici, sous quelque prétexte que ce soit ! Quand vous serez en ville, prévenez le juge Gaudion qu'il y a eu une rébellion dans la division des agités, qu'il envoie des policiers !

— Vous n'avez pas de téléphone ?

— Si. Mais il ne marche pas toujours, par gros temps. Je préfère prendre mes précautions. Allez ! Filez, parbleu !

Le gardien tourna les talons et se lança de nouveau dans l'allée principale, matraque au poing.

— Que Dieu vous garde ! lui cria Pierce avec compassion en le regardant s'éloigner.

L'Anglais, encore sous le choc, resta un petit moment devant le portail. Au loin, des éclairs zébraient le ciel obscur, alors que la lumière du phare, par-delà le sanatorium, tournoyait dans les airs, plus vive que jamais.

— Fichtre, murmura-t-il pour lui-même, la traversée ne va pas être de tout repos.

Après un long soupir, il rajusta son duffle-coat et entama la longue descente vers le débarcadère de Bragbury. À chaque pas, il devait livrer bataille contre le vent retors qui semblait vouloir l'empêcher de quitter les lieux. La tête rentrée dans les épaules, les jambes arquées, se servant de son beau parapluie bleu comme d'un piolet de randonneur, Edward avança sur la pente périlleuse avec prudence et acharnement.

Perché sur cette roche isolée au milieu d'une mer de plus en plus déchaînée, abasourdi par les grondements du tonnerre, Edward éprouva un sentiment de solitude et d'écrasement. C'était comme si ce grand rocher, suspendu entre la colère du ciel et des flots, était devenu l'épicentre d'un chaos cosmogonique, dont il fût l'unique créature, chahutée par les éléments sous le regard moqueur de quelque cruelle déité. *WI-IH-ISH !* N'était-ce point là le rire sardonique d'un démiurge malicieux, qui s'amusait avec son jouet ?

Il était à la moitié du chemin qui descendait vers le ponton de bois quand il aperçut le bateau à vapeur qui l'avait amené ici, et qui était encore amarré. Et il en était aux deux tiers quand, poussant un cri d'effroi, il vit le *Marie-Madeleine* cracher des volutes de fumée noire et se mettre en route.

— Mais que font-ils, bon sang ? grogna Pierce, paniqué, tandis que le bateau s'éloignait lentement.

Comme frappé par la foudre, le détective se lança dans une course folle, manquant de glisser cent fois sur les graviers sournois qui roulaient sous ses pieds. Dévalant la pente, il agita son parapluie dans les airs pour tenter de se faire remarquer par l'équipage.

Il n'était pas six heures, mais l'arrivée inéluctable de la tempête avait dû décider le capitaine et ses deux matelots à rentrer plus tôt, avant qu'il ne soit plus possible de prendre la mer. De fait, celle-ci était déjà si agitée qu'il était peut-être même trop tard.

Refusant de se résigner, et fort peu motivé par la perspective de passer la nuit sur l'île de Bragbury, alors que le sanatorium lui-même était en ébullition et que le ciel menaçant annonçait des intempéries épouvantables, Edward prit son revolver et, sans cesser de courir, tira trois coups de feu en l'air. Compte tenu du vacarme ambiant, il misait davantage sur les gerbes d'étincelles que sur le bruit occasionné. L'idée n'était pas saugrenue, mais elle ne fut pas suivie d'effet. Le bateau, qui était déjà à une centaine de mètres, poursuivit sa désolante trajectoire dans les flots en furie.

— Bordel de Dieu ! hurla le détective en arrivant sur les planches du ponton. Ohé ! Ohé ! Capitaine Stout ! Revenez, malheureux !

Les vagues, de plus en plus hautes, venaient se briser contre les poteaux de l'embarcadère. Et elles étaient si violentes que le Britannique se demanda si la structure pourrait résister longtemps. Dans un accès de rage, il tira encore deux coups de feu en l'air. Mais toujours rien. Le *Marie-Madeleine* s'en allait, et il ne restait plus qu'une seule cartouche dans le barillet.

— Foutre Dieu !

Edward, ivre de colère, partit au bout de la jetée aussi vite que le permettait son sol dangereusement glissant. Là, dans un ultime espoir, il tira sa dernière balle vers le ciel, en hurlant aussi fort qu'il put et en faisant de grands arcs de cercle avec son parapluie.

Rien. La détonation se perdit dans le fracas.

À bout de souffle, étourdi par le bruit et le bouillonnement du sang qui palpitait sous ses tempes, Pierce rengaina son arme et se laissa tomber sur les genoux. Il regarda, impuissant, la silhouette du navire qui s'éloignait sous les vrombissements des cieux noirs et de la marée fulminante. Dans les nuées, les roulements de tambour semblaient une déclaration de guerre.

Abattu mais résigné, il était en train de se redresser quand une lame formidable se souleva sous ses pieds. Avant même qu'il n'eût pu s'agripper à la corde qui longeait le ponton, le détective fut emporté par cette gifle foudroyante de Neptune. Son corps bascula dans les flots. S'enfonçant dans les profondeurs, renversé, assommé, tous ses sens s'embrouillèrent. Bientôt, égaré dans l'obscurité impénétrable, il ne fut plus en mesure de dire où était la terre, et où était le ciel. Partout autour de lui, ce n'étaient que ténèbres. Incapable de résister au courant qui l'emportait, Edward s'agita, cherchant du bout des doigts quelque ancrage où se retenir, avant que le torrent sous-marin n'aille le broyer contre les rochers.

C'est alors qu'une vive douleur lui déchira les reins, comme sous l'effet d'un grand coup de massue qu'on lui eût porté au dos. Il s'en fallut de peu pour que cet instant ne fût son dernier. Ironie du sort, ce qui sauva Edward, sous l'eau, ce fut son parapluie ! Dans le réflexe désespéré mais salvateur de celui que seul l'instinct de survie anime encore, il parvint à accrocher la poignée de son fidèle pébroc au pilier de bois qu'il venait de heurter. Lors, tirant sur ses bras, il se rapprocha du poteau pour s'y agripper fermement. Il lui fallut une force phénoménale pour rester en place et résister au courant, qui continuait de vouloir l'emmener vers une mort certaine. Du coin de l'œil, il vit le reflet d'une lumière qui flottait au-dessus de sa tête. Celle du phare, peut-être ? Non ! Une lumière plus proche, effleurant l'onde, comme le faisceau d'une lampe qui se fût promené sur du verre. Aussitôt, puisant dans ses poumons le dernier souffle de vie, et dans ses membres les dernières vigueurs, Edward se hissa vers la surface. Vers cette lueur au bout du tunnel.

Il ne lui restait plus que quelques centimètres à parcourir quand, percuté en pleine tête par une chose invisible, le détective perdit connaissance, avant même d'avoir pu regagner la surface.

Au même instant, dans un vacarme assourdissant, un éclair fantastique déchira la toile du firmament.

26.

— Vraiment, vous devriez pas rester là, mam'zelle ! cria M. Murphy, le surintendant portuaire, emmitouflé dans son manteau de toile goudronnée.

Il attrapa gentiment Lorraine par l'épaule.

— J'dois fermer l'ponton !

Le port de Kimton End était balayé par un vent du diable. Chaque nouvelle vague qui venait s'écraser sur le brise-lames dans un fracas tonitruant paraissait plus forte que la précédente. Les nuages noirs étaient si bas, désormais, qu'ils engloutissaient l'île tout entière dans une vapeur ténébreuse, que la lumière du phare elle-même peinait à percer.

— Et le *Marie-Madeleine* ? hurla la Française en pointant le doigt vers la mer, de l'autre côté du long mur entouré de pierres brutes qui, tant bien que mal, protégeait la rade.

Le bruit de la tempête était assourdissant, il fallait s'égosiller pour se faire entendre.

— L'capitaine Stout il est pas assez fou pour faire la traversée par un temps pareil ! Y viendront pas, j'vous dis, ils ont dû rester à Bragbury ! Rentrez chez vous, mam'zelle ! C'est trop dangereux dehors ! R'gardez, y a des tuiles qui volent de partout ! Z'allez vous faire couper la tête.

Lorraine grimaça. En son for intérieur, elle savait pertinemment que le surintendant avait raison. Mais l'idée de partir sans avoir la moindre nouvelle de M. Pierce lui était insupportable.

— Avez-vous rappelé le sanatorium ?

— Hein ? brailla le responsable du port en soulevant le bord de son large chapeau ciré.

— Le sanatorium !

— L'téléphone y marche point, j'vous ai dit ! Allez, soyez gentille, v'nez avec moi, faut que j'ferme l'accès au ponton, c'est la règle !

Le visage trempé, il lui adressa un regard suppliant.

La Française, habitée par un terrible pressentiment, quitta finalement la plate-forme en bois au côté du brave homme qui, la tenant par le bras, l'accompagna jusqu'à sa motocyclette, garée entre deux voitures, à l'entrée du port.

— Z'êtes sûre de pas vouloir attendre à la capitainerie, le temps que ça s'calme ? demanda M. Murphy, inquiet, en regardant la Harley-Davidson. J'peux vous y allumer un feu, vous r'fermerez en partant.

— Ça va aller, ne vous inquiétez pas.

L'homme, de guerre lasse, haussa les épaules.

— Soyez prudente, hein ?

Mlle Chapelle se pencha sous le réservoir pour ouvrir le robinet d'essence, puis fit pivoter la pédale de kick. Debout à droite de la machine, les mains sur le guidon, elle tourna la poignée deux fois pour faire venir le carburant, se hissa sur la pédale et s'apprêta à s'y lâcher de tout son poids afin de démarrer le moteur, mais soudain, au loin, elle entendit la voix étouffée du surintendant qui poussait des exclamations.

Lorraine regarda en direction du port et, à son tour, distingua, dans le brouillard, le halo jaune d'une lampe puissante qui vacillait au-dessus des flots, de l'autre côté du brise-lames.

Le cœur battant, elle abandonna sa monture et se précipita derrière M. Murphy qui, déjà, lampe-tempête à la main, retournait vers le ponton dont il venait de fermer la barrière.

— C'est le *Marie-Madeleine* ? le pressa-t-elle, fiévreuse, en arrivant près de lui.

— On dirait bien, ma parole ! Y sont fous !

Le tonnerre gronda une nouvelle fois, si fort que la terre sembla trembler sous leurs pieds.

— Nom d'un chien, ça faisait longtemps que j'avais pas vu pareil ouragan ! grogna le surintendant en lui tendant le bras.

Ils grimpèrent prudemment sur la digue, en haut du brise-lames. Par un si mauvais temps, l'ouvrage élevé à l'entrée de la rade, et au bout duquel se dressait le phare de Kimton End, peinait à remplir son office. La mer était certes moins épouvantable de ce côté-ci que de l'autre, mais elle y restait bien assez agitée pour que la houle y fût encore forte.

— Bon sang, c'est bien elle ! s'écria le responsable du port, qui n'en croyait pas ses yeux. Ventrebleu ! Y n'vont quand même pas…

Luttant contre les bourrasques, l'homme s'approcha dangereusement du bord et porta les deux mains à son front pour mieux voir à travers les nuages et les embruns.

— Mais qu'est-ce qui foutent, nom de nom ? Pourquoi qu'ils attendent pas une accalmie au large ? Doux Jésus, si l'capitaine Stout il arrive à accoster sous un temps gros comme çui-là, j'mange mon chapeau !

Et de fait, quelques instants plus tard, dans le faisceau circulaire du phare, on vit le *Marie-Madeleine*, brimbalé sur les vagues furieuses, passer aventureusement devant le brise-lames et entrer dans la rade. Le capitaine était bien décidé à le conduire à quai.

M. Murphy se tourna vers Lorraine, l'air alarmé.

— Fichtre Dieu ! Y doivent avoir une avarie, ou une voie d'eau, pour accoster comme ça contre vents et marées ! Faut qu'j'aille les accueillir, nom d'une pipe ! Vous sauriez m'filer un coup d'main, mam'zelle ?

— Je... Oui, enfin... je vais faire de mon mieux !

Il l'aida à redescendre jusqu'au ponton, qui faisait une équerre entre la face arrière du brise-lames et la rive, où s'étendait son couloir le plus long.

— Va falloir les aider à s'amarrer ! V'nez !

Elle courut derrière lui jusqu'à un large coffre, au bout de la plate-forme, dont il sortit une deuxième lampe-tempête qu'il alluma péniblement à l'abri du vent.

— Tenez. Avec une houle pareille, y faudra pas mollir pour passer les aussières aux pointes et aux gardes, ou y pourront pas accoster ! En espérant qu'ils aient l'ancre parée à mouiller de l'aut' côté, sinon le *Marie-Madeleine*, il va s'écraser sur le quai comme une crêpe !

Hissée sur la pointe des pieds, Lorraine essaya de voir ce qu'il se passait sur le bateau, mais le brouillard et les mouvements intempestifs de l'embarcation l'en empêchaient. Une chose était sûre : il avançait désormais droit sur eux !

— Vous croyez au bon Dieu, mam'zelle ?

— Non.

— Ah. Ben, priez quand même, on sait jamais !

Se penchant de nouveau sur le coffre, il en sortit un large pare-battage de chanvre tressé.

— R'gardez comment que j'fais.

Le surintendant s'agenouilla près d'un pilier du ponton et amarra la défense, du côté de l'eau, là où le pilier croisait le plancher.

— Z'avez vu ?

— Oui.

— Bien ! Faut qu'on en mette à tous les poteaux, jusqu'à l'angle, là-bas, au cas où qu'ils auraient pas eu l'temps d'en mettre assez sur l'bateau ! Si l'capitaine Stout il pense comme moi, y va tenter d'amarrer en dent de peigne ! Faites comme j'ai fait, et après, vous resterez à l'autre bout, en tenant vot' lampe bien haut. Si on vous jette une aussière depuis l'bateau, une corde quoi, vous la tournerez au bollard qui s'ra devant vous !

— Au quoi ?

— Au bollard, la bitte d'amarrage ! Savez faire un nœud d'amarrage ?

— Non ! cria la jeune femme, désemparée.

— C'est rien facile, z'allez voir.

Il se baissa et lui fit une démonstration avec un cordage imaginaire.

— D'abord vous faites un premier tour mort complet, et pis après deux demi-clefs, mais comme ça, l'une au-dessous de l'autre. Voyez ?

— Je crois...

— Z'en faites pas, comme on dit chez nous, *un tour mort et deux demi-clefs n'ont jamais largué* !

— Faut-il que la corde soit tendue ?

— Un peu, mais vous embêtez pas, c'est eux autres qui les tendront depuis l'bateau, avec des treuils. Allez ! On y va.

Ils firent alors une série d'allers et retours entre le coffre et le bord du ponton pour disposer les défenses une à une. Mlle Chapelle, inspectant celles du surintendant, s'efforça de régler les siennes à la même hauteur. Quand elle eut terminé, elle releva la tête. Son cœur tambourinait si fort sous sa poitrine qu'il lui semblait l'entendre malgré le tonnerre. Le *Marie-Madeleine* n'était plus très loin, sa cheminée crachant des volutes d'une fumée plus noire encore que les nuages.

— Allez, mam'zelle ! Filez à l'autre bout ! Bien haut, la lampe ! Et ratez pas l'aussière, quand ils vous la lanceront, hein ? C'est l'plus important ! Vous allez y arriver !

La jeune femme acquiesça, comme pour se convaincre elle-même, puis galopa à l'angle du ponton. Une fois en place, elle leva le bras aussi haut que possible, tenant la lampe fermement par son socle, afin d'éviter qu'elle ne balance sous les effets du vent. La flamme, protégée par l'épais globe ovoïde et le couvercle, résistait mieux aux intempéries qu'elle ne l'eût imaginé.

Le sort, à présent, en était jeté. Après avoir manœuvré dans la rade pour se mettre face au vent, le *Marie-Madeleine*, encore rudoyé par les flots, s'approcha de la rive en formant un angle qui avoisinait les quarante degrés. L'instant d'après, Lorraine, crispée d'appréhension, crut apercevoir la silhouette de deux matelots qui s'affairaient sur le pont, couraient de bâbord à tribord dans un ballet incessant.

Le bateau s'approchait, et la jeune femme, frustrée de se sentir si impuissante au bout de la jetée, se demanda s'il n'arrivait pas à une trop vive allure ! Diable ! Mais comment pouvait-il, à une vitesse pareille, s'arrêter à temps ? Lorraine, qui commençait à craindre pour elle-même, lança des regards furtifs vers M. Murphy, espérant trouver dans son attitude quelque réconfort. L'homme, malheureusement, lui tournait le dos, et elle ne put voir s'il était confiant ou affolé.

Lors, le temps sembla s'arrêter brusquement, comme pétrifié par l'imminence d'une irréversible catastrophe. Mais la lumière du phare, elle, continuait de tourner. Et le ciel continuait de tonner. Et la mer de rugir. Et les nuages de grossir. Et le vent de souffler. *WI-IH-ISH…*

Quand l'étrave du navire ne fut plus qu'à une quinzaine de mètres, le capitaine fit pivoter le gouvernail à l'écart de la rive. Il poussa aussitôt, quoique très brièvement, le moteur à pleine puissance, dans un rugissement rauque et métallique de la machinerie qui permit d'éloigner la proue du quai et de placer le bateau sur un axe parallèle au ponton. La cheminée se mit à cracher, pendant que le bateau faisait machine arrière toute, dans un vacarme formidable, soulevant des trombes d'eau derrière lui. Et ce fut comme un coup de frein sur les eaux, qui immobilisa l'embarcation, tout du moins autant que la chose fût possible pour un vaisseau sur une mer si agitée.

La jeune femme, pour qui l'art de la navigation restait un mystère, n'en fut pas moins convaincue qu'il avait fallu au capitaine une grande connaissance de son navire, du courant et des vents. Malgré les conditions calamiteuses, le *Marie-Madeleine* était là, à quelques mètres à peine du ponton, et dans la position idéale.

Tout, alors, se passa très vite. Des ordres claquèrent du bateau, dont le sens obscur échappa à Lorraine. Du jargon de marins… Simplement, du coin de l'œil, elle vit l'ancre qu'on propulsait au large. Bientôt, l'un des deux matelots apparut sur le pont, juste au-dessus d'elle. Après lui avoir fait un signe, il lui lança une aussière, alors qu'à la poupe le second faisait de même avec le surintendant. La jeune femme attrapa le cordage à la volée, tira dessus, puis le tourna au bollard, s'efforçant d'effectuer le nœud comme on le lui avait indiqué. L'homme sur le pont put ensuite commencer à tendre l'aussière.

L'instant d'après, à l'issue de quelque acrobatie habile, le second matelot avait déjà sauté à quai pour y capeler une troisième aussière, puis une quatrième. Ainsi, avec l'aide de M. Murphy, il répéta la manœuvre jusqu'à ce que le bateau fût retenu par une dizaine d'amarres.

Sur le flanc du *Marie-Madeleine*, Lorraine aperçut une longue série de pare-battages, situés aux deux tiers de la hauteur du franc-bord. Sans doute furent-ils salvateurs, car, alors, une mauvaise lame fit se heurter le bateau contre les larges piliers du ponton. Le choc, n'eût-il été amorti par les défenses situées sur l'un comme sur les autres, se fût soldé par de funestes dégâts.

Les nerfs à vif, Lorraine remonta le long de la plate-forme, se dressant sur la pointe des pieds tous les trois ou quatre pas pour regarder sur le pont du bateau, qui tanguait encore, malgré les nombreuses amarres. Les yeux écarquillés, elle cherchait désespérément la silhouette du détective Pierce. Mais, arrivée au milieu du *Marie-Madeleine*, elle dut se rendre à l'évidence : il n'y avait que deux hommes debout sur le pont : le capitaine et le matelot.

— Ça tangue trop pour descendre la coupée[1] ! cria Stout au surintendant.

— Eh bien, sautez, nom de Dieu ! répliqua celui-ci, hébété.

— On a un blessé à bord ! expliqua le capitaine. En hypothermie !

Il fit un signe à son voisin et celui-ci partit prestement vers le gaillard, d'où il ressortit en compagnie d'un homme qu'il aidait à marcher.

---

1. L'échelle de coupée est l'élément mobile qui permet d'embarquer ou de débarquer.

Paralysée tant par le soulagement que par l'inquiétude, Lorraine reconnut instantanément la figure d'Edward Pierce et son inénarrable moustache blonde. Se tenant d'une main à l'épaule du marin et s'appuyant sur son parapluie bleu de l'autre, le détective arriva péniblement jusqu'au garde-corps. Le pauvre homme avait les traits tirés et le visage couvert de sang. Après l'avoir mis au chaud dans le gaillard, on lui avait changé ses habits : il était vêtu d'un costume de marin et drapé dans une vareuse.

— Edward ! s'exclama Mlle Chapelle.

— Oh, bonté divine ! cria-t-il à son tour sur le pont. Mon amie ! Ne vous inquiétez pas ! Rien de grave !

Ce ne fut pas une mince affaire de le débarquer par cette houle. Les quatre hommes qui s'en chargèrent n'étaient pas de trop, car l'Anglais, à la vérité, défaillait. Quand, enfin, on l'eut descendu sur la terre ferme, Lorraine le prit dans ses bras et l'y serra vigoureusement, dans un irrépressible élan de délivrance.

— Ouh là ! Tout doux, Lorraine, tout doux ! toussota Pierce. J'ai quand même un peu mal…

— Surintendant, conduisez-le à la capitainerie. Allongez-le sous une couverture, il a besoin de se réchauffer encore et de reprendre des forces.

— Entendu, capitaine. Mais vous ? s'étonna M. Murphy.

— Moi, je file en ville prévenir le juge Gaudion. M. Pierce nous a informés qu'il y avait une émeute en cours au sanatorium !

Ainsi, sans plus attendre, le capitaine Stout et ses deux matelots partirent au pas de course vers l'une des voitures garées à l'entrée du port.

27.

— Rentrez chez vous auprès de votre épouse, monsieur Murphy, vous en avez assez fait pour aujourd'hui. Nous avons tout ce qu'il nous faut.

— Z'êtes sûre, mam'zelle ?

— Oui, regardez : mon ami est au chaud, près du poêle, et il a déjà meilleure mine. Nous repartirons demain matin, quand il aura repris des forces, en espérant que la tempête sera finie. Je fermerai derrière moi et laisserai la clef là où vous l'avez prise, si ça vous va.

— Parfait. Dans l'placard, ici, vous avez des biscuits et d'quoi faire du thé. Y a une bouilloire que vous pouvez mettre sur l'poêle.

Le surintendant ouvrit le meuble devant Lorraine et lui adressa un clin d'œil, avant d'ajouter à voix basse :

— R'gardez : y a même une bonne bouteille de whiskey irlandais. Hésitez pas, c'est encore meilleur pour se r'mettre de ses émotions !

— Vous êtes adorable, monsieur ! Je vous remercie du fond du cœur.

— C'est moi qui vous r'mercie, vous m'avez donné un fier coup d'main, d'taleur, sur l'ponton. Il a d'la chance, m'sieur Pierce. Z'êtes une sacrée bonne femme, moi j'dis !

Elle lui glissa discrètement un billet dans la main.

— Oh, non, faut pas…

— Tsss, tsss. Allez, filez, maintenant ! Votre femme doit se faire du mouron !

Murphy lui fit un petit salut reconnaissant et sortit de la capitainerie.

C'était une pièce carrée, pas bien grande et tout en bois, qui baignait à présent dans une douce chaleur. L'intérieur, éclairé par deux lampes à pétrole et balayé régulièrement par le lointain faisceau du phare, était un peu rustique mais soigné. Un bureau, où étaient rangés codes et registres, une table ronde, où s'empilaient de nombreuses cartes de fonds marins, quelques chaises et armoires, des bouées pendues aux murs, divers vieux bibelots nautiques – flotteurs en verre dans leurs filets, antique barre à roue, horloge des marées et autres instruments de mesure en laiton –, le poêle et un sofa, sur lequel le détective Pierce était allongé, emmitouflé dans une épaisse couverture.

Lorraine attrapa sans vergogne la bouteille de whiskey, deux verres, et vint s'asseoir à côté de l'Anglais dont, quelques instants plus tôt, elle avait fini de nettoyer le visage et de panser les plaies. La blessure qu'il avait sur le haut du crâne, quoique ayant déclenché des saignements fort abondants, était superficielle. En remontant vers la surface, Edward s'était violemment cogné contre une traverse du ponton qu'il n'avait pu voir et s'était ouvert le cuir chevelu. Par chance, le capitaine Stout, dont l'un des matelots avait miraculeusement aperçu le dernier coup de feu du détective, avait déjà fait demi-tour. Il était en train d'éclairer les alentours du débarcadère avec le puissant projecteur du *Marie-Madeleine* quand la providence, encore, lui avait fait repérer M. Pierce, inconscient, ballotté par les flots, et qui commençait à couler de nouveau. Si les matelots affolés ne l'avaient point repêché aussi vite, sans doute eût-on retrouvé, quelques jours plus tard, le corps sans vie du détective, échoué sur les berges de l'îlot de Bragbury.

— Alors ? C'était chouette, cette petite visite ? demanda Lorraine d'un ton nonchalant, en remplissant généreusement les deux verres.

Pierce, qui avait repris des couleurs mais portait encore de beaux cernes sous les yeux, secoua doucement la tête en souriant. Le bandage, qui faisait tout le tour de son crâne en lui passant sous le menton, lui donnait une figure ridicule. On eût dit un œuf de Pâques.

— Ma foi, oui, c'est coquet, mais je pense que c'est plus agréable à la belle saison…

Lorraine concéda l'un de ses rares sourires. Que Pierce n'eût pas perdu son sens de l'humour était plutôt bon signe.

— Disons que c'était surtout fort instructif, conclut-il avec plus de sérieux.

— Tant mieux. Vous me raconterez demain…

— Pardon ? rétorqua mollement le détective. Mais vous n'y pensez pas ? Nous avons tous les deux des choses à nous dire !

— Allons, Edward ! Buvez ce petit whiskey, et dormez ! Vous avez une mine épouvantable ! Cela peut attendre demain.

Offensé, Pierce se redressa lentement sur le sofa, rajusta la couverture sur ses épaules et prit le verre que lui tendait la Française.

— Alors là, ma petite, si vous croyez une seule seconde que je vais parvenir à m'endormir sans que vous m'ayez raconté votre journée et que je vous aie raconté la mienne, vous êtes en pleine fantaisie !

Il tapota sur le canapé, pour l'inviter à s'asseoir près de lui.

— D'accord, d'accord ! céda Mlle Chapelle en se levant.

Elle s'installa en tailleur sur le sofa et, comme elle était ravie, en vérité, de pouvoir se livrer à ces confidences, ses yeux s'allumèrent d'une lueur espiègle.

— Pour tout vous dire, mon petit Edward, j'ai en effet appris bien des choses, pendant que vous vous tourniez les pouces au bord de l'eau.

— Vilaine marmotte !

Et ainsi, dans la lueur tamisée de la capitainerie, les deux amis, revigorés par le malt et le simple plaisir de se retrouver, se racontèrent dans le détail leurs découvertes respectives, au rang desquelles figuraient les indices que Mlle Chapelle avait repérés au pied de la tour du télégraphe.

Quand ils eurent tous deux terminé, Lorraine, en bonne criminologue, se leva et entreprit d'énoncer, d'une voix professorale, la somme de ce qu'ils savaient avec certitude à ce jour, se mettant à tourner lentement en rond dans la pièce. Cette étape méthodologique que l'on appelait l'« évaluation » était essentielle à toute enquête criminelle et devait être régulièrement pratiquée, surtout lorsque la première étape, dite de « collecte », fournissait un nombre d'indices ou de preuves considérable. Elle permettait, avant l'étape finale de l'« analyse », de prendre du recul et d'avoir une vue d'ensemble sur les progrès de son investigation.

— D'abord, trois personnes, apparemment sans histoires, disparaissent soudainement sans laisser de trace : Élias Carteret, journaliste, Diana Tudor, institutrice, et Margaret

Waldon, employée de l'Armée du salut et petite-fille de sir Ronald, mon employeur. Premier point commun : leurs disparitions ont lieu lors d'une nuit de pleine lune ou de lune nouvelle. Deuxième point commun : elles sont atteintes de la maladie de Wilson, qui altère leur cornée, et dont souffriraient cinq pour cent des habitants de Blackmore. Troisième point commun : leurs proches respectifs auraient reçu, le lendemain de leur disparition, une lettre anonyme, cryptée à l'aide de l'alphabet oghamique et d'une clef de chiffrement qui nous échappe encore. Nous disposons de deux de ces lettres, mais il nous manque celle de Mlle Tudor.

Elle marqua une pause dans sa marche et se tourna d'un coup face au détective, afin de voir s'il l'écoutait attentivement. De fait, le Britannique, immobile, la fixait avec dans le regard un mélange d'approbation, d'admiration et de tendresse.

— Continuez, je vous en prie…

Lorraine, levant le front d'un air satisfait, reprit sa circumambulation.

— Bien. Ensuite, nous avons deux personnes qui, en secret, motivées sans doute par l'inaction du juge Gaudion, enquêtaient, comme nous, au sujet de ces disparitions. La première, c'est votre ami le père Molloy. La veille de notre arrivée, il disparaît à son tour ! Selon vous, il pourrait s'agir d'un départ volontaire, anticipé. Mais où ? Nous ne le savons pas. La seconde, c'est Mlle Appleton, consœur de M. Carteret à la *Blackmore Gazette*. Malheureusement, la pauvre femme se fait assassiner en pleine rue, juste après s'être confiée à nous. L'homme qui lui tire dessus serait, vraisemblablement, le motocycliste qui, le matin même, avait dérobé les notes du père Molloy dans votre chambre d'hôtel. Pas d'objection ?

— Jusque-là, nous sommes d'accord, confirma Edward.

Dehors, la tempête avait baissé en intensité. Le ciel était toujours noir et menaçant, mais le tonnerre s'éloignait peu à peu et le bruit du vent, quoique toujours présent, s'était amoindri.

— En ce qui concerne cet assassin, reprit Lorraine, nous avons désormais un suspect : un certain Tony, propriétaire d'une motocyclette, avec qui Margaret avait un rendez-vous galant le soir de sa disparition... Pour l'instant, aucune trace de cet amant secret, mais plusieurs indices permettent d'envisager qu'il s'agirait d'un militaire.

— Affaire à suivre.

— Absolument. Pour ce qui est de la disparition de M. Carteret, elle aurait pu avoir lieu à la tour du télégraphe, où, selon Mlle Appleton, le journaliste avait prévu de passer une partie de la nuit. Au pied de ce bâtiment isolé sur les hauteurs de l'île, j'ai découvert des traces qui m'ont paru suspectes. Pourquoi ? Parce qu'elles étaient assez anciennes, remontant à plusieurs mois certainement, qu'aucune autre empreinte remarquable n'apparaissait alentour, et que leur très grand nombre et leur disposition donnaient à penser qu'elles auraient pu être laissées par une personne qui se serait cachée derrière ladite tour, piétinant d'impatience, comme on pourrait le faire en attendant l'arrivée de sa victime. Tout ceci n'est que pure spéculation, fort hasardeuse, mais un détail mérite d'être retenu : au milieu de cette myriade de traces de pas, à un endroit que le sommet de la tour protège des intempéries, j'ai repéré presque autant de petits trous imprimés dans le sol, dont le diamètre nous autorise à émettre l'hypothèse suivante : la personne qui a tourné mille fois en rond derrière la tour du télégraphe était munie d'une canne...

— Un aveugle, peut-être ? suggéra Pierce. Comme votre cher sir Ronald Waldon, ou Mme Nancy Donahue, la pastoresse de l'Armée du salut…

— Par exemple. Les effets de la maladie de Wilson nous invitent toutefois à supposer qu'il y a d'autres aveugles sur l'île. Ou alors, ces petits trous dans le sol pourraient avoir été laissés par un détective britannique, moustachu, qui ne se déplace jamais sans son parapluie bleu…

— Aha ! la coupa Edward en levant un doigt accusateur. Erreur judiciaire, mademoiselle ! Celui-ci a un alibi : il était à Canterbury la nuit du 4 août !

— Moui… Que vous dites… Bref, voilà les faits tangibles dont nous disposons à ce jour.

Lorraine revint s'asseoir près du détective et se servit un nouveau verre de whiskey.

— Excellent résumé, mademoiselle. Si je ne l'avais point perdu en mer, je vous tirerais volontiers mon chapeau. Il me semble, toutefois, que vous avez oublié de mentionner deux informations qui pourraient avoir leur importance.

— Oh, attention, monsieur Pierce ! Je vous connais ! Nous parlons là de faits concrets, d'éléments tangibles ! Pas du fantôme de Canterville, des tables tournantes d'Allan Kardec, de l'Atlantide ou du monstre du loch Ness !

— Mais taisez-vous donc, méprisable péronnelle, et écoutez plutôt ! D'abord, vous avez oublié de préciser que l'institutrice, Mlle Tudor, avait une petite sœur, Sarah, qui est morte au sanatorium avant la guerre.

— Je n'ai pas oublié ce détail, je l'ai volontairement écarté, car il s'agit de ce que l'on appelle une fausse piste, monsieur !

— Lorraine, vous écartez trop facilement… si je puis dire. Le bulletin d'admission de la fillette au sanatorium a été signé non pas par ses parents, mais par sa grande sœur, Diana Tudor. Dès lors, on ne peut écarter l'hypothèse que cela constitue un mobile pour Nicky Tudor, un garçon violent et colérique. L'internement de la petite ayant conduit à sa mort, son frère pourrait très bien avoir nourri une rancœur immense envers l'aînée de la fratrie, la tenant pour responsable.

Lorraine lui adressa une moue dubitative.

— Si vous voulez... Mais je peine à y croire. Il m'a semblé très affecté par la disparition de celle-ci, dont il continue d'entretenir régulièrement la maison, comme s'il attendait son retour.

— Ou par culpabilité, peut-être ?

— S'il était l'auteur de la disparition, pourquoi aurait-il reçu lui aussi une lettre anonyme ?

— Justement ! rétorqua le détective. Il a refusé de nous la montrer, je vous le rappelle. Après tout, sommes-nous certains qu'il en ait réellement reçu une, lui aussi ?

— C'est ce que m'a affirmé sir Ronald, et le juge Gaudion nous l'a également laissé entendre.

— Soit. Admettons. Passons donc à la deuxième information importante que vous avez oublié de mentionner : Margaret Waldon et le père Molloy sont tous deux en possession d'un exemplaire du *Cath Maighe Tuireadh*, dans lequel apparaît le fameux alphabet oghamique. Ça ne peut être une coïncidence.

— Soit. Je vous l'accorde, Edward. Cette fois, c'est bien un fait. Sans doute ai-je négligé d'en parler car je le range dans la catégorie des éléments contextuels, tels que les sujets sur lesquels se documentait le père Molloy : la colonie de Roanoke, les épisodes anciens de violence et d'hystérie collective, les mégalithes et autres météores... Idem pour la rumeur évoquée par Mlle Appleton, concernant la résurgence d'un ancien culte celtique dont les habitants de l'île craindraient de parler.

— Très bien. Dans ce cas, je crois que nous avons fait le tour, ma chère. Et cela laisse bien des pistes ouvertes, bien du travail à accomplir. Ce qui m'invite maintenant à vous proposer un programme pour demain…

— Demain ? s'exclama Lorraine en écarquillant les yeux. Vous n'êtes pas sérieux ? Demain, j'irai enquêter seule, Edward, pendant que vous vous reposerez ! J'ai l'intention d'aller jeter un coup d'œil à la compétition de *hill climbing*…

— Allons, allons ! Après une bonne nuit de sommeil, je serai sur pied, j'en suis certain ! J'irai prendre des nouvelles du sanatorium auprès du juge Gaudion, puis m'entretenir avec le Pr Vandekade, le directeur de la bibliothèque, pour voir s'il pourrait nous en apprendre davantage sur tous ces sujets mystérieux que vous venez d'évoquer. Pendant ce temps-là, vous n'aurez qu'à aller à votre fameuse compétition de *hill climbing*, en effet, afin d'essayer d'y trouver un certain Tony, ou une BSA verte de modèle… truc.

— Modèle L.

— Voilà. Qu'en pensez-vous ? Je suis certain que je serai suffisamment en forme pour discuter avec un bibliothécaire, et que vous serez comme un poisson dans l'eau au milieu des motocyclettes…

— Marché conclu. Ah, d'ailleurs, j'ai oublié de vous dire. J'en ai acheté une.

— Pardon ?

— J'ai acheté une motocyclette. Elle est garée dehors. Ce sera plus pratique pour nos déplacements.

Edward secoua la tête, atterré.

— Vous n'imaginez pas un seul instant que je vais monter derrière vous sur ce machin, Lorraine ?

— Ah, mais si vous préférez courir derrière, je n'y vois aucun inconvénient, détective ! Cent vingt kilomètres-heure, c'est dans vos cordes ?

— Une motocyclette ! Mais qu'est-ce qui vous a pris ?

Lorraine haussa les épaules.

— Je ne sais pas… Une revanche à prendre, peut-être ?

— Ah, je vois ! dit Edward. Une histoire à régler avec papa ?

La jeune femme fit un petit geste d'impuissance avec les mains, puis elle se leva.

— Vous n'avez pas d'histoire à régler avec le vôtre, peut-être ? demanda-t-elle en se dirigeant vers la fenêtre pour regarder le phare qui, au bout du brise-lames, continuait à illuminer la baie.

— Je ne l'ai pas connu. Mais ne changez pas de sujet, mademoiselle. C'est de vous qu'on parle, pas de moi…

Collée à la vitre, Lorraine poussa un soupir, puis laissa passer un long silence. Dehors, la mer s'était apaisée et le ciel se dégageait, ses nuages noirs faisant place au bleu cobalt de la nuit naissante.

— Quand il est parti sur le front, en 1916, j'avais quinze ans, reprit-elle soudain.

Elle avait dans la voix un petit grain de mélancolie dont Edward Pierce ne pouvait se douter qu'il était l'une des premières personnes à l'avoir entendu depuis des années.

— Je venais d'entrer au lycée. En vérité, je crois que ce jour-là fut le plus beau jour de ma vie. Pathétique, n'est-ce pas ? Se dire que votre meilleur souvenir, c'est le jour où votre père est parti faire cette guerre où il allait trouver la mort ? C'était vraiment un sale type, vous savez ? Après son départ, j'ai ressenti une véritable libération… Vous ne pouvez pas imaginer ! Tous les mercredis après-midi, en revenant des cours, pendant que ma mère travaillait, je prenais la Terrot de mon père en cachette, dans le garage, à Puteaux, et je faisais de grandes balades, tout autour de Paris. Parfois, quand je me sentais d'humeur aventurière, j'entrais même dans la capitale et j'allais voir la tour Eiffel. Et quand le week-end arrivait, quand les autres gamins du quartier allaient s'amuser à la patinoire ou dans les parcs, moi, je marchais jusqu'au XVIe arrondissement et j'arpentais les trottoirs pendant des heures pour récupérer, dans les poubelles des bourgeois, les bouteilles consignées. Ce n'était pas grand'chose, mais, mis bout à bout, cela me payait mon essence pour le mercredi suivant. Bon sang, qu'est-ce que j'ai pu en faire, des kilomètres, sur cette satanée Terrot ! Je n'ai jamais su si ma mère s'en était rendu compte. Je pense qu'elle n'aurait rien dit. On en avait tellement bavé ! Et puis quand mon père est mort, en 1917, sur le Chemin des Dames, on s'est rapidement retrouvés sans le sou. Je ne sais pas si je vous l'ai dit, mais j'ai quatre grands frères. Oui, je suis la petite dernière. Oh, ça va ! Toute sa vie, ma mère n'a toujours eu qu'une seule idée en tête : payer de belles études à ses enfants. La petite femme de chambre rêvait d'avoir des enfants médecins ou avocats... Alors elle se saignait, pour mes frères et moi. Mais quand on a grandi et que nos études ont commencé à coûter plus cher, elle a eu du mal à faire face, avec la pension militaire et son salaire de misère pour seuls revenus. Elle a décidé de revendre toutes les affaires de mon père, auxquelles elle n'avait jamais touché, et donc, la motocyclette... Je n'ai pas osé lui dire que j'aurais aimé la garder. Je me suis tue. Une fois de plus. Mais ce soir-là, dans mon lit, je me suis promis que j'aurais une motocyclette rien qu'à moi, que je pourrais rouler avec tous les jours, sans me cacher. Et sans penser à mon père. Enfin, pas trop... Voilà. Vous savez tout, Edward. Allez, à votre tour, maintenant : soyez beau joueur. Dites-moi : ce mystérieux parapluie bleu que vous ne lâchez jamais… Quelle est son histoire, petit cachottier ?

Elle se retourna d'un air goguenard, pressée de voir la tête que faisait le détective. Mais le pauvre bougre, allongé sur le sofa, dormait déjà depuis longtemps…

28.

La tempête de la veille avait laissé place à un ciel dégagé, si bien que les festivités purent jouir d'un ensoleillement inespéré, en ce vingt-septième jour d'octobre. Il y avait déjà foule au pied de la colline de Dartford, et le nombre extraordinaire de véhicules à deux ou quatre roues qui y étaient assemblés occasionnait un vacarme formidable. De toutes parts, c'était un concert incessant où les acclamations du public étaient couvertes par les coups de klaxon, les pétards que de jeunes chenapans jetaient dans les airs et les rugissements des moteurs, que certains visiteurs faisaient volontairement tourner dans le vide pour se donner en spectacle.

Suspendue entre deux mâts d'une belle hauteur, une immense banderole, « *Blackmore Week's 1925 Hill Climbing Competition – sponsored by the BMC* », signalait l'entrée de la manifestation. Là, de longues rangées de barrières divisaient le passage en deux couloirs, celui de gauche étant réservé aux piétons, et celui de droite aux automobiles et aux motocyclettes. Au guidon de sa toute nouvelle Harley-Davidson, Mlle Chapelle emprunta gaiement le second. L'un des bénévoles lui indiqua la direction du parking, où plus d'une centaine de machines étaient déjà stationnées.

— Faites attention, mademoiselle, la tempête d'hier a laissé le champ dans un vilain état.

Derrière elle, Lorraine vit la file de véhicules qui ne cessaient d'affluer, tantôt des motocyclettes sur lesquelles s'agitaient des couples enjoués, tantôt des voitures transportant des engins de compétition, sur une remorque, ou directement sur leur pare-chocs arrière.

La jeune femme alla se garer tout au bout du parking improvisé et, dès lors, put commencer son investigation. Remontant les allées une à une, elle se mit à la recherche de la BSA verte. Presque toutes les marques européennes et américaines étaient représentées, et Lorraine soupira alors qu'elle passait devant une vieille Terrot, se remémorant les confidences qu'elle avait faites, la veille, à un Edward Pierce endormi. Il y avait des Indian, des BMW, des Norton, des Rover, des Alcyon, des Gnome & Rhône, des Henderson, des René Gillet, des Triumph et, bien sûr, des BSA. Mais pas celle que cherchait la criminologue. Celle-ci ne bouda pas son plaisir pour autant, s'attardant avec délectation dans ce gigantesque garage en plein air, avant de suivre, comme à regret, le mouvement des visiteurs qui s'en allaient vers la colline.

Plusieurs centaines de personnes, venues de tout l'archipel, parfois même de France ou d'Angleterre, étaient déjà agglutinées en bas de la côte. Certains amateurs de sensations fortes s'étaient assis périlleusement de chaque côté de la pente abrupte où allait se dérouler la compétition. L'ambiance était à la fête, et les deux buvettes installées autour de la ligne de départ avaient été prises d'assaut dès l'ouverture. Le temps d'une journée, les champs qui bordaient ce versant de la colline étaient envahis par un afflux désordonné, coloré et bruyant, qui circulait librement au milieu des stands, des jerrycans, des bottes de foin, des drapeaux et des caravanes, évitant seulement un sentier balisé, réservé aux deux ambulances qui devaient pouvoir conduire rapidement tout blessé au centre médical Sainte-Christine. Ici et là, les concurrents, en équipe ou en solitaire, préparaient leurs machines sous des barnums, apportant des réglages de dernière minute après avoir observé l'état du terrain.

Agrafées à des poteaux qui bordaient l'allée principale, de grandes affiches annonçaient le programme, axé autour de trois épreuves distinctes. La première était réservée aux petits monocylindres de 350 centimètres cubes, la deuxième aux pilotes amateurs, dits de classe B, et la troisième, l'épreuve reine, réunissait les pilotes professionnels, de classe A, sur les plus grosses machines. Ceux-là devraient affronter, en fin de journée, une piste que leurs prédécesseurs auraient déjà considérablement endommagée, la laissant pleine de rigoles, d'ornières et de pièges.

De droite et de gauche, on avait aussi placardé les photos des motocyclistes les plus renommés participant aux épreuves. La vedette était incontestablement le célèbre Cecil Ashby, double champion d'Europe, originaire de l'île de Man, et qui courait pour la marque Zenith.

Au départ de la piste, une banderole affirmait que le parcours de Blackmore était l'un des plus difficiles d'Europe. De fait, bien plus encore que les pilotes de course, les experts du *hill climbing* étaient de véritables trompe-la-mort, tant la chance de tomber lourdement sur le dos en essayant d'atteindre le sommet était plus grande que celle d'y parvenir. Les accidents étaient fréquents, et parfois assez graves. La discipline était réputée si dangereuse qu'on surnommait les motocyclettes qui y prenaient part les « *murdercycles*[1] » !

En arrivant au pied de la colline, Lorraine dut bien admettre que la pente, d'une centaine de mètres environ, était si forte qu'on eût dit la façade d'un immeuble ! À mi-hauteur, le versant s'aplatissait légèrement, comme pour laisser aux pilotes un ultime répit avant les cinquante derniers mètres qui, eux, étaient quasiment à la verticale. Ce palier permettait aussi d'accueillir un petit stand couvert, dans lequel deux commissaires de course contrôlaient le chronomètre à commande électrique. Lorsqu'un candidat commençait sa course folle, il cassait une ficelle tendue sur la ligne de départ, ce qui lançait la montre. S'il parvenait jusqu'en haut de la colline, sa machine sectionnait une seconde ficelle qui arrêtait le chronométrage. Si aucun compétiteur n'atteignait le sommet, on les départageait en fonction de la distance parcourue.

Mlle Chapelle, n'oubliant pas la raison première de sa présence, commença à se promener d'un bout à l'autre du vaste terrain pour observer la foule avec attention. À la manière des pilotes officiels – pour qui la chose était obligatoire –, de nombreux visiteurs faisaient broder, au dos de leur pull en laine ou sur leur poitrine, leur nom, ou leur surnom, et éventuellement celui du moto-club auquel ils appartenaient. Aussi Lorraine s'efforça-t-elle de guetter le moindre Tony, Anthony, Anton ou Antoine… Errant d'un air nonchalant au milieu des badauds, la Française était à l'affût.

Tandis qu'elle suivait un petit groupe de jeunes hommes éméchés, un vrombissement de moteur, plus intense que les autres, résonna au bas de la butte, immédiatement suivi par

---

1. « Motos meurtrières », jeu de mots sur *murder* et *motorcycle*.

la clameur du public. Le premier concurrent venait d'arriver sur la ligne de départ, au guidon d'une Excelsior modifiée.

Cédant à la curiosité, la jeune femme se fraya un chemin parmi les spectateurs pour s'approcher de la piste. Au même moment, un homme apparut au sommet, tenant une corde au bout de laquelle était fixé un large crochet. Prudemment, il descendit sur cinq ou six mètres, puis fit signe aux commissaires qu'il était prêt.

Autour de la ligne de départ, l'exaltation du public ne cessait de croître. Lorraine elle-même, heureuse de joindre l'utile à l'agréable, se sentit gagnée par la fièvre.

Avec son casque en cuir, ses grosses lunettes rondes et son pantalon rentré dans ses hautes bottes, le pilote ressemblait à une sorte de jockey dans une compétition équestre futuriste. Il donna quelques coups de poignée pour réchauffer tant son moteur que son audience, et le pot d'échappement dégagea une forte odeur d'huile de ricin. Les machines de *hill climbing* étaient dépouillées de tout ce qui n'était pas nécessaire à la performance et à un minimum de sécurité. Aucun garde-boue, aucun compteur de vitesse, pas de phare ou de klaxon, bref, aucun accessoire superflu qui eût alourdi l'engin. Le moteur, lui, était réglé pour tourner à haute vitesse, pouvant atteindre les sept mille tours-minute, et la démultiplication par la chaîne et les pignons transmettait une énorme puissance à la roue arrière. Pour mieux agripper la terre, le pneu de celle-ci était équipé d'une couronne en acier qui, au passage, arrosait allègrement de boue les spectateurs les plus proches. Enfin, une lanière de cuir, attachée au poignet gauche des pilotes, était reliée à un coupe-circuit, ce qui permettait d'éteindre automatiquement le moteur en cas de chute.

Soudain, l'un des juges de départ fit une annonce dans un mégaphone : « Mesdames et messieurs, chers amis, bienvenue à la compétition de *hill climbing* de la Blackmore Week ! Dans un instant s'élancera le premier pilote de la catégorie des monocylindres ! Je vous demande d'applaudir chaleureusement l'une des étoiles montantes du Jersey Motorcycle Club : M. Jesse Good ! »

Le concurrent salua la foule joyeuse et se concentra de nouveau sur son engin. Le regard tendu vers le haut de la colline, il attendit que le commissaire posté devant la ligne d'arrivée lève son drapeau vert pour lancer l'Excelsior sur la piste, dans un rugissement furieux. Comme un fauve surgissant de sa cage, la motocyclette bondit en avant, produisant dans son sillage un épais nuage de terre et de sable. On eût dit une fusée au décollage !

La première ficelle se rompit d'un coup, et le chronomètre s'enclencha. En quelques secondes à peine, chahuté par les bosses, l'engin se hissa jusqu'à la première plateforme, au-dessus de laquelle il s'envola, propulsé par la vitesse, avant de retomber, dans un nuage de poussière, au pied de la seconde section. La plus ardue.

À partir de cet endroit, l'inclinaison était si forte que parvenir au sommet semblait chose impossible, à moins de défier les lois de la gravité. Après quelques mètres, la motocyclette, moteur hurlant, perdit son élan, sa roue arrière peinant à accrocher la terre. Pourtant, elle continua de monter, encore, et encore, de plus en plus haut... Et puis, soudain, le train avant se souleva dangereusement. Le pilote, debout sur les cale-pieds, dut se pencher sur son guidon pour faire contrepoids. Du bas de la piste, on avait l'impression qu'il naviguait dans les airs ! Le jeune Jesse Good n'était plus très loin de l'arrivée, prêt à rompre la seconde ficelle, quand, trop pressé sans doute, il donna un peu trop d'essence à son moteur. La machine lui échappa brusquement, se cabrant comme un cheval sauvage.

Des cris de peur et de déception retentirent dans le public alors que le jeune homme basculait en arrière. Rompu à l'exercice, il eut le réflexe de repousser sa monture pour s'en écarter. Le moteur toussota, se coupa, et l'Excelsior retomba sur le sol avec fracas.

Aussitôt, l'homme encordé qui tenait un crochet dans les hauteurs de la piste se jeta vers la motocyclette. Dans une embardée frénétique, il en attrapa la roue avant pour éviter qu'elle ne glisse sur le concurrent à terre. Celui-ci, secouant la tête d'un air dépité, grimpa péniblement pour aider le commissaire à faire redescendre lentement le véhicule au bout de la corde, jusqu'à la plate-forme.

Là, le pilote enleva le crochet, enfourcha de nouveau son engin et entreprit de redescendre sur ses roues jusqu'au pied de la colline. Pour lui, l'épreuve était terminée, mais le spectacle de son parcours en sens inverse n'en fut pas moins réjouissant pour le public : il fallut au pilote bien de l'adresse pour arriver en bas sans tomber, avec son Excelsior au guidon tordu, au cadre déformé et au carburateur empli de terre.

« Ah ! Malheureusement, pas de sommet, aujourd'hui, pour le jeune Jesse Good, qu'on applaudit bien fort, malgré tout, pour sa performance tout à fait honorable ! Et voici que le deuxième concurrent se présente déjà sur la ligne de départ ! Mesdames et messieurs, merci d'accueillir comme il se doit le célèbre Jeff Moreau, membre du Spitfires Motorcycle Flying Crew de Guernesey ! »

Jalouse de ne pouvoir participer à la compétition, Lorraine poussa un soupir et se résigna à reprendre ses recherches, arpentant la foule de nouveau. La plupart des spectateurs avaient les yeux rivés sur la piste, aussi put-elle se livrer à son investigation sans se faire remarquer.

Ainsi, Mlle Chapelle passa une bonne partie de la matinée à se promener, tantôt du côté de la piste, tantôt autour des buvettes ou du parking. Plus la journée avançait, plus le nombre de visiteurs et de véhicules augmentait. Vers midi, Lorraine estima que la fréquentation devait avoir dépassé les mille spectateurs : il y avait, en somme, plus de monde à cette manifestation qu'il n'y avait d'habitants à l'année sur l'île tout entière ! Régulièrement, la jeune femme reconnaissait des visages au milieu de la masse. Des personnes qu'elle avait simplement croisées dans les rues de l'île, mais aussi des figures plus familières, comme celles de Nicky Tudor, qui lui lança un regard mauvais, de la diaconesse, du connétable Parker, qui fit mine de ne pas la reconnaître, ou de Simon, le jeune imprimeur de la *Blackmore Gazette*.

Alors que la première épreuve était terminée et que le public se dispersait alentour en attendant le début de la deuxième, Lorraine s'inséra dans la file qui s'était formée devant un stand de hot-dogs. Elle venait d'acheter un sandwich quand elle sentit une main lui tapoter sur l'épaule.

— Alors, ma p'tite dame, comment qu'elle marche, la JD 1200 ?

Le visage de Mlle Chapelle se détendit aussitôt qu'elle reconnut la voix dans son dos.

— Oh, monsieur Enzo ! s'exclama-t-elle, ravie. Cette Harley, ce n'est pas une motocyclette, c'est un avion de chasse !

Le garagiste, son immanquable cigarette pendue au bout des lèvres, était couvert de boue, de la tête aux pieds. En tenue de travail, des outils dépassant de toutes ses poches, il s'essuyait les mains dans un torchon plein de graisse.

— N'est-ce pas ? Un vrai Boeing ! Avec un engin pareil, c'est pas qu'on roule vite, c'est qu'on vole bas ! Alors, le spectacle vous plaît ? Ça remue, hein ?

— Ma foi, je dois avouer que je suis assez impressionnée. J'ai vu de nombreuses courses de vitesse ou d'endurance en France, mais une épreuve comme celle-ci, jamais ! Pour tout vous dire, cela me donnerait presque envie d'essayer !

— Malheureuse ! N'allez pas faire ça avec votre JD, hein ? J'vous rappelle que l'idée est de me la revendre en bon état, quand vous repartirez…

— Mon pauvre ami, je crains de m'être déjà bien trop attachée à elle pour vous la revendre un jour…

— Ha ha ! À la bonne heure ! Bon, faut qu'je file, j'ai du boulot sur les machines du BMC qui participent à la prochaine épreuve. Mais j'vous ai aperçue de loin, alors fallait quand même que j'vienne vous dire : voyez les tentes, tout là-bas, vers le bosquet ?

Lorraine se hissa sur la pointe des pieds et acquiesça en apercevant une sorte de camping sauvage qui s'était installé à l'orée d'un petit bois. Depuis son arrivée, elle s'était tellement concentrée sur les visiteurs qu'elle n'avait guère prêté attention à cette partie éloignée du site.

— Rapport à c'que vous m'avez demandé hier, au sujet d'un certain Tony, j'crois bien que vous devriez aller jeter un coup d'œil, discrètement, au petit groupe qu'est autour de la grosse tente militaire, là…

Il pointa le doigt vers l'extrémité gauche du campement, où Lorraine distingua une demi-douzaine de silhouettes en uniforme, qui festoyaient gaiement.

— Je vais aller voir. Merci, Enzo !

— Soyez prudente, hein, mam'zelle Chapelle ? lança le garagiste en retournant vers le bas de la piste.

— Toujours !

Après qu'elle eut pris la précaution d'effectuer une large boucle pour arriver en catimini par les bois, la jeune femme se glissa au milieu du village de tentes, lequel était parsemé d'automobiles et de motocyclettes. Ici et là, de jeunes visiteurs qui avaient probablement commencé à s'enivrer un peu trop tôt étaient venus s'allonger un moment à l'écart, avant de s'y remettre, sans doute... Certains, les bras en croix, étaient étendus de tout leur long sur des bancs de bois, d'autres gisaient sur des couvertures, à même le sol, et plusieurs paires de pieds dépassaient de quelques tentes entrouvertes.

Abritée sous les arbres, Lorraine s'approcha aussi silencieusement que possible du barnum kaki et s'arrêta pour observer le groupe de soldats qui y chahutaient, des bières à la main. Tous portaient l'uniforme, mais aucun n'était armé. Cela parlait fort, cela titubait un peu et cela riait beaucoup. S'avançant encore, elle repéra une vieille Ford T, considérablement modifiée, qui était garée le long de la toile, et sous le moteur de laquelle l'un des militaires était en train de s'affairer. La voiture avait été tellement transformée qu'on reconnaissait à peine le modèle original : après avoir abaissé son châssis, on l'avait débarrassée de son capot, ce qui laissait apparaître le moteur, on avait coupé son toit pour en faire une sorte de cabriolet, on avait élargi ses jantes arrière afin qu'elles puissent recevoir des pneus aux dimensions faramineuses, et on avait aminci et ajusté ses garde-boue, de telle sorte qu'ils épousaient parfaitement la forme des roues. Selon toute vraisemblance, cette méchante machine appartenait à l'un des militaires – celui qui était en train de la réparer, supposa Lorraine – et il en avait fait un paradis ambulant, dont l'attrait principal consistait en un énorme fût de bière, astucieusement fixé sur le pare-chocs arrière. De temps en temps, un soldat venait y remplir trois ou quatre verres, échangeait quelques mots avec son camarade enfoui sous le moteur, et retournait gaiement vers l'entrée de la tente.

Après avoir fait prudemment quelques pas de côté pour mieux regarder l'insolite véhicule, Lorraine écarquilla les yeux en découvrant ce qu'on avait peint, en grosses lettres blanches, le long de ses portières : « *The Tony Mobile* ».

29.

Selon le juge Gaudion, l'ordre avait été rétabli au sanatorium de Bragbury. Empêchée par la tempête, la police n'avait pu s'y rendre qu'en fin de nuit. Elle avait alors prêté main-forte aux gardiens et au directeur. Pour mettre un terme à la mutinerie, les policiers avaient été contraints de faire usage de leurs armes, tant la situation s'était aggravée. Au petit matin, outre de nombreux blessés, quatre patients, parmi les plus agités, étaient portés disparus, et l'on déplorait six morts : quatre pensionnaires et deux membres du personnel. Quant aux dégâts matériels, ils étaient considérables : aux dires du magistrat, il faudrait de nombreuses semaines pour tout réparer.

— C'est sans doute la tempête qui a déclenché cet épisode terrible, soupira le juge, affligé. Certains malades de la division des agités sont particulièrement violents, et il suffit d'un rien pour que leurs crises se répandent comme une traînée de poudre…

— Comment se porte le Dr McCann ? le pressa Pierce d'un air inquiet.

— Il n'est pas blessé, grâce à Dieu. Mais il est un peu secoué, vous imaginez bien. Nous avons fait une demande de renforts à Guernesey, qui va nous dépêcher six gardiens supplémentaires par le SS *Courrier* de cet après-midi, le temps que le calme soit revenu. En attendant, les semeurs de troubles qui n'ont pas pris la fuite ont été enfermés de force dans les cellules. Malheureusement, l'initiateur de cette violente insurrection, qui a été identifié, fait partie des disparus. Un certain Phil Sadler, qui était interné depuis une quinzaine d'années.

— Une quinzaine ? Je croyais que le sanatorium n'accueillait des patients aliénés que depuis la fin de la guerre et que la plupart étaient des vétérans ?

— La plupart, oui. Mais pas tous. Celui-là est rongé par la démence depuis bien plus longtemps. C'est une figure tristement connue de notre île. Il a d'abord été interné à Jersey, vers 1910, dans l'hôpital où travaillait le Dr McCann. Des années plus tard, quand ce dernier a fait agrandir le sanatorium de Bragbury, la famille de M. Sadler a demandé qu'il y fût transféré, afin qu'il soit plus près d'elle.

— Je vois. Avez-vous lancé des recherches ?

— Bien sûr. Avec la mer qui nous entoure, les évadés ne peuvent pas être allés bien loin. On a d'ailleurs toutes les raisons de craindre qu'ils aient péri en voulant s'enfuir à la nage. Mais vous, détective ? Comment vous portez-vous ? J'ai appris vos propres mésaventures pendant la tempête…

— À part quelques hématomes, que vous pouvez voir, je vais plutôt bien. J'ai eu énormément de chance que le capitaine Stout et ses matelots m'aient repéré à la dernière minute, et qu'ils soient parvenus à me tirer de là. Sans cela… Quant à M. Murphy, le surintendant portuaire de

Kimton End, je lui dois aussi une fière chandelle. Je vous saurais gré de bien vouloir lui renouveler mes plus sincères remerciements.

— Ce sera fait. Pour ma part, en accord avec le Dr McCann, je vous demanderai de ne pas ébruiter ce qui s'est passé hier au sanatorium. Nous sommes au tout début de la Blackmore Week, et les effets de la panique seraient multipliés par le grand nombre de visiteurs que nous accueillons sur l'île à cette occasion. Nous avons fait le choix de ne parler de tout cela à personne, à part les familles des victimes, qui partagent notre avis.

— Je comprends. La *Blackmore Gazette* n'ayant plus de journaliste, vous ne risquez pas non plus d'être embêté par la presse, le titilla gentiment Edward.

— Je me suis laissé dire que M. Morris, le rédacteur en chef, avait trouvé quelqu'un pour remplacer Mlle Appleton et M. Carteret. J'irai le voir…

Ne voulant guère déranger le juge Gaudion trop longtemps dans une journée sans doute déjà bien chargée, le détective prit rapidement congé et se dirigea vers la bibliothèque Glover, qui était à une centaine de mètres seulement.

Arrivé sur Arenon Square, plutôt que d'entrer directement dans le bâtiment, l'Anglais décida de profiter un peu du soleil providentiel et alla se poster au beau milieu de la place, afin de contempler un instant les trois édifices remarquables qui délimitaient, dans un triangle, le centre historique de Blackmore.

À droite se dressait le fameux temple maçonnique, qu'avait mentionné la veille le Dr McCann. Construit en 1865 par la St. Thomas Lodge of Blackmore, le monument était fort impressionnant. Imitant l'architecture d'un temple romain, son corps oblong en pierre blanche était ceint de colonnes doriques, dont le chapiteau était décoré de grenades. Le symbole de la société secrète, équerre et compas entrecroisés, était fièrement gravé sur son fronton, si bien que la nature des lieux ne pouvait être ignorée des passants.

À gauche, la Chambre de l'île, plus large encore, et tout en brique rouge, s'élevait derrière les statues de trois lions à l'allure majestueuse, assis en arc de cercle. C'était là le siège de l'administration de l'île tout entière. Les douze membres de l'assemblée de la Douzaine s'y réunissaient une fois par mois. Ces murs abritaient également les services locaux, état civil, bureaux électoraux, recensement, Trésor public… Les habitants se rendaient donc régulièrement à la Chambre, mais, ce jour-là, la plupart étant occupés par les festivités de la Blackmore Week, Edward ne vit personne entrer ou sortir.

Entre ces deux constructions, enfin, se trouvait la bibliothèque. Inauguré en 1910 par Walter Glover – père de l'actuel gouverneur –, cet édifice de trois étages, en brique rouge également, était d'une dimension exceptionnelle pour une ville si petite. Bibliophile averti, lettré, l'ancien gouverneur s'était laissé convaincre par l'un de ses administrés – le Pr Donatus Vandekade – d'offrir à Blackmore la plus belle bibliothèque des îles Anglo-Normandes. Certains mauvais esprits murmuraient qu'en se dotant d'une église, d'une bibliothèque et d'un temple maçonnique plus grands que ceux de Guernesey, les gens d'ici avaient voulu compenser quelque complexe d'infériorité… Quand le gouverneur mourut en 1915, on donna son nom à l'institution. Aujourd'hui, elle était toujours dirigée par le Pr Vandekade, et ce fut dans le bureau de celui-ci qu'Edward Pierce fut conduit, quelques minutes plus tard, par l'un des employés.

Donatus Vandekade, *doctor philosophiæ*, était un octogénaire qui avait conservé une fort belle vigueur. Sa figure fière et sage lui donnait des airs de philosophe grec : le nez aquilin, le regard étincelant et, sous de larges sourcils, les lunettes épaisses de celui qui a passé toute sa vie à lire, le crâne orné d'une couronne de cheveux blancs, la barbe longue et fournie. Sa tournure de vieil érudit, en somme, inspirait la confiance et la déférence. Brillant historien et anthropologue, l'homme avait passé sa vie professionnelle à l'université de Cambridge, où il avait exercé comme enseignant-chercheur. En 1910, après quarante années passées en Angleterre, comme beaucoup d'expatriés il était revenu sur son île natale afin d'y prendre sa retraite. Mais, plutôt que de se reposer ici d'une longue carrière académique, ce serviteur de l'État, érudit et dévoué, avait choisi de prendre, avec passion et rigueur, la direction de la bibliothèque Glover, dont il était, finalement, le véritable instigateur.

— Asseyez-vous, cher monsieur, asseyez-vous ! Ah, fichtre, je suis désolé, c'est toujours un peu la pagaille, ici ! Attendez... Poussez donc cette vilaine traduction de Raymundus Lullus, et installez-vous dans le fauteuil. Cela ne vous dérange pas de vous asseoir à la place de l'inventeur de l'*Ars generalis ultima,* n'est-ce pas ?

Devinant que l'homme était en train de mettre l'érudition de son visiteur à l'épreuve, Pierce répondit, fort adroitement, par la plaisanterie :

— Au contraire ! Je serai le nouveau pseudo-Lulle !

— Ha ha ! Encore un ! approuva l'universitaire, visiblement satisfait.

Le bureau de Vandekade était, pour les yeux, un délice d'enchevêtrement livresque. Edward, conquis, avait poussé un soupir d'aise en pénétrant dans cet antre de papier. Les ouvrages anciens, reliés de cuir, s'érigeaient de toutes parts en piles, faisant, au milieu des boiseries, comme autant de gardes du corps qui eussent protégé le vieil historien des assauts de l'ignorance. Ici et là, entre ces échafaudages périlleux, apparaissaient parchemins, loupes, plumes, statuettes, fétiches, masques, pierres, ornements et autres artefacts étranges qui achevaient de plonger la pièce dans l'atmosphère savoureuse du gai savoir et du mystère.

— C'est donc mon très cher frère le Dr McCann qui vous envoie ? demanda Donatus Vandekade en croisant les mains sur son bureau. Ne prêtez point trop de crédit à ses éloges : l'étendue de mon érudition est moins grande qu'il ne le prétend. Vous savez ce que l'on dit du copinage maçonnique !

— Allons ! Je suis persuadé que votre savoir comblera aisément ma curiosité. Oserais-je l'avouer : il y a trois jours encore, je connaissais à peine Blackmore. Il aura fallu que mon cher ami le père Molloy m'y fasse venir pour que je répare enfin cette lacune honteuse.

— Le père Molloy est votre ami ?

— Je le considère comme mon plus cher complice, oui. Il y a trois ans, nous avons traversé l'Europe ensemble, à bord de l'Orient-Express, et ce jusqu'à Constantinople…

— Ah, c'est vous ! s'exclama Vandekade, enjoué. Mais il fallait le dire plus tôt ! Mon pauvre Molloy ! J'espère qu'il ne lui est rien arrivé.

— Et moi donc ! Sa disparition est d'ailleurs l'objet principal de mon enquête. Vous comprenez mieux, à présent, pourquoi je me suis permis de demander à votre collègue de me conduire jusqu'à vous au plus vite, quand bien même nous n'avions pas rendez-vous : je tiens à mener mon investigation le plus prestement possible.

— Vous avez bien fait. Que Dieu vous vienne en aide, détective ! Ah, ce sacré Molloy…

Le Pr Vandekade prit alors un air pensif, avant de lancer :

— Dans ce cas, venez ! Il faut que je vous montre mon bibliotaphe !

Il se leva et invita Pierce à l'imiter.

— Vous savez ce qu'est un bibliotaphe ?

— Ma foi, je dois confesser que le terme ne m'est pas familier, répondit Edward, embarrassé. L'étymologie m'évoque un tombeau empli de livres…

— C'est un peu ça.

L'historien lui adressa un clin d'œil, puis, pointant du doigt la porte, il ajouta à voix basse :

— Voudriez-vous bien tirer le verrou, afin que nous ne soyons pas dérangés ? Ce que j'ai à vous montrer est hautement confidentiel.

Intrigué, Pierce s'exécuta promptement, puis rejoignit le vieil homme qui, de l'autre côté de la pièce, avait sorti de sous sa chemise une chaîne accrochée à son cou, au bout de laquelle pendait une grosse clef. Après tout un tas de gestes théâtraux, il fit coulisser l'un des panneaux de bois qui recouvraient le mur du fond, laissant apparaître les contours d'une porte dérobée.

— Mon petit passage secret ! Promettez-vous, monsieur, de ne révéler à personne ce que vous pourrez voir derrière cette porte ?

— J'en fais le serment, professeur !

— Parfait. Un bibliotaphe, monsieur Pierce, est un lieu où l'on conserve les livres qu'on ne veut pas offrir à la consultation et que l'on garde jalousement pour soi ! C'est la caverne d'Ali Baba des vrais bibliophiles, en quelque sorte. Le père Molloy fait partie des rares personnes à qui j'ai ouvert cette porte et, en l'ouvrant à présent pour vous, j'espère vous témoigner ma reconnaissance et célébrer l'amitié qui nous lie au même homme !

— Vous m'en voyez très honoré ! balbutia le détective, les yeux brillants d'impatience.

L'octogénaire se saisit alors d'une lampe à pétrole, baissa la poignée de la porte et fit signe à son hôte de le suivre dans cette cache des plus énigmatiques.

La pièce, sans fenêtre, était plongée dans des ténèbres que seul le halo orangé de la lanterne dispersait sur son passage. Elle ne devait pas dépasser les douze ou treize mètres carrés, mais le trésor qu'elle abritait n'avait guère besoin de plus de place. Alors que le vieil homme, le regard espiègle, promenait lentement sa lampe devant les rayonnages, sa collection privée se dévoila peu à peu sous les yeux ébahis d'Edward. Par la grande rareté de ses ouvrages, elle se révéla être l'une des plus exceptionnelles que le détective ait pu admirer de toute sa vie, lui qui, pourtant, avait visité certaines des plus fameuses bibliothèques d'Europe.

— Mon Dieu, murmura-t-il comme pour lui-même. Quelle splendeur !

Sans oser les toucher, il s'approcha d'une rangée de livres, humant leur délicieux parfum. Puis il fit lentement un tour complet sur lui-même, devinant dans la pénombre les contours de sept ou huit cents volumes inestimables.

— Comment sont-ils classés ?

— Malheureux ! Un bibliotaphe, cela ne se classe pas ! Ranger les livres, c'est empêcher les idées de communiquer entre elles. En outre, cela prive le chercheur de découvertes fortuites !

— Je vois… Cependant, rassurez-moi : dans la partie publique de votre institution, les livres sont rangés par thèmes ?

— Bien sûr ! Les gens qui viennent à la bibliothèque Glover sont souvent pressés. Ils cherchent un titre précis, qu'ils ont besoin de trouver aisément. Et puis la plupart sont un peu idiots. Mais ici, on n'a pas le droit d'être pressé. Ni d'être idiot. Dans un bibliotaphe, on ne vient pas chercher un ouvrage, on vient le rencontrer ! Les livres sont comme les hommes, mon ami : quand on les aime, on ne les parque pas en fonction de leurs dénominateurs communs, car alors ils s'appauvrissent. On les laisse se mélanger à leur guise, d'où qu'ils viennent, afin qu'ils s'enrichissent de leurs différences.

De fait, laissant son regard glisser sur le dos des somptueux volumes, Edward ne put distinguer aucune espèce de classement. Si certains domaines se démarquaient par leur occurrence – histoire, anthropologie, ethnographie, religion, mythologie et philosophie –, il se trouvait aussi, çà et là, une quantité non négligeable d'ouvrages consacrés aux sciences occultes et qui, bien sûr, n'échappèrent pas à la vigilance du connaisseur.

Peinant à y croire, Pierce repéra des volumes d'une rareté d'autant plus grande que la plupart étaient conservés, sinon dans leur édition originale, au moins dans une édition fort ancienne. Il y avait là, pêle-mêle, le *Ghāyat al-Ḥakīm*, fameux traité d'astrologie arabe du Xe ou XIe siècle, le *Liber visionum*, écrit à la même époque par le moine Otloh de Saint-Emmeram, une version anglaise du *Codex gigas*, écrit au XIIIe siècle par un religieux anonyme, et que d'aucuns surnommaient « La Bible du Diable », l'une des cinq ou six copies originales connues du *De vermis mysteriis*, que Ludvig Prinn publia au XVe siècle, avant d'être brûlé vif par l'Inquisition, l'édition de 1538 du *De occulta philosophia*, de Cornelius Agrippa, celle de 1471 du *Corpus hermeticum*, symboliquement attribué au personnage mythique d'Hermès Trismégiste, l'édition de 1794, en trois volumes *in-quarto*, de *L'Origine de tous les cultes, ou la Religion universelle*, par Charles-François Dupuis, etc. À chaque pas, Edward découvrait un nouveau titre plus étonnant encore que le précédent. Émerveillé, il se demanda comment la chose était possible, ne fût-ce que d'un point de vue financier.

— Voici le résultat de soixante années d'amour pour le livre rare, expliqua le Pr Vandekade, comme s'il avait lu dans ses pensées. J'ai eu la chance de rencontrer de grands collectionneurs, au cours de ma carrière, des bibliophiles éclairés que j'ai modestement aidés dans leurs recherches. Certains, préférant que leurs livres finissent entre les mains d'un connaisseur plutôt que dans le coffre d'un spéculateur, ont eu la bonté immense de me léguer leur fonds. Je veux croire que mon bibliotaphe fait honneur à leur confiance.

— Je… Je suis sans voix, professeur. Vous ne pouvez pas imaginer le cadeau que vous faites au passionné de sciences occultes qui se tient fébrilement devant vous… Il y a ici des titres que je n'avais jamais vus de mes propres yeux !

— Tout le plaisir est pour moi. Ce n'est pas tous les jours qu'un amateur érudit visite notre île, et les amis du père Molloy sont mes amis. Tenez, voici justement le livre que cherchait le prêtre et qui m'a incité à lui ouvrir mon bibliotaphe. Ces derniers temps, il était venu emprunter de nombreux livres en bas. Comme il ne trouvait pas son bonheur, j'ai fini par lui ouvrir cette porte pour lui montrer ceci.

Edward s'approcha et se pencha sur le volume que le Pr Vandekade avait sorti d'un rayonnage. L'historien, d'un geste délicat, ouvrit la couverture pour faire apparaître la page de titre. Aussitôt, le regard du détective se mit à pétiller.

L'entour d'ouverture indiquait que l'ouvrage avait été imprimé à Paris, en 1754, chez Croullebois, rue des Mathurins. Et le titre était : *Extrait du Mémoire de l'abbé Georges de Puvenel sur le météore d'Ignès, ou la Véritable Origine des mégalithes de Blackmore.*

30.

Alors que le dernier militaire venu se ravitailler au fût de bière était en train de repartir vers la tente, Lorraine se décida enfin à approcher.

— Eh bien ! lança-t-elle en mâchant bruyamment une bouchée de hot-dog. En voilà, une sacrée voiture !

Le soldat, couché sous le moteur, glissa péniblement sur le dos jusqu'à pouvoir sortir la tête de sous le châssis et jeter un coup d'œil à la nouvelle venue.

— Tiens ! s'exclama-t-il en la scrutant de la tête aux pieds, d'un air concupiscent. Si c'est pas la jolie petite détective française !

Lorraine étouffa une grimace et s'efforça de conserver son attitude désinvolte. Les nouvelles couraient bien vite sur une si petite île…

— C'est la vôtre ? demanda-t-elle en désignant la Ford.

— Ah non, malheureusement. J'aimerais bien. Mais c'est la machine à Tony.

Le militaire, les yeux allumés par quelque flamme exaltée, s'extirpa tout à fait pour se relever devant Mlle Chapelle. Il la dévisagea encore, tout sourire, puis, portant une main à sa bouche pour en faire un porte-voix, il s'écria :

— Eh ! Tony ! Regarde un peu qui c'est qui s'extasie devant ta voiture !

L'un des soldats qui papotaient devant la tente tourna la tête. De loin, Lorraine vit la figure du grand gaillard passer de l'indolence à l'affolement. D'un seul coup, son regard fut traversé par la lueur panique d'une proie acculée. Fixant la Française, il recula de quelques pas hésitants, avant de faire volte-face et de prendre ses jambes à son cou.

— Ben ? Qu'est-ce qui lui prend ? balbutia le militaire à côté de Lorraine.

Aussitôt, celle-ci se lança dans une course folle, bien décidée, cette fois-ci, à ne pas laisser filer son homme. Passant comme une flèche entre les jeunes engagés hagards, elle délivra toute son énergie pour tenter de gagner du terrain sur le fameux Tony. Mais le bougre avait une bonne trentaine de mètres d'avance et fondait déjà sur le parking avec une vigueur remarquable.

Après une chevauchée endiablée, Lorraine n'était plus qu'à quelques pas des rangées de véhicules quand elle vit le militaire sauter sur une motocyclette. Non pas la fameuse BSA verte, mais une simple Triumph – la première, sans doute, qu'il avait trouvée et qui ne fût pas attachée. D'un geste habile, rapide et sûr, le soldat se souleva au-dessus de la selle pour faire démarrer le moteur d'un seul coup de kick. Le monocylindre, docile, vrombit sur-le-champ.

Dans son élan formidable, il ne manqua à la jeune femme qu'une poignée de secondes pour attraper le pilote au vol. Elle poussa un tonitruant juron français en voyant la machine décoller sur les chapeaux de roue.

Alors que les regards hébétés des quelques personnes alentour s'étaient tournés vers elle, plutôt que de s'avouer vaincue, Mlle Chapelle reprit immédiatement sa course frénétique pour aller chercher sa propre motocyclette, de l'autre côté de l'esplanade.

Dans l'ardeur de la colère, elle fit démarrer la Harley-Davidson avec autant d'adresse que le soldat et partit en trombe, droit devant elle. Coupant à travers champs, sautant de bosse en bosse en position debout, elle rejoignit la route sur laquelle elle avait vu le fugitif s'engager, en direction du nord-est.

Alors commença une course infernale. Enivrée de fureur, Lorraine ne relâcha la poignée des gaz qu'à l'entrée des virages, flirtant dangereusement avec ses limites comme avec celles de son véhicule. Il n'en fallait pas moins pour avoir une chance de rattraper le militaire.

Dans les courbes les plus serrées, emportée par la vitesse, elle devait pencher fortement la machine pour qu'elle ne quitte pas sa trajectoire – à tel point que les cale-pieds égratignaient régulièrement la chaussée, projetant des gerbes d'étincelles dans un bruit effrayant. Propulsé par ses douze cents centimètres cubes, le bicylindre grondait comme un animal sauvage à chaque sortie de lacet, et les pétarades de ses pots d'échappement résonnaient tel le tonnerre au milieu des collines.

La côte septentrionale de l'île se dessinait sous ses yeux quand Lorraine retrouva enfin sa proie en ligne de mire. Filant vers la mer, en contrebas, le soldat n'avait plus qu'une dizaine de secondes d'avance sur elle, à présent. Profitant de la puissance nettement supérieure de son moteur, de ligne droite en ligne droite, la jeune femme gagnait du terrain. Bientôt, elle arriva dans son sillage, à l'endroit où la route, s'élargissant, longeait peu ou prou le rivage.

Ayant entendu le rugissement dans son dos, le militaire se retourna d'un coup pour regarder brièvement derrière lui. Il grimaça en constatant que la roue avant de la Française n'était plus qu'à deux mètres de lui, à peine. Sa déconvenue fut plus grande encore quand, à la sortie du virage suivant, il vit Mlle Chapelle, qui avait plongé avec audace dans la trajectoire intérieure, se porter à sa hauteur. Enragé, le soldat leva sa jambe droite et donna un violent coup de pied sur le flanc de la Harley-Davidson.

Déséquilibrée, la motocyclette de Lorraine se mit à guidonner brutalement, oscillant vivement de droite à gauche. Il s'en fallut de peu qu'elle ne termine dans le fossé. Dans un réflexe salvateur, la jeune femme raffermit sa poigne, serra le réservoir entre ses jambes et porta son poids vers l'avant jusqu'à ce que sa monture, telle une bête domptée, cesse son louvoiement impétueux et reprenne sa course rectiligne.

Dans la manœuvre, Mlle Chapelle s'était fait distancer de quelques mètres. À la faveur de sa plus grande vitesse de pointe, elle n'aurait aucune peine à parvenir de nouveau à côté de la Triumph, mais la tentative précédente s'étant soldée par un échec, elle préféra changer de stratégie. Alors que les deux machines, l'une derrière l'autre, avalaient la route à une allure considérable, Lorraine, sans rien perdre de sa concentration, envisagea plusieurs solutions. N'en trouvant de meilleure, elle vint placer sa motocyclette sur l'arrière gauche de celle qu'elle poursuivait puis, à l'entrée de la première longue ligne droite, lâcha le guidon d'une main pour aller chercher son revolver dans la poche intérieure de son pardessus et le pointer vers la roue du militaire.

Les vibrations du moteur et les ondulations de la chaussée rendirent la manœuvre bien plus ardue qu'elle ne se l'était imaginé. Conserver une visée stable, ne fût-ce qu'une seule demi-seconde, relevait de l'exploit. Mais Lorraine, animée par une détermination sans faille, ne se laissa guère décourager et prit le temps d'ajuster son tir.

Dans une détonation formidable, la première balle manqua sa cible. La deuxième, déviée par les multiples cahots, ne fit guère mieux. La troisième toucha.

Le pneumatique éclata d'un seul coup, se déchirant un peu plus à chaque tour de roue, jusqu'à ce que la motocyclette perde totalement l'adhérence de son train arrière. Incapable de contrôler sa trajectoire, le soldat virevolta vers le talus, lequel, l'instant d'après, projeta puissamment la Triumph dans les airs.

Désarçonné, le pilote fit un vol plané magnifique. Ses bras fouettant le vide dans de grands moulinets désespérés, il retomba dans le champ voisin, longtemps après sa machine.

Après un freinage périlleux, Lorraine mit pied à terre et, l'arme au poing, courut jusqu'au côté du militaire, dont le corps, couvert de poussière, s'était enfin arrêté de rouler.

— Vous êtes folle ! rugit-il, entre terreur et colère.

— Tu aurais dû prendre ta BSA, petit malin, tu serais allé plus vite ! répliqua Mlle Chapelle d'une voix cynique et non moins enragée.

Elle colla son canon sous le menton du jeune homme.

— Hein ? marmonna celui-ci, reprenant vaguement ses esprits, la bouche pleine de sang. Ma BSA ? Quelle BSA ?

— Allons ! La partie est perdue, Tony. Ne me prends pas pour une imbécile ! Qu'as-tu fait de Margaret ?

Il secoua la tête, hébété, avant de balbutier :

— Rien ! Rien, je vous jure !

Lorraine arma le chien de son revolver et pressa celui-ci plus fortement sous la mâchoire du soldat.

— Où est-elle ? répéta-t-elle, d'une voix plus menaçante encore.

— J'en sais rien, j'vous dis ! Oui, c'est vrai, on devait se voir ce soir-là ! Mais elle est pas venue au rendez-vous ! Sur mon honneur !

Lorraine, qui avait longuement étudié le langage corporel des criminels, se laissa gagner par le doute. Pourtant, il y avait bien quelque chose qui ne collait pas.

— Et alors pourquoi t'es-tu enfui en me voyant tout à l'heure ?

— Parce que j'suis le coupable idéal, tiens ! La preuve ! Si vous m'conduisez à la police, j'vais m'faire renvoyer de l'armée ! Et si j'me fais renvoyer, j'retourne direct derrière les barreaux ! J'me suis engagé dans la milice pour obtenir ma liberté conditionnelle ! Si on m'accuse de quoi qu'ce soit, vrai ou pas, j'suis marron !

Mlle Chapelle scruta longuement le jeune homme, cherchant la vérité derrière son regard. Non sans déception, elle dut admettre qu'en plus de pathétique il avait l'air sincère.

Dans un soupir, elle fit quelques pas en arrière et s'assit sur une souche en face de lui. Lentement, elle désarma le chien de son arme, mais garda celle-ci bien en main.

Le militaire, grimaçant et gémissant, se redressa péniblement.

— Reste assis ! lui ordonna Lorraine. Tu vas tout me raconter, dans les moindres détails. Et si tu mens, ce n'est pas en prison que tu vas aller, mais à la fosse commune !

Elle agita son revolver devant elle, comme pour clarifier le message.

— Qu'est-ce qui s'est passé ce soir-là ?

— Eh ben, quand j'me suis pointé au rendez-vous...

— Où ça ?

— Aux carrières de York. C'est là qu'on s'retrouvait tout l'temps, pour être tranquilles. Quand j'suis arrivé, Meggy, elle était pas là. À la place, j'ai trouvé une enveloppe où qu'elle m'avait laissé un mot. Tenez, j'l'ai encore sur moi.

Il plongea la main dans sa veste.

— Hop, hop, hop ! le coupa Lorraine en le mettant de nouveau en joue. Tout doucement, mon garçon !

Le soldat leva la main gauche en l'air et, de la droite, sortit délicatement une enveloppe que Lorraine vint attraper, avant de retourner sur son tabouret de fortune.

Gardant prudemment un œil sur le jeune homme, elle lut la lettre qui, à n'en pas douter, avait été écrite par une main féminine.

Cher Tony,

Je suis désolée : je ne serai pas là ce soir. J'aurais aimé te le dire plus tôt, et autrement, mais je n'avais aucun moyen de te joindre à la caserne.

Je devine que cela va te faire beaucoup de peine, mais j'ai décidé de mettre un terme à notre relation. Tu me connais, je suis incapable de mentir. Alors voilà, je te le dis sans détour : j'ai rencontré quelqu'un.

Je t'en supplie, ne m'en veux pas, Tony ! Tu es un brave garçon, je t'apprécie énormément et je n'oublierai jamais les beaux moments que nous avons partagés, mais, au fond de toi, tu sais bien que nous ne sommes pas faits l'un pour l'autre.

J'espère que tu sauras me pardonner, et je suis certaine que tu trouveras bien vite une amoureuse faite pour toi.

Je t'embrasse affectueusement,

Margaret

— Alors ? Vous m'croyez, maintenant ?

— Qu'est-ce que tu as fait après avoir trouvé cette lettre ?

— Eh ben, j'suis allé au pub, rejoindre mes amis !

— Tu leur as raconté ?

— Non.

— Pourquoi ?

Le jeune homme poussa un soupir en essuyant la boue sur ses joues.

— Mon histoire avec Meggy, c'était secret. Elle voulait pas qu'ça se sache. Sans doute qu'un type comme moi, avec la petite-fille de sir Ronald Waldon, ça aurait fait jaser. J'lui avais promis de rien dire. Quand j'ai appris, deux jours plus tard, qu'elle avait disparu, j'ai rien dit non plus. J'me suis dit que si j'allais raconter à la police que j'la fréquentais et que j'avais rendez-vous avec elle le soir où elle a disparu, avec mon passé, ils allaient directement me prendre pour le coupable. Un peu comme vous, quoi… C'est pour ça qu'j'ai eu peur, tout à l'heure, en vous voyant m'chercher…

— Tu as eu l'air encore plus coupable en t'enfuyant. Que crois-tu que j'aurais fait, si je ne t'avais pas rattrapé ? Je serais allé te dénoncer immédiatement à la police. Ce n'est pas très malin.

Le soldat haussa les épaules.

— C'est pas nouveau. On m'dit souvent que j'suis pas très malin…

— C'est ta motocyclette, ça ?

— Non. J'en ai pas à moi. J'ai que la Ford, moi. Mais parfois, j'emprunte celle-là, qu'est à Mike, mon camarade mécano qu'vous avez vu tout à l'heure.

Il secoua la tête en contemplant la Triumph d'un œil morne. Son cadre tordu, elle fumait quelques mètres plus loin.

— Quand j'allais voir Meggy, j'prenais la moto d'Mike, parce qu'elle aimait bien s'balader derrière moi.

— Et tu n'as pas de BSA ?

— Ben non ! Pourquoi qu'vous croyez qu'j'ai une BSA ? Vous imaginez qu'j'ai les moyens ? La Ford, c'était celle de mon paternel !

— Tu es posté où ?

— À la caserne de Dungate, comme tous les gars d'la milice. Avant, quand on était plus nombreux, on était dans le fort.

— Quel fort ?

— Le fort Victoria. Celui où on raconte que des soldats ont disparu, une nuit, il y a longtemps.

— Ah, oui, j'ai entendu parler de cette histoire…

— J'y crois pas trop. Mais Meggy, elle, elle y croyait. Elle disait qu'il s'passait des choses étranges sur l'île. Faut croire qu'elle avait raison. En tout cas, après la guerre, ils ont réduit nos effectifs. On n'est plus qu'une soixantaine. On sert pas à grand'chose, hein, c'est juste pour la gloriole. Si l'île est attaquée, c'est les Brits qui débarquent.

Lorraine, désormais convaincue de l'innocence du jeune homme, hocha longuement la tête, d'un air pensif.

— Bon. Tu ne t'es rien cassé ? Essaye de te lever.

Il s'exécuta, non sans peine.

— Ça a l'air d'aller, dit-il en faisant quelques pas.

— Bien. Reste ici. Je vais prévenir tes camarades pour qu'ils viennent te chercher et ramasser la moto. Vous la déposerez chez Enzo. Je payerai la réparation.

— Vous êtes sûre ?

— Oui. Et la prochaine fois que tu es innocent, ne t'enfuis pas comme un coupable, espèce de nigaud !

— La dernière fois qu'j'étais innocent, on m'a mis au ballon, mam'zelle, alors vos p'tites leçons de savoir-vivre, hein…

31.

Les deux hommes s'étaient assis côte à côte autour de la petite table ronde qui trônait au milieu du bibliotaphe. À la lumière tamisée de la lampe à pétrole, Edward, passionné, feuilletait le court volume.

— Il faut bien sûr prendre ce livre avec un certain recul, l'avertit le Pr Vandekade. À ma connaissance, aucune analyse scientifique n'est venue étayer la thèse que l'auteur y défend. Comme je l'ai dit au père Molloy, dont l'enthousiasme m'a paru exagéré, il est fort probable que cet ouvrage relève davantage de la fable que d'une étude sérieuse. Mais, au moins, cette fable ne manque pas de saveur. Sans doute ne conserverais-je point ce volume ici s'il ne traitait pas de Blackmore et qu'il ne fût le seul exemplaire que je connaisse.

— Que sait-on de l'auteur ?

— Rien. Il y a fort à parier qu'il s'agit d'un pseudonyme, usage très fréquent pour ce type de textes. Je n'ai trouvé mention de cet abbé Georges de Puvenel dans aucune autre publication, en dehors de celles qui citent directement ce livre, bien sûr.

— Vous me le prêteriez ?

Le vieil homme pouffa.

— Certainement pas ! Dans un bibliotaphe, les livres ne font qu'entrer, détective. Le père Molloy l'a lu sur place. Je vous invite à en faire autant…

— Dans l'immédiat, cela va être compliqué. Peut-être auriez-vous la bonté de me le résumer en quelques mots, osa Pierce en reposant le livre sur la table.

— Bien sûr ! Le texte, qui ne compte que quatre-vingt-quatre pages, est divisé en deux parties. Dans la première, l'auteur relate la chute du météore Ignès, au large de notre île. On utilisait à l'époque le terme générique de « météore » mais, pour être exact, il s'agissait en réalité d'une météorite, c'est-à-dire du fragment d'un corps extraterrestre parvenu jusqu'à notre planète sans s'être entièrement consumé dans l'atmosphère. Toujours est-il que cet événement, qui eut lieu au petit matin du 7 janvier 1700, est célèbre et fort documenté. C'est l'Académie des sciences qui le baptisa *Ignès* ; ne me demandez pas pourquoi… Un jeu de mots avec l'adjectif français « igné », qui veut dire « en flammes », peut-être ? On parle souvent de « météores ignés », quand ils produisent un feu puissant. Ou peut-être était-ce tout simplement le prénom de l'épouse ou de la maîtresse de l'astronome qui le désigna ainsi, qui sait ?

— À moins qu'il ne faille chercher dans l'étymologie grecque du prénom : *ágnos* ?

— La pureté ? Pourquoi pas. Quoi qu'il en soit, ce fameux 7 janvier 1700, une heure avant le début du jour, de Blackmore jusqu'aux côtes du Cotentin, de nombreux habitants virent dans le ciel un véritable tourbillon de feu, qui produisait une lumière plus vive encore que celle de la lune. Des témoignages concordants ont été recueillis non seulement sur notre île, mais aussi dans les villes françaises les plus proches : La Hague, Saint-Germain-des-Vaux, Auderville, Valognes, Cherbourg et d'autres. Certains racontèrent que la lueur était si grande qu'ils avaient d'abord cru que le jour s'était levé ! Mais, lorsqu'ils aperçurent le phénomène, d'aucuns, effrayés, s'imaginèrent que l'Apocalypse était venue, que les sept trompettes avaient sonné et que la terre allait bientôt s'embraser. La météorite, que des observateurs décrivirent comme ayant la silhouette d'un arbre immense, courait dans les cieux en suivant un axe allant du nord-ouest au sud-est. Quand elle heurta le sol, ou plutôt la mer, ce fut avec une violence telle que les maisons des villes précitées en tremblèrent. Tombée à quelques encablures à peine de notre côte méridionale, la météorite s'enfonça dans les eaux, offrant aux témoins le spectacle d'un large vaisseau qui, dévoré par les flammes, se fût rapidement abîmé. Jusque-là, rien qui n'ait déjà été raconté dans de nombreux récits. Mais, dans la seconde partie du texte, l'abbé de Puvenel présente une thèse bien plus singulière : selon lui, les célèbres sculptures de Blackmore, que l'on qualifie improprement de mégalithes, auraient été taillées dans des bouts de roche provenant justement de cette mystérieuse météorite, et ce quelques mois seulement après sa chute.

— Diantre ! Au XVIIIe siècle, donc ? Je les imaginais bien plus anciennes !

— Vous n'êtes pas le seul ! Je dois vous avouer que, jusqu'à la lecture de ce texte, je leur donnais moi-même, comme bon nombre de mes confrères, une dizaine de siècles de plus. En vérité, leur datation n'a pas encore été établie avec les outils modernes dont disposent géologues et archéologues. Les travaux de Marie et Pierre Curie sur le radium et la manière dont il décroît avec le temps nous permettraient sans doute aujourd'hui de savoir précisément quand ces pseudo-mégalithes ont été érigés. J'ai demandé plusieurs fois à des collègues géologues de venir percer ce mystère, en vain. Cela étant dit, je dois admettre qu'un argument joue en faveur de la thèse surprenante de l'abbé de Puvenel : j'ai eu beau chercher pendant des années, je n'ai trouvé aucune mention de ces statues qui fût antérieure à l'an 1700.

— Étonnant, en effet ! Mais alors, l'auteur dit-il qui les aurait construites ?

— Oui. Avez-vous eu l'occasion d'admirer ces statues, détective ?

— Pas encore, malheureusement.

— Ah ! Je vous invite à aller les voir, dans ce cas ! Cela prend un peu de temps, car elles sont éparpillées aux quatre coins de l'île, mais ce sont des pièces remarquables. Leur matière, d'abord, est effectivement assez singulière : d'un noir profond, lisse, et d'une rare dureté. Les géologues amateurs qui les ont étudiées n'ont pas su l'identifier…

— Eh bien ! Cela pourrait donner raison à Puvenel, non ?

— Peut-être. Ensuite, la forme qu'on leur a imprimée est elle aussi des plus curieuses. La première représente une harpe, la deuxième un chaudron, la troisième une roue, et la quatrième une massue. Cela vous dit quelque chose ?

Le professeur scruta le visage de son interlocuteur en levant un sourcil facétieux.

— Ne sont-ce point là les quatre attributs de Dagda, le dieu celte ?

— Absolument, détective ! Je vous tire mon chapeau ! Ainsi, l'abbé affirme que nos quatre mégalithes seraient l'œuvre d'adeptes d'une sorte de culte celtique qui aurait traversé les âges pour continuer d'exister sur l'île au XVIIIe siècle. D'une manière ou d'une autre, cette légende s'est perpétuée et fait encore partie du folklore de Blackmore... Il se peut qu'en dénichant ce livre j'aie mis au jour l'origine de cette rumeur fantasque que l'on raconte toujours aux petits enfants de l'île pour leur faire peur !

Edward se contenta de hocher lentement la tête. Il ne pouvait s'empêcher, lui, d'établir un lien entre cette histoire et son enquête. D'abord, Mlle Appleton avait dit que cette fameuse rumeur jouait un rôle dans les disparitions. Ensuite, Dagda était l'un des dieux les plus importants évoqués dans le *Cath Maighe Tuireadh*, cet ouvrage retrouvé chez le père Molloy mais aussi chez Mlle Waldon...

— L'auteur développe par la suite sa théorie, sans l'étayer toutefois de la moindre preuve historique. Nous sombrons alors dans le fantastique : selon lui, ce culte celtique étrange, dévoué au dieu Dagda, serait ni plus ni moins à l'origine de la chute de notre pauvre météorite ! À l'issue d'un long rituel, les adeptes auraient provoqué ce phénomène astronomique.

— Çà, par exemple ! Et pourquoi donc ?

— Pour protéger l'île des forces du Mal ! D'après Puvenel, s'entend. La roche extraite de la météorite – dont il n'explique pas, d'ailleurs, comment ils seraient allés la chercher dans le fond des mers – aurait des vertus magiques. Les quatre statues qu'ils en tirèrent opéreraient désormais comme des gardiens, mettant Blackmore à l'abri des esprits diaboliques... Quelque chose comme ça.

— Je vois. Mais pour apporter un peu de crédit à sa thèse, l'abbé donne-t-il la preuve d'une présence celtique plus ancienne sur l'île ?

— Oh, bien sûr ! Pour le coup, il n'affabule guère : c'est bien le cas. Encore que je n'emploierais le terme de « civilisation celtique » qu'avec prudence, car c'est un fourre-tout qui peut embrouiller les esprits. L'appellation englobe assez largement ces anciens peuples de souche indo-européenne, qui présentent une certaine unité culturelle et qui ont occupé pendant des siècles de vastes territoires de l'Europe. Toujours est-il que plusieurs études archéologiques attestent la présence sur notre île de tribus que l'on peut rattacher à cet ensemble, et ce probablement vers la fin du IVe siècle de notre ère. Ces tribus, ayant certainement fui l'occupation romaine à Jersey et Guernesey, seraient venues s'installer ici et auraient baptisé l'île Arenon, qui est, vous l'aurez remarqué, le nom de la place sur laquelle nous nous trouvons en ce moment même. À noter, au passage, que je n'ai relevé, à ce jour, aucune publication avant le VIIe siècle mentionnant directement notre île.

— Pardonnez-moi, je ne suis pas sûr d'avoir bien entendu : vous dites qu'il n'y a aucun témoignage écrit concernant Blackmore avant le VIIe siècle ? s'étonna Pierce.

— Je ne dis pas qu'il n'y en a pas, je dis que je n'en ai pas trouvé, ce qui est très différent. Les premières mentions connues datent de l'an 612, quand Thomas Blackmore, pieux moine gallois, s'en vint du Glamorgan pour évangéliser la petite île. Il fit construire une chapelle en son centre, sur le site où se trouvent aujourd'hui les ruines de l'ancienne église, que l'on peut voir d'ici, par la fenêtre. Il fit également construire une abbaye, dite de Pennygarth, à la pointe nord-est de l'île, dont il ne reste que de tristes décombres. Au siècle suivant, on canonisa le moine, et c'est en sa mémoire que notre île fut baptisée Blackmore Island.

— Et vous pensez donc qu'il a évangélisé des tribus celtiques qui étaient ici depuis le IVe siècle ?

— Ou le début du Ve, oui.

— La population de l'île aurait donc bien des origines celtiques ?

— En l'état de nos connaissances, on peut songer que les Celtes furent les premiers occupants de Blackmore, en effet. Il n'en reste pas grand'chose aujourd'hui, vous vous en doutez : la population de l'île a connu de grands brassages, d'abord avec l'arrivée dudit Thomas Blackmore, au VIIe siècle, puis l'invasion normande, au Xe siècle, le rattachement au duché de Normandie, etc. En somme, la population de Blackmore a des racines celtiques, mais elle s'est ensuite mêlée aux populations anglo-saxonnes, normandes et françaises.

— Elle s'est enrichie, comme vos livres, plaisanta Edward.

— Absolument ! Aujourd'hui, près de soixante-dix pour cent de la population de Blackmore est d'origine anglaise, mais on y recense aussi quinze pour cent d'Irlandais – en raison de la foule d'ouvriers qui ont été appelés ici lors de la construction du brise-lames de Port Brayne –, dix pour cent de Français et cinq pour cent d'Écossais. Bref, les descendants directs des premières tribus celtes ne doivent plus être aujourd'hui qu'une petite cinquantaine, et encore...

— Je vois. Cela accrédite la thèse selon laquelle il pourrait y avoir sur l'île une sorte de résurgence secrète de ces tribus originelles...

— Certes. Mais si cette résurgence existe, elle n'a qu'une légitimité symbolique. La culture celtique originelle a disparu depuis longtemps. Il n'en reste que le folklore. Cela dit, il est possible que quelques habitants de l'île, descendants directs de ces premiers occupants de Blackmore, se soient mis en tête de faire revivre la culture de leurs ancêtres. Après tout, c'est leur droit.

— Tant qu'ils ne font de mal à personne, oui...

— Pour sûr. Pensez-vous que tout ceci ait un lien avec la disparition du père Molloy ?

Edward écarta les mains, l'air incertain.

— C'était en tout cas un sujet qui semblait l'intéresser au plus haut point, avant qu'il s'évanouisse dans la nature.

— Fichtre ! J'espère que mes explications pourront vous aider !

— C'est fort possible, professeur.

Pensif, le détective se gratta le front un instant, jetant un coup d'œil sur les étagères autour de lui.

— J'aurais, si vous le permettez, encore deux petites questions à vous poser.

— Mais je vous en prie ! Tout ce qui pourra vous aider !

— Cela fait plusieurs fois, dans le cadre de mon enquête, que je tombe sur un mot dont je ne connais pas l'origine. Je l'ai d'abord vu dans les notes du père Molloy, au sujet de la colonie de Roanoke…

— Ah, une drôle d'histoire, en effet ! Ces colons qui disparaissent aux Amériques sans laisser de trace…

— Absolument. Après leur disparition, la seule chose qui fut retrouvée était un mot, gravé sur un poteau. Or, figurez-vous que ce mot, je l'ai entendu ici, hier soir, dans la bouche de l'un des patients agités du sanatorium. Il s'agit du mot « *Croatoan* ». Vous dit-il quelque chose ?

— Croatoan ? Oh ! Par tous les dieux ! Oui, bien sûr, cher détective. Croatoan, c'est le nom d'un Grand Ancien !

32.

Mlle Chapelle n'était plus qu'à quelques centaines de mètres du site quand sa motocyclette commença à toussoter, avançant brusquement par petites saccades, jusqu'à ce que le moteur s'éteignît lentement.

— Flûte ! rouspéta Lorraine en descendant de la Harley-Davidson. Une panne sèche ! C'est bien ma veine, tiens !

Après avoir péniblement poussé la lourde machine jusqu'à mi-chemin, sa mauvaise fortune prit une ampleur plus grande encore : à la sortie du parking, la jeune femme aperçut, au loin, ni plus ni moins que la maudite BSA verte qui, à une allure tranquille, était en train de s'en aller sous ses yeux !

— C'est pas vrai ! hurla Lorraine.

Elle se mit à courir sur quelques mètres, comme si elle avait pu rattraper l'engin, et eut même l'idée saugrenue de sortir son revolver et de viser le pilote, avant de se raviser.

— Merde, merde, et re-merde ! s'emporta-t-elle en frappant rageusement le sol alors que l'infâme disparaissait à l'horizon.

S'efforçant de recouvrer son calme, elle prit une profonde inspiration. Elle s'apprêtait à pousser de nouveau son véhicule quand son regard se fixa sur le pied de la colline. Là, à l'écart de la piste, elle distingua un attroupement qui s'était formé dans l'allée principale, et qui avait l'air de grossir rapidement. Il se passait quelque chose. Et soudain, elle reconnut la voiture de police parmi la foule. Elle comprit aussitôt.

Abandonnant sa machine sur le bas-côté, Mlle Chapelle courut de toutes ses forces à travers la plaine, en direction du site. Elle sentit son cœur battre de plus en plus fort à mesure qu'elle approchait. Il lui fallut deux bonnes minutes de chevauchée encore pour arriver sur place et découvrir, horrifiée, la scène tout entière.

D'un côté, deux policiers encadraient Nicky Tudor – le frère aîné de l'institutrice disparue – et le maintenaient fermement. L'homme, le regard bouillonnant, se débattait en protestant. Sa chemise était couverte de sang sur tout le torse et ses mains étaient à peu près dans le même état.

De l'autre côté, le connétable Parker était agenouillé avec deux autres policiers autour du corps inanimé d'un homme qui devait avoir trente ans. La gorge tranchée, il reposait sur le dos, au pied d'une tente, dans une mare écarlate. Il faisait peu de doute que le malheureux avait livré son dernier souffle depuis longtemps.

— J'ai rien fait ! hurla Tudor. Lâchez-moi !

Le marin, à l'évidence, avait une force phénoménale, et les policiers peinaient à le contenir.

— Parker ! s'écria Lorraine en se précipitant au côté du connétable. Envoyez tout de suite vos hommes sur la route ! Le meurtrier vient de s'enfuir sur la BSA, par là-bas !

— Mais, enfin, mademoiselle Chapelle ! s'agaça le connétable en faisant de petits gestes pour l'inviter à reculer. Ne dites pas n'importe quoi ! Le meurtrier se trouve juste derrière vous. C'est M. Tudor !

— Foutaises ! cracha celui-ci en continuant de se débattre. C'est pas moi ! Au contraire, j'ai essayé de l'sauver ! Lâchez-moi, nom de Dieu !

Le regard de Lorraine fit des allers et retours entre le cadavre étendu sur le sol et Nicky Tudor, puis la jeune femme se releva prestement et scruta les environs.

— Connétable, dit-elle à mi-voix, en essayant de rester aimable, vous êtes en train de commettre une grave erreur. Faites-moi confiance, je vous en supplie : vous laissez filer le véritable coupable, l'homme qui a aussi assassiné Mlle Appleton, et qui vient de partir sur sa BSA...

— Écoutez, mademoiselle, laissez-nous faire notre travail, soyez gentille.

— Je n'ai pas l'ambition d'être gentille, mais efficace.

— Ce n'est pas vos affaires. Et puis qu'est-ce que vous en savez, d'abord, hein, de ce qui s'est passé ? Vous n'étiez même pas là ! Allez, hop, du vent !

Lorraine se retint de lui taper sur le crâne, et s'entêta :

— Cet homme a manifestement été attaqué par-derrière, par surprise. On lui a tranché la gorge avec une lame très fine, sans doute un rasoir. Je suppose que vous n'avez pas retrouvé de rasoir près du corps ?

— Eh bien, c'est qu'il doit être dans sa poche ! Fouillez-le ! ordonna Parker en se relevant à son tour et en pointant le doigt vers Tudor.

Les policiers s'exécutèrent, alors qu'une Austin 12, arrivée à toute allure, s'arrêtait juste derrière eux dans un nuage de poussière. Quand Lorraine se retourna, elle vit le juge Gaudion sortir précipitamment de son automobile.

— Il n'y a rien dans ses poches, monsieur ! lança l'un des policiers après s'en être assuré.

— Alors il a dû jeter ça dans le coin ! Cherchez autour de la tente !

— Mais qu'il est bête ! pesta la jeune femme qui, cette fois-ci, n'en pouvait plus. Vous ne trouverez pas l'arme du crime, sombre imbécile !

— Pardon ?

— Elle est probablement dans la poche du meurtrier, qui est déjà loin, par votre faute !

Le connétable était sur le point de répondre vertement quand le juge, qui était arrivé dans son dos, le saisit par l'épaule.

— Que s'est-il passé, Parker ? grogna-t-il. Et qu'est-ce que tous ces gens font encore ici ? Faites donc évacuer le périmètre, bon sang, et mettez un drap sur la victime !

— Oui, oui, bien sûr, Votre Honneur. Mais regardez : Nicky Tudor a assassiné M. Galloway, notre nouveau journaliste !

Puis, se tournant vers ses hommes :

— Vous deux, vous avez entendu M. le juge ? Faites évacuer le périmètre et installez des barrières ! Allez, ouste, tout le monde dehors ! Vous aussi, la Française !

— Non, reprit Gaudion, catégorique. Mlle Chapelle va rester avec nous.

Il fit un salut poli à la jeune femme.

— Avez-vous vu quelque chose, mademoiselle ?

— Votre Honneur, je venais de tomber en panne tout près de l'entrée quand j'ai vu notre BSA verte quitter le site et s'en aller par la route. Il me semble qu'il eût été plus malin de la prendre en chasse, plutôt que d'importuner ce pauvre M. Tudor qui, selon toute vraisemblance, est resté auprès de la victime pour tenter de la secourir.

— Vous êtes sûre que c'était la BSA ?

— Certaine ! s'impatienta Lorraine.

— Parker ? Vous n'avez envoyé personne à sa poursuite ?

— Ben non, puisqu'il est là, le meurtrier ! se justifia le connétable en désignant de nouveau Tudor.

— Mais ce n'est pas possible ! se lamenta Gaudion en levant les yeux au ciel. Vous deux ! Lâchez donc ce pauvre homme et montez immédiatement dans votre voiture pour tenter de rattraper cette maudite motocyclette que je vous demande de trouver depuis deux jours déjà ! Et vous m'expliquerez ensuite comment elle a pu arriver ici sans que vous la repériez !

Les policiers hésitèrent un instant, jetant des regards embarrassés en direction du connétable, dont le visage était désormais rouge écarlate, sous les effets combinés de la colère et de la honte.

— Sur-le-champ ! hurla le magistrat, hors de lui. Et si vous ne retrouvez pas la BSA d'ici vingt minutes, vous revenez. Nous allons avoir du pain sur la planche. Activez-vous, bon sang !

Les deux agents libérèrent le marin et se précipitèrent vers leurs voitures.

— C'est trop tard, lâcha Lorraine, dépitée. Ils ne le rattraperont jamais.

D'un signe de tête, elle invita le juge à l'accompagner auprès de M. Tudor alors que le service de sécurité de la manifestation venait assister les forces de l'ordre pour écarter la foule.

— Racontez-nous ce qui s'est passé, Nicky.

Le marin, en nage, essuya ses mains sur son pantalon et cracha par terre, jetant des regards haineux au connétable qui, prudent, était resté en retrait.

— J'allais rentrer chez moi, alors je m'dirigeais vers le parking, là, par l'allée centrale. Quand j'suis arrivé ici, j'ai entendu des bruits derrière la tente, du genre qu'on fait quand on s'étouffe. J'ai couru pour voir c'qui s'passait, et j'ai trouvé Galloway allongé sur l'dos, qui s'tenait la gorge. Ça pissait l'sang. J'ai essayé de faire quelque chose, mais c'était trop tard. Il a clamsé sous mes yeux. J'ai gueulé pour appeler les secours. C'est là que Parker est arrivé et qu'il m'a envoyé ses sbires sur le dos, au lieu de m'aider, c'te crevure !

Lorraine lui donna une tape amicale sur l'épaule, puis regarda le corps étendu au pied de la tente.

— Qui est ce jeune homme, Votre Honneur ?

— Saul Galloway. C'est l'écrivain public. M. Morris venait de l'embaucher hier soir pour remplacer Mlle Appleton… Il faut croire que notre meurtrier a une dent contre les journalistes.

— Ou qu'il craint qu'ils soient sur une piste. Mlle Appleton avait peut-être trouvé des indices, que son successeur aura récupérés. Il faudrait demander à M. Morris si ce jeune homme a hérité des dossiers de la journaliste. Il est là, je l'ai vu tout à l'heure.

Le magistrat acquiesça et fit signe à l'un des organisateurs d'aller chercher le rédacteur en chef.

Peu à peu, les spectateurs furent repoussés et on les invita à former un cordon de sécurité pour laisser passer l'ambulance. Les membres du BMC installèrent des barrières autour de la scène de crime et se conformèrent aux directives du juge Gaudion, qui s'avéra bien plus efficace que le connétable pour gérer le drame.

Lorraine était retournée auprès du corps inspecter la blessure de plus près quand, parmi la foule qui l'observait, il lui sembla reconnaître un visage.

Elle se redressa pour mieux voir et, cette fois, elle en fut certaine : le garçon qu'elle avait vu, le soir de son arrivée. Celui qui, d'un air étrange, l'avait regardée passer dans la Rolls-Royce de sir Ronald Waldon, au beau milieu de la nuit, sous la pluie battante. Arnold lui avait dit de ne pas y prêter attention, que c'était sans doute un gamin de l'Armée du salut, mais Lorraine avait trouvé la chose singulière.

Intriguée, elle se leva et fit quelques pas vers lui mais, soudain, il n'était plus là. Il avait suffi que deux ou trois personnes se bousculent quelque peu, et l'enfant avait disparu de sa vue. La jeune femme se faufila entre les badauds effarés, écartant les gens sur son passage pour essayer de retrouver sa trace. Il ne pouvait pas s'être évaporé ! Et pourtant, elle eut beau chercher, elle ne le vit nulle part.

Quand, de guerre lasse, elle revint vers les policiers, Nicky Tudor l'attrapa par le bras et lui dit à mi-voix :

— Merci, mademoiselle, pour tout à l'heure…

— Vous n'avez pas à me remercier.

— Si. Et puis… j'suis désolé, pour l'autre jour.

— C'est moi qui suis désolée. Nous aurions dû vous prévenir avant d'entrer chez votre sœur.

— Eh ben, justement, passez me voir là-bas, tout à l'heure. J'vous donnerai la lettre, cette fois.

33.

— Un Grand Ancien ? C'est-à-dire ? s'enflamma Edward Pierce, dévoré par la curiosité.

Le professeur, dont le visage baignait dans la lumière orangée de sa lampe à pétrole, prit un air théâtral et formidablement mystérieux.

— Les Grands Anciens sont des sortes de divinités inférieures dont les traces remontent à la cosmogonie sumérienne, l'une des plus anciennes qui soient.

— Parbleu ! Je dois vous avouer mon inculture totale au sujet des Sumériens.

— Oh, vous n'avez pas à en rougir, détective ! En vérité, on sait encore peu de chose sur la civilisation sumérienne. Tout reste à découvrir. Le passé, parfois, est plus incertain que l'avenir. Cette civilisation, nimbée de légendes, occupait l'extrême sud de la Mésopotamie, au IVe millénaire avant notre ère. Si l'histoire des Assyriens ou des Babyloniens a toujours été connue, grâce à l'Ancien Testament et aux auteurs grecs, l'existence des Sumériens, elle, avait été complètement oubliée, depuis fort longtemps. Et sans doute serait-elle restée perdue dans les limbes de l'histoire si des fouilles, entreprises il y a une cinquantaine d'années sur les territoires de la Mésopotamie, ne nous avaient révélé l'existence de cette extraordinaire civilisation de l'Antiquité.

Le professeur se leva et partit chercher un vieil atlas dans les rayonnages, afin de montrer à son hôte la zone géographique dont il parlait. Elle correspondait quasiment au centre du planisphère.

— Un jour de 1877, Ernest de Sarzec, vice-consul de France à Bassorah, vit arriver dans son bureau un certain Guillotti, directeur des Postes et Télégraphes à Bagdad.

Il indiqua sur la carte l'endroit où se rejoignaient le Tigre et l'Euphrate.

— L'homme, visiblement perturbé, lui raconta que, lors d'une inspection des lignes, il était tombé sur d'étranges statuettes qui jonchaient les bords du Chatt-el-Hai. Ces statuettes représentaient, selon lui, des créatures aux formes si terrifiantes qu'il n'avait même pas osé les toucher et qu'il se refusait désormais à retourner les voir ! Fort intrigué, le vice-consul décida d'envoyer, sur ses propres deniers, une équipe d'archéologues. C'est ainsi que, peu à peu, on découvrit les vestiges de la fabuleuse cité de Lagash, qui s'avéra être la capitale d'une civilisation inconnue. Après de longs travaux de traduction de leur écriture cunéiforme, les tablettes trouvées sur le site finirent par révéler, un à un, les secrets des Sumériens !

— Incroyable ! s'extasia Pierce, passionné.

— Depuis lors, de nombreuses autres fouilles ont été conduites : dans l'ancienne cité de Nippur, puis dans celles de Shuruppak et d'Uruk. La mise au jour de milliers de récits sumériens nous ont notamment permis de découvrir leur étonnante cosmogonie. Ainsi, on sait désormais que leur mythe de la création mettait en scène deux déités primordiales, l'une féminine, Tiamat, et l'autre masculine, Apsū. De leur union naquirent de nombreux dieux, tels Enki, Ishtar et Mardouk. Ceux-ci étaient vus par les Sumériens comme des êtres surpuissants, venus, depuis l'origine des temps, du fin fond du cosmos. Des entités extraterrestres, dirions-nous aujourd'hui. Tantôt bienveillants, tantôt vengeurs, ces dieux étaient dotés de pouvoirs qui les plaçaient au-dessus de toute autre forme de vie. Ces démiurges cosmogoniques, pour se nourrir, faisaient travailler des déités inférieures, des sortes de demi-dieux, si vous voulez. Ce sont eux que l'on appelle usuellement les Grands Anciens, qui règnent au-dessus des hommes, mais au-dessous des dieux. Or, la légende raconte que l'un d'entre eux, refusant de les servir, se révolta contre Tiamat et Apsū. Pour le punir, ils l'envoyèrent sur terre, où il eût trouvé refuge dans le fond des océans... Voici donc votre fameux Croatoan. En d'autres termes, il s'agirait de la seule déité sumérienne que les hommes puissent rencontrer, car elle serait parmi nous.

— Fichtre ! J'avais vaguement entendu parler des fouilles en Mésopotamie et de la civilisation sumérienne, mais de très loin, et je ne connaissais pas cette histoire, admit humblement Edward.

— Édifiant, n'est-ce pas ? Toujours est-il que la légende de Croatoan s'est perpétuée à travers de nombreux mythes et s'est disséminée, par syncrétisme, aux quatre coins de la planète. Ainsi, on en retrouve la trace dans plusieurs récits mythologiques, où son nom connaît parfois des variantes orthographiques, mais qui ne laissent aucun doute sur son origine. C'est probablement ce qui explique qu'on ait pu retrouver la trace de Croatoan aux Amériques, dans la colonie de Roanoke, où il s'est mêlé aux mythes d'une tribu locale…

Après ces paroles, le vieil homme leva l'index, comme s'il venait de se souvenir de quelque chose. Lors, il partit chercher deux livres, à deux endroits de son bibliotaphe. Lentement, il ouvrit le premier volume devant Edward.

— Voici la reproduction d'un manuscrit arabe datant du début du XIe siècle. Il s'intitule *Risalah fi 'ilm al-nujum*, que l'on pourrait traduire par « Opuscule sur les étoiles ». L'auteur, al-Khatib al-Baghdadi, c'est-à-dire « le prédicateur de Bagdad », est un célèbre érudit qui, en l'an 1024, se rendit à Bassorah pour y trouver des hadith, ces recueils de témoignages sur les paroles et les actes du Prophète. Il y découvrit des récits plus anciens encore, car, dans ce traité étrange, mêlant religion islamique et astronomie, il évoque un démon antédiluvien, qui serait « tombé des étoiles ». Il le nomme al-Qroatoan, et nous en livre une représentation fort singulière.

Tournant une nouvelle page avec délicatesse, Vandekade posa le doigt sous un dessin qui mit immédiatement Edward mal à l'aise, comme si cette figure, gravée dans le papier, n'était pas seulement l'interprétation artistique d'un être mythologique, mais un portrait, saisissant, inspiré d'une créature bien réelle. C'est sans doute ce qui glaça le sang du détective.

Le croquis, à l'exécution admirable, représentait un monstre ailé, dont la silhouette était à mi-chemin entre celle d'un homme et celle d'un animal, sans qu'on eût pu dire s'il était terrestre, aérien ou marin. Le corps, couvert d'écailles, semblait visqueux, quoique d'une musculature prononcée. Ses six pattes, disposées sur les flancs comme celles d'un crocodile, étaient pourvues de griffes prodigieuses, tout comme les terminaisons de ses longues ailes membraneuses.

Mais c'était sa tête qui inspirait le plus grand effroi. La crinière l'entourant lui donnait quelque aspect léonin tandis que de sa large gueule, dont la partie inférieure évoquait les mandibules sclérifiées d'un arthropode, sortaient une dizaine d'appendices gluants, qui semblaient s'agiter, à la recherche de nourriture, comme les palpes labiaux d'un gigantesque insecte suceur.

L'image, presque vivante, produisait instantanément un sentiment d'horreur. On eût dit qu'elle ressuscitait un être multiséculaire, aux formes épouvantablement éloignées de tout ce qui se trouvait sur terre, suggérant l'existence d'une réalité archaïque, inconnue et abominable, que notre propre espèce n'eût jamais dû croiser.

— C'est surprenant, n'est-ce pas ?

— C'est… c'est le moins qu'on puisse dire, bégaya Edward, sans parvenir à détacher son regard du croquis.

— La manière dont ce livre est venu en ma possession est elle-même un peu particulière. Il figurait dans l'inventaire d'une mise aux enchères des biens de M. Sadler, après qu'il a été interné au sanatorium de Bragbury.

— Sadler ? s'étonna le détective en relevant brusquement la tête. Phil Sadler ?

— Absolument. Vous le connaissez ?

— Bon sang ! C'est l'homme à l'origine de la mutinerie d'hier, et qui est désormais porté disparu !

— Ah, cela ne m'étonne pas beaucoup. La dernière fois que je l'ai vu, il était dans un état de démence avancée… Et cela explique sans doute que vous ayez entendu le nom « Croatoan » là-bas.

— Mon Dieu ! Sait-on ce qui a pu déclencher sa folie ?

— Eh bien, justement… Il se pourrait que ce soit ce livre, cher ami.

Edward baissa les yeux de nouveau et, par réflexe, enleva vivement ses mains de la table, comme s'il avait voulu les éloigner de l'ouvrage.

— Sadler était à l'époque un jeune peintre prometteur, un peu excentrique, certes, mais fort doué, et d'une grande sensibilité. Probablement inverti, si vous voyez ce que je veux dire…

— Je vois fort bien, oui.

— Ah. Bref, un garçon très imaginatif, et assez émotif. Il expliquait que ses tableaux, œuvres des plus gothiques et obscures, lui étaient essentiellement inspirés par les rêves qu'il faisait chaque nuit. C'était un jeune homme qui sortait peu et n'avait de vie sociale que très limitée. On ne le voyait guère que lors du marché d'art organisé pendant la Blackmore Week, où il venait vendre certaines de ses toiles, tout à fait remarquables. Quand son obsession pour ce livre a commencé, sa famille s'est inquiétée : il avait été frappé par une fièvre soudaine, qui lui faisait perdre ses esprits. Selon ses proches, M. Sadler aurait appris l'arabe littéraire dans le seul but de comprendre l'« Opuscule sur les étoiles », qu'il aurait acquis dans une librairie de Séville, lors d'un voyage en Europe. Il se serait ensuite enfermé dans sa chambre, pendant des jours, et aurait commencé à le lire en boucle et à voix haute. Dans les semaines qui suivirent, son état physique et mental se dégrada rapidement. Il se serait mis à hurler au milieu de la nuit, d'abord dans son sommeil, parlant d'une créature maligne qui eût vécu sous la mer, jusqu'à ce que son état délirant se perpétue dans ses phases éveillées. Un beau jour, comme il s'était abîmé dans une démence terrifiante, sa famille décida de le faire interner à Jersey. Lorsqu'il fut transféré à Bragbury, après la guerre, et qu'il fut clair qu'il ne sortirait plus jamais du sanatorium, ses parents mirent ses toiles et sa bibliothèque en vente, afin de couvrir le coût de son internement. Presque tous ses livres étaient consacrés aux sciences occultes. Ce jour-là, j'en ai acquis la plupart. Parmi lesquels l'« Opuscule »...

— Doux Jésus, quelle histoire !

— N'est-ce pas ? Certains livres peuvent avoir des effets dévastateurs sur les esprits un peu fragiles. C'en est un exemple d'une tristesse tragique. Mais revenons-en à notre fameux Croatoan...

Le professeur s'empara du second volume qu'il avait apporté.

— Voici l'*Apocalypsis cum figuris*, rédigé vers 1275 par un moine de l'abbaye Saint-Victor, à Paris. C'est cette œuvre qui inspira celle, homonyme, d'Albrecht Dürer, deux siècles plus tard. L'auteur – anonyme, par peur de l'Inquisition – affirmait que l'Apocalypse était un récit bien plus ancien que la Bible, qui eût trouvé son origine dans les mythologies de la Mésopotamie. Le mythe eût ensuite subi un certain nombre d'interpolations juives et chrétiennes, avant de trouver sa place dans le recueil sacré... Selon ce moine blasphémateur, la créature qu'il nomme Khroathoan serait la figure originelle de l'eschatologie cosmique : le signe de la fin du monde et du temps. Et voici comment il la représente.

De nouveau, le professeur montra une gravure au détective. Quoique plus naïf et bien moins effrayant, le dessin était assez proche du précédent. La créature possédait également six pattes, des ailes, et une tête qui évoquait à la fois celle d'un lion et d'un insecte terrifiant.

— Comme vous pouvez le voir, le mythe des Grands Anciens, quoique peu connu, a traversé les âges, et s'est parfois glissé, de façon fort étrange, dans des cosmogonies plus récentes.

— Un jour, on découvrira peut-être qu'il existait même avant celle des Sumériens...

— C'est probable. Cela dit, pour ce qui vous intéresse, je ne sache guère que Croatoan, et la culture sumérienne en général, ait le moindre rapport avec Blackmore. Nous sommes en tout cas très loin de la culture celtique…

— Bien sûr, bien sûr… Une fausse piste du père Molloy, peut-être ? Je vous remercie malgré tout, vous comblez là une grande lacune dans ma culture.

Le Pr Vandekade hocha humblement la tête et partit ranger ses précieux ouvrages.

— Vous aviez une dernière question, il me semble ?

— Une dernière, oui, répondit Edward.

Resté sous le coup de son trouble, le détective s'efforça de chasser de son esprit le malaise que lui avait inspiré la première gravure.

— Je vous écoute, cher ami.

— Ah. Bien. Merci. Pourriez-vous me dire quelques mots de cette fameuse abbaye de Pennygarth, dont vous parliez tout à l'heure ?

— Oh, c'est une histoire un peu triste, qui illustre malheureusement le déclin que connaît notre île, depuis quelques années. En l'an 620, saint Blackmore avait donc fait construire cette abbaye sur le promontoire qui se trouve au nord-est de notre territoire. À l'occasion de son millénaire, en 1620, l'abbaye, menaçant ruine, fut entièrement reconstruite par les franciscains, qui lui offrirent une architecture plus moderne et plus vaste. Ils la divisèrent en deux parties, l'une pour eux-mêmes, l'autre pour les sœurs clarisses. Vers 1860, faute de vocations, la communauté des franciscains se retira de l'abbaye, puis ce fut au tour des bonnes sœurs, jusqu'à ce que l'abbaye, qui n'était plus entretenue depuis longtemps, fût totalement abandonnée, en 1908. J'ai supplié mille fois Walter Glover, le gouverneur de l'époque, de financer la restauration de ce trésor de notre patrimoine, mais sans suite. Dix-sept ans plus tard, la pauvre abbaye de Pennygarth n'est déjà plus que ruines.

— Pourquoi a-t-il refusé, lui qui vous avait pourtant accordé la construction de cette bibliothèque ?

— Oh, pour plusieurs raisons, sans doute. D'abord parce que les finances de l'île commençaient à se détériorer. Peut-être aussi parce que Walter Glover était plus bibliophile que pieux. Et enfin, il se peut que la mauvaise réputation des lieux ait joué, vis-à-vis de la population...

— Quelle mauvaise réputation ?

— Eh bien, justement : comme cela se faisait presque toujours, lors de la christianisation de l'Europe, Thomas Blackmore avait choisi de faire construire cette abbaye sur le site d'un ancien temple païen, qu'il avait fait raser. Comme il y a eu plusieurs histoires un peu scabreuses dans les murs de l'abbaye, on a fini par raconter qu'elle était maudite ou hantée...

— Mais vous n'y croyez pas ?

— Aux fantômes et aux malédictions ? Ma foi, non, pas plus qu'aux Grands Anciens. Vous y croyez, vous ?

— Oh, vaste question ! Je crois qu'il est des phénomènes inexpliqués sur lesquels je m'abstiens de me prononcer, tant que je n'ai aucune certitude. L'univers est pour moi une énigme. Je me refuse à donner à la compréhension que j'en ai les limites de mes sens et de ma raison. Je crois qu'il existe des mystères impénétrables pour nos esprits et notre perception, mais rien ne dit qu'ils le restent à jamais. L'homme qui se tient devant vous, professeur, est un authentique zététicien, comme se définissait lui-même l'illustre Pyrrhon, trois siècles avant notre ère.

— Ah ! *Zētētikós* : « qui aime chercher », traduisit Vandekade en hochant la tête. Sur ce point, je ne puis que vous applaudir.

— Mais revenons-en à notre sujet. Vu ce que vous m'avez dit tout à l'heure, je suppose qu'il n'existe aucune représentation du temple païen rasé par Thomas Blackmore ?

— Pas à ma connaissance. En revanche, il en existe au moins une de la première abbaye, avant qu'elle ne fût reconstruite.

— On peut la voir ici ?

— Malheureusement, non. Mais il me semble qu'un autre frère de notre loge, ce cher Steve Stevens, qui tient la boutique d'antiquités de Blackmore, en possède une. Si vous allez le voir de ma part, je suis à peu près certain qu'il vous la montrera.

— Formidable ! Merci, professeur, du fond du cœur. Je vous suis infiniment reconnaissant de m'avoir consacré un temps si précieux.

— C'est la moindre des choses. Puissiez-vous seulement retrouver notre cher Molloy !

Ici, Edward fit une pause pensive, puis il parut soudain se réveiller d'un songe.

— À propos du père Molloy, et avant de vous laisser enfin tranquille… Vous m'avez dit qu'il avait emprunté plusieurs livres ici, ces derniers temps. Conservez-vous quelque part un tableau des emprunts ?

— Notre bibliothèque fonctionne grâce à un système de fiches de prêt, que nous enlevons du livre quand un lecteur l'emporte chez lui. Nous y inscrivons alors son nom et la date de l'emprunt, et nous la remettons dans le livre, quand il nous le restitue.

— Je vois. Dans ce cas, me permettriez-vous de jeter un coup d'œil aux fiches des volumes consultés par le père Molloy ? J'aimerais voir quelles autres personnes auraient pu lire les mêmes titres que lui. Peut-être y aura-t-il des occurrences intéressantes…

— Eh bien, pour ceux dont je me souviens, bien sûr ! Il suffit de regarder à l'intérieur de chacun d'entre eux. Allons voir ça.

D'un geste, il invita le détective à sortir du bibliotaphe, qu'il referma précautionneusement, puis ils descendirent ensemble au deuxième étage. Là, de mémoire, le professeur donna à l'une de ses employées une liste d'ouvrages. Certains concernaient l'histoire de Blackmore, d'autres celle de la colonie de Roanoke, l'astronomie, la mythologie, l'histoire des Celtes…

Quelques minutes plus tard, l'employée de la bibliothèque revint avec une pile d'une quinzaine de livres, qu'elle posa sur le comptoir, l'air préoccupé.

— Il y a un problème, professeur, expliqua-t-elle, un peu embarrassée.

— Quoi donc ?

— Les fiches de prêt de ces livres…

— Eh bien ?

— Elles ont toutes disparu.

34.

Le soleil, qui s'était montré si généreux tout le jour, commençait déjà à descendre vers l'horizon, drapant Blackmore dans une douce lumière bleutée.

Quand Lorraine gara sa motocyclette devant la modeste maison de Diana Tudor, elle constata que ses volets étaient encore fermés. De là où elle se tenait, elle ne pouvait voir aucune lumière à l'intérieur. Ce mystère lui donna quelque soupçon. Et si c'était un piège ? L'idée ne résista guère longtemps à la logique. En revanche, que Nicky Tudor ne fût point là était tout à fait envisageable. Pouvait-il lui être arrivé quelque chose ? La jeune femme s'engagea dans le jardin avec circonspection, songeant que c'était assez, pour une journée, que les aventures déjà vécues.

Arrivée devant la porte, elle appela :

— Nicky ?

Comme on ne répondait pas, elle appela encore, jusqu'à ce qu'une voix s'élève dans le lointain.

— Derrière ! Faites le tour, mademoiselle, j'suis derrière !

Ainsi, Lorraine se trouva à refaire le trajet qu'elle avait déjà effectué la première fois, mais non plus en cachette. Quand elle arriva à l'arrière du bâtiment, elle vit le marin qui, un pied sur une pelle, était en train de retourner la terre dans le potager de sa sœur. L'homme, dont la largeur d'épaules valait bien celle d'un lutteur, n'avait pas quitté sa chemise pleine de sang et, malgré le froid d'octobre, il en avait retroussé les manches.

Mlle Chapelle partit s'asseoir sur le pas de la porte que, la veille, le détective Pierce avait crochetée. Elle regarda Nicky Tudor, sa figure un peu rustique, sa silhouette militaire, et elle se surprit à trouver quelque charme à ses allures de gentil mauvais garçon.

— Vous avez l'intention de planter quelque chose à l'approche de l'hiver, Huckleberry Finn ? lança-t-elle, avec un brin de moquerie.

— Et pourquoi pas ? C'est un bon moment pour semer des laitues, des épinards et des radis noirs, répliqua Tudor en donnant un dernier coup de pelle. Vous avez un potager à Paris ?

— Non, admit Lorraine en souriant. Mais j'ai lu tout Mark Twain.

Dans un soupir, il alla ficher l'outil au bord du potager et vint s'asseoir à côté de la Française.

— Vous fumez ? demanda-t-il en sortant un paquet de sa poche.

— Jamais les miennes, dit-elle en attrapant une cigarette.

— Ils ont retrouvé le type sur la BSA ?

— Non.

Tudor secoua la tête, alluma la cigarette de Lorraine, puis la sienne.

— Vous avez des frères et sœurs ? reprit-il.

— Quatre grands frères.

Le marin pouffa, expectorant un nuage de fumée.

— Ah ! J'comprends mieux pourquoi vous aimez pas les gars.

— Qui vous dit que je ne les aime pas ?

— Ça s'voit, c'est tout. Vous en faites pas, j'les aime pas trop non plus. Mais sinon, y a quelqu'un qu'vous aimez ?

Lorraine, qui avait l'habitude d'être celle qui posait les questions incongrues, ne put masquer son amusement.

— Maintenant que vous le dites… Pas vraiment. J'aimais beaucoup ma mère. Elle est morte. Je commence à bien aimer M. Pierce. J'espère qu'il ne va pas mourir tout de suite.

— Vous avez pas d'amis, en France ?

— Des camarades. Et vous, qui aimez-vous ?

— Diana, répondit-il sans hésiter.

Un silence s'installa.

Les derniers rayons du soleil n'étaient pas loin de disparaître, et une brise froide se levait, agitant les dernières feuilles de l'automne autour d'eux.

— Ça fait des années qu'elle me dit qu'elle veut reprendre le potager des vieux, mais elle a jamais l'temps, avec l'école.

— Vous lui en voulez, pour Sarah ?

Le marin tourna la tête vers elle.

— Comment qu'vous savez ça, vous ?

— C'est mon métier de tout savoir, vous avez oublié ? Et puis, je suis très intelligente. Alors ? Vous lui en voulez ?

— Pas du tout. Elle y est pour rien. C'est les foutus médecins qu'ont tué notre sœur. Pas elle.

Il tira longuement sur sa cigarette, puis il plongea la main dans la poche arrière de son pantalon, d'où il sortit une lettre pliée en deux.

— Tenez. C'est ça qu'vous voulez ?

Lorraine prit la feuille, l'ouvrit et découvrit le message crypté. Il était du même acabit que les précédents.

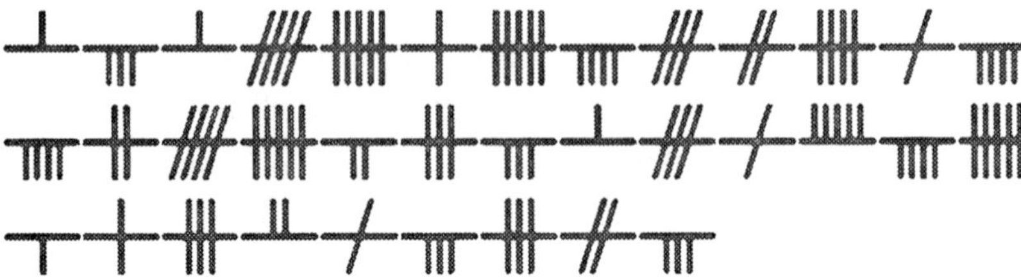

— Vous comprenez ce qui est écrit ? demanda la jeune femme en agitant la lettre devant elle.

— Non. Mais vous allez trouver. Vous êtes tellement intelligente.

— Je peux la garder ?

— Oui. J'vous dirais bien de laisser tomber tout ça et de partir de cette foutue île. Mais vous m'avez l'air aussi têtue qu'moi.

Elle sourit et enfonça la missive anonyme dans sa poche.

— Pourquoi ne me dites-vous pas ce que vous savez, Nicky ? Je devine que vous avez une petite idée sur l'identité de la personne qui a fait disparaître votre sœur et tous les autres. Ou au moins que vous savez pourquoi ils ont disparu…

Il renifla bruyamment et cracha par terre.

— C'qui s'passe sur cette île, mademoiselle, j'peux pas en parler. D'abord, vous m'croiriez pas.

— Essayez voir ! On ne sait jamais…

— Tout c'que j'peux vous dire, c'est qu'vous feriez mieux d'partir. Si j'pouvais, moi, ça fait longtemps que j'serais parti.

— Qu'est-ce qui vous en empêche ?

Il fit un geste de la tête en direction du sol.

— Ça. Cette foutue terre.

Sur ce, il se leva dans un râle.

— D'ailleurs, là, faut qu'j'y aille. Je pars en mer ce soir. J'rentrerai vendredi. Vous m'raconterez.

— C'est à cause du culte ? Votre sœur enquêtait sur le culte, comme Margaret, Mlle Appleton et le père Molloy, c'est ça ?

Nicky Tudor pencha la tête en la dévisageant, puis il eut un petit sourire en coin.

— C'est vrai qu'vous êtes maligne. Mais pas autant qu'vous l'pensez…

— Eh bien, dans ce cas, éclairez-moi ! Vous ne voulez pas m'aider à retrouver votre sœur ?

— Si je savais où est ma sœur, mademoiselle, c'est pas vous qui la retrouveriez, c'est moi. Je suis peut-être pas aussi intelligent qu'vous, mais j'suis pas idiot non plus… Vous croyez quoi ? Que votre envie de trouver ma sœur est plus grande que la mienne ? Pourquoi ? Parce que vous êtes grassement payée par Waldon et que l'argent est plus important pour vous que ma frangine pour moi ? Vous m'faites rire, les gens comme vous…

— Les gens comme moi ? répéta Lorraine, faussement offusquée. C'est-à-dire ?

— Les gens qu'ont d'l'instruction, qui nous regardent un peu de haut, avec tendresse, comme si on était des pauv' gens, gentils, mais pas équipés pour penser. J'vous ai donné la lettre, c'est c'que vous vouliez, non ? Alors allez la traduire, avec votre petite cellule grise, et foutez-moi la paix. Foutez-nous la paix.

Il était sur le point de partir quand Lorraine se leva d'un bond et le rattrapa par le bras. Dans le même élan, elle le repoussa d'un coup sec contre le mur de la maison et se colla contre lui pour l'embrasser avec vigueur, dans cette posture dominante que l'on retrouve d'ordinaire chez les hommes.

Désarçonné, le marin se laissa faire, et il sembla rapidement y prendre goût. Quand il essaya de passer sa main derrière la nuque de Mlle Chapelle pour prendre le dessus, elle lui écarta le bras et se saisit elle-même de la nuque de Nicky Tudor, redoublant l'ardeur de son baiser. Celui-ci dura encore un long moment avant que, dans une tendresse recouvrée, leurs bouches se séparent.

Amusés l'un et l'autre, ils restèrent un instant à se dévisager. Lorraine laissa ses yeux se perdre quelques secondes dans ceux du marin, avec leur petit cercle brun autour de la cornée. Soudain, elle fit un pas en arrière, s'essuya la bouche et lui donna une petite tape sur la joue.

— Vous embrassez comme une fille, Tudor.

— Pardon ?

— Ne vous en faites pas : c'est un compliment.

Et elle s'en alla.

Elle l'entendit éclater de rire dans son dos alors qu'elle se dirigeait vers la rue, et elle n'était pas loin de rire elle aussi quand elle grimpa sur sa Harley-Davidson.

À mi-chemin de l'hôtel, elle passa devant une petite maison en pierre de la rue du Colombier où elle reconnut la voiture des policiers de Blackmore. Deux d'entre eux étaient en train de tourner autour du bâtiment, fouillant le sol. Lorraine arrêta aussitôt sa motocyclette, releva ses larges lunettes et partit à leur rencontre.

— Que se passe-t-il ? demanda-t-elle au premier.

— Ah, c'est vous, mademoiselle Chapelle ! Rien. Nous avons simplement fouillé la maison de M. Galloway, pour y chercher des indices. Nous n'avons rien trouvé à l'intérieur. Mais il y a quelque chose sur le perron. Venez voir.

Il la conduisit jusqu'à la terrasse en bois, devant la porte d'entrée, et lui montra l'une des poutres principales qui en soutenaient le toit. Lorraine reconnut aussitôt les symboles qu'on y avait gravés.

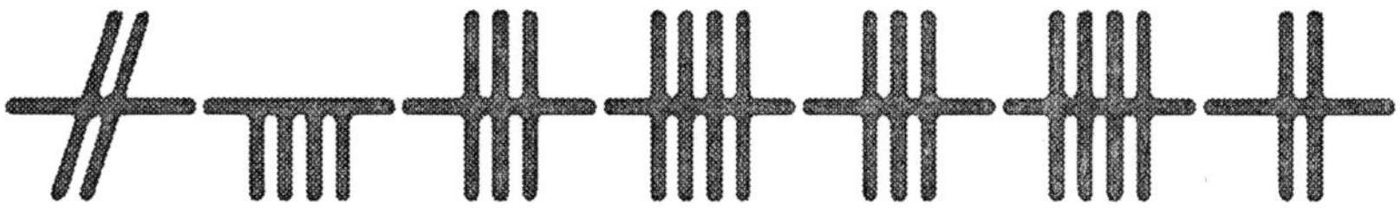

— Fichtre ! Avez-vous relevé des empreintes ?

— Eh bien, non… Nous n'avons pas avec nous le matériel pour le faire. Il va falloir que nous revenions.

— J'ai ce qu'il faut, dit-elle en fouillant dans sa besace.

S'agenouillant devant le pilier, elle procéda avec agilité, saupoudrant délicatement de sulfure de mercure les entailles gravées dans le bois. Le policier la regarda faire d'un air admiratif, bientôt rejoint par son collègue.

— Rien, dit-elle finalement dans un soupir.

Elle passa alors le doigt à la surface de la poutre.

— C'est tout récent. Ça date probablement de cet après-midi. Le meurtrier a dû venir laisser sa signature pendant que votre inénarrable connétable m'expliquait que Nicky Tudor était le coupable…

— C'est un peu comme pour les empreintes, mademoiselle : on fait avec ce qu'on a, glissa malicieusement l'un des deux agents.

Elle sortit un carnet et recopia avec soin le message crypté, puis elle en fit une photo.

— Vous n'avez vraiment rien trouvé à l'intérieur ? demanda-t-elle en se relevant.

— Rien, mademoiselle, je vous promets, répondit l'homme.

— Aucun dossier qui ait pu appartenir à Mlle Appleton ?

— Aucun. Je vous le dirais, vous pouvez me croire.

Lorraine hocha la tête.

— Très bien. Dites-moi, se passe-t-il quelque chose de spécial, vendredi soir ?

— Pas vraiment. Ce sera surtout samedi soir, les grosses festivités, pour *All Hallows' Eve*. Comme chaque année, toute l'île va se retrouver dans le centre-ville, sur le terrain de football. S'il ne fait pas trop moche. Sinon, les gens iront dans les pubs, et ce sera plus compliqué…

— Il n'y aura que vous quatre pour surveiller tout ça ?

— Non. Le dernier jour de la Blackmore Week, on a toujours six policiers qui viennent de Guernesey en renfort.

— Dites au juge de ma part qu'il serait peut-être avisé de demander plus de renforts, cette année.

— Ce sera fait, mademoiselle.

— Quelque chose me dit que la soirée ne va pas être de tout repos.

35.

La boutique d'antiquités de M. Steve Stevens, à l'angle de Victoria et de Murdoch Street, était l'une des plus chics de la ville. Sa devanture en bois, qui s'avançait sur le trottoir, offrait aux regards des passants de larges vitrines où étaient exposées certaines des pièces les plus exceptionnelles du magasin. En jetant un premier coup d'œil, Edward Pierce songea que le propriétaire avait le goût sûr, et des ressources formidables. Là où le détective s'était attendu à trouver un simple bazar ou une brocanterie modeste, il découvrit un établissement d'une qualité qu'on ne trouvait d'ordinaire que dans les grandes villes, et qui n'aurait guère eu à rougir à Londres, sur les pavés de Portobello Road. C'était un authentique cabinet de curiosités, s'adressant manifestement à la clientèle aisée de l'île.

L'émerveillement de Pierce grandit encore quand, ayant passé la porte au son d'une clochette, il put voir de plus près ce qui se cachait à l'intérieur. En plus des artefacts anciens, venus de France, d'Angleterre, d'Espagne ou d'Italie, parmi crédences Louis XIII et commodes George III, il y avait là de véritables antiquités, dont la plupart semblaient égyptiennes.

Le diable s'en mêle ! songea Edward. *Ce n'est pas une boutique d'antiquités, c'est un musée !*

Son regard glissa avec délectation sur les trésors qui s'entassaient ici comme dans le repaire d'un pirate : tableaux, gravures, estampes et dessins, ivoires, terres cuites, bronzes et marbres, tabletterie, bijouterie, orfèvrerie, faïences et porcelaines, statuettes, médailles, vases, bustes... Il s'extasia devant une figurine de Ptah, un bronze d'Horus, un médaillon de Ramsès II et une petite tête d'Osiris en bois. Pénétrer entre ces murs, c'était voyager délicieusement dans le temps, plonger dans la nuit du passé. On avait l'impression d'entrer tout à la fois chez un vendeur de meubles d'antan, un joaillier, un horloger, un marchand de musique, un galeriste, et dans l'atelier de quelque artisan émérite...

— Bonjour, monsieur.

La voix grave et profonde qui résonna derrière lui fit sursauter Edward. En se retournant, il découvrit la fière allure de l'homme qui était sorti de l'arrière-boutique. Il fut aussitôt saisi par sa ressemblance avec John Gilbert[1], immense star de la MGM que Pierce venait justement de voir à l'affiche de *La Grande Parade*, le dernier film de King Vidor. En d'autres termes, c'était là un homme d'une beauté saisissante et ténébreuse, aux traits harmonieux, aux yeux spirituels, ombrés de cils longs et gracieux, portant

1. L'un des comédiens les plus célèbres des années 1920, surnommé « *the Great Lover* ». Son histoire a notamment inspiré les films *A Star is Born* (1954), de George Cukor, et *The Artist* (2011), de Michel Hazanavicius.

une chevelure noire gominée, taillée de près, et une fine moustache en fer à cheval.

— Monsieur Stevens, je présume ?

— Lui-même.

— Enchanté, se réjouit Edward en lui tendant la main. Détective Pierce. Je viens de la part du Pr Vandekade.

— Ah ! Alors soyez le bienvenu, monsieur !

— Merci. J'étais littéralement hypnotisé par ce que vous proposez dans votre magasin. Sans vouloir heurter la sensibilité de votre petite île, je ne m'attendais pas à y trouver pareil commerce…

— Oh, c'est gentil. Pour tout vous dire, je vends essentiellement sur catalogue, à des acheteurs étrangers. Ma clientèle locale est très réduite.

— Je m'en doutais un peu, lui confia Edward dans un clin d'œil. Votre collection est superbe, très pointue, et je vois ici des reliques fort rares !

Stevens haussa humblement les épaules.

— En toute honnêteté, je n'y suis pas pour grand'chose. La plupart des belles pièces que vous voyez me viennent de mon père, qui était archéologue. Il a ouvert cette boutique quand il s'est installé ici, à la fin de sa carrière…

— Ah ! Tout s'explique ! Était-il originaire de Blackmore ?

— Non, il était anglais, et il a longtemps vécu au Caire, où je suis né. C'est une longue histoire…

— J'adore les histoires ! rétorqua Edward, qui peinait à détacher son regard des yeux de l'antiquaire.

— Si vous insistez… Quand ma mère est morte, des suites d'une tuberculose pulmonaire, mon père a décidé de quitter l'Égypte, où il avait de trop mauvais souvenirs. Entre vous et moi, il ne s'y était pas fait que des amis. Mon coquin de père s'est parfois montré un peu léger, d'un point de vue éthique. Et fiscal…

— Je vois, sourit Edward d'un air entendu.

De fait, il y avait là des artefacts qu'il était difficile de croire que les autorités égyptiennes, même à l'époque du protectorat britannique, eussent laissés quitter le territoire de manière officielle.

— Ainsi, il a choisi de s'établir à Blackmore pour se faire un peu oublier. Quoi qu'il en fût, il a rapporté du Caire un trésor immense, qui recelait l'essentiel de ce qui est autour de vous. Pour ma part, je suis parti au pays de Galles pour suivre des études d'histoire à l'université de Cardiff, où j'ai ensuite enseigné quelques années. À la mort de mon père, je n'ai eu d'autre choix que de reprendre sa boutique. Voilà, vous savez tout ! Mais cela reste entre nous, n'est-ce pas ?

L'antiquaire avait une élocution admirable, l'élégance et la distinction toutes britanniques d'un universitaire lettré, et son costume était taillé aussi finement que sa moustache. Envoûté par le charme de son interlocuteur, Pierce le rassura aussitôt.

— Bien sûr ! Quelle aventure !

— Oh, tenir boutique, c'est somme toute une vie fort routinière. Quand mon épouse et ma fille étaient encore de ce monde, il nous arrivait d'entreprendre des voyages. Je les emmenais en Égypte, en Éthiopie, au Kenya... Cela nous changeait du train-train quotidien. À présent que je suis seul, je n'en ai plus vraiment l'envie.

Ce disant, le pauvre homme regarda dans le vide, mélancolique.

— Je suis désolé...

Stevens, comme réveillé de sa triste torpeur, se reprit aussitôt en secouant la tête.

— Oh ! Non, c'est moi qui suis désolé de vous ennuyer avec mes lamentations de veuf éploré ! Veuillez me pardonner, j'ai tendance à m'abandonner au spleen, depuis que toutes deux sont parties. Je me plains pour un rien. Au fond, je ne suis pas malheureux de tenir cette boutique. Certes, j'eusse préféré diriger mes connaissances vers une carrière académique, moins mercantile, mais les lois de l'héritage ne m'ont guère laissé le choix. Je me console en profitant des bons côtés que m'offre ce métier : vendre et acheter des antiquités, c'est partir à la découverte des mœurs de nos pères, ranimer leurs cendres et vaincre l'oubli. Bref… Alors, dites-moi, que puis-je pour vous, détective ?

Edward, tenant son parapluie bleu à deux mains, offrit sa figure la plus aimable.

— Ce cher Pr Vandekade m'a dit que vous conserviez ici une représentation de l'ancienne abbaye de Pennygarth, telle que l'avait fait ériger Thomas Blackmore, avant qu'elle ne fût entièrement reconstruite au XVIIe siècle…

— Quelle mémoire, ce sacré Donatus ! Oui, j'ai bien cela quelque part ! Cela aurait-il un rapport avec votre enquête ?

— Très lointain, sans doute. Disons que c'est surtout l'incorrigible curiosité d'un esthète qui m'a conduit jusqu'à vous !

— Ah ! Dans ce cas, suivez-moi.

L'antiquaire guida Pierce vers une seconde pièce, située dans la partie arrière du bâtiment, et qui s'avéra aussi impressionnante que la première, quoique plus désordonnée. Les lieux étaient envahis par tant de meubles et de bibelots qu'ils évoquaient l'entrepôt d'un exportateur.

— Tenez, voici la gravure que vous cherchez.

L'antiquaire lui montra un cadre de petite taille, accroché à un mur parmi de nombreux tableaux.

— Elle est extraite d'un ouvrage très rare, que je ne possède guère, malheureusement : *Les Voyages de Michel Batterel en Europe et en Asie, 1619-1642*. Le Pr Vandekade n'a jamais pu trouver le moindre exemplaire à vendre. Selon toute vraisemblance, il s'agit d'un dessin de l'auteur lui-même. Mon père l'avait reçu par la poste, d'un ami qui, pensant lui faire plaisir, l'avait sottement découpé dans l'œuvre originale. On y voit donc la première version de notre chère abbaye de Pennygarth, telle qu'elle fut construite au VIIe siècle par saint Thomas Blackmore. Comme vous pouvez le constater, elle avait tout du castrum romain en pierre.

Le dessin représentait en effet un bâtiment quadrangulaire fort sobre, flanqué de quatre tours circulaires. L'enceinte, protégée par un fossé, abritait un chemin de ronde couvert. À l'intérieur, on apercevait une église, tout aussi modeste, un puits et quelques dépendances.

— La seconde version de l'abbaye, dont il ne reste plus aujourd'hui que des ruines, était beaucoup plus grande et plus moderne.

Edward, passionné, s'approcha pour observer la gravure de plus près.

— Je me suis laissé dire que Thomas Blackmore l'avait fait ériger sur le site d'un ancien temple païen, n'est-ce pas ? dit-il en se tournant de nouveau vers l'antiquaire.

— Décidément, vous êtes bien renseigné, détective ! répliqua M. Stevens, admiratif.

— C'est mon métier…

— Plusieurs chroniques de l'époque confirment en effet que l'abbaye fut construite sur les décombres d'un lieu de culte celtique. Ce que l'on appelle un *nemeton*. On ne sait pas grand'chose du *nemeton* de Blackmore, dont nous n'avons aucune représentation, mais on peut supposer qu'il suivait la forme classique des nombreux sanctuaires celtiques qui ont disparu après l'invasion romaine. On a trouvé plusieurs traces de ce type de construction, en France, lors de fouilles récentes sur des sites gallo-romains. Attendez voir, il me semble que j'ai le dessin d'un *nemeton* gaulois dans un numéro de la *Revue archéologique*. Cela vous donnera une idée.

Après l'avoir cherché dans une grande armoire, l'antiquaire revint avec un exemplaire de ladite revue, qu'il ouvrit en la posant délicatement sur un magnifique guéridon Napoléon III.

Le dessin d'une sorte de temple archaïque, en pierre, illustrait un article consacré aux monuments gaulois. Tout comme l'abbaye de Pennygarth originelle, le *nemeton* occupait un espace quadrangulaire, dont les murs, ajourés, s'élevaient sur une butte de terre, elle-même entourée d'un fossé. Au centre se trouvait une pièce carrée, couverte, appelée la *cella*, où résidaient le ou les dieux auxquels le sanctuaire était consacré. Devant un autel entouré de trois fontaines, une imposante statue figurait ces divinités. La *cella* était cernée par une galerie couverte, et le reste du temple, à ciel ouvert, encadrait l'ensemble.

— En langue celtique, expliqua M. Stevens, le *nemeton* désigne à la fois l'enclos sacré et le bois où il se situe, car ces temples étaient toujours érigés au cœur d'une forêt. Lors des rituels, seuls les druides pouvaient accéder à la galerie couverte, où ils déambulaient autour du symbole de leur divinité. Les autres fidèles étaient cantonnés dans l'espace délimité par les murs. Toute cette partie de *nemeton* était dépourvue de toit, car on y laissait pousser des arbres. C'est dans ces sanctuaires que se déroulaient les principaux rituels druidiques : ceux de la justice, de la magie, de la divination et de la louange, mais aussi des rituels bien plus obscurs. Les fouilles archéologiques récentes dont je vous parlais ont mis au jour des ossements, non seulement animaux, mais humains, en grande quantité, ainsi que des armes. Ces découvertes laissent peu de doute : on pratiquait ici des sacrifices rituels. En vérité, le *nemeton* était un lieu assez terrifiant.

L'antiquaire tourna quelques pages de la revue et montra un passage de l'étude.

— Tenez, voici un extrait de la *Pharsale*, célèbre poème du stoïcien Marcus Annaeus Lucanus, qui nous livre une description épouvantable de ce que pouvait être un sanctuaire celtique.

Fasciné, Edward lut le paragraphe que lui montrait M. Stevens :

« Il y a un bois sacré, qui, depuis un âge très reculé, n'a jamais été profané. Il entoure de ses rameaux entrelacés un air ténébreux et des ombres glacées, impénétrables au soleil. Il est occupé par des sanctuaires de dieux aux rites barbares ; des autels y sont dressés sur des tertres sinistres et tous les arbres y sont purifiés par du sang humain. Les oiseaux eux-mêmes craignent de se percher sur les branches de ce bois et les bêtes sauvages de coucher dans ses repaires ; le vent ne s'abat pas sur les futaies, ni la foudre qui jaillit des sombres nuages. Ces arbres, qui ne présentent leur feuillage à aucune brise, inspirent une horreur toute particulière. Une eau abondante tombe des noires fontaines ; les mornes statues de dieux sont sans art et se dressent, informes, sur des troncs coupés. La moisissure même et la pâleur qui apparaissent sur les arbres pourris frappent de stupeur ; ce que l'on craint ainsi, ce ne sont pas les divinités que la tradition a vulgarisées ; tant ajoute aux terreurs de ne pas connaître les dieux qu'on doit redouter ! Les tremblements de terre font mugir le fond des cavernes, des ifs courbés se redressent, les bois, sans brûler, brillent de la lueur des incendies, et des dragons, enlaçant les troncs, rampent çà et là. Les peuples n'en approchent pas pour rendre leur culte sur place, ils l'ont cédé aux dieux. De jour comme de nuit, le prêtre lui-même en redoute l'accès et craint de surprendre le maître de ce bois. »

— Parbleu ! s'exclama Edward. Voilà un tableau qui ne fait guère envie, en effet !

— Le folklore prête aujourd'hui à la civilisation celtique un charme désuet, mais, en réalité, les Celtes étaient souvent fort violents, pour ne pas dire cruels.

— Tant que ça ? s'étonna Edward. J'ai toujours pensé que l'image sombre des Celtes était le fruit de la propagande de César, et qu'ils n'étaient pas aussi barbares que l'Empire avait voulu le faire croire...

— Détrompez-vous : c'est plutôt le contraire. Les historiens modernes, cédant à la celtomanie de ces dernières années, font désormais silence sur les pratiques les plus primitives de cette civilisation antique. Les druides n'étaient pas d'inoffensifs érudits, amoureux de la nature, mais, *stricto sensu*, les grands prêtres de la mort. Tenez, par exemple, savez-vous que les druides se livraient à ce que l'on appelle des sacrifices « chthoniens », c'est-à-dire adressés aux divinités infernales ? Lors de cérémonies funestes, ils sacrifiaient de jeunes personnes, auxquelles ils coupaient la tête, puis laissaient leur corps pourrir, pendant six mois, dans une fosse circulaire. Ils offraient ensuite leur chair pourrissante aux divinités souterraines, dans l'espoir que celles-ci rendraient les terres plus fertiles.

— Eh bien, je l'ignorais ! avoua le détective. Cela glace le sang.

En son for intérieur, il ne put s'empêcher d'associer ces images terribles aux inquiétantes disparitions de plusieurs habitants de l'île. Et si Mlle Appleton avait vu juste ? Si des illuminés, se réclamant de la culture celtique, étaient réellement en train de se livrer à d'horribles sacrifices humains sur d'innocentes victimes ?

— Allons, reprit Stevens, pour vous faire oublier tout cela, et comme c'est Donatus, mon très cher frère de loge, qui vous envoie, je vais vous montrer l'une des antiquités que mon père m'a laissées, et qui a, de loin, ma préférence.

Il s'éloigna de quelques pas et, d'un cabinet, sortit deux verres en cristal, montés sur de beaux pieds d'argent, et une carafe du même acabit. Posant le tout sur le guéridon, l'antiquaire ouvrit un large sourire.

— Voici l'un des trésors que papa a rapportés d'Égypte : du shedeh !

— Dame ! Qu'est-ce donc ? s'étonna Edward en inspectant le liquide rougeâtre.

— Un alcool de grenade, tel qu'il se buvait en Égypte antique. Je vous rassure, celui-ci ne date pas de trois mille ans avant notre ère. Il n'a qu'une trentaine d'années, mais il a été fabriqué selon les principes de vinification traditionnels. Si vous voulez y goûter, vous allez voir : c'est tout à fait délicieux !

— Ma foi, bien volontiers.

L'antiquaire servit deux fonds de verre, et proposa une santé :

— À Thot, dieu des sciences, de l'art et de la sagesse !

— À Thot ! répondit gaiement Edward Pierce.

36.

Quand, à la nuit tombante, le détective Pierce entra dans le bar enfumé du *Mousetrap Inn*, il lui fallut chercher longuement parmi la foule qui l'avait envahi pour trouver enfin le visage de Mlle Chapelle. Assise seule à une table près de la cheminée, la jeune femme était en train de lire ses notes au milieu du brouhaha qu'occasionnaient les autres clients de l'hôtel, dont la plupart étaient debout près du comptoir. Certains, leurs vêtements couverts de boue, s'en revenaient indéniablement de la compétition de *hill climbing*. Mais étrangement, plutôt que de se montrer festifs, comme l'eussent été d'ordinaire des spectateurs à l'issue d'une épreuve sportive, ils étaient fort taciturnes.

Après être allé saluer Lucius et lui avoir commandé un verre de brandy, le détective rejoignit Lorraine à sa table.

— Mes hommages du soir, mademoiselle.

— Monsieur.

— Attendez-vous quelqu'un ? sourit Edward.

— J'attends toujours le grand, le beau, le véritable amour. Prenez place, grand fou !

— À la bonne heure !

Les deux compagnons d'enquête passèrent l'heure suivante à se raconter leur journée respective. Prenant garde de parler à voix basse, s'assurant qu'aucune des nombreuses personnes qui les entouraient ne pouvait l'entendre, Lorraine résuma ses aventures dans les collines de Dartford, ce qu'elle avait appris du mystérieux Tony, finalement innocent, comment elle avait récupéré la lettre anonyme adressée à Nicky Tudor, et comment un nouveau meurtre avait été perpétré sur le site de la compétition.

— Ah, je comprends mieux ! Quelle horreur ! s'alarma Edward. Et le meurtrier nous échappe de nouveau, après avoir agi quasiment sous nos yeux !

— Ne m'en parlez pas ! soupira Mlle Chapelle. J'enrage encore. Il s'en est fallu de peu. Et cette maudite BSA que les policiers n'arrivent pas à retrouver ! Elle doit être cachée dans une grange, quelque part. Peut-être sommes-nous passés dix fois devant elle sans le savoir !

Le détective lui dressa alors un tableau de ce qu'il avait pu apprendre de son côté, tant auprès du Pr Vandekade que de l'antiquaire.

— Un très joli garçon, soit dit en passant, conclut-il, le regard pétillant. Bien plus beau que votre rustaud de Nicky Tudor !

— Ah ! Je vois ! Pensez-vous pouvoir le convertir à vos mœurs inavouables ?

— C'est dans mes cordes. Ce ne serait pas le premier…

Lorraine fit semblant de s'offusquer et leva son verre.

— Alors à la vôtre, vilain dévergondé que vous êtes !

Ils trinquèrent.

— Et donc, la jeune Margaret aurait « rencontré quelqu'un » ? s'étonna Pierce.

— C'est en tout cas ce qu'elle écrit dans son mot. Et je devine que, comme moi, vous aimeriez bien savoir qui était ce « quelqu'un ». Cela dit, il est aussi possible qu'elle ait menti, utilisant cet argument seulement pour justifier sa rupture avec Tony.

— Je voudrais tout de même en avoir le cœur net.

— Certes. Et cette histoire de fiches, à la bibliothèque… Vous pensez qu'elles ont été enlevées avant ou après notre arrivée ?

— Comment savoir ? répondit Edward. Une chose est sûre : notre meurtrier s'est intéressé aux recherches du père Molloy avant nous, et s'est donné ensuite bien de la peine pour effacer ses traces. Dans sa lettre, Pat m'a écrit qu'il se savait en danger. J'espère seulement qu'il aura choisi de disparaître, et qu'il ne lui est rien arrivé. S'il avait pu me laisser un indice pour le retrouver !

Autour d'eux, les clients s'en allaient les uns après les autres. Sans doute y avait-il quelque festivité en ville, dans le cadre de la Blackmore Week.

— Après que j'ai récupéré la lettre anonyme de Nicky Tudor, et après l'avoir embrassé, sur le chemin du retour, j'ai…

— Vous l'avez embrassé ? la coupa Pierce, perplexe.

— Mon pauvre ami, contrairement à vous, quand un garçon me plaît, je l'embrasse, et puis c'est tout.

— Mais… Mais… Vous n'êtes pas sérieuse ?

— Ne soyez pas jaloux, Edward. Voulez-vous que je vous embrasse, vous aussi ?

— Plutôt mourir !

— Bien. Alors je reprends : sur le chemin du retour, donc, j'ai aperçu la police qui fouillait la maison du pauvre

M. Galloway. Figurez-vous que les agents ont découvert un mot gravé sur l'un des piliers en bois de sa terrasse. Regardez. Le même chiffrement que les lettres anonymes.

Elle lui montra la copie qu'elle en avait faite sur son carnet.

— Bon sang ! On dirait que le meurtrier nous nargue !

— C'est sans doute le cas. Et le déchiffrement a-t-il avancé, affreux paresseux ?

— Et quand donc, malheureuse ? Je n'ai pas eu une minute à moi. Je ne passe pas mes journées à embrasser les marins, moi, mademoiselle ! Et je vous l'ai dit, il nous manque la clef : la série de chiffres qui permettrait de permuter les lettres convenablement. Sans elle, il faudrait des semaines, des mois peut-être, pour décoder les messages. Cela ne vaut même pas le coup d'essayer. Je pourrais les envoyer à Londres, à l'un de mes amis du SIS[1], mais cela prendrait de toute façon des jours !

— Faites donc, cela ne coûte rien.

— À vous ! Mais à moi, cela coûtera certainement une bonne bouteille de bordeaux !

— Eh bien, vous aurez largement de quoi la payer demain. Nous avons rendez-vous à huit heures du matin chez sir Ronald. Il est d'accord pour vous embaucher à mes côtés, mais il désire vous rencontrer.

— Ah ! Ça y est ? Vous me présentez déjà à papa ?

— Qui sait ?

— Peut-être pourra-t-il nous en dire davantage sur l'homme que sa petite-fille aurait rencontré.

Ils restèrent ainsi un bon moment dans le bar de l'hôtel, où ils commandèrent à boire et à manger, alternant

1. *Secret Intelligence Service*, service de renseignements extérieurs du Royaume-Uni.

cogitations et plaisanteries. Les lieux s'étaient entièrement vidés quand, dans le lointain, la cloche de l'église sonna les douze coups de minuit.

— Diantre ! J'espère que votre Harley-Davidson ne va pas se transformer en citrouille ! s'amusa le détective.

— Vous êtes fatigué, Edward. Ça se sent.

Le visage de Pierce, avant même qu'elle eût parlé, s'était soudain figé dans une expression de perplexité.

— Eh bien ? lança Lorraine en lui secouant le bras. Quelle mouche vous a piqué ? On dirait que vous avez vu un fantôme.

— Les cloches…

— Oui ?

— Les cloches de l'église ! répéta Edward, obnubilé. Elles ont sonné douze coups…

— Certes. La chose est assez courante, à cette heure, vous savez ? Vous me faites peur, Edward…

— L'autre jour, vous vous souvenez ? Cette mélodie que la fanfare jouait ? Je vous ai dit que ce devait être l'hymne de Blackmore, parce que je l'avais déjà entendue auparavant. La première fois, c'était dans la rue. Un violoniste, dont j'ai pensé qu'il devait répéter sous les toits de quelque maison. La deuxième fois, c'étaient les cloches de l'église ! Contrairement à ce soir, où le carillon s'est contenté de répéter la même note pour indiquer l'heure, elles avaient joué cette mélodie, elles aussi. Cinq notes.

Il se mit à fredonner un air, répétant plusieurs fois une série de cinq notes sous le regard pantois de sa voisine.

— Êtes-vous sûr que tout va bien, Pierce ? Êtes-vous certain que l'alcool de M. Stevens n'était pas frelaté ?

— Reconnaissez-vous ces notes, sombre idiote ?

— Non. Chantez encore, pour voir ?

Le détective obtempéra, pour la plus grande joie de Lorraine, qui pouffa.

— Les notes, mécréante ! Dites-moi si vous reconnaissez ces notes, au lieu de rire comme une baleine !

— Euh… je dirais *do sol fa do sol* ? proposa la jeune femme.

— Mais non ! Misérable sotte ! Vous vous trompez d'un ton ! N'avez-vous pas l'oreille absolue ?

— Non, mais elles chauffent, là, soudain.

— *Ré la sol ré la* ! Lorraine ! *Ré la sol ré la* !

— Formidable. Et donc ?

— Ah, odieuse Française que vous êtes ! Réfléchissez un peu ! En notation anglaise ? Qu'est-ce que cela donne, en notation anglaise ?

En épelant les lettres une à une, la jeune femme comprit.

— *D A G D A* !

— Oui ! s'exclama Edward en l'attrapant par les épaules.

Voyant la grimace de la jeune femme, il se ravisa juste avant de l'embrasser.

— Dagda, Lorraine ! Le dieu celte dont les mégalithes de Blackmore représentent les quatre attributs !

— C'est… C'est étonnant, admit Mlle Chapelle, du bout des lèvres.

— Mais bon sang ! Mais bien sûr ! Venez donc !

Il lui prit le bras et la força à se lever.

— Qu'est-ce que vous faites ?

— Venez, bougre d'andouille ! On l'a, notre clef ! On l'a !

Résignée, Lorraine se laissa entraîner jusqu'à la chambre du détective.

— Quatre, un, sept, quatre, un ! s'écria Pierce après avoir claqué la porte derrière lui. Vous saisissez ? Dagda ? La quatrième lettre de l'alphabet, la première, la septième, et la première de nouveau !

Lorraine, vexée, peut-être, de n'avoir point fait le rapprochement avant lui, faisait grise mine.

— C'est un peu tiré par les cheveux, votre histoire, mon garçon ! Ce n'est pas parce que l'hymne de Blackmore fait une référence secrète au dieu Dagda que c'est nécessairement la clef de cryptage utilisée par le meurtrier ! En outre, c'est peut-être un pur hasard…

— Ce n'est pas l'hymne de Blackmore, vilaine ânesse ! C'est un code ! Un code utilisé par les membres du culte ! Et je suis prêt à parier que c'est aussi celui qui a permis de crypter les messages !

— Vous voulez dire que les musiciens de la fanfare et la diaconesse seraient des membres du culte ? se moqua la jeune femme.

— Et pourquoi pas ? Les adeptes sont probablement une cinquantaine, sur l'île !

— Ah, parce que ça y est, la chose est officielle ? Il y a des adeptes sur l'île ? J'ai dû rater le communiqué…

— Tsss ! Taisez-vous donc et laissez-moi vérifier ! J'en suis presque sûr ! Vous ferez moins la maligne !

Avec la fièvre de l'exaltation, il poussa la jeune femme et se précipita vers le petit bureau, attrapant frénétiquement des feuilles, une plume et son carnet.

— Procédons dans l'ordre ! Le premier message, c'était celui laissé à la *Blackmore Gazette*, le lendemain de la disparition de M. Carteret, en août dernier. En voici la traduction en lettres latines : R-P-V-R-F-M-T-P-Q-N-S-S-A-E-M-R-P-A-I-W-I-O-O-I-X-L-P-Y-Y-M-I-T-V-Z-F-V-M-P-J-F-E-O-K-H-F-E-U-O. Maintenant, il suffit de décaler ces lettres, successivement, de quatre, puis d'un, sept, quatre, et un rang ! Et ainsi de suite…

Il trempa la plume dans son encrier et commença à écrire.

— R plus quatre, cela donne V…

Ainsi, il continua à griffonner fébrilement sur sa feuille, tandis que Lorraine, les bras croisés, le regardait sans rien dire. Il s'avéra que la série de lettres obtenues formait un tout absolument inintelligible, et Mlle Chapelle éclata de rire.

— Magnifique, Edward, vous êtes un génie ! Pouvons-nous retourner au bar ? Je n'avais pas fini mon verre.

Il grogna.

— Dans l'autre sens ! Il faut que j'essaie dans l'autre sens. Que j'enlève des rangs à chaque lettre, plutôt que d'en ajouter !

Il se remit aussitôt au travail. Lorraine, exaspérée d'abord, fronça soudain les sourcils et s'approcha. Car cette fois, à mesure que le déchiffrement avançait, c'étaient bien des mots anglais qui se formaient sous leurs yeux !

Quand il eut terminé, Edward, resplendissant de fierté, releva la tête et lui adressa un regard de défi.

— Alors, qui est l'imbécile, entre nous ?

— Ça va, ça va…

Lorraine lut la série de lettres. N-O-O-N-E-I-S-I-M-M-O-R-T-A-L-N-O-T-E-V-E-N-H-E-W-H-O-R-U-L-E-S-O-V-E-R-L-I-F-E-A-N-D-D-E-A-T-H.

La logique permettant de déduire aisément l'emplacement des espaces, elle traduisit à voix haute :

— *Nul n'est immortel, pas même celui qui règne sur la vie et sur la mort.* Saperlotte ! Je m'incline. Vous avez raison, nom d'un chien ! Continuez ! Le deuxième message, celui que m'a donné Nicky ! Que dit-il ?

— Il faut le convertir en lettres latines, d'abord.

Elle lui prêta main-forte.

S'aidant de la table de correspondance, ils traduisirent un à un les signes oghamiques.

H-F-H-X-I-A-J-S-P-G-E-M-S-S-O-X-I-L-V-F-H-P-M-K-S-I-B-A-W-D-M-F-U-G-F

Puis Edward opéra au décalage, et obtint :

D-E-A-T-H-W-I-L-L-F-A-L-L-O-N-T-H-E-R-E-D-O-F-G-R-E-A-T-S-C-I-E-N-C-E

— *La mort tombera sur le rouge de la grande science*, traduisit Lorraine, quelque peu désappointée. Qu'est-ce donc que ce charabia ? Le « rouge de la grande science » ?

— Je ne sais pas, avoua Edward. Nous verrons plus tard ! Poursuivons !

Il décrypta rapidement le troisième message, celui adressé à sir Ronald Waldon, le lendemain de la disparition de sa petite-fille.

I-N-H-I-S-H-O-U-S-E-A-T-A-R-E-N-O-N-H-E-W-A-I-T-S-D-R-E-A-M-I-N-G

— *Dans sa demeure d'Arenon, il attend en rêvant.*

— Arenon ! s'écria Pierce, bouillonnant. C'est l'ancien nom de Blackmore ! Celui que lui donnaient les Celtes !

— Si vous le dites. Bon. Il reste le mot gravé aujourd'hui même sur le porche de M. Galloway.

Excité comme un enfant devant un nouveau puzzle, Edward reprit son exercice.

— G-S-V-E-U-S-B-U. Aha ! J'en étais sûr ! claironna-t-il.

— Quoi donc ?

— Cela donne CROATOAN ! La mystérieuse divinité dont je vous ai parlé tout à l'heure ! Le Grand Ancien ! Ce mot étrange que répétait l'aliéné dans le sanatorium, et qui fut retrouvé dans la colonie de Roanoke. Bon sang, tout est lié ! Le père Molloy avait raison ! Vous vous rendez compte ?

— Que le meurtrier est cinglé ? Oui, assez bien. Vous devez être content, cela dit. Nous sommes tombés sur l'un de vos compères !

Elle fit tournoyer son index devant sa tempe.

Edward secoua la tête d'un air dépité, prit une feuille vierge et recopia les quatre messages au propre, l'un au-dessous de l'autre.

NUL N'EST IMMORTEL, PAS MÊME CELUI QUI
RÈGNE SUR LA VIE ET SUR LA MORT

LA MORT TOMBERA SUR LE ROUGE
DE LA GRANDE SCIENCE

DANS SA DEMEURE D'ARENON,
IL ATTEND EN RÊVANT

CROATOAN

— Tout ça pour ça, soupira la Française.

— Mais enfin ! Lorraine ! Vous ne voyez pas ce que cela signifie ? Cela confirme que le meurtrier appartient à un culte qui vénère une divinité ancienne. Ce sont des lettres de menace ! Le meurtrier prévient les familles des victimes que nul n'est immortel. Et il affirme que Croatoan est à Blackmore. Ou *sous* Blackmore, plus probablement…

— Bien sûr…

— Il dit qu'il *attend en rêvant* ! Et que donc, un jour, il va se réveiller !

— Ah. Faut-il que je lui prépare un café ? ironisa la jeune femme. Les Grands Anciens mangent-ils des saucisses au petit déjeuner ?

— Vous êtes insupportable !

— La seule chose que nous apprennent ces messages, c'est que le meurtrier est un timbré qui croit en des divinités sumériennes ! Déjà, pour croire en une divinité, il faut être un peu zozo. Mais alors sumérienne, en plus ! En somme, ces lettres anonymes ne nous apprennent rien du tout : nous pouvions aisément nous douter que nous avons affaire à un maboul !

— Le « rouge de la grande science », répéta pensivement Edward, comme s'il n'écoutait plus Lorraine. Mais qu'est-ce que ça peut bien vouloir dire ?

— Que vous êtes aussi fada que le meurtrier ! Sur ce, je vais me coucher, Edward. Nous avons rendez-vous avec sir Ronald demain matin, n'oubliez pas.

— Vous êtes vexée, voilà tout. Vous êtes vexée parce que c'est moi qui ai trouvé…

— Voilà. C'est cela. Allez, bonne nuit !

Elle sortit de la chambre en souriant.

37.

— Mes félicitations ! Mlle Chapelle m'avait bien dit que vous étiez un grand détective, jeune homme !

— J'ai peut-être un peu exagéré, intervint malicieusement Lorraine.

Edward serrait la main que le vieux lord, assis dans son fauteuil, lui avait tendue.

— Oui, confirma le détective. Mademoiselle a beaucoup exagéré…

Le salon de sir Ronald Waldon était plongé dans la même douce pénombre que lors de la première visite de Lorraine. Des braises rougeoyaient dans l'âtre, donnant aux boiseries une belle couleur orangée, tandis qu'Arnold, dans son élégante livrée, apportait de nouvelles bûches.

— Allons, allons, pas de fausse modestie, monsieur. Asseyez-vous près de moi. Ainsi, vous auriez décrypté les lettres anonymes ?

— Absolument.

Edward prit place sur le sofa et, de mémoire, récita les messages au millionnaire. Il avait passé tant de temps à les décortiquer pendant la nuit qu'il les connaissait désormais par cœur.

— Tiens donc, murmura le vieil homme d'un air énigmatique, comme si cela lui disait quelque chose.

Il remua les doigts de ses deux mains sur le pommeau de sa canne blanche.

— Il me reste à comprendre ce que signifie le « rouge de la grande science », dit Edward, qui n'avait rien perdu de son enthousiasme de la veille.

— Oh, ça, je puis vous le dire moi-même, détective ! lui confia Waldon d'un ton grave. Mais avant cela, Arnold, voulez-vous bien nous apporter du thé, des œufs et un peu de bacon ? Nos hôtes doivent avoir faim !

— C'est prévu, sir, répliqua le *butler*, offensé.

Il acheva de rallumer le feu dans la cheminée et s'éclipsa d'un pas martial, une main derrière le dos, l'autre sur le ventre.

— *Ruadh rofessa !* déclama soudain le vieil homme en roulant les *r*. Le « rouge de la science idéale », pour être parfaitement exact.

— Qu'est-ce donc ? le pressa Edward.

— C'est l'un des surnoms que l'on donne au dieu celte Dagda.

Pierce, aussitôt, adressa un regard stupéfait à Lorraine, qui était restée debout derrière le sofa et semblait davantage intéressée par les murs de la pièce que par la conversation.

— Je suppose que notre anonymographe fait également référence à lui quand il parle de « celui qui règne sur la vie et sur la mort », continua Waldon de sa voix sépulcrale. Dagda a eu bien des surnoms dans la littérature celtique. Il est aussi *Aed*, le « feu divin », ou *Ollathair*, le « père puissant ». Il est le dieu-druide que vénèrent les prêtres, celui qui est chargé du savoir et du sacré. Et surtout, Dagda règne sur le temps, sur les éléments et sur l'éternité. En d'autres termes, il « règne sur la vie et sur la mort »...

— Bigre ! s'exclama Lorraine.

L'air soudain suspicieux, elle vint s'asseoir près d'Edward et, les coudes posés sur les genoux dans une posture inquisitrice, elle dévisagea le vieux lord.

— Vous en savez, des choses sur Dagda, dites-moi ! J'ignorais que vous étiez si féru de culture celtique, Ronald !

C'était la première fois qu'elle prenait la liberté d'appeler l'octogénaire par son prénom, exprimant ainsi une familiarité qui avait les accents furieux de l'arrogance. Loin d'en prendre ombrage, le millionnaire laissa un sourire fugitif effleurer ses lèvres.

— Dagda est le dieu auquel Blackmore fut consacrée, dans un temps très ancien. Si l'on s'intéresse un tant soit peu à l'histoire de l'île, on se renseigne forcément sur lui, mon enfant.

— Je ne suis pas votre enfant, rétorqua Lorraine. Du moins, pas que je sache.

— Oh, mais vous êtes encore bien une enfant, en tout cas... Quant à Dagda, il est un peu notre père à tous, ici. Nos quatre mégalithes eux-mêmes représentent ses talismans : la harpe, le chaudron, la roue et la massue.

— Pourtant, l'autre jour, vous m'avez dit ne pas reconnaître la graphie utilisée sur la lettre anonyme que vous aviez reçue. Mesurant votre parfaite connaissance de la culture celtique, je peine à y croire, désormais...

— Je n'allais pas vous mâcher le travail, mon... ma chère.

La jeune femme montra des signes d'agacement.

Au même instant, Arnold reparut et, avec sa discrétion habituelle, servit le petit déjeuner sur la table basse devant eux.

— J'ai le sentiment que tout le monde, sur cette île, en sait bien plus qu'il ne veut le dire ! maugréa Lorraine. Si vous nous cachez des choses, sir, comment voulez-vous que je retrouve rapidement votre petite-fille ?

— Eh bien, grâce à votre sagacité, justement ! Mes connaissances ne m'ayant guère permis de retrouver moi-même notre douce Meggy, il m'a paru intéressant de confier l'enquête à une personne qui possède un regard différent, afin qu'elle puisse aborder la chose sous un angle nouveau. Un regard étranger, débarrassé de toutes nos petites croyances insulaires…

— Foutaises ! s'emporta Mlle Chapelle. Il eût été plus judicieux de me laisser disposer de tous les éléments en votre possession, afin d'accroître mes chances de réussite. Ne serait-ce pas plutôt que vous-même auriez des choses à nous cacher, sir ? Tenez, ces tableaux, par exemple : pouvez-vous me dire qui en est l'auteur ?

Quand bien même le vieil homme ne pouvait la voir, elle pointa le doigt vers les peintures lugubres qui, la dernière fois déjà, lui avaient fait forte impression. Ces figures fantastiques et obscures, ces visages tourmentés, ces créatures mythologiques terrifiantes, ces scènes violentes dont la seule vision glaçait le sang, et dont l'exécution, quoique plus ténébreuse, rappelait le symbolisme mystique d'un Gustave Moreau.

— Ah ! Si vous me posez la question, c'est que vous connaissez la réponse.

— Phil Sadler ? s'enquit Lorraine.

— Lui-même. Son nom serait-il donc lié à votre enquête ? demanda Waldon, sur un ton véritablement intrigué.

— Je crois l'avoir rencontré avant-hier au sanatorium, intervint Edward, que le ton batailleur de Lorraine mettait mal à l'aise. Enfin… Disons qu'il se peut que je l'aie croisé, pendant la mutinerie.

— Ah. Il est donc toujours là-bas ? Le pauvre garçon. J'avais acheté ses peintures aux enchères, afin d'aider ses parents, quand ils l'ont transféré à Bragbury.

— Et pourquoi donc ? relança Lorraine. Vous sentiez-vous responsable de sa folie ?

— Aucunement. Mais elle m'a inspiré une profonde compassion. Celle que m'inspire à présent votre colère…

— Je ne suis pas en colère, je suis agacée. Je n'aime pas être menée en bateau. Vous nous cachez trop de choses, sir. Comment voulez-vous que je poursuive mon enquête ?

— Désirez-vous abandonner, Lorraine ?

Elle poussa un profond soupir et se renfonça sur le sofa.

— Bien sûr que non. Vous me mettez à l'épreuve, c'est cela ?

Le lord ne répondit que d'un silence.

— L'épreuve de l'eau, glissa Edward dans un murmure, comme pour lui-même, en attrapant doucement sa tasse de thé.

Waldon, qui avait très bien entendu, concéda un nouveau sourire. Ses yeux se levèrent, oscillant vivement de droite à gauche, comme le font parfois ceux d'un aveugle qui tend une oreille attentive.

— La tempête nous a fait passer l'épreuve de l'air et de l'eau en même temps, continua le détective, tout haut cette fois. Avant de passer celle du feu, il nous reste… Y aurait-il des souterrains sur l'île, sir ?

Le vieil homme, ravi, donna un petit coup sur le sol du bout de sa canne.

— Ah ! Décidément, jeune homme, vous posez de très judicieuses questions ! Oui : il y a de nombreux souterrains sur Blackmore. On y trouve même plusieurs sources chaudes, que Margaret, passionnée de géologie, aimait aller voir, quand elle était petite, malgré mes nombreuses mises en garde.

— Vous ne pouviez pas le dire plus tôt ? rouspéta Lorraine, toujours fâchée.

— Vous dire quoi donc ? Qu'il y a des souterrains sur Blackmore ? Et alors ? Il y en a sans doute sur toutes les îles. Vous comptez tous les visiter ? Il y en aurait pour des semaines, ma chère ! S'il y avait quelque chose à trouver sous la terre, hypothèse envisageable, encore faudrait-il que je sache vous dire où chercher ! Parbleu, je ne vous savais pas si impétueuse, mademoiselle. Vous devriez prendre exemple sur votre associé…

La jeune femme, comprenant que le lord s'amusait à la provoquer, se contenta de hocher la tête.

— Saviez-vous que Margaret avait un amoureux ? demanda-t-elle plutôt.

— Non. Je l'ignorais. Qui donc ?

— Aucune importance. Si elle ne vous l'a pas dit, c'est que cela ne vous regardait pas.

Lorraine ne put s'empêcher de remarquer le petit tic nerveux qui avait traversé le visage du *butler*. Celui-ci attendait sagement devant la porte, comme à son habitude.

— Le portrait de Margaret, dans sa chambre, est-il également l'œuvre de Phil Sadler ? enchaîna la Française.

— On ne peut rien vous cacher.

— Pourtant, votre cher Arnold m'a dit l'autre jour que vous l'aviez offert à votre petite-fille pour ses dix-huit ans. Il y a trois ans, donc. Or, cela faisait longtemps que le peintre était interné…

— En effet. Je lui en ai passé commande, et il l'a exécuté dans sa chambre du sanatorium, à partir d'une photo.

— Vous avez donc gardé contact avec lui ?

— Je prends des nouvelles de temps en temps. Je vous l'ai dit, Lorraine : j'éprouve pour lui une réelle compassion. J'ai pensé que lui donner l'occasion de travailler ne pouvait que lui être bénéfique dans sa triste condition.

Un silence s'installa, que seul le crépitement des flammes venait troubler. La tension dans la pièce était palpable.

— Bien. Je crois que nous avons fait le tour, dit Lorraine en se levant. Nous allons donc reprendre notre enquête.

— À la bonne heure. Arnold ? Voulez-vous bien remettre à M. Pierce son enveloppe ?

— Oh, intervint Edward, gêné. Ce n'est pas nécessaire, vraiment ! Lorraine a gentiment proposé de partager ses honoraires avec moi.

— Il n'en est pas question ! Tout travail mérite salaire, et le vôtre est aussi remarquable que le sien. Vous méritez tous deux cette somme. Je ne veux plus en entendre parler.

— Très bien, balbutia le détective en acceptant l'épaisse enveloppe que lui tendait le *butler*. Alors au revoir, sir. Nous vous tiendrons informé de nos progrès…

— J'y compte bien. Au revoir, monsieur, et au revoir, mademoiselle Chapelle. Que Dieu vous garde !

En guise de réponse, Lorraine marmonna quelque chose d'inaudible, et Arnold raccompagna les deux invités jusqu'à la porte. Mais alors qu'il s'apprêtait à les saluer, Mlle Chapelle le prit par le bras.

— Vous saviez que Margaret avait un prétendant, chuchota-t-elle en se penchant vers lui.

Ce n'était pas une question.

— Toutes les jeunes femmes n'en ont-elles pas ? demanda le *butler*.

À l'évidence, il était embarrassé.

— Pas toutes, non. Allons, Arnold ! Dites-nous ce que vous savez. Ne vous montrez pas aussi idiot que votre maître ! Vous pourriez nous aider grandement dans notre enquête.

Le pauvre homme, en proie à quelque tourment intérieur, se mit à grimacer nerveusement.

— C'est-à-dire que Meggy m'a fait promettre de ne rien dire, et…

— À son grand-père, bien sûr ! Et c'est tout à votre honneur d'avoir tenu parole. Mais je suis sûre qu'elle vous pardonnerait de vous être confié à des détectives enquêtant sur sa disparition.

Le *butler* jeta un coup d'œil derrière lui, dans l'entrée, puis il poussa gentiment les visiteurs vers le perron, leur emboîtant le pas.

— Meggy a bien eu un amoureux pendant quelques mois, dit-il à mi-voix. Un militaire…

— Tony, acquiesça Lorraine.

Le serviteur eut un geste de surprise.

— Mademoiselle est donc au courant ? C'est un gentil garçon, un peu simple, mais gentil. Elle ne l'aimait plus, et elle venait de le quitter quand elle a disparu…

— Mais elle avait rencontré quelqu'un d'autre…

Arnold, comme à contrecœur, hocha la tête.

— Dites-nous qui ! le pressa Lorraine.

— Je ne sais pas, Mademoiselle ! Elle n'a pas voulu me le révéler. Elle m'a seulement dit que c'était une personne respectable. Quelqu'un de bien, qu'elle pourrait présenter un jour à sir Ronald sans en avoir honte, si la chose devait se confirmer…

— Vous n'avez pas la moindre idée de son identité ?

— Aucune. Mais, à sa manière d'en parler, j'ai songé qu'il devait s'agir d'une personne de bonne famille, aisée sans doute. Le fils d'un notable de la ville, peut-être ? C'est tout ce que je puis vous dire. Je suis désolé.

Il leur fit une révérence et retourna prestement dans la grande bâtisse, fermant la porte derrière lui.

Les deux enquêteurs échangèrent un regard, puis traversèrent la cour de Murdoch Manor sous le ciel gris de ce matin d'octobre. Le soleil, aujourd'hui, n'avait pas l'air décidé à montrer son nez.

— Lorraine ! s'exclama soudain Edward, tandis qu'ils venaient d'arriver devant la motocyclette garée près du portail. Attendez un instant ! Cela change la donne !

— Quoi donc ?

— Ce que sir Ronald Waldon vient de nous dire au sujet de Dagda !

— Oh ! Vous n'allez pas recommencer avec cette histoire ? Ce sont des foutaises, Edward ! Il n'y a pas plus de Dagda dans l'univers qu'il n'y a de Croatoan !

— Peut-être, mais ce n'est pas la question ! Vous êtes agaçante, à la fin ! Voulez-vous bien m'écouter une seconde, pour l'amour de Dieu ? Ce qui compte, ce n'est pas que vous croyiez ou non au contenu de ces messages ! Ce qui compte, c'est que le meurtrier, lui, y croie ! Et nous devons donc les étudier pour comprendre ce qu'ils impliquent.

Lorraine s'assit sur sa motocyclette en poussant un long soupir.

— Je vous écoute.

— Bien. Si nous considérons que le meurtrier croit à ce qu'il écrit, on peut en déduire qu'il oppose Dagda à Croatoan. Dans le premier message, il dit que Dagda n'est pas immortel, et dans le deuxième, il annonce même son trépas ! « La mort tombera sur le rouge de la grande science » !

Quant à Croatoan, il attendrait, lui, de se réveiller. Peut-être faisons-nous fausse route depuis le début !

Le visage de Mlle Chapelle passa de l'agacement à l'intérêt circonspect.

— Continuez…

— On ne dirait pas que ces lettres anonymes ont été rédigées par les adeptes de Dagda. On dirait qu'elles leur sont adressées ! Je vous en conjure : réfléchissez-y un instant ! Ces messages pourraient indiquer qu'il existe en réalité sur cette île deux factions opposées ! L'une, dévouée au dieu Dagda, et l'autre à Croatoan, le Grand Ancien.

— Le culte celtique ne serait donc pas le coupable, mais la victime ? continua Lorraine, songeuse.

— Exactement !

— Élias Carteret, Diana Tudor et Margaret seraient membres du culte de Dagda, et c'est pour cela qu'on les aurait enlevés ?

Le visage d'Edward s'illumina de satisfaction.

— Reconnaissez que cela colle ! dit-il triomphalement. Et je vais même plus loin ! Tous trois ont un point commun : la maladie de Wilson, qui donne à leurs yeux cet aspect étrange. Serait-il vraiment idiot de penser que les adeptes de Dagda sont tous atteints de cette pathologie ? Imaginez donc : et s'ils étaient les descendants de la tribu celtique originelle, celle qui s'est installée sur l'île aux environs du ve siècle, et qu'ils conservaient précieusement depuis lors la pureté de leur lignée, entraînant peu à peu l'apparition de cette maladie congénitale, jusqu'à ce que, des siècles plus tard, elle finisse par les atteindre tous ? Le Dr McCann m'a affirmé que, lorsque les deux parents sont atteints de la maladie, ils la transmettaient irrémédiablement à leurs enfants !

La jeune femme hocha lentement la tête, de plus en plus convaincue.

— Mais alors… dans ce cas… sir Ronald…

— Eh oui, Lorraine ! Votre cher lord serait lui aussi membre du culte, comme sa petite-fille ! Ce qui pourrait expliquer qu'il ne nous dise pas tout ! Et sa cécité…

— Bon sang ! s'exclama Mlle Chapelle. Mais le pire, c'est que vous avez peut-être raison, odieux personnage !

— Ah ! Enfin ! fanfaronna Pierce.

— Le meurtrier serait donc un ennemi du culte ?

— Ou l'adepte d'un autre culte, dévoué à Croatoan. Il y aurait sur l'île deux groupes ennemis, depuis des siècles, qui sait ?

— Ces gens sont fous ! se lamenta Mlle Chapelle en enfilant ses grosses lunettes d'aviatrice. Peut-être devrions-nous les laisser s'entre-tuer, après tout ?

— Certes… Mais ne comptiez-vous pas revoir le beau Nicky Tudor ? Selon notre logique, il serait un adepte de Dagda, lui aussi…

Lorraine sourit.

— Bon. Dans ce cas, on pourrait tous les laisser s'entre-tuer, sauf lui ? proposa-t-elle, espiègle.

— Allons, ne dites pas de sottises ! Nous venons de franchir un grand pas dans notre enquête, mon amie !

— Alors montez, bon sang ! rétorqua la jeune femme en faisant un signe de tête vers l'arrière de sa motocyclette.

— Vraiment ? C'est très désagréable, vous savez ? Vous ne pourriez pas mettre un coussin sur ce maudit porte-bagages ?

— On y pensera. Allez, montez, que diable !

Le détective s'installa derrière elle en grimaçant.

— Où allons-nous ? demanda-t-il en s'agrippant à la taille de la Française.

— Eh bien, voir les mégalithes, pardi !

38.

Il leur fallut près de deux heures pour faire le tour de Blackmore à motocyclette et s'arrêter devant chacun des mégalithes, disséminés aux quatre coins de l'île, tels des points cardinaux. Ce fut, en somme – et malgré le temps maussade –, comme une visite touristique, qui les conduisit des falaises méridionales aux rives rocailleuses des côtes occidentales, en passant par les plaines orientales et les criques septentrionales.

Lorsqu'ils arrivèrent devant le premier mégalithe, l'un comme l'autre furent ébahis par le spectacle qu'offrait cette sculpture avoisinant cinq mètres de hauteur. Perchée fièrement sur un escarpement rocheux de la côte sud, comme un affront à tous les vents, elle figurait une harpe aux formes gracieuses, tout en courbes. Ses vingt-deux cordes elles-mêmes étaient délicatement incurvées, renforçant l'élan aérien qui émanait de l'ensemble.

Quand bien même Lorraine fut convaincue qu'il existait forcément une explication rationnelle à son apparence, celle-ci restait d'une singularité stupéfiante : le minéral dans lequel on avait sculpté ce monument ne ressemblait à rien qu'elle pût connaître. D'une dureté inouïe, formidablement lisse, noir sous certains angles et opalescent sous d'autres, il ne s'apparentait en aucune sorte au granite de Blackmore qui, s'il était unique en son genre, ne bénéficiait guère des propriétés admirables de cette pierre-là. Mais quelle pierre, alors ? Si c'était du marbre, il était d'une pureté telle qu'à l'œil nu on ne lui trouvait aucune veine. La surface était si lustrée qu'elle eût pu réfléchir l'univers tout entier.

— On pourrait croire à de l'obsidienne, suggéra Edward en caressant doucement le large socle. Cette roche volcanique, que l'on trouve notamment sur l'île de Pâques, a cette même dureté, ce même aspect vitreux. Mais même la plus belle obsidienne est marquée de petites taches rondes ; or, ici, rien. Où que l'on regarde, le noir est immaculé. Et puis, des blocs de cette taille ?

— Comment est-il possible qu'aucun géologue ne soit jamais venu inspecter ces sculptures ? demanda Lorraine, incrédule. Le Pr Vandekade était-il sûr de lui ? Je n'y connais pas grand'chose, mais enfin, il me paraît évident que cette roche est peu ordinaire.

— Peut-être parce que les autorités de Blackmore s'y sont opposées ? Dans ce cas, cela poserait une autre question : pourquoi ? D'autant que si cette pierre a été extraite de la météorite, et qu'elle soit donc d'origine extraterrestre, elle constituerait à elle seule un attrait touristique considérable, dont l'île a manifestement grand besoin depuis quelques années.

Lorraine hocha la tête puis, s'approchant, elle imita le détective et effleura de sa paume le bas de cette harpe colossale.

— Si c'était bien le cas, Edward, j'aimerais surtout comprendre, pour ma part, comment on a pu aller récupérer une météorite de cette taille au fond de la mer, au XVIIe siècle, et ce en toute discrétion.

— Peut-être qu'un fragment est tombé sur la terre, sans qu'aucun témoin le signalât à l'Académie des sciences.

— Ou peut-être, tout simplement, ne s'agit-il pas d'un bout de la météorite. On aura importé une pierre rare et peu connue d'un pays exotique ?

— Une chose est sûre : ceux qui ont réalisé cette sculpture avaient une grande maîtrise de leur art. Elle est absolument prodigieuse !

Mlle Chapelle acquiesça de nouveau. Ne fût-ce que d'un point de vue technique, l'exécution de ce simulacre était irréprochable. Ses lignes étaient nettes, raffinées, ses courbes parfaites, ses angles si saillants qu'on n'osait y faire glisser le doigt, de peur de s'y couper. Et d'un point de vue artistique… Eh bien, de ce point de vue-là, Mlle Chapelle, une fois encore, devait bien admettre qu'elle n'avait jamais rien vu de tel. La sculpture, d'une bizarrerie impénétrable, semblait sortie de l'esprit d'un artisan venu du futur, ou d'un passé lointain. Fût-elle primitive ou avant-gardiste, elle ne s'inscrivait dans aucune des grandes écoles de l'histoire de l'art que la jeune femme avait pu étudier.

— C'est magnifique ! concéda-t-elle, troublée.

N'eût-elle été l'indéboulonnable cartésienne que l'on connaissait, sans doute eût-elle confié que cette harpe exerçait sur elle quelque pouvoir de fascination irrépressible. Comme envoûtée, Lorraine peinait à en détacher son regard, tant elle était saisie par sa puissance esthétique.

— Il s'agit de *Daur da Bláo*, expliqua Edward tout en tournant autour. Selon le mythe celtique, cette harpe magique connaît toutes les mélodies incantatoires, et elle est capable de les jouer toute seule, à la demande de Dagda.

— C'est pratique, plaisanta Lorraine, comme pour détendre l'atmosphère pesante qui habitait les lieux.

— Dans le *Cath Maighe Tuireadh*, que nous avons trouvé chez Margaret et chez le père Molloy, la légende raconte que Dagda s'en servait comme d'une arme pour terrasser ses adversaires, et que la harpe jouait l'air du sommeil afin d'endormir les armées ennemies. Si notre meurtrier est un opposant au culte de Dagda, il est étonnant qu'il ne soit pas venu vandaliser ces sculptures…

— Il a peut-être essayé, répliqua la jeune femme.

Elle ramassa alors une lourde pierre et s'en servit pour frapper le socle du mégalithe.

— Que faites-vous, malheureuse ?

Elle haussa les yeux au ciel d'un air exaspéré puis passa sa main à la surface de la sculpture, à l'endroit précis où elle avait tapé.

— Rien. Pas la moindre trace de choc !

Elle frappa plus fort encore.

— Mais arrêtez, bon sang ! s'emporta Pierce. C'est une œuvre d'art !

Cette fois, le granite que tenait Mlle Chapelle se brisa en morceaux.

— Je n'ai jamais vu de roche aussi solide !

— Et moi, je n'ai jamais vu de geste aussi stupide, la sermonna le détective. Allons découvrir le prochain mégalithe, Lorraine, et par pitié, contrôlez-vous !

Ils étudièrent la carte de Blackmore puis grimpèrent de nouveau sur la motocyclette. Tandis qu'ils filaient sur la petite route qui longeait la rive, une brume épaisse se leva.

À la pointe nord-est de l'île, ils abandonnèrent la Harley-Davidson pour descendre une sente sinueuse qui plongeait vers la mer. Au bout d'un chemin serpentant entre rochers et forêt, ils arrivèrent sur une crique déserte. Le brouillard drapait la terre et l'eau d'une nébulosité fantomatique.

Ils marchèrent péniblement le long de la paroi rocheuse, assaillis par le vent qui, en sifflant, soulevait des nuages de sable fin. *WI-IH-ISH…*

— Là ! s'écria soudain Edward en indiquant une ouverture au milieu du granite.

Escaladant la roche, ils pénétrèrent dans une caverne lugubre, où la silhouette du deuxième mégalithe se dessina sous leur regard médusé. Il leur fit une impression plus grande encore que le premier : caché dans la pénombre, on eût dit une relique secrète, un trésor oublié. Taillé dans la même roche inconnue, celui-ci figurait un immense récipient, dont le sommet était si haut qu'on ne pouvait voir à l'intérieur.

— C'est *Coire ansic*, expliqua le détective à mi-voix, dans l'écho de la grotte. Le chaudron de Dagda, symbole de l'abondance et de la résurrection.

— Qu'y a-t-il dedans ?

— Du feu. Mais le mythe raconte que le chaudron n'a pas de fond, qu'il puise ses flammes dans les entrailles du cosmos. C'est de ce talisman que se sont inspirées les légendes arthuriennes du Graal, qui produit lui aussi une nourriture miraculeuse, sans cesse renouvelée. On trouve cette même idée dans la corne d'abondance de la mythologie grecque…

Après qu'elle eut fait plusieurs fois le tour de la sculpture, Lorraine grimpa sur une paroi de la caverne, se hissant suffisamment haut pour jeter un coup d'œil à l'intérieur du réceptacle.

— Bigre ! s'exclama-t-elle. Il est vide ! Nous nous sommes fait avoir, Edward ! Pas d'abondance pour nous aujourd'hui.

Le détective secoua la tête.

— Serait-ce un mécanisme de défense qui vous pousse ainsi à tout tourner en ridicule ? Je commence à me demander si ces mégalithes ne vous feraient pas un peu peur, ma chère...

— C'est vous qui me faites peur !

Quand ils eurent fini d'inspecter celui-là, le trajet pour rejoindre le mégalithe suivant s'avéra des plus périlleux, tant la brume s'était épaissie. On ne voyait guère plus qu'à une dizaine de mètres. C'était comme si l'île avait voulu se cacher aux yeux de ces investigateurs indiscrets.

Après s'être offert plusieurs frayeurs, Edward, cramponné à la jeune femme, ferma les yeux, pour ne les rouvrir que lorsque la motocyclette s'arrêta enfin.

La troisième sculpture, cachée au cœur d'une forêt, sur la grande anse de Madison Bay, figurait une roue immense, à huit rayons, prête à s'élancer au milieu des grands arbres.

— La roue du temps, murmura Edward, subjugué. Quand elle passe, elle rend sourd celui qui l'entend, aveugle celui qui la voit, et elle tue celui sur qui elle roule.

— Aveugle ? répéta Lorraine en examinant la structure noire dont le sommet se perdait dans la cime des arbres.

À ces mots, Edward se figea.

— Saperlotte ! s'exclama-t-il après un instant de mutisme.

Il attrapa la jeune femme par le bras et la dévisagea de ses yeux soudain étincelants.

— Comment n'y ai-je pas pensé plus tôt ? Vous avez raison, Lorraine ! La cécité !

— Eh bien ?

— Ça ne peut pas être une coïncidence ! C'en serait une de trop !

— Mais de quoi parlez-vous, nom d'une pipe ?

— Mog Ruith ! Le serviteur de Dagda, le druide-guerrier, qui dirige la tribu tout entière ! Celui dont la magie seule peut conduire les siens à la victoire ! La légende raconte que sa cécité lui conférait un don de voyance !

Lorraine le regarda, hébétée.

— Vous ne seriez pas en train d'insinuer que sir Ronald est un… druide-guerrier ? De grâce, Edward !

— Et pourquoi ne pourrait-il pas être le chef du culte celtique qui s'est perpétué sur l'île ? Ou un ancien chef ?

Absorbé par sa réflexion, le détective se mit à tourner en rond autour de la sculpture.

— Il aurait été remplacé par Nancy Donahue, la pastoresse de l'Armée du salut ? Mais oui, tiens, pourquoi pas ? Ne m'avez-vous point dit qu'elle semblait entretenir avec lui une sorte de désaccord ?

Mlle Chapelle poussa un soupir et posa sur lui un regard affligé.

— Excusez-moi, Edward, mais cela devient grotesque…

— Lorraine, encore une fois, ce n'est pas parce que vous trouvez la chose ridicule que les membres de ce culte ne se prennent pas, eux, totalement au sérieux ! Je ne vous demande pas de les croire, je vous demande de les comprendre ! Quelqu'un qui ignorerait tout de la religion chrétienne ne prendrait-il pas les pratiquants pour des illuminés en entrant dans une église et en les voyant, dans une génuflexion, avaler l'hostie que leur tend un énergumène en robe blanche, leur affirmant que c'est le corps du Christ ?

— Si, d'ailleurs, c'est un peu mon cas, s'amusa la Française. Mais enfin, Waldon ? Un druide-guerrier ?

— Au sens symbolique du terme, oui. Vous savez, il y a sur cette île des francs-maçons dont les dignitaires de haut grade se font appeler *chevaliers du serpent d'airain* ou *souverains commandeurs du temple* ! Si cocasses que ces titres puissent paraître à un profane, ils n'en sont pas moins portés, de nos jours, par des gens comme vous et moi !

— Comme vous, surtout… Bon. Admettons. Mais alors, qu'imaginez-vous ? Que sir Ronald et Mme Donahue se seraient volontairement rendus aveugles pour prendre la direction du culte ?

— Non. Je pense que la maladie de Wilson les a rendus aveugles, et que leur cécité aura incité les membres du culte à les choisir comme chefs, s'imaginant que la chose leur conférait quelque don de voyance. Je n'en sais rien, moi ! Ce n'est qu'une supposition, après tout…

— Entendu. Je la reçois comme telle. Mais à présent, allons voir le dernier mégalithe, et finissons-en. Vraies ou fausses, ces histoires de mythologie celtique commencent à me fatiguer… Tout ce qui m'intéresse, moi, c'est de retrouver les disparus, et d'arrêter celui qui les a enlevés.

Ainsi, ils se remirent en route. La brume était si dense, désormais, que Lorraine dut rouler au pas, effleurant la chaussée du bout des pieds pour prévenir la moindre chute qu'eût occasionnée un obstacle inattendu. Et le vent, de plus en plus fort, jouait lui aussi à présent contre elle.

Traversant des nappes de brouillard opaques, ils roulèrent vers l'ouest de Blackmore, jusqu'à la pointe que formait la côte entre Kimton End et Liverton. Le manque de visibilité rendit leur recherche des plus ardues, et ils durent rebrousser plusieurs fois chemin pour distinguer enfin un sentier de terre, mentionné sur leur carte.

Ayant mis pied à terre, ils montèrent prudemment la côte, restant bien près l'un de l'autre, jusqu'à ce que, tel un diable sorti d'une boîte, le dernier mégalithe surgisse au milieu d'un nuage.

Dressé de biais au bord du précipice, on eût dit un canon menaçant, qui pointait vers la mer. Le hasard, ou le destin peut-être, voulut que cette quatrième sculpture fût la plus impressionnante des quatre. Comme un bâton noueux, cette arme approchant les six mètres de long se terminait par des excroissances en pointe acérée.

— Et voici *Lorg mór* ! annonça Edward d'une voix théâtrale. C'est cette massue qui donne à Dagda le droit de vie et de mort sur les faibles humains que nous sommes. Il la manie comme Jupiter brandit la foudre. Par un bout, elle tue dans notre monde celui qu'elle frappe et, par l'autre, elle le ressuscite dans l'*Anaon*, ou l'Autre Monde, l'au-delà de la mythologie celtique. Traînée sur le sol, la massue de Dagda creuse un sillon dans la terre qui trace la frontière entre ces deux domaines.

Frappée par cette figure aussi majestueuse qu'inquiétante, Lorraine observa la sculpture en silence. Puis elle sortit la carte de sa poche et l'inspecta, la mine songeuse, faisant quelques pas hésitants le long de l'abîme.

— Avec un tel brouillard je ne saurais en être sûre, annonça-t-elle finalement, mais il me semble que la massue est dirigée droit vers l'îlot de Bragbury…

Edward regarda la carte à son tour.

— C'est possible. Si c'est bien à lui que nous devons ces mégalithes, le culte celtique aura voulu ainsi placer l'île sous la protection de Dagda, pour la défendre contre les puissances ennemies. Bragbury aurait-il représenté une menace ?

Cette fois, Lorraine se garda de toute plaisanterie. La découverte des mégalithes la plongeait dans un état de perplexité. Il devenait à ses yeux de plus en plus crédible qu'un groupe de mystiques fanatiques ait existé sur l'île jusqu'à une époque fort récente voire jusqu'à aujourd'hui…

— Le plus étonnant, dit-elle, c'est que ces sculptures, pourtant exceptionnelles, sont très peu vantées. Ce sont certainement les monuments les plus remarquables de Blackmore, et ils ne sont signalés nulle part. Aucun panneau, aucune plaque… Comme si les autorités de l'île continuaient de leur prêter un caractère sacré, et voulaient les protéger du tourisme.

— Du monde profane, compléta Edward.

Ils restèrent encore de longues minutes au pied du belliqueux talisman, et ils étaient sur le point de repartir quand Lorraine, la moue suspicieuse, s'avança d'une dizaine de pas en direction d'un talus, et appela le détective.

— Regardez : on dirait qu'un ancien sentier partait de là. Il n'a pas été emprunté récemment, mais les herbes sont moins hautes à cet endroit, comme si la terre ici avait été souvent foulée.

— En effet. Allons voir.

Ils s'efforcèrent de suivre ce chemin, à peine perceptible.

— Là ! Le tas de ronces ! indiqua Lorraine en pointant le doigt devant eux, vers l'endroit où l'ancien sentier semblait se terminer.

Elle s'approcha et, à l'aide d'un bâton, écarta l'amas de branches épineuses qui faisaient comme un dôme au-dessus de la terre.

— Bon sang ! s'exclama-t-elle. On dirait l'entrée d'un souterrain !

Edward prit un bâton à son tour et vint lui prêter main-forte. De fait, ils mirent au jour une ouverture dans le sol, où l'on devinait les contours d'un corridor qui s'enfonçait dans les profondeurs obscures.

— C'est sans doute l'un de ceux dont nous a parlé sir Ronald Waldon…

— Allons-y ! proposa Lorraine.

— Tout doux, mademoiselle ! Nous ne savons pas jusqu'où cela peut descendre. Nous devrions peut-être aller chercher un équipement de circonstance, avant de jouer aux spéléologues. Des lampes, des cordes, des grappins, ce genre de choses…

— Du whisky ?

— Évidemment.

— Alors soit.

39.

L'aller-retour en ville n'avait pas été de tout repos : le brouillard avait contraint les deux investigateurs à rouler si lentement que l'après-midi était déjà bien engagé quand ils revinrent devant l'entrée du souterrain.

Là, Edward s'accroupit et déposa le lourd sac à dos sur le sol. À l'intérieur se trouvaient tous les achats qu'ils avaient faits au Gillan's Department Store, le grand magasin de High Street : deux paires de hautes bottes en caoutchouc et de gants en cuir doublés, deux cordes, deux grappins, deux piolets, deux lanternes électriques à piles sèches, une gourde pleine d'eau, quatre bobines de gros fil rouge et, bien sûr, une flasque de whisky.

Lorsqu'ils se furent équipés, les investigateurs entamèrent précautionneusement leur descente. Prenant appui sur leurs piolets, ils avancèrent l'un derrière l'autre, parmi les ombres crépusculaires. Rapidement, la lumière du jour disparut.

Après quelques pas, Lorraine entendit la voix du détective résonner dans son dos.

— VITRIOL.

— Pardon ?

— *Visita interiora terræ rectificandoque invenies occultum lapidem*[1]. C'est l'épreuve de la terre, mademoiselle : nous pénétrons dans les entrailles secrètes du monde !

— Pfff ! Épargnez-moi vos sornettes ésotériques et avancez donc, triste jobard ! Le marchand m'a dit que ces lampes électriques pouvaient tenir huit heures. Et donc, dans les faits, probablement pas plus de six.

— Dame ! J'espère que nous serons ressortis bien avant cela !

Taillé grossièrement à même le granite, le couloir n'avait pas plus d'un mètre cinquante de hauteur, si bien qu'il fallait marcher en se courbant pour ne pas se heurter au plafond rugueux. Sur une pente glissante, à la faible lueur de leurs lanternes, ils découvrirent une intersection.

— Fichtre, maugréa Lorraine. Cela commence !

— Suivons l'exemple de Thésée à l'entrée du labyrinthe, et accrochons ici notre fil d'Ariane.

Ils s'exécutèrent.

Au loin, on entendait vaguement une eau murmurante et quelques gouttes tomber à intervalles irréguliers. Leur écho courait le long des murailles granitiques, et l'on peinait à estimer à quelle distance se situait la source de ce discret bruissement.

— Bon. À droite ou à gauche ? demanda Lorraine.

Soulevant sa lampe, Edward inspecta les deux tunnels. Celui de gauche semblait avoir une pente plus forte.

1. « Visite l'intérieur de la terre et, en rectifiant, tu trouveras la pierre occulte », célèbre formule des alchimistes.

— Main gauche, adjugea-t-il.

Ils se remirent en route. À cette profondeur, l'obscurité était totale et, sans leurs lanternes, ils eussent été contraints de rebrousser chemin. Lentement, à la manière du Pr Lidenbrock dans les aventures de Jules Verne, ils s'enfoncèrent vers le centre de la Terre. À chaque bifurcation, ils choisissaient la rampe qui leur paraissait descendre le plus rapidement.

Par moments, le clapotis de l'eau semblait plus proche, puis, l'instant d'après, plus lointain. Mais une chose était sûre : il y avait une source dans les environs.

Plus ils s'engouffraient dans ce puits insondable, plus le passage s'élargissait. Ainsi, ils marchaient depuis dix bonnes minutes lorsqu'ils furent enfin en mesure de se tenir debout, ce qui permit de soulager leurs pauvres vertèbres. En revanche, si l'espace autour d'eux s'était agrandi, l'atmosphère, elle, se faisait de plus en plus oppressante – signe que l'air se raréfiait. Économisant leurs efforts pour ne pas venir à manquer d'oxygène, ils continuèrent silencieusement leur exploration dans ce qui s'avéra être un réseau de galeries souterraines considérable.

À mesure qu'ils avançaient, ils doutaient de pouvoir découvrir ici autre chose qu'une succession de couloirs monotones. Quelle superficie couvraient ces souterrains ? Impossible à dire. Des kilomètres, sûrement !

— Si les disparus sont dans les sous-sols de Blackmore, nous n'avons aucune chance de les retrouver ! se lamenta Lorraine.

— Nous aurions peut-être dû nous renseigner davantage avant de venir : quelqu'un possède sûrement les plans de ces galeries, dont la plupart doivent conduire aux différentes carrières de l'île…

— Toute phrase qui commence par « nous aurions dû » ne mérite pas d'être prononcée. Taisez-vous, Thésée !

— Ha ha. *Taisez-vous, Thésée !* Ce que vous êtes drôle ! railla le détective.

Depuis qu'ils descendaient, la température n'avait cessé de chuter, au point que le froid devenait mordant. Chacune de leurs expirations produisait un petit nuage de condensation, et ils furent bien heureux d'avoir songé à prendre des gants.

Quand, après quatre cents mètres, ils furent arrivés au bout de leur première bobine de fil, ils s'arrêtèrent pour y nouer la deuxième.

Edward en profita pour inspecter la paroi de plus près.

— Il y a tout de même quelque chose qui me paraît étrange, dit-il en se grattant le crâne. Je sais bien que le granite n'est pas une roche sédimentaire, comme l'atteste ici l'absence de fossiles, mais je suis surpris de voir que partout, à quelque profondeur que l'on soit, la roche a la même apparence qu'à la surface. On dirait que l'île est formée d'un seul bloc de granite, qui se serait constitué d'un coup à la même époque. Je ne suis pas spécialiste, mais la chose est étonnante, non ?

— Je n'ai pas les compétences nécessaires pour en juger, Edward. Margaret aurait pu vous répondre, elle. La petite-fille de sir Ronald est passionnée de géologie. Elle collectionnait les fossiles, et, vous avez raison, Arnold m'a affirmé qu'elle allait les chercher à Guernesey, et non ici.

Peu à peu, le sol, couvert d'une fine couche de terre, se fit plus humide et, bientôt, leurs pieds se mirent à faire des bruits de succion en s'extrayant de la boue. Plus loin, la lumière de leurs lampes commença à se répercuter sur les facettes brillantes de la masse rocheuse, et le phénomène crût jusqu'à ce que les parois renvoient en tous sens des rayons ardents.

— Cela doit être des cristaux de quartz, supposa Edward, fasciné.

L'impression, à présent, était féerique ! La lumière étincelait dans toutes les directions.

Ils n'étaient pas loin de terminer leur deuxième bobine quand l'air, se faisant plus chaud, s'emplit d'une vapeur aux étranges reflets bleutés.

— Écoutez ! fit Edward en levant la main. Vous entendez le bruit de l'eau ? Nous devons approcher de l'une des fameuses sources chaudes dont nous a parlé sir Ronald Waldon ! Continuons !

Pressant le pas, ils s'enfoncèrent dans une atmosphère de plus en plus humide, une brume de plus en plus dense. Soudain, après un coude, la galerie s'ouvrit sur une immense grotte souterraine, comme un cirque de pierre dont l'aspect, se révélant dans une lueur singulière, les subjugua l'un et l'autre. Cloués au sol, ils restèrent bouche bée devant le spectacle onirique qu'offrait cette vaste caverne circulaire, tout à la fois splendide et angoissante.

Quoiqu'il fût baigné dans une douce clarté qui semblait émaner de la roche elle-même, ici et là, des pans entiers du dôme monumental disparaissaient dans l'ombre. Toutefois, à vue d'œil, on pouvait estimer qu'il mesurait plus de cent mètres de diamètre, et au moins dix de hauteur. Une eau visqueuse et diaphane suintait du plafond jusqu'au sol, donnant à la pierre une apparence gluante, et somme toute assez répugnante… Quand l'eau s'y écoulait lentement, on eût dit que les murs eux-mêmes bougeaient, telles de titanesques muqueuses grisâtres. Partout, des éclats de lumière scintillaient, si bien qu'on avait l'impression de se trouver sous une grande voûte étoilée… De longs bras de fumée bleutée rampaient à travers l'espace, à hauteur de taille, s'entrecroisaient en louvoyant, pareils à des dragons éthérés.

La température, qui avait grimpé d'un coup, dépassait à présent les trente degrés. L'air était si humide qu'à chaque inspiration leurs poumons paraissaient s'emplir de fines gouttelettes.

— Bonté divine ! balbutia le détective tandis que son regard fixait le centre de la grotte.

Car c'était là que se trouvait l'élément le plus insolite de cet incroyable décor. Une chose que ni Edward ni Lorraine n'avaient jamais vue.

Il s'agissait d'une sorte de puits, une bouche de granite striée de renflements effilés, comme l'appendice buccal d'une larve géante, qui s'élevait à trois ou quatre mètres du sol. Sans qu'on pût le voir, on devinait que l'orifice central descendait vers de lointaines profondeurs. Les vapeurs céruléennes s'échappaient de ce méat de roche, se répandant alentour comme des coulées de lave. À tout moment, on s'attendait à voir jaillir de cette gueule rocailleuse quelque terrible langue de flamme.

— Ma parole ! lâcha Lorraine, aussi hébétée que son voisin. Une source chaude, disiez-vous ? Un volcan, oui !

Levant sa lampe au-dessus d'elle, la jeune femme s'aventura dans la caverne.

— Prenez garde où vous mettez les pieds, la prévint Edward. Évitez ces flaques fumantes. L'eau des sources chaudes peut être très acide et atteindre des températures fort élevées.

Pas à pas, ils explorèrent lentement les lieux, chacun de son côté.

— L'air vous brûle-t-il la gorge, vous aussi ? lança Mlle Chapelle en toussant.

La phrase résonna longtemps dans la caverne.

— Oui ! C'est ce que je vous disais ! répliqua Edward, de l'autre côté de l'excavation. Il doit y avoir des vapeurs acides. Mettez un mouchoir devant votre bouche !

À mesure qu'elle approchait du centre, Lorraine distinguait, par-delà le bruit de l'eau, un grondement continu, grave, comme un roulement de tonnerre interminable.

— Qu'est-ce que c'est que ce bruit ? s'écria-t-elle.

— Je préfère ne pas savoir ! répondit le détective, qui avait disparu de l'autre côté du volcan.

Choisissant scrupuleusement chaque endroit où elle posait le pied, Lorraine continua d'ausculter les environs, et elle eut le sentiment de flotter au milieu d'un songe. Son envie de grimper au sommet du gouffre pour regarder à l'intérieur était dévorante mais, à l'évidence, la chose était beaucoup trop dangereuse. Même avec sa corde et son grappin, la jeune femme ne s'y serait pas essayée.

Elle s'était tournée vers la paroi occidentale quand, soudain, elle entendit un autre bruit encore. Faible lui aussi, mais plus proche. Une espèce de frottement. Ou de grattement, plutôt.

— Edward ? appela-t-elle, peinant à masquer l'inquiétude grandissante dans sa voix.

Le nom se répéta plusieurs fois en écho, sans qu'elle obtînt de réponse.

— Edward ?

Toujours rien. Lorraine sentit les battements de son cœur accélérer. S'efforçant de rester prudente, elle contournait la gueule du volcan pour se rendre, aussi prestement que possible, du côté où le détective s'était aventuré.

— Edward !

Mue par l'anxiété, elle venait d'accélérer quand, trébuchant, elle se rattrapa de justesse au manche de son piolet pour éviter la chute. Après une profonde inspiration, elle se remit au pas.

Arrivée du côté opposé, elle distingua un halo de lumière jaune derrière une colonne de pierre, près de la paroi.

— Venez voir ! s'écria Edward, caché par le pilier.

— Vous vous moquez de moi ? s'emporta Lorraine. Ça fait une minute que je vous appelle ! Vous m'avez fait peur, double crétin !

— Désolé ! Mais venez voir, bon sang !

Elle évita les obstacles et rejoignit le détective en rouspétant.

— Regardez ! dit-il d'une voix exaltée.

Il approcha sa lanterne du mur de granite devant lui.

La jeune femme, dans un soupir, leva les yeux.

— Saperlipopette ! bredouilla-t-elle.

À deux mètres du sol, une frise avait été gravée dans la pierre. Disparaissant dans les ombres, on pouvait imaginer qu'elle courait sur une longue distance.

— De l'alphabet oghamique !

Pierce hocha la tête, le regard étincelant.

— Et celui-là n'a pas été laissé par notre meurtrier ! Il est là depuis très, très longtemps. Plusieurs siècles, sans doute.

Par endroits, les lettres archaïques étaient si érodées par le temps qu'on les distinguait à peine.

— Vous arrivez à traduire ?

— Bien sûr que non ! Mais prenez des photos, Lorraine ! Prenez autant de photos que vous le pouvez.

Il éclaira le mur, et la jeune femme put photographier les étranges inscriptions. Lorsqu'ils constatèrent, après quelques mètres, que le texte s'étendait sur toute la circonférence de la grotte, elle n'avait déjà plus de pellicule !

— Il va falloir revenir ! lança Edward, frénétique. C'est… C'est incroyable ! N'est-ce pas ?

Il se tourna vers la jeune femme et vit qu'elle s'était pétrifiée derrière lui.

— Qu'y a-t-il ?

— Vous... vous entendez ? bégaya celle-ci, le front soucieux.

— Quoi donc ? Le grondement ?

— Non. Là ! Ce grattement. Je l'ai déjà entendu. Il est de plus en plus fort...

Edward se figea et tendit l'oreille.

— Bon sang, oui, vous avez raison ! Le bruit a l'air de s'approcher du gouffre, dit-il en pointant le doigt vers le centre de la grotte.

— On dirait... on dirait...

Lorraine ne put terminer sa phrase, s'interrompant par un cri de frayeur assourdissant.

Au sommet de la bouche de granite, une centaine de petites silhouettes noires venaient de surgir parmi les nappes de vapeur. Et, une seconde plus tard, ce n'étaient plus une centaine, mais des milliers d'ombres grouillantes qui dévalaient la pente, se répandant comme une mer huileuse.

— Que... Qu'est-ce que c'est que ça ? bredouilla Mlle Chapelle, dont les ongles s'étaient plantés dans le bras de son voisin.

— Des rats... De gros rats. De très, très gros rats ! répondit Edward, d'une voix à peine plus rassurée.

— J'ai horreur des rats !

— Allons, bafouilla fébrilement le détective, serrant sa lampe, les rats, ça... ça n'attaque pas les humains...

— Ah oui ? Alors pourquoi courent-ils tous dans notre direction ? s'écria Lorraine, terrifiée.

Jaillissant du gouffre, la nuée avançait droit sur eux. Pis encore : elle ne cessait de grossir ! Dans un flot ininterrompu, les formes galopaient, bondissaient les unes par-dessus les autres comme un troupeau infini de créatures maléfiques.

— On s'en va ! hurla la Française, livide.

Sans lâcher le bras de Pierce, elle se mit en route vers la galerie par laquelle ils étaient arrivés. Abandonnant leurs piolets derrière eux, ils trottèrent d'abord, prenant garde aux pièges que le sol abritait. Mais quand ils virent la vitesse à laquelle la masse pullulante approchait, ils firent fi de toute prudence et se lancèrent dans une course effrénée.

Sautant au-dessus des grosses flaques, ils ne purent éviter les plus petites, et leurs bottes s'enfoncèrent plusieurs fois dans les eaux acides, projetant des éclaboussures bouillantes dont ils protégèrent leur visage tant bien que mal.

Lorraine, bien plus athlétique que l'Anglais, courait plus vite. Refusant de lâcher sa main, on eût dit qu'elle le remorquait !

Lorsqu'ils furent arrivés à l'entrée du corridor, la jeune femme, se retournant pour encourager Edward, aperçut l'armée de rats dans leur dos. Ils n'étaient plus qu'à quelques mètres et, fût-ce ou non une exagération inspirée par l'épouvante, il lui sembla les entendre non pas crier mais grogner, comme autant de prédateurs fondant sur leurs proies. Ils étaient si proches maintenant qu'elle put confirmer son impression première : de toute sa vie, elle n'avait jamais vu de rats aussi gros ! Certains dépassaient la taille d'un grand chat !

— Dépêchez-vous ! hurla-t-elle.

Edward, le souffle court, ne répondit que d'un râle. Toutefois, bien qu'il fût déjà épuisé, sans doute trouva-t-il dans le regard horrifié de la jeune femme une motivation nouvelle. Au prix de grimaces de douleur, il parvint à accélérer.

Ils s'engouffrèrent ensemble dans le corridor et y poursuivirent leur chevauchée furieuse. Ils n'y avaient fait que quelques foulées quand, déjà, ils entendirent dans leur dos la cavalcade des pattes griffues qui tintaient contre la pierre, et les couinements démoniaques de cette horde enragée.

— Ce n'est pas possible ! hoqueta Pierce.

Sans ralentir sa course, Mlle Chapelle chercha des yeux le fil rouge. Elle peina tant à le trouver qu'elle dut se rendre à l'évidence : le suivre du regard serait impossible. Sans plus y réfléchir, elle jeta sa lanterne derrière elle afin de libérer celle de ses mains qui ne tenait pas Edward. Avec un peu de chance, la lampe retomberait sur une ou deux bestioles. Puis, s'écorchant la paume dans la manœuvre, elle finit par attraper le fil. Il était grand temps, car celui-ci lui indiqua une bifurcation qu'ils eussent manquée.

— Allez ! lança Lorraine, voyant que son ami perdait de nouveau de la vitesse.

Mais Pierce semblait à bout de forces.

Après une nouvelle intersection, Lorraine sentit son talon heurter quelque chose. Un rat venait-il de bondir vers elle pour essayer de la mordre ? Son incrédulité s'effaça lorsqu'elle entendit Edward pousser un cri de douleur. Il se frappait frénétiquement le mollet avec sa lampe, pour en chasser le rongeur qui y avait planté ses crocs.

À cet instant, la jeune femme comprit que la peur qui les faisait courir n'était pas le fruit d'une phobie insensée : le premier des deux qui tomberait au sol se ferait véritablement dévorer !

Lors, dans un geste brusque, elle lâcha la main du détective et, puisant une énergie nouvelle jusqu'au tréfonds de son âme, se mit à accélérer.

— Lorraine ! hurla Pierce, entre horreur, incompréhension et fureur.

— Faites-moi confiance ! rétorqua la jeune femme sans se retourner.

En quelques secondes à peine, elle l'avait déjà grandement distancé.

Edward, la gorge en feu, la vit tourner au carrefour suivant, et alors il fut envahi par une peur panique qu'il ne fut capable de raisonner. Comment la jeune femme pouvait-elle l'abandonner ainsi ?

Il poussa un hurlement quand un nouveau rat, qui s'était précipité sur lui, le manqua de peu et roula sur le sol. Il s'égosilla encore davantage lorsqu'il sentit que sa botte droite venait d'en faucher un autre en plein vol.

Après avoir essuyé d'un revers de manche la sueur qui lui brûlait les yeux, il se rendit compte que Lorraine avait disparu de son champ de vision. Débarrassée de sa lampe, elle s'était évanouie dans l'obscurité. Dès lors, l'angoisse et la fatigue combinées donnèrent au détective le vertige.

Là, une bifurcation ! Dans quelle direction Mlle Chapelle était-elle partie ? Et la ficelle rouge : où était-elle, bon sang ?

— Lorraine ! lâcha-t-il dans un ultime beuglement désespéré.

Il crut son heure venue, et son esprit fut saisi par une vision d'horreur : il se vit, étendu sur le sol, ses entrailles déchiquetées par des milliers de bêtes voraces. Abattu, il perdit de la vitesse. Dans quelques pas, sans doute, il s'écroulerait.

— Par ici !

L'appel de Lorraine résonna à sa droite.

— Dépêchez-vous !

Dans les derniers soubresauts de son instinct de survie, Pierce s'élança du côté où la voix de Mlle Chapelle avait retenti. Au milieu de la galerie, à quelques mètres à peine, il vit la silhouette de la jeune femme, accroupie dans les ombres, face à lui.

L'esprit embrouillé, le corps meurtri, il mit du temps à comprendre ce que Lorraine était en train de faire. Mais quand il ne fut plus qu'à quelques pas, il distingua le briquet qu'elle tenait dans sa main droite, la flasque de whisky posée auprès d'elle, et il comprit.

Une étincelle, et le sol s'embrasa d'un coup ! Au même moment, Edward puisa dans ses dernières ressources pour bondir. Il enjamba les flammes en hurlant, pour s'écrouler quelques mètres plus loin et rouler sur le sol dans un nuage de poussière.

La barrière de feu s'était élevée dans un souffle furieux. Armée d'une grosse pierre, Lorraine écrasa, en poussant des cris de dégoût, les deux seuls rats qui, pris dans leur élan, osèrent traverser la barrière de feu. Le reste de leurs congénères, terrifiés par les flammes, recula dans un concert de petits couinements.

En essayant péniblement de se redresser, le détective aperçut le visage de Lorraine, dont les formes dansaient dans la lumière vacillante du feu. Et alors il vit sa figure se muer lentement en un masque d'horreur absolue. Les yeux fixés vers le lointain, on eût dit qu'elle venait de voir quelque chose…

— Qu'est-ce qui se passe ? bégaya Edward.

Sortant de sa torpeur, la jeune femme fit volte-face et revint vers lui. Elle l'aida à se remettre debout.

— Qu'est-ce… qu'est-ce que vous avez vu ? la pressa-t-il.

La mine blafarde, elle passa un bras dans son dos.

— Venez ! dit-elle simplement. Nous devons nous remettre à courir ! Le feu ne tiendra pas une minute !

Le pauvre homme, exténué, s'y efforça. Courant aussi vite qu'il le put, il suivit Lorraine dans cette chevauchée, alors que le sang cognait si fort contre ses tempes qu'il crut que sa tête allait exploser.

Par chance, le stratagème de Mlle Chapelle leur avait offert une avance suffisante. Quelques instants plus tard, au terme d'efforts surhumains, ils s'extirpèrent enfin du souterrain et retrouvèrent la lumière du jour.

Sauvés. Ils étaient sauvés ! Éreintés l'un et l'autre, ils allèrent s'écrouler quelques mètres plus loin, au pied de la sculpture.

Ils y restèrent un moment, étendus sur le dos, sans parler, jusqu'à ce que des forces suffisantes leur reviennent pour se redresser et échanger un regard perplexe.

— Qu'est-ce que vous avez vu, Lorraine ? demanda le détective en haletant.

La jeune femme, qui avait à peine retrouvé des couleurs, ne répondit pas. Elle le fixait, sa poitrine se soulevant au rythme de son souffle encore court.

— Qu'est-ce que vous avez vu ? répéta le détective.

Après un long silence, Lorraine parla enfin, mais d'une voix sinistre, grave, atone. Elle semblait encore sous l'effet d'un choc.

— J'ai vu… Quelque chose. Je ne sais pas. Une bête… Un… Je ne sais pas. Quelque chose qui vit sous terre…

— Un animal ?

— Quelque chose comme ça.

— Mais décrivez-le, enfin !

— Je ne sais pas ! cria Lorraine, les yeux injectés de sang. N'insistez pas, Edward ! Il faisait sombre. J'ai vu une espèce de grosse bête qui glissait sur le sol, derrière les rats. C'est tout.

— Lorraine, vous pouvez me parler. Si je vous disais, moi, ce que le père Molloy et moi avons vu, un jour, dans une caverne, vous me prendriez pour un fou…

— Cela fait bien longtemps que je suis convaincue que vous l’êtes…

Mlle Chapelle eut beau tout faire pour le cacher, Pierce vit que ses mains tremblaient. Et ce n’était pas de nervosité. Il se traîna jusqu’à elle et la prit dans ses bras. Elle se laissa faire un instant, puis, après un long soupir, elle se mit à ricaner un peu sottement.

— Je vous avais bien dit qu’il nous fallait du whisky…

40.

Moins d'une heure plus tard, ayant tout juste repris leurs esprits et un peu de forces, les deux investigateurs arrivaient dans la ville de Blackmore. Bien décidés à se remettre de leurs émotions, ils se garèrent dans Victoria Street et, bras dessus, bras dessous, entrèrent dans la salle enfumée du *Goose & Grill.*

Tout en colombages, c'était un pub délicieusement *british*, décoré dans le plus grand respect de la tradition. Sous un plafond bas, au milieu des cuivres, des boiseries, des centaines de cadres et de miroirs, on trouvait tout ce qui faisait la joie des habitués : un bar immense équipé de belles tireuses à bière, un jeu de fléchettes, un billard, une grande cheminée… Selon leur humeur, les clients pouvaient rester debout, s'asseoir aux tables hautes ou se réfugier en petit comité dans de confortables fauteuils, dans les recoins plus intimes. L'*ale* et la Guinness coulaient à flots, et les classes sociales se mélangeaient ici comme l'alcool dans un jus de fruit. Car, au fond, c'était bien là la fonction première de ces *public houses* : offrir un espace égalitaire où toutes les couches de la société pouvaient se rencontrer, sans carte de membre, et où, plus que partout ailleurs, on pouvait aisément engager la conversation avec un inconnu ou un étranger. En revanche, force était de constater que Lorraine était l'une des rares femmes à l'intérieur de ces murs, sinon la seule.

Bien que la plupart des festivaliers fussent en train de participer, ce soir-là, à l'élection de Miss Blackmore dans le théâtre de la ville, le pub était bondé.

Edward et Lorraine s'enfonçaient dans la salle quand une voix s'éleva derrière eux.

— Détective Pierce !

Tournant tous deux la tête, ils aperçurent le Dr McCann, le Pr Vandekade et l'antiquaire, Steve Stevens, réunis à la même table. Tous trois étaient fort endimanchés.

— Voulez-vous vous joindre à nous ? proposa le médecin.

Pierce interrogea Lorraine du regard. Celle-ci hésita un instant : après ce qu'ils venaient de vivre, ce n'était pas de cette manière qu'elle avait espéré terminer la soirée. Ces trois-là, néanmoins, avaient peut-être encore des choses à leur apprendre. Elle hocha finalement la tête et, gardant le bras du Britannique, rejoignit avec lui les trois gentlemen.

Edward, chapeau sur la poitrine, fit les présentations.

— Ah ! Voici donc votre fameuse acolyte ! se réjouit le professeur en courbant le buste. Nous sommes enchantés, mademoiselle ! Prenez place, je vous en prie !

Lorraine salua poliment la compagnie et s'installa.

— Je n'imaginais pas que je vous trouverais tous trois à cette heure dans un pub ! lança Edward en s'asseyant à son tour.

— Oh, c'est une vieille tradition ! répondit McCann en faisant rouler mystérieusement son œil valide. Pour tout vous dire, détective, nous sortons de notre tenue[1]. Et, à l'époque où elle n'avait pas de temple, notre loge se réunissait dans le *snug*[2] de cet établissement, voyez-vous ?

— Cela se faisait beaucoup au siècle dernier, précisa Vandekade. Certains d'entre nous ont gardé l'habitude de venir partager un verre ici, à l'issue de nos petites réunions...

— Ma foi, c'est une excellente habitude !

— Le juge Gaudion n'est-il pas avec vous ? s'étonna Lorraine. Il fait pourtant bien partie de votre loge, n'est-ce pas ?

— Certes, répondit McCann, mais il a fort à faire, avec la Blackmore Week. En outre, il nous accompagne rarement ici, préférant consacrer à sa famille le peu de temps libre qui lui reste.

Lorraine eut une légère moue de surprise.

— A-t-il des enfants ?

— Il a un fils, Cyril. Oh, à vingt-cinq ans, il serait en âge de vivre seul, mais Cyril a toujours été un garçon un peu... compliqué.

— Tiens donc ! Mais encore ? le relança Lorraine, avant d'adresser discrètement à Edward un regard entendu.

— Oh, un esprit rebelle, tout simplement. Je suppose que ce n'est pas toujours facile de grandir dans l'ombre d'un homme comme le juge Gaudion. L'année dernière, il a interrompu ses études à Jersey, il est revenu chez son

---

1. Réunion régulière d'une loge maçonnique.
2. Dans les anciens pubs, le *snug* (« confortable ») était une pièce privée avec un accès au bar, souvent cachée derrière un miroir sans tain, où les clients les plus aisés (ou ceux qui ne désiraient pas être vus) payaient pour se retrouver en toute intimité.

père, sans diplôme, et il n'a pas l'air de vouloir se mettre à travailler...

— Je vois.

Depuis la veille, Lorraine nourrissait en secret quelque suspicion à l'égard du magistrat. Elle avait d'abord trouvé étonnant qu'il fût arrivé sur le site du *hill climbing* quelques minutes seulement après le meurtre de M. Galloway. Certes, elle peinait à imaginer qu'il puisse être l'assassin... En revanche, ce qu'Arnold lui avait appris au sujet du prétendant de Margaret Waldon offrait une nouvelle piste. Un garçon de bonne famille... Et pourquoi pas le fils du juge Gaudion ?

— Que voulez-vous boire, chers amis ? demanda l'antiquaire en se levant poliment.

Les deux investigateurs échangèrent un bref regard et, d'une seule voix, répondirent dans un sourire complice :

— Un whisky !

Stevens, d'abord surpris par cette réponse collégiale, s'inclina avec élégance et tourna les talons pour se diriger vers le bar.

Lorraine le regarda s'éloigner puis, se penchant vers Edward et profitant du brouhaha, elle lui glissa à l'oreille :

— C'est vrai qu'il est beau garçon, votre amoureux. Mon Dieu, ces fesses !

Le détective lui fit les gros yeux.

— Avez-vous avancé dans votre enquête ? demanda le Pr Vandekade.

— Doucement, mais sûrement, répondit Lorraine. Nous sommes à présent sur la piste d'un notable de la ville. D'ailleurs, ce pourrait très bien être l'un d'entre vous !

Le médecin fit une mine horrifiée.

— Bigre ! Que dites-vous là ? Aucun de nous trois ne pourrait vouloir le moindre mal au père Molloy !

— Ah ! Mais aux autres, oui ?

— Non, aux autres non plus ! se rattrapa McCann. Pardonnez-moi ! Vous avez raison : j'ai tendance à ne penser qu'à lui, comme nous sommes amis ! Mais, bien sûr, toutes ces disparitions sont aussi regrettables les unes que les autres !

— Sans compter qu'il n'y a pas eu que des disparitions, mais aussi deux meurtres, insista la jeune femme. Celui de Mlle Appleton, la journaliste, et de M. Galloway, son successeur.

— Je viens de l'apprendre, en effet. Quelle horreur !

— Et vous, docteur ? intervint Edward. Les choses sont-elles rentrées dans l'ordre au sanatorium ?

— Le calme est revenu, grâce à Dieu. Et je suis heureux de vous savoir sain et sauf, malgré vos mésaventures ! Malheureusement, nous n'avons toujours pas retrouvé ceux de nos patients qui se sont échappés.

— Dont Phil Sadler, me suis-je laissé dire...

— En effet, détective. Il semblerait même qu'il soit à l'origine de ce désordre, voyez-vous ?

— Est-ce dans ses habitudes ?

McCann prit un air désolé.

— Il n'était jamais allé aussi loin, non. Mais le pauvre garçon est dans un état de démence avancée depuis plus de quinze ans. Il fallait bien que cela arrive un jour ou l'autre.

— Quelle tristesse ! se lamenta le Pr Vandekade. Je vous disais hier, monsieur Pierce, à quel point ce jeune homme était doué. Un peintre exceptionnel !

— J'ai eu l'occasion de voir ses toiles chez sir Ronald Waldon et je dois admettre qu'elles sont saisissantes...

Steve Stevens revint à la table avec deux single malt et trois pintes de bière. Prenant place, il leva son verre.

— Mademoiselle, monsieur, nous buvons à votre santé !

Ils trinquèrent et prirent une gorgée.

— Pardonnez-moi, annonça Lorraine en se levant, je m'absente un instant…

Elle se faufila rapidement entre les nombreux clients et rejoignit le bar.

— Auriez-vous un téléphone ?

Le *landlord*, un homme bien gras aux joues fort rouges, fit un signe de tête vers une petite pièce mitoyenne. Elle s'y rendit aussi discrètement que possible.

Décrochant l'écouteur pour le porter à son oreille, Lorraine se pencha et jeta un coup d'œil vers la salle. Edward et ses trois maçons étaient en pleine conversation. Aucun ne semblait l'avoir suivie des yeux. Elle s'approcha du microphone, glissa une pièce dans l'appareil et attendit qu'une *hello-girl*[1] lui réponde.

— Bonjour, quel numéro s'il vous plaît ?

— Bonjour, madame. Pourriez-vous me mettre en relation avec l'Enzo's Motorcycles Shop, à Blackmore, s'il vous plaît ?

— Ne quittez pas.

À une heure pareille, Lorraine n'avait que peu d'espoir. Pourtant, après plusieurs tonalités, la voix du garagiste grésilla enfin dans l'appareil.

— C'est qui ?

— C'est Mlle Chapelle, répondit Lorraine, amusée par le ton sec de son correspondant.

— Oh ! Ma p'tite dame ! Ça y est ? Z'avez cassé vot' machine ?

— Pas du tout. Je suis désolée de vous déranger à une heure si tardive, cher ami, mais j'ai une question à

---

1. On surnommait ainsi les opératrices dans les années 1920. Un métier que l'on réservait aux femmes, considérant qu'elles étaient plus fiables et qu'elles se contentaient d'un salaire plus modeste.

vous poser qui revêt quelque caractère urgent. Pour mon enquête.

— Oui, ben vous en faites pas, j'travaille encore sur une Triumph, là, de toute manière. J'vous écoute !

— Vous m'avez dit que vous n'aviez importé aucune BSA de modèle L sur l'île, n'est-ce pas ?

— Affirmatif.

— Est-ce que quelqu'un pourrait néanmoins en avoir acheté une à Jersey et l'avoir importée ici ?

— Bien sûr.

— Auriez-vous le moyen de vérifier cela pour moi ?

Elle l'entendit soupirer.

— Z'avez du bon vin ?

— Je vous en enverrai une caisse entière, Enzo !

— J'vais voir c'que j'peux faire.

— Vous êtes un amour ! Si vous trouvez quelque chose, laissez-moi un message au *Mousetrap Inn* !

— Ça va, ça va. Allez, bonne nuit ! Et tout doux sur la poignée de gaz !

Quand Lorraine revint à la table, les quatre hommes s'étaient engagés dans de sérieux débats. Reprenant sa place, elle se mêla aussitôt à leur conversation. Il était question des accords de Locarno, que les grands dirigeants européens venaient de signer pour renforcer leur sécurité et affirmer la réconciliation avec l'Allemagne.

La conversation dériva ensuite sur la montée inquiétante du nationalisme en Europe, sur la menace que représentait l'accession de Mussolini au pouvoir, et sur la regrettable libération du sinistre Adolf Hitler, quelques mois à peine après son putsch raté. Les cinq convives partagèrent leurs craintes quant à l'ampleur que prenait son parti raciste, homophobe et antimaçonnique.

Cela faisait une bonne heure que tout ce petit monde conversait avec ferveur, et on était passé à un autre sujet quand Lorraine sembla ne pas avoir entendu la question que venait de lui poser le Pr Vandekade.

— N'êtes-vous point d'accord, mademoiselle Chapelle ?

— Lorraine ? Lorraine ?

La jeune femme, absorbée par tout autre chose, ne répondait pas. Les sourcils froncés, elle avait le regard fixé sur la fenêtre du pub. Rendue translucide par la condensation, la vitre masquait en partie la figure d'un jeune garçon qui, collé au carreau, la dévisageait de la rue.

— Qu'est-ce qu'il y a ? lui demanda Edward, troublé.

Lorraine fit un signe de tête.

— Le garçon, là, dehors… Je crois que…

Elle se pencha en avant pour mieux voir, et elle fut quasiment sûre de reconnaître ce gamin étrange qu'elle avait déjà aperçu par deux fois. Oui, c'était bien lui !

Au même instant, celui-ci posa son index sur la vitre, et le fit lentement glisser. Sous les yeux médusés des cinq adultes, une à une, des lettres se dessinèrent au bout de son doigt, et un message apparut sur la buée, à l'envers. Quand le jeune garçon eut terminé, il ajouta un point sous le mot qu'il venait d'écrire. Lorraine, perplexe, se leva d'un bond.

Se précipitant entre les clients du pub, la jeune femme renversa plusieurs verres sur une table voisine, récoltant au passage une volée de bois vert. Sans prendre le temps de s'excuser, elle ouvrit la porte d'un coup et se jeta sur le trottoir.

Malheureusement, une fois de plus, elle arrivait trop tard : le garçon, plus rapide que l'éclair, s'était déjà volatilisé dans la nuit noire. Elle courut dans un sens, puis dans l'autre, pour tenter de le retrouver, mais en vain.

41.

Il était neuf heures du matin passées en ce jeudi 29 octobre quand, vêtue de sa tenue de pilote désormais coutumière, Mlle Chapelle descendit, guillerette, dans le lobby de l'hôtel.

— M'a-t-on laissé un message ?

L'acariâtre Mme Fletcher se contenta de faire un non de la tête, sans même la lever. Lorraine, dans un soupir blasé, se dirigea vers la salle des petits déjeuners.

Rentrés fort tard au *Mousetrap Inn*, les deux investigateurs s'étaient rapidement écroulés dans leurs chambres respectives. L'un et l'autre avaient dormi profondément, éreintés par leurs aventures souterraines. Quand elle le rejoignit à leur table, Mlle Chapelle constata que le détective, comme elle, avait bien meilleure mine que la veille.

— Bonjour, Sherlock !

— Bigre, je n'arrive pas à m'y faire ! pouffa Edward en la détaillant de la tête aux pieds. Chaque fois que vous arrivez dans votre nouvelle panoplie, je crois voir venir Adrienne Bolland[1] !

— C'est fou, ça ! Alors que moi, chaque fois que je vois vos moustaches, je crois que vous êtes un morse ! Quand vous courez aussi, d'ailleurs…

À peine étaient-ils réunis que leur cher Lucius, costume impeccable, se présenta à leur table, tout sourire. Avec son élégance habituelle, il leur tendit le menu des petits déjeuners.

— Mademoiselle, monsieur, mes hommages du matin. Bien dormi ?

— Comme un loir, fit Lorraine.

— Comme une bûche, fit Edward.

— *Full English breakfast* tous les deux, comme d'habitude ?

Ils hochèrent joyeusement la tête, sans même prendre la peine de regarder la carte.

— Café noir pour mademoiselle, et un thé de chez Fortnum & Mason pour monsieur ?

— Dieu vous bénisse ! le remercia Edward. Le jour où vous n'en pourrez vraiment plus de Mme Fletcher, je vous embauche à Canterbury !

— Oh ! Pauvre Madame ! Il ne lui manquerait plus que ça ! Je suis une personne fidèle, monsieur Pierce.

— Quelle tristesse !

Le grand Martiniquais fit une révérence et s'éclipsa.

— Bien. Que pensez-vous que nous devrions faire, maintenant, ma chère ? demanda le détective en reprenant un air sérieux.

— Manger des saucisses, du bacon et des œufs brouillés.

---

1. Célèbre aviatrice française, née à Arcueil en 1895. Le 25 août 1920, elle fut la première femme à traverser la Manche en solitaire, depuis la France.

L'Anglais sourit.

— C'est un bon début, mais après ?

— Je ne sais pas… Nous n'avons aucune piste sérieuse pour retrouver les disparus. J'aimerais mettre la main sur le gamin d'hier soir et lui demander pourquoi il me suit depuis mon arrivée. Et surtout, pourquoi il a écrit le nom de votre Grand Ancien préféré sur la vitre du pub…

— Pour nous mettre en garde, sans doute ? Ce qui m'intrigue, c'est le point qu'il a dessiné en dessous…

La figure de Lorraine s'anima.

— J'ai ma petite idée, à ce sujet…

— Ah ! Développez ?

— Je préfère m'abstenir tant que je ne suis pas sûre.

— Saperlipopette ! Quel suspense !

S'étant réveillés fort tard, ils étaient les derniers clients dans le restaurant de l'hôtel. On approchait de la fin de la Blackmore Week, et les activités en ville se multipliaient, attirant, dès le matin, un public plus nombreux.

— Pour ma part, c'est le père Molloy que j'aimerais retrouver, reprit Edward tristement. Plus les jours passent, moins l'hypothèse qu'il soit parti de sa propre initiative me semble crédible. Pourtant, de nombreux détails dans son appartement laissaient imaginer qu'il avait planifié une expédition…

— Le fait qu'il soit parti de son propre chef n'empêche pas qu'il ait pu lui arriver quelque chose…

— Ne parlez pas de malheur ! Ce qui continue de me turlupiner, c'est qu'il savait que je devais arriver. Le connaissant, il m'aurait laissé un mot ou quelque chose, pour me dire où il allait. Cela ne lui ressemble pas !

— N'a-t-il rien écrit dans sa lettre qui pourrait vous mettre sur sa piste ?

— Non. Il disait seulement qu'il se sentait en danger.

Il fouilla dans la poche de sa belle veste en tweed bleu – assortie, bien sûr, à son parapluie – et tendit la lettre à la jeune femme.

— Regardez, il dit qu'il craint tant pour sa santé mentale que pour sa personne physique...

Lorraine lut la lettre attentivement, puis la lui rendit dans un haussement d'épaules.

— Si Pat est encore en vie, pourquoi n'a-t-il pas essayé de me joindre ?

— Qui vous dit qu'il n'a pas essayé ? Allez savoir, peut-être est-ce lui qui nous envoie le gamin !

Edward leva les yeux au ciel.

— Ne dites pas n'importe quoi.

— Peut-être a-t-il laissé un indice dans son appartement qui vous aura échappé ?

— C'est possible. Il faudrait que j'y retourne.

— Eh bien, voilà, notre emploi du temps pour la matinée se dessine : je cherche le gamin, et vous fouillez chez Molloy. Avec l'autorisation du juge, cette fois.

Et c'est ce qu'ils firent. Aussitôt leur copieux repas matinal terminé, ils partirent prestement en ville, chacun de son côté.

Dehors, le ciel d'octobre s'était couvert de sa plus triste mine. Une mine de plomb, eût dit Lorraine, se fût-elle trouvée d'une humeur plus facétieuse. Les décors festifs envahissaient désormais toutes les rues, mais ni eux ni la foule ne suffisaient à ôter, à ses yeux, le voile gris qui pesait sur l'île comme sur son âme. Importé à la fin du siècle précédent par les immigrés irlandais, le visage inquiétant de Jack-o'-Lantern apparaissait ici et là aux fenêtres, sculpté dans des courges, des citrouilles et des navets que l'on avait vidés pour y installer des bougies. Dans deux jours, la veillée d'*All Hallows' Eve* sonnerait la fin de la Blackmore Week et l'arrivée de l'hiver. Les nuits, de plus en plus longues, agrandiraient encore l'empire des choses mystérieuses, laissant libre cours aux plus sombres superstitions.

Il n'était pas loin de midi quand, comme convenu, les deux compères se retrouvèrent de nouveau au restaurant de l'hôtel.

— Doux Jésus ! s'exclama Lucius en découvrant leurs figures déconfites. J'ai l'impression que vous avez tous les deux besoin d'un petit remontant !

— Quelque chose de fort, confirma Edward.

Le serveur hésita un instant, fixant le plafond d'un air songeur.

— Ah ! fit-il soudain en claquant des doigts. Je sais ce qu'il vous faut !

Ils le regardèrent partir vers le bar, fouiller dans le bas d'une armoire et revenir rapidement avec deux verres et une bouteille blanche sans étiquette.

Plein d'espièglerie, il se hissa sur la pointe des pieds pour s'assurer que Mme Fletcher ne se dirigeait pas vers la salle, puis il servit généreusement ses hôtes avant de leur adresser un clin d'œil.

— C'est un Old Tom Gin artisanal, distillé à Jersey par M. Zylberberg, un peintre de mes amis. Un peu plus sucré qu'un London Dry, il développe un délicieux arôme d'agrumes, et une pointe de gingembre et de safran relève délicatement le goût de la baie de genièvre… C'est un régal ! Mais pas plus d'un verre, sinon, après, on voit flou.

Il porta l'index à sa bouche.

— Et pas un mot, n'est-ce pas ?

Comme à son habitude, il s'éclipsa discrètement.

— C'est vrai qu'il est bon, reconnut Lorraine après une première gorgée.

Pierce goûta à son tour et approuva.

— Alors, Edward ? Qu'ont donné vos recherches ?

— Rien, grogna le détective. Cette seconde visite a seulement confirmé l'impression que m'avait faite la première : Pat est parti de chez lui de son propre gré. Il a bien emporté un sac et quelques affaires. Peut-être même une arme, à en juger par le coffret en bois que j'ai découvert sous son lit, et qui ne contenait plus que quelques cartouches. Et vous ?

Lorraine écarta les bras dans un geste navré.

— Rien non plus. J'ai quadrillé la ville, j'ai interrogé des gens, en leur décrivant mon mystérieux fantôme, mais ça n'a rien donné... La première fois que je l'ai vu, le soir de mon arrivée, Arnold m'a dit que ce devait être un orphelin de l'Armée du salut. Je suis donc allée voir là-bas, mais il n'y avait personne. Visiblement, employés et bénévoles sont tous occupés à tenir des stands pour la Blackmore Week...

— Une matinée de perdue, en somme ! se désola Pierce, dont l'inquiétude grandissante se lisait clairement sur son visage.

— Il nous manque quelque chose, c'est certain, mais ne perdons pas courage, camarade. Peut-être devrions-nous refaire le point ? Tout reprendre depuis le début, pour voir si nous n'avons rien laissé passer. Revenir aux bases méthodologiques, comme nous l'avons fait le soir de la tempête : une petite réévaluation collaborative des indices recueillis ?

— Si vous voulez. De toute façon, je suis à court d'idées.

Ainsi, leur verre fini, ils montèrent dans la chambre d'Edward, où ils passèrent le reste de la journée et une bonne partie de la soirée.

Un par un, ils réétudièrent précautionneusement tous les éléments de leur enquête et se remémorèrent les témoignages des personnes rencontrées. Sur une feuille blanche, comme elle l'avait appris lors de ses études, Lorraine dressa un schéma synthétisant leur investigation, ainsi que la chronologie des événements. En fin d'après-midi, ils se rendirent compte qu'ayant innocenté le fameux Tony, et n'ayant donc plus aucun suspect en ligne de mire, il leur était difficile d'identifier les informations les plus importantes, parmi toutes celles dont ils disposaient.

— Trop d'information tue l'information, murmura Lorraine. Priorisation et hiérarchisation !

Edward secoua la tête en souriant.

— Quelle élève modèle ! Edmond Locard va vous adorer, s'il a la bonne idée de vous embaucher à Lyon !

— On verra… Avec ce que nous sommes en train de vivre, je ne suis plus si sûre d'avoir vraiment ma place dans un laboratoire…

— Tiens donc ! Mademoiselle prendrait-elle goût au terrain ? À la bonne heure ! Je cherche justement un associé à Canterbury !

— Dans votre cabinet de l'étrange ? Il va falloir me payer très cher, monsieur Pierce !

Prenant son crayon sur le bureau, elle entoura plusieurs fois quelques mots parmi les nombreux qu'elle avait inscrits dans son tableau, afin de les mettre en évidence : Wilson, Dagda, BSA, canne, voiture, notable, et Croatoan.

— Voilà ce sur quoi je pense que nous devrions nous concentrer. Les trois premiers disparus ont la maladie de Wilson. C'est un fait. Ils participent peut-être à un culte celtique résurgent sur l'île, voué au dieu Dagda. Le ou les coupables – des meurtres et, espérons-le, de simples enlèvements – croient eux aussi en Dagda mais ne l'aiment pas beaucoup, ce que je peux leur pardonner. S'ils sont plusieurs – ce qui me semble fort probable –, l'un d'eux possède une BSA modèle L, et l'un d'eux possède sans doute une canne et une voiture, à condition que les traces que j'ai trouvées à la tour du télégraphe fussent bien les siennes. L'un d'eux est peut-être un notable, qui aurait pu séduire Margaret pour l'attirer dans un piège. Enfin, ce sont de grands adorateurs de Croatoan, divinité sumérienne dont ils espèrent le réveil prochain. Le reste, c'est de la littérature.

— Eh bien, voilà ! persifla Edward. C'est facile ! Il ne nous reste plus qu'à répertorier tous les notables de la ville qui possèdent une canne, une voiture, une BSA et une carte de membre du fan-club de Croatoan !

Attrapant son parapluie bleu, il fit mine de se mettre en route.

Lorraine posa son crayon et regarda le détective d'un air affligé.

— Pardon, ne vous méprenez pas : vous êtes absolument tordant, mais je ne peux pas rire, j'ai encore des courbatures d'hier.

Pierce se laissa retomber sur son lit.

— Désolé, Lorraine, c'est certes une très bonne synthèse, mais je ne vois pas en quoi elle nous aide…

— Elle doit nous inciter à nous concentrer sur les pistes essentielles. Pour ce qui est de la BSA, j'ai déjà lancé une nouvelle recherche. Pour le reste, je vous accorde que c'est plus compliqué, mais cela nous permet de restreindre le champ de nos investigations…

— Et les recherches du père Molloy, pour vous, ne comptent-elles pas ? Les épisodes d'hystérie collective dans le passé, la météorite, la colonie de Roanoke et la soixantaine de soldats du fort Victoria qui, eux aussi, ont mystérieusement disparu au siècle dernier… Tout ça, nous oublions ?

— Non. Nous n'oublions pas, mais nous rangeons cela dans la catégorie des informations contextuelles, qui peuvent éventuellement nous éclairer sur les motivations du ou des coupables, sans rien nous apprendre d'eux, puisqu'ils n'étaient certainement pas nés lorsque tous ces événements ont eu lieu.

— Soit. Alors que faisons-nous ? demanda Edward, dubitatif.

Lorraine leva les yeux vers l'horloge. Il était près de minuit.

— Pour l'heure, nous allons dormir. Nous ne sommes pas tout à fait remis de la journée d'hier. Ne dit-on pas que la nuit porte conseil ? Demain, nous aurons les idées plus claires, vous serez, je l'espère, de moins méchante humeur, et nous irons donner quelques nouveaux coups de pied dans la fourmilière. J'ai bien envie d'aller secouer un peu ceux qui ont l'air d'en savoir plus qu'ils ne veulent bien le dire…

— Entendu, se résigna Pierce. Et pardonnez mon humeur, Lorraine. Je commence à vraiment m'inquiéter pour le père Molloy…

— Je sais, mon ami. Je sais.

— C'est fou : je ne le connais que depuis trois ans, mais j'ai l'impression de l'avoir toujours connu. Vous savez, cette impression d'évidence, quand un nouvel ami tombe sur votre route ?

Lorraine sourit.

— Je ne l'avais jamais éprouvée jusqu'à ce que je vous rencontre, Edward.

Il lui rendit son sourire.

— Vous êtes gentille. Ce que nous avons vécu avec Pat sur la route de Constantinople nous a rapprochés comme des frères. Au fond, je… Je crois qu'il a pris dans mon cœur la place que la mort de Christopher, mon frère, avait laissée désespérément vide…

En disant ces mots, ses poings se resserrèrent sur son parapluie, sur le manche duquel il avait appuyé son menton.

Lorraine s'approcha et lui déposa un baiser sur le front.

— Dormez, Edward !

Elle se retira dans sa propre chambre.

Après une rapide toilette, le détective ferma les volets et alla se coucher. Malheureusement, quoiqu'il fût convaincu que le sommeil lui ferait le plus grand bien, il eut beaucoup de mal à s'endormir. Se tournant et se retournant dans son lit, il ne parvenait pas à chasser les souvenirs du prêtre irlandais qui défilaient dans sa tête. Il eut beau essayer les techniques de méditation orientale qui, d'ordinaire, parvenaient à l'apaiser, son anxiété se montra la plus forte. Les images se succédaient derrière ses paupières closes : il revit sa première rencontre avec Pat, à Londres, chez le Pr Smith, l'homme qui, après les avoir présentés l'un à l'autre, les avait convaincus de traverser l'Europe à la recherche d'une mystérieuse relique. Il revit les scènes les plus marquantes de leur périple, les combats qu'ils avaient menés ensemble, les embûches, les frayeurs et les fous rires qu'ils avaient partagés. Mais surtout, il revit la crinière rousse et le sourire inextinguible de cet ami intrépide qui lui avait permis de faire, enfin, le deuil de son frère.

Il était six heures du matin quand Edward, qui avait fini par s'endormir, fut réveillé en sursaut par un tambourinement à sa porte.

L'esprit embrumé, il se redressa dans son lit.

On frappa de nouveau, et plus fort encore.

Pierce se leva péniblement. Titubant à travers la chambre, il partit allumer la lampe à pétrole sur son bureau et attrapa son revolver dans le holster qui pendait au dossier de la chaise.

L'arme au poing, il approcha de la porte.

— Qui va là ?

— C’est le pape ! répondit Lorraine.

Atterré, le détective entrouvrit la porte et poussa un grognement.

— Qu’est-ce qui vous prend, vilaine emmerderesse ? Je dormais enfin !

— J’aime beaucoup votre pyjama, répondit la Française. Je peux entrer ?

Prenant un air affligé, Edward ouvrit grand la porte.

— Qu’est-ce que vous me voulez, nom de Dieu ?

— La lettre de Molloy.

— Eh bien ?

— Remontrez-la-moi !

— Là ? Maintenant ? À six heures du matin ? Vous n’êtes pas sérieuse ?

— Cela fait une heure que j’y pense, que j’essaye de me souvenir de ses mots exacts, et, tout à coup, j’ai eu un doute.

— À quel sujet ?

— Montrez-la-moi, bon sang !

Le détective rouspéta encore et alla récupérer les feuilles dans la poche de sa veste en traînant les pieds. Se laissant tomber lourdement sur son lit, il tendit à Lorraine la fameuse lettre.

Mlle Chapelle la parcourut rapidement. Soudain, elle releva la tête vers son ami et écarquilla les yeux.

— Edward ?

— Lorraine ?

— Vous êtes un imbécile !

— Pardon ?

L’attrapant par le bras, elle l’obligea à se lever et l’entraîna jusqu’au bureau, sur lequel elle plaqua bruyamment la lettre.

— Regardez ! Vous aviez la réponse sous vos yeux depuis le début, et vous n'avez rien vu ! Fieffé bourricot !

— Qu'est-ce que vous racontez ?

La jeune femme tapa nerveusement sur les feuilles.

— Vous ne voyez rien ?

Edward, agacé, s'assit et survola brièvement la missive du père Molloy. La connaissant presque par cœur, il ne voyait pas ce qu'il pouvait y trouver de plus.

— Eh bien, quoi ? grogna-t-il.

Attrapant un crayon, Lorraine se pencha sur le bureau et entoura la première lettre de chaque paragraphe : F-O-R-T-T-O-D-U-R-O.

Aussitôt, le détective se pétrifia, le regard cloué à la série de lettres entourées, comme s'il ne parvenait pas à y croire.

— Nom d'un petit bonhomme ! Le fort Toduro ! s'exclama-t-il, abasourdi.

Lorraine attrapa Edward par l'oreille et tira dessus.

— Vous avez dix minutes pour me rejoindre en bas, avec votre sac à dos d'aventurier du dimanche.

Pierce, encore hébété, hocha lentement la tête.

Onze minutes plus tard, chevelure et moustache en désordre, parapluie dans une main, sac dans l'autre, il rejoignait la Française dans le lobby.

Ils allaient sortir quand ils se retrouvèrent nez à nez avec Lucius, qui, lui, venait d'entrer.

— Que se passe-t-il ? demanda le barman en les regardant tous deux, un peu surpris.

— Nous allons faire… du tourisme.

— À cette heure ? Et votre petit déjeuner ? J'allais justement ouvrir…

— Pas le temps, répliqua Lorraine. Le devoir nous appelle !

— Tsss ! *Trop presé pa ka fé jou ouvè !* lança Lucius.

— *Si jou pa lévé, kok-la pa ka chanté !* lui répondit Lorraine en lui adressant un clin d'œil.

Prenant Edward par le bras, elle l'entraîna dehors. Une fois dans la cour, les deux compères se dirigèrent au pas de course vers la motocyclette.

Dans la pénombre de l'aube, le ciel se dessina au-dessus d'eux, empli d'impétueux nuages noirs que le vent du nord faisait courir.

— Mademoiselle Chapelle, vous êtes un génie ! trompeta Edward tandis qu'elle grimpait sur sa machine.

— Je sais. Et vous, une tête de pioche ! Comment avez-vous pu rater cela ?

Au troisième coup de kick, la Harley-Davidson vrombit.

— En selle, grand couillon !

Le détective prit place en bougonnant, et la jeune femme démarra sur les chapeaux de roue.

42.

Ayant eu maintes occasions d'étudier la carte de Blackmore, Lorraine savait précisément où se trouvait le fort Toduro. Penchée sur le réservoir, elle fila comme une flèche, au grand désespoir d'Edward, qui s'agrippa à elle, serrant les mâchoires et fermant les yeux.

Moteur hurlant, la motocyclette traversa la ville à tombeau ouvert. Dans High Street, que les lampadaires au gaz éclairaient timidement, Lorraine évita de peu un groupe de piétons fort matinaux, récoltant au passage une nuée d'insultes colorées. Sortie du bourg, elle se lança sur la route qui grimpait vers les hauts plateaux, au sud-ouest de l'île.

Dans la morne grisaille, la campagne défilait comme les images décomposées d'un vieux zootrope. Laissant le village de Liverton sur sa droite, Lorraine arriva rapidement en vue de la mer. Au-dessus des flots agités et obscurs, la lune promenait ses reflets argentés sur la crête des plus hautes vagues.

Lorsqu'il sentit le moteur ralentir, Edward rouvrit timidement les yeux. Tout au bout du promontoire drapé de bruyère, la silhouette du fort militaire se dessina devant eux, dominant la baie de ses sombres remparts.

Bâti dans le granite de Blackmore, encerclé par un large fossé, c'était un ouvrage aussi majestueux qu'inquiétant : sa nature guerrière transparaissait dans son architecture redoutable.

Inspiré des fortifications au tracé italien, Toduro s'érigeait sur un plan en étoile, où quatre bastions pentagonaux figuraient les branches. Ces saillies acérées, parfaitement symétriques, évoquaient quatre flèches colossales, pointées vers l'ennemi comme un ultime avertissement.

— Là-bas ! cria Edward en tendant l'index vers le mur oriental.

Lorraine repéra, dans les ombres, les vestiges d'un pont-levis qui, derrière le glacis en pente douce, enjambait le fossé pour conduire à l'unique entrée du bâtiment.

— Je vais me garer devant ! lança-t-elle au milieu du vacarme.

Son passager leva le pouce en signe d'acquiescement.

Quelques mètres plus loin, Lorraine passa au pas et bifurqua vers la droite pour s'engager dans un chemin de terre cahoteux.

Plus ils approchaient de la mer, plus le vent soufflait. Il était devenu si violent que tous deux ne purent s'empêcher de songer à la tempête qui, trois jours plus tôt, s'était abattue sur l'île. Le souvenir leur inspira les mêmes inquiétudes.

Parvenue non sans mal jusqu'au pont, Lorraine posa les pieds à terre, coupa le moteur de la Harley et ôta ses lunettes d'aviateur pour mieux observer l'édifice, dont les lignes escarpées se découpaient sur le ciel ténébreux.

Construits simultanément au début du siècle précédent, les trois forts de Blackmore partageaient cette même architecture en étoile – une invention qui, depuis la fin du XVe siècle, rendait les ouvrages militaires moins vulnérables aux tirs d'artillerie que les châteaux d'antan. Leurs remparts, plus bas, plus épais et à pan incliné, offraient moins de prise aux impacts. Quant aux batteries de canons, perchées au sommet de chaque bastion, les parements obliques leur permettaient de se couvrir les unes les autres et d'infliger à l'ennemi un feu croisé.

Conçus pour accueillir un peu plus de trois cents soldats chacun, les forts de Blackmore avaient d'abord été occupés par des régiments anglais, chargés de protéger l'île contre toute invasion française. En 1856, le rapprochement entre Napoléon III et la reine Victoria avait entraîné le départ progressif des troupes britanniques. Pendant quelques décennies, les forts n'avaient plus abrité que la milice locale. Toduro et Daunay avaient été définitivement abandonnés en 1904, et Victoria peu de temps après la guerre.

À l'image de l'abbaye de Pennygarth, ces bâtiments historiques ne bénéficiaient plus du moindre entretien, et Toduro, déjà, menaçait ruine. Les larges courtines, au sommet des remparts, étaient entièrement recouvertes d'herbe, et de nombreuses pierres, tombées des hauteurs, jonchaient le sol alentour.

— Fichtre, quelle tristesse ! se lamenta Edward en descendant du porte-bagages. Comment peut-on laisser un monument pareil dépérir ainsi ? C'est à croire que Blackmore se moque éperdument de son patrimoine…

Lorraine sortit de sa besace le revolver que le juge lui avait prêté et, l'ouvrant, s'assura que le barillet était plein. Puis elle écarta son cache-poussière, que le vent plaquait contre son dos, et glissa l'arme à l'arrière de sa ceinture.

— Êtes-vous prêt ? demanda-t-elle.

Devinant ce que dissimulait le sourire pincé que le détective lui retourna, elle tenta de le rassurer :

— Edward, nous allons retrouver le père Molloy. Je suis sûre qu'il a agi avec précaution. Ce n'est pas pour rien qu'il s'est donné la peine de cacher le nom du fort dans sa lettre. De toute évidence, c'est un homme prudent…

— À vrai dire, c'est surtout une incorrigible tête brûlée, rectifia Pierce en s'efforçant de conserver son sourire. Mais vous avez raison : gardons espoir.

— Et surtout, gardons les yeux ouverts…

Ainsi, le visage fouetté par le vent, ils partirent vers le pont-levis. Celui-ci se révéla dans un état plus déplorable encore qu'ils ne l'avaient imaginé. L'une de ses deux chaînes gisant dans le fossé, il était désormais bloqué en position ouverte. De nombreuses planches manquaient au tablier, si bien que les deux investigateurs durent sauter plusieurs fois pour enjamber les brèches. Certaines étaient si grandes que la manœuvre s'avéra périlleuse, et ils ne furent pas mécontents d'arriver sains et saufs de l'autre côté du pont.

Les vantaux de la haute porte en bois clouté, gagnés par la pourriture, penchaient chacun dans un sens opposé et les deux amis se glissèrent dans l'ouverture. Abandonnés sans surveillance, les lieux devaient être visités régulièrement, fût-ce par des touristes ou de jeunes galopins aventureux. L'entrée avait certainement été forcée depuis longtemps.

La muraille avoisinait les quinze mètres d'épaisseur, aussi la majeure partie du couloir qui la traversait était-elle plongée dans une obscurité quasi totale.

— Et si vous allumiez votre lanterne, Edward.

Le détective hésita.

— Nous n'avons pas changé les piles, Lorraine. Je me demande s'il ne serait pas plus raisonnable de ne l'utiliser qu'en cas d'absolue nécessité.

— Sage décision, admit-elle.

Sortant un briquet de sa poche, elle essaya de l'allumer. Avec le vent qui s'engouffrait jusqu'ici, c'était peine perdue.

— Bon. Eh bien, il ne nous reste plus qu'à marcher tout droit vers la lumière au bout du tunnel, en espérant qu'il n'y aura pas d'oubliettes sur notre trajet. Ou de rats…

— Laissez-moi ouvrir la voie, proposa Pierce.

Se servant de son parapluie comme un aveugle de sa canne, il se mit en marche, sondant le sol devant lui. Lorraine, sur ses gardes, le suivit de près.

Ainsi, les deux investigateurs progressèrent lentement au cœur des ténèbres, si grandes qu'ils ne pouvaient pas même voir les murs sur les côtés. À mesure qu'ils approchaient de l'issue, la place d'armes, au centre des remparts, se révélait devant eux dans la faible lueur de ce matin d'octobre.

Quand ils eurent enfin franchi la muraille, Lorraine et Edward firent un premier pas au-dehors. Aussitôt, ils furent saisis par le vent prodigieux, tournoyant avec une force telle qu'il rendait la marche difficile.

— Bon sang, cela souffle plus encore que l'autre jour ! grogna Mlle Chapelle en remettant ses lunettes.

Le bruit était si fort qu'il fallait crier pour se faire entendre. *WI-IH-ISH !* Le sifflement strident, ici, ne méritait plus d'être appelé le *murmure des brumes* : c'était leur hurlement !

Se tenant par le bras, ils entreprirent l'exploration de la cour intérieure, où une dizaine de bâtiments de tailles diverses se dressaient, à l'abri des remparts.

Les deux plus larges, parfaitement identiques, se faisaient face au milieu de l'esplanade. C'étaient de longues bâtisses rectangulaires, élevées sur trois étages, coiffées de toits en tuile rouge et pourvues de multiples fenêtres, dont la grande majorité n'avait plus de vitres. Leur structure laissait peu de doute quant à leur fonction : il s'agissait très certainement des casernes où les soldats britanniques étaient logés jadis.

Les autres bâtiments – des dépendances plus modestes, d'un ou deux étages – étaient répartis tout autour, au pied de l'enceinte. Ils avaient manifestement abrité, à l'époque, les annexes usuelles d'un fort militaire : magasins, arsenaux, poudrière, intendance, logement des officiers, écuries, réfectoire, infirmerie…

— Commençons par là, suggéra Edward en montrant la première construction sur leur gauche.

Ainsi, les deux investigateurs inspectèrent les dépendances une à une, n'allumant leur lampe que si l'obscurité les empêchait de fureter dans un recoin isolé. Rapidement, ils purent constater que tous les bâtiments étaient délabrés. La plupart des portes étaient absentes ou renversées, les murs en ruine, percés ici et là, les sols jonchés de pierres, de terre et de détritus, et plusieurs escaliers, en bois, s'étaient écroulés, rendant certains étages inaccessibles. Après vingt ans de liberté, la nature avait déjà repris ses droits : du lierre courait sur toutes les façades et des ronces envahissaient pareillement intérieur et extérieur.

Ils avaient passé près d'une heure à fouiller minutieusement les dépendances quand ils sortirent de la dernière, la mine sombre.

— Qu'est-ce que Molloy est venu chercher ici, bon sang ? se lamenta Edward, désemparé.

Lorraine lui serra amicalement l'épaule.

— Allons ! Il reste les casernes.

Il était près de huit heures, et le ciel, tout doucement, s'éclaircissait. Mais le vent, lui, ne perdait rien de sa méchante vigueur. Luttant contre les bourrasques, les deux amis se dirigèrent vers le centre de la place d'armes et pénétrèrent dans le premier baraquement.

Sans surprise, l'intérieur était dans le même état que le reste. Une ruine, vide de tout mobilier, où tout n'était que pierre, bois, poussière et végétation, hormis, ici et là, quelques déchets plus récents, abandonnés par d'autres visiteurs : des bouteilles de bière, des boîtes de conserve, des tas de cendre là où on avait allumé un feu…

— Il y a peut-être un sous-sol quelque part ? envisagea Lorraine quand ils eurent fini d'explorer les trois étages. Si quelque chose ou quelqu'un devait se cacher ici, ce serait probablement… en dessous.

— J'y ai pensé. Mais je n'ai vu aucun escalier qui descende, ni ici ni dans les dépendances. Aucune trappe. Aucune échelle. Rien !

— Allons voir dans la seconde caserne…

Edward acquiesça sans la moindre conviction et suivit Mlle Chapelle vers le dernier bâtiment.

Ils durent vite se rendre à l'évidence : le second baraquement était identique au premier. Par acquit de conscience, néanmoins, ils examinèrent les lieux avec la même opiniâtreté.

Quand ils eurent fouillé la dernière pièce, il était neuf heures passées, et le jour s'était levé. Les faibles rayons d'un soleil timide perçaient à travers les fenêtres, et les ruines, dans la lumière, étaient plus désolantes encore.

Découragés, les deux explorateurs s'apprêtaient à sortir quand Lorraine s'immobilisa sur le seuil.

— Regardez ! Il y a de vieux plans ici !

Reprenant un peu espoir, Pierce vint à ses côtés pour observer le panneau jauni à gauche de la porte. Hélas, son optimisme retomba aussi vivement qu'il s'était réveillé :

les plans, très précis, couvraient l'ensemble du fort – bâtiments, murailles, bastions –, et aucun symbole, aucun dessin n'indiquait la présence du moindre sous-sol.

Pierce donna un coup de poing rageur sur le panneau.

— Je ne comprends pas ! s'écria-t-il. Il n'y a rien, ici. Absolument rien !

Le détective se mit à tourner en rond au milieu des décombres.

— Peut-être avons-nous mal compris le message de Pat. Peut-être ne me disait-il pas de venir ici, mais de me renseigner sur l'histoire du bâtiment.

Lorraine fit une moue dubitative.

— Ce serait un peu vague, non, comme indice ?

— Alors quoi ?

La jeune femme se mordit les lèvres et regarda Edward d'un air embarrassé.

— Quoi ? répéta-t-il.

— Je vois deux scénarios possibles. Le pire : votre ami a été attiré ici dans un piège, comme Élias Carteret à la tour du télégraphe. Le moins pire : nous ne cherchons pas au bon endroit.

— Il n'y a pas deux forts Toduro !

— Certes, mais peut-être que le prêtre vous invitait à voir quelque chose *depuis* le fort, et non pas *dans* le fort. Nous pourrions par exemple monter sur les remparts ? Si je me souviens bien, il y a un petit archipel au large de cette côte : les îles de Wickford. On y aperçoit peut-être quelque chose de là-haut ?

— Allons-y, si ça peut vous faire plaisir, concéda Edward. Mais je n'y crois pas une seule seconde…

La suite, malheureusement, lui donna raison. Une fois montés jusqu'à l'un des bastions qui surplombaient la mer, le lever de soleil leur offrit certes une vue splendide sur la

Manche et les îles de Wickford, mais ce panorama ne leur livra aucun secret. Rien à l'horizon. Pas de bateau caché, pas de construction nichée sur un îlot…

Debout devant le précipice, Lorraine se gratta le front, ses vêtements fouettés par les bourrasques furieuses.

— Bon, fit-elle en essayant de se redonner quelque vigueur. Il se peut que je me sois précipitée en déchiffrant la lettre de votre ami. Nous avons foncé droit sur Toduro, sans réfléchir, mais il y avait peut-être un deuxième message, caché à l'intérieur, qui nous aurait échappé, et donnerait une autre indication…

— Je commence à avoir du mal à rester optimiste, mademoiselle.

— Le seul secret pour réussir une enquête criminelle, c'est la persévérance, Edward. Avez-vous la lettre avec vous ?

— Je l'ai laissée à l'hôtel.

— Alors rentrons. Nous réfléchirons à tête reposée. De toute façon, si nous restons ici une minute de plus, le vent qui vient à travers les collines nous rendra fous.

Pierce, peinant à masquer son accablement, la suivit sur la courtine sans mot dire. Le périple ne fut pas de tout repos : les rafales étaient si fortes que marcher au sommet du fort était un véritable défi.

Quelques instants plus tard, lorsque, non sans mal, ils furent enfin revenus à la motocyclette, Edward posa un dernier regard sur la forteresse.

— Je sais que c'est idiot, Lorraine, mais j'ai l'impression que Pat est quelque part là-dedans. Je ne peux pas vous expliquer pourquoi…

— C'est tout à fait rationnel : vous avez envie qu'il y soit, voilà tout. Mais il faut se rendre à l'évidence : nous avons cherché partout. Il n'y a pas âme qui vive. Aucun signe de combat ou même de passage récent. Rien. Ne vous laissez pas abattre. Nous irons rendre visite au Pr Vandekade cet après-midi pour lui demander de tout nous dire au sujet de ce fort. Quelque chose nous sautera peut-être aux yeux.

Edward hocha la tête dans un sourire triste et, dès qu'elle eut fait démarrer son engin, il grimpa derrière Mlle Chapelle.

Ils étaient arrivés au bout du petit chemin de terre qui menait au pont quand Lorraine, au lieu de tourner à droite pour rejoindre la grande route, donna un violent coup de frein. Les roues glissèrent sur la terre dans un frottement, avant de s'arrêter complètement.

— Qu'y a-t-il ? lança Edward en lui serrant l'épaule.

La jeune femme lâcha lentement son guidon de la main gauche et pointa le sol du doigt.

— Vous voyez les traces de pneus, là ?

— Eh bien ?

Elle se tourna vers lui, circonspecte.

— Il faisait trop noir quand nous sommes arrivés pour que je puisse les voir…

— Certes. Enfin, votre motocyclette n'est certainement pas le premier véhicule à être venu ici…

— Bien sûr. Mais ces traces-là, détective, je jurerais que ce sont les mêmes que celles que j'ai vues à la tour du télégraphe !

Pierce se pencha pour les inspecter à son tour.

— En êtes-vous certaine ?

— Absolument ! Vous allez me dire : il y a sûrement plusieurs voitures avec les mêmes pneus sur l'île…

— Non, répondit le détective dans un sourire. Je vais vous dire de tourner à gauche pour voir où vont ces traces !

Lorraine lui adressa un clin d'œil complice, réenclencha une vitesse et conduisit la Harley du côté gauche.

Roulant au pas, elle essayait de suivre des yeux les marques imprimées dans la terre. La chose n'était pas des plus évidentes, car, par endroits, les empreintes disparaissaient. S'arrêtant régulièrement pour étudier le sol, revenant plusieurs fois en arrière, Lorraine parvint tant bien que mal à suivre la piste.

Ils avaient passé le fort sur leur gauche quand les traces commencèrent à tourner vers l'ouest, contournant de loin l'édifice. Après quelques mètres, Lorraine fit une nouvelle halte pour se baisser.

— Il y a plusieurs passages ! cria-t-elle. Je compte au moins quatre ou cinq marques différentes, mais toujours issues des mêmes pneus. Certaines sont plus anciennes que d'autres…

— Continuez, bon sang ! s'impatienta Edward en lui tapant le bras.

Elle se remit en route, et la piste déboucha sur un bosquet d'arbres, isolés dans la bruyère, à une centaine de mètres au nord du fort.

Accélérant un peu, Lorraine gagna l'orée du petit bois, où elle arrêta sa machine.

— Allez, descendez !

Quoique fébrile, le détective s'exécuta promptement, et Lorraine en fit de même.

— Regardez ! s'enthousiasma-t-elle en marchant devant lui. Les traces continuent vers le bois !

Elle se hâta et arriva bientôt au milieu des arbres.

— Là ! s'exclama-t-elle, triomphante. On s'est garé ici, plusieurs fois, comme pour cacher la voiture !

Elle s'accroupit pour montrer au détective les nombreuses traces dans le sol. Comme il ne la rejoignait pas, elle leva la tête et vit que Pierce se tenait immobile, trois mètres derrière elle. Paralysé, il était tourné vers le cœur du bosquet.

— Qu'y a-t-il ?

Avec une lenteur pesante, Edward leva le bras droit jusqu'à ce qu'il fût tendu à l'horizontale. Lors, son index se déplia tout aussi doucement, et pointa vers l'intérieur du bois.

La jeune femme se releva et vint à ses côtés. Aussitôt, à une quinzaine de mètres, elle distingua parmi les arbres une sorte de statue, plongée dans l'ombre.

Bien plus petite que les mégalithes, celle-ci n'avait pas été taillée dans cette étrange pierre noire, mais plus probablement dans le granite de Blackmore. De là, on eût dit une sorte de gargouille tombée d'une cathédrale.

Les grandes ailes, la crinière de lion, les six pattes griffues… Lorraine devina ce que cela pouvait être.

— C'est…

— Croatoan, confirma Edward dans un souffle.

— Fichtre ! s'exclama la jeune femme. Allons voir !

Elle avait déjà accompli trois ou quatre foulées lorsqu'elle comprit que le détective, lui, n'avait fait qu'un pas.

Elle s'arrêta, se retourna, et le regarda, planté à l'orée du bois, dans la même apathie.

— Eh bien ? Vous venez, oui ou non ?

— Je n'aime pas ça, Lorraine, dit-il d'un air grave, les yeux rivés sur la sculpture.

— Les statues ? Vous n'aimez pas les statues ?

— Celle-là ne m'inspire rien de bon.

— Edward, dit-elle en lui prenant gentiment le bras. Ressaisissez-vous. C'est une statue en pierre. Et je vous promets que si elle vous attaque, je lui mets une balle dans la tempe.

— Je ne plaisante pas, Lorraine.

— Je… je vois bien, mais enfin, reconnaissez que c'est un peu ridicule, non ?

Il secoua la tête, décrocha enfin son regard de la statue et fixa la jeune femme avec une intensité dramatique.

— Mon enfant... Si vous aviez vu ne fût-ce que le dixième de ce que j'ai pu voir, de mes propres yeux, dans les cavernes de Postumia, dans les forêts de Bulgarie, dans les sous-sols de Vinkovci ou au sommet de la mosquée Rouge, à Constantinople, vous comprendriez peut-être pourquoi j'éprouve à cet instant un fort mauvais pressentiment ! Alors, de grâce, soyons prudents.

Dégainant son revolver, il passa devant elle.

Perplexe, Lorraine lui emboîta le pas. Quand, à son côté, elle arriva devant la statue, elle dut admettre, intérieurement, que celle-ci la mettait mal à l'aise. Et ce sentiment désagréable ne fut pas sans désarçonner l'inébranlable cartésienne qu'elle pensait être. Quoique indéniablement fantastique, la créature semblait si réelle qu'on eût dit qu'elle s'inspirait d'un être de chair et de sang. Mais surtout, l'artiste avait réussi à imprimer dans son allure une sorte de puissance maléfique. À l'instar des plus saisissantes statues gothiques du diable, on avait l'impression que le sculpteur était parvenu à capturer dans son œuvre l'essence même du Mal.

Bloqué par les arbres, dont il maltraitait néanmoins la cime, le vent avait perdu ici beaucoup de son intensité, et le bois était plongé dans un silence inattendu. Lorraine, les traits soudain graves, s'approcha lentement de la statue.

De nombreux détails, bien qu'usés par les ans, donnaient à l'ensemble un aspect parfaitement répugnant, en particulier les horribles appendices, tortueux et ondulants, qui paraissaient jaillir d'entre les mandibules de la gueule ouverte. Leur forme était si bien exécutée que leur matière elle-même semblait visqueuse.

Mais ce qui glaça Lorraine, ce furent les yeux du monstre, deux globes immenses, percés d'un trou noir. Enveloppé par les hautes membranes de ses ailes griffues, dans la posture sournoise et menaçante d'un fauve prêt à bondir, Croatoan dévisageait avec malveillance quiconque le regardait. Quand on se déplaçait à droite ou à gauche, quelque illusion d'optique étonnante donnait le sentiment que ses yeux continuaient de vous suivre.

— Bon, elle n'a pas l'air de bouger, fit Mlle Chapelle, comme pour se rassurer elle-même tout autant que le détective.

Mais celui-ci n'était pas disposé à sourire. Après l'avoir longuement observée en silence, il se mit dos à la statue.

— Elle est tournée vers le fort, fit-il remarquer, d'une voix calme. Pourtant... Je ne puis en être sûr, mais j'ai l'impression que cette sculpture est plus ancienne. Toduro a tout juste un siècle, et la statue me paraît en avoir plusieurs.

Lorraine s'était fait la même réflexion en notant l'érosion de la pierre.

— C'est peut-être un hasard. Ou bien il y avait autre chose, jadis, à la place du fort.

Elle se porta à ses côtés.

— Alors ? Que vous inspire-t-elle, cette statue ?

— D'abord, elle nous confirme que la figure de Croatoan, bien qu'elle n'appartienne pas à la mythologie celtique et remonte à des temps beaucoup plus anciens, est présente dans l'histoire de l'île, depuis longtemps. Ensuite, les traces de pneus peuvent vouloir dire que quelqu'un vient régulièrement ici. Pour se recueillir devant le Grand Ancien, probablement...

— Probablement, répéta Lorraine. À moins que...

Songeuse, Lorraine plissa le front, puis se plaça dos à la statue, comme l'avait fait Edward avant elle. Se retournant plusieurs fois vers Croatoan, la jeune femme étudiait la direction exacte de son regard. Elle leva les yeux, et son visage se figea.

— Edward ! lâcha-t-elle dans un sourire malicieux. Ce n'est pas le fort qu'elle regarde !

— Et quoi donc, alors ?

Plutôt que de répondre, Lorraine passa d'un pas preste sous le nez du détective, continuant tout droit dans les bois.

Edward la suivit à la trace. Il la vit soudain s'arrêter devant lui, au milieu de quatre troncs qui, écartés de cinq mètres les uns des autres, traçaient au sol un carré parfait.

Les yeux pétillants d'excitation, Lorraine se tourna vers le détective, et, le fixant, elle frappa le sol plusieurs fois de son pied droit.

Contre toute attente, ses talons produisirent le claquement sec d'une porte à laquelle on vient cogner.

— Monsieur Pierce, claironna-t-elle, tout sourire. Il y a quelque chose là-dessous !

Elle se mit à quatre pattes et commença à sonder les feuilles.

— Aha ! s'écria-t-elle soudain.

Stupéfait, Edward la vit soulever un panneau de bois d'un mètre sur deux, camouflé par un treillis qu'on avait garni de terre, de feuilles mortes et de petit bois. En s'élevant, la planche révéla une ouverture dans le sol.

Pierce, qui s'était précipité auprès d'elle, aida la jeune femme à faire glisser la trappe sur le côté.

Quand ils eurent terminé, les deux amis échangèrent un regard enflammé.

Devant eux, un escalier en pierre de taille, aux larges marches, s'enfonçait dans le sol.

43.

Animés d'un nouvel espoir, mais plus vigilants que jamais, les deux compagnons s'enfoncèrent lentement dans les ténèbres, leur revolver dans la main droite. Dans la gauche, Edward tenait son parapluie, et Lorraine la lanterne électrique. Son rayon n'éclairant pas plus de quatre ou cinq mètres, la lampe révéla peu à peu le décor du souterrain vers lequel ils descendirent prudemment. Contrairement à celui qu'ils avaient exploré au pied du mégalithe, celui-ci était entièrement maçonné : comme les marches, les murs et le plafond étaient en pierre de taille. Indéniablement ancien, le passage était néanmoins fort bien entretenu.

Après une bonne centaine de marches, et à plus de vingt mètres sous terre, Lorraine et Edward arrivèrent dans une petite salle rectangulaire, au bout de laquelle les contours d'une lourde porte en bois se dessinèrent.

— On se croirait dans les caves d'un vieux château fort, murmura Lorraine en promenant la lanterne autour d'elle.

Aux murs, elle dénombra quatre lampes à pétrole. Elle s'avança pour inspecter la première. La mèche était en bon état, et le réservoir empli à moitié. Cela laissait supposer un usage récent. Sortant un briquet de sa poche, Lorraine alluma les lampes une à une. La lumière des flammes vacillantes envahit la pièce tout entière, faisant danser les pierres dans une douce lueur ambrée.

Edward colla une oreille à la porte.

— Rien, dit-il.

Sans trop y croire, il actionna la poignée. Mais, comme l'avaient laissé craindre ses trois grosses serrures, la porte était fermée.

Lorraine, derrière lui, fit un geste désolé.

— À vous l'honneur, Arsène Lupin !

— Pardon ?

Elle leva les yeux au ciel.

— Raffles[1], si vous préférez !

— À votre service, mademoiselle…

Le détective fouilla dans sa poche intérieure pour en sortir sa célèbre trousse de crochetage et se mit immédiatement au travail. L'opération s'avéra plus ardue que chez Diana Tudor : il lui fallut un bon quart d'heure pour venir à bout des trois serrures.

Lorraine, le revolver braqué au bout de son bras tendu, fit signe à Edward d'ouvrir.

S'efforçant de ne faire aucun bruit, il tira le battant avec une lenteur précautionneuse.

Plongée dans l'obscurité, la salle mitoyenne était si vaste que l'on ne pouvait voir jusqu'où couraient ses murs. À

1. Personnage créé en 1898 par l'écrivain Ernest William Hornung (beau-frère de Conan Doyle), c'est le gentleman cambrioleur dont Maurice Leblanc s'inspira pour donner naissance à Arsène Lupin.

mesure que celle-ci se révélait sous ses yeux, le visage de Lorraine se crispa. Plusieurs formes indéfinissables se dressaient dans son champ de vision. On eût dit de vieux tombeaux.

Soulevant sa lanterne, la jeune femme franchit la porte à pas de loup.

Derrière elle, Edward décrocha l'une des lampes à pétrole et la pendit au manche de son parapluie pour la hisser tel un lampion au bout d'une perche. Puis il entra à son tour.

Lorraine n'avait fait que quelques pas quand, soudain, il la vit sursauter, et se figer.

— Juste ciel ! balbutia-t-elle.

Le détective distingua dans la voix de Mlle Chapelle un accent d'épouvante qu'il n'y avait jamais entendu.

Le poing serré sur son revolver, il se pétrifia à son tour, foudroyé par une vision d'horreur.

Dans la lumière de leurs deux lampes, une rangée de six autels de granite était apparue. Parfaitement alignés, espacés d'un mètre, ils évoquaient des lits dans un hôpital. Ou des tombes dans un cimetière… Sur trois d'entre eux reposaient trois cadavres horriblement mutilés.

Après un instant de stupeur, Edward, fébrile, se tourna vers Lorraine et la prit par le bras.

— Sortez… Je vais continuer seul.

La jeune femme, les yeux rivés sur les macchabées, secoua nerveusement la tête.

— Ça va aller, Edward ! J'ai déjà vu des choses similaires pendant mes études.

Son visage, malgré tout, était d'une pâleur livide.

— Êtes-vous sûre ?

Elle hocha la tête et, après une profonde inspiration, s'avança vers cette scène effroyable.

Sans les déductions logiques qui permettaient de supposer qu'il s'agissait là d'Élias Carteret, de Diana Tudor et de Margaret Waldon, sans doute eût-il été difficile de les reconnaître : les trois corps étaient dans un état horrifique. Tout juste pouvait-on voir qu'il s'agissait bien de deux femmes et d'un homme.

La main tremblante, Lorraine posa sa lampe sur l'un des autels vides, puis, luttant contre la nausée, porta la main à sa bouche.

— Ce… Ce n'est pas possible, bégaya-t-elle après un haut-le-cœur.

Cela faisait des jours, maintenant, qu'ils cherchaient ces trois disparus, espérant qu'ils seraient encore en vie. Et pendant tout ce temps, ils avaient été là. Sous leurs pieds, presque. Pourrissant dans les ténèbres.

À cet instant, Mlle Chapelle ne put s'empêcher de revoir le visage de Margaret Waldon. Celui qu'elle avait, enfant, quand elles s'étaient rencontrées, comme celui qu'elle avait sur le tableau du manoir, la représentant à dix-huit ans. Comment pourraient-ils annoncer l'horrible nouvelle à sir Ronald ? Cette seule pensée lui fit monter les larmes aux yeux.

— C'est une abomination, chuchota Edward.

Lorraine s'efforça de retenir sa tristesse accablée et de dompter la répulsion qui l'avait envahie. Baissant les yeux, elle vit que leurs pieds trempaient dans une mare de sang. Et il y en avait partout. Sur le flanc des autels, on voyait des centaines de traînées qui s'alignaient comme les coulures d'une peinture rouge sombre.

Les trois corps n'en étaient pas au même stade de décomposition. Celui de la jeune Waldon était moins putréfié que les deux autres. Mais tous trois dégageaient une odeur insupportable.

— Doux Jésus, marmonna le détective en collant un mouchoir sur ses lèvres. Quel monstre d'homme a pu faire une chose pareille ?

Ouverts en deux, leur cage thoracique écartelée, les cadavres avaient été éviscérés. Pis encore : on leur avait ôté leurs yeux, leur langue, et on les avait trépanés ! Il n'était aucune partie de leur corps, ou presque, qui n'eût été profanée.

— Vous... Vous pensez qu'ils ont été torturés ? demanda Lorraine.

— Je ne sais pas. Mais une chose est sûre : ils ont été disséqués, Lorraine. Après leur mort. Bon sang, cela ressemble au laboratoire d'un médecin légiste complètement barbare !

Dominant tant bien que mal ses émotions, la jeune femme se résolut à y regarder de plus près. Se remémorant les cours de médecine légale qu'elle avait suivis à Paris, elle se couvrit le bas du visage avec l'intérieur de son avant-bras et commença à inspecter minutieusement les trois corps.

Elle était en train de regarder le cou du deuxième quand elle releva la tête d'un air intrigué.

— Tiens, marmonna-t-elle.

— Qu'y a-t-il ? la pressa Edward.

— Attendez...

Elle se retourna pour ausculter le cou de Margaret Waldon.

— Elle aussi !

Elle fit signe au détective d'approcher.

— Regardez cette marque sur le côté de sa gorge. Ils ont la même tous les trois. On dirait la trace d'une grosse piqûre.

— Pensez-vous qu'on les a empoisonnés ? fit Edward en examinant ladite trace.

— Peut-être. Mais pas avec une seringue. Elle n'aurait pas laissé une marque pareille.

À ces mots, le détective se redressa d'un coup.

— Une seringue, non, mais…

Il ôta la lampe au bout de son parapluie, attrapa le manche de celui-ci, puis, après l'avoir fait pivoter d'un coup sec, tira dessus, faisant apparaître la longue lame cachée à l'intérieur.

— Avec une canne-épée, peut-être ? fit-il.

— Ah ! Voilà donc le secret de votre objet fétiche !

— Une canne-épée, Lorraine ! Vous me suivez ?

— Oui, oui, j'ai compris ! Nous avons peut-être l'explication de notre mystérieuse canne…

— De nombreux modèles ont un petit récipient au bout, avec du poison à l'intérieur. Un mécanisme permet de le libérer pour en imbiber la pointe.

Il rentra la lame de son parapluie dans son fourreau.

— Et donc, selon vous, le meurtrier aurait empoisonné ses victimes d'un coup de canne-épée ?

— Empoisonné… ou endormi. Avant de les amener ici pour les disséquer.

— C'est crédible, admit Lorraine.

Elle regarda de nouveau les trois cadavres.

— On dirait… On dirait que celui qui a fait ça cherchait quelque chose à l'intérieur. Il a enlevé les organes un par un, méthodiquement. Pour les analyser, peut-être ?

Edward, accrochant de nouveau la lampe au bout de son parapluie, la promena dans les airs pour fouiller du regard les environs.

— Où sont-ils, d'ailleurs ? Les aurait-il emportés ?

— Peut-être devrions-nous inspecter la pièce, proposa Lorraine.

Le détective acquiesça. En vérité, ils n'étaient pas mécontents, l'un comme l'autre, de s'éloigner un instant de ce théâtre monstrueux.

— Restez près de moi, dit Edward en partant vers la gauche.

Ainsi, dans un état second, entre horreur, incompréhension et prudence, ils reprirent leur exploration.

Après quelques pas, longeant le mur incurvé, ils y découvrirent de nouvelles lampes à pétrole. Passant de l'une à l'autre, ils les allumèrent, jusqu'à ce que la lumière fût assez grande pour que les contours de la vaste salle apparaissent enfin.

Tout en pierre de taille elle aussi, mais bien plus haute que la première, c'était une pièce circulaire, d'une bonne vingtaine de mètres de diamètre. Réparties à mi-hauteur sur toute la circonférence de la muraille, douze niches accueillaient les statues de diverses créatures fantastiques, dont le style rappelait celui du Croatoan au-dehors.

— Les Grands Anciens, murmura Edward, lugubre.

Du côté opposé à l'entrée, trois portes en fer, rapprochées, étaient équipées de petites trappes grillagées, comme celles d'une prison. Au milieu de la pièce, enfin, se dressait un large puits dont le muret, en pierre sèche, s'élevait à un mètre de hauteur environ. Le souvenir des milliers de rats qui les avaient poursuivis l'avant-veille saisit Lorraine, qui fut secouée par un frisson. Elle se hâta de chasser cette image de son esprit et fit un signe de tête vers les portes.

Edward acquiesça, et ils se dirigèrent vers elles.

Arrivé devant la première, le détective jeta un coup d'œil dans l'ouverture. Il y découvrit un cachot étroit, plongé dans la pénombre. Contre l'un des murs, une planche de bois, retenue par deux chaînes, faisait office de lit. Imaginant sans peine que les taches sombres qui couvraient le sol étaient des flaques de sang séché, il grimaça, puis passa à la deuxième porte. Il y observa une geôle parfaitement identique. Mais quand il regarda dans la trappe de la dernière porte, Pierce poussa un hurlement qui résonna longuement sous le haut plafond.

— Pat !

Il se saisit de la poignée et l'actionna plusieurs fois dans une rage frénétique. En vain.

— Pat ! s'égosilla-t-il encore.

Lorraine, interdite, s'approcha du détective. Gagné par une hystérie incontrôlable, il frappait la porte du pied, de l'épaule, des poings, ne s'arrêtant, entre chaque accès de fureur, que pour jeter de nouveaux coups d'œil horrifiés par la trappe.

— Est-il vivant ? s'écria Lorraine en attrapant Edward par le bras pour essayer de le calmer.

— Je ne sais pas ! hurla Pierce.

Il se plaqua de nouveau contre la porte. Étendu sur le dos, au milieu du lit, le prêtre ne bougeait pas. Les bras le long du corps, droit comme un peuplier, on eût dit un gisant sur un tombeau. Dans la pénombre, Edward ne put voir distinctement les traits de son visage. Mais c'était lui, à n'en pas douter !

Les mains tremblantes, le détective extirpa sa trousse de crochetage de sa poche et se laissa choir sur les genoux. Il peinait tant à contrôler ses doigts qu'il fit tomber ses outils plusieurs fois avant de parvenir à les glisser dans la serrure.

Lorraine, aussi fébrile que lui, s'agenouilla à ses côtés et posa une main sur son épaule.

— Vous allez y arriver.

À la troisième tentative, la porte s'ouvrit dans un cliquetis libérateur.

Lâchant aussitôt ses outils, Pierce se précipita à l'intérieur. Le visage de son ami se révéla enfin dans un rayon de lumière, et lui glaça le sang.

Le père Molloy, totalement immobile, avait les yeux grands ouverts, rivés au plafond.

— Non ! hurla Pierce, en sanglots, attrapant les bras de son ami dans une terreur panique.

Soudain, Lorraine, accroupie près de lui, s'écria :

— Il respire !

Edward, incrédule, se redressa.

— Qu'est-ce que vous dites ?

— Il respire ! répéta la jeune femme, entre sourire et larmes. Très faiblement, mais : il respire !

Essuyant d'un revers de manche son front trempé de sueur, Edward porta sa main sur la poitrine du prêtre.

— Vous avez raison ! Son cœur bat ! murmura-t-il, les yeux écarquillés.

— Il doit être dans une sorte de coma profond !

Edward prit le visage du père Molloy entre ses mains et lui administra de petites claques.

— Pat ! Pat ! Réveille-toi !

Gênée, Lorraine attrapa le bras du détective.

— Arrêtez, Edward. Il est très faible. Je vais aller chercher du secours. Restez près de lui.

Le détective, se mordant les lèvres, la regarda un instant, comme s'il peinait à réfléchir, puis acquiesça.

— Faites vite, Lorraine ! Je vous en supplie !

— C'est promis. Ne le quittez pas des yeux un seul instant. Et restez prudent. Quelqu'un pourrait venir !

44.

Couchée sur sa motocyclette, Lorraine avait traversé l'île à la vitesse d'un boulet de canon. Pendant le trajet, mille questions l'avaient assaillie, auxquelles elle brûlait de pouvoir répondre, mais, pour l'heure, une seule chose lui importait : sauver l'ami de M. Pierce.

Après avoir fait brusquement irruption dans le palais de justice de Blackmore, Mlle Chapelle courut vers le connétable, qui se levait derrière le comptoir.

— Allez chercher M. le juge ! s'écria-t-elle d'une voix affolée.

— Qu'est-ce qui vous prend encore, vous ? grogna Parker, sur la défensive.

Lorraine, en nage et le cœur battant, essaya de rester aussi courtoise que l'urgence l'exigeait.

— Connétable. Le détective Pierce et moi-même avons trouvé les trois disparus, dans un souterrain près du fort Toduro ! Ils ont été assassinés, de la manière la plus sauvage qui soit. Le père Molloy s'y trouvait également enfermé dans une cellule. Il est dans le coma et a besoin de soins de toute urgence. Voulez-vous bien prévenir M. le juge immédiatement, s'il vous plaît ?

L'homme secoua nerveusement la tête, comme pour s'assurer qu'il ne rêvait pas, puis il prit la mesure de ce qu'il venait d'entendre.

— M. le juge n'est pas là, bégaya-t-il, embarrassé.

— Où est-il ?

— Eh bien... À vrai dire, je ne sais pas. J'ai essayé de le joindre chez lui, mais il ne répond pas. Ce n'est pas dans ses habitudes...

Lorraine se figea.

— Je vois, reprit-elle d'un air grave. Bien. Monsieur Parker, je vous en conjure : quels qu'aient pu être nos différends par le passé, puis-je solliciter votre aide ?

Le connétable hocha la tête avec un grand sérieux.

— Bien sûr, mademoiselle, je vous écoute.

— Il faut envoyer tout de suite sur place des policiers en armes et une ambulance. L'entrée du souterrain se trouve à une centaine de mètres au nord du fort, dans un petit bois.

Parker, qui n'avait cessé d'acquiescer en l'écoutant, décrocha aussitôt le téléphone devant lui et appela le centre de santé Sainte-Christine, auquel il transmit le message.

— De toute urgence ! insista-t-il, avant de raccrocher.

Puis il alla ouvrir un placard, d'où il sortit une carabine.

— Calvin ! Derek ! cria-t-il à travers une porte. Venez avec moi ! Prenez vos armes ! Et vous, Sandra, voulez-vous bien me remplacer à l'accueil, s'il vous plaît ?

L'instant d'après, une quinquagénaire discrète et deux policiers apparurent dans la pièce.

— Vous êtes à motocyclette, mademoiselle Chapelle, n'est-ce pas ? Voulez-vous nous montrer le chemin ?

— Partez devant moi, je vous rejoindrai aussi tôt que possible. Je dois passer un appel, qui ne peut pas attendre. À ce sujet : puis-je utiliser votre téléphone ?

— Je vous en prie, répondit-il en sortant au pas de course en compagnie de deux agents.

Elle lui adressa un signe de tête plein de reconnaissance, puis décrocha le combiné et attendit la réponse d'une opératrice.

— Pourriez-vous me mettre en relation avec l'Enzo's Motorcycles Shop, à Blackmore, s'il vous plaît ?

Par chance, le garagiste répondit.

— Ah ! Ma p'tite dame ! Avez-vous eu mon message ?

Lorraine eut un geste de surprise.

— Quel message ?

— J'vous ai laissé un message à votre hôtel, ce matin. Elle vous a pas dit, l'autre maboule ?

— Ah, flûte ! Je devais déjà être partie. Que disiez-vous ?

— Eh ben, comme vous m'l'avez demandé, j'ai vérifié si quelqu'un avait acheté une BSA de modèle L à Jersey, récemment.

— Et alors ? le pressa la jeune femme fiévreusement.

— Rien.

Lorraine, désappointée, laissa sa tête retomber en arrière.

— Mais comme j'suis un gars drôlement malin, et que j'vous ai à la bonne, j'me suis dit que j'pouvais aussi vérifier chez mon collègue de Guernesey, au cas où. Et là, j'vous l'donne en mille, ma p'tite dame : qui c'est que j'apprends qu'a acheté une BSA de modèle L, pas plus tard que l'année dernière ? Le fils au juge Gaudion, tiens ! Cyril, de son prénom ! Il l'a bien cachée, sa machine. J'savais même pas qu'il en avait une, dites donc !

Le visage de la jeune femme se métamorphosa, comme touché par la grâce.

— Une caisse de vin, Enzo ! s'exclama-t-elle en jubilant. Je vous envoie une caisse de vin ! Vous êtes mon sauveur !

Elle raccrocha et prit la main de la dénommée Sandra, qui, debout à côté d'elle, la regardait, hébétée.

— Pourriez-vous me donner l'adresse du juge Gaudion, s'il vous plaît, madame ?

— C'est-à-dire que… Je ne sais pas si je peux…

— Si, si, vous pouvez, madame, je vous assure.

— Ah… Eh bien, il habite la grande maison à l'angle de la route de Hauteville et de Chevalier Road.

— Merci !

Sans attendre, Lorraine courut au-dehors et enfourcha sa Harley-Davidson. Elle n'eut à remonter que trois rues pour arriver devant la demeure victorienne qui surplombait le croisement susdit.

C'était une belle maison bourgeoise, tout en bois peint, qui comptait deux étages, et dont la façade était décorée de moult colonnes et encorbellements. Étrangement, les volets étaient fermés à toutes les fenêtres, si bien qu'on eût pu croire l'habitation inoccupée.

Au bout d'un petit chemin sur la droite, Lorraine aperçut un garage. Elle imagina que la BSA devait s'y cacher depuis le début. « Peut-être sommes-nous passés dix fois devant elle sans le savoir ! » avait-elle dit à Edward trois jours plus tôt…

À peine garée sur le trottoir, Mlle Chapelle se précipita dans le jardin. Elle était encore à quelques pas de la maison quand elle entendit des bruits sourds à l'intérieur. Comme ceux que produit la chute d'un ou plusieurs meubles sur un plancher. Aussitôt, elle attrapa son revolver dans son dos et monta sur le perron, les sens en alerte.

Un nouveau bruit résonna, qui semblait venir du rez-de-chaussée.

Sans frapper, Lorraine essaya d'ouvrir la porte. Fermée. Elle cogna lourdement en s'écriant :

— Gaudion ! Ouvrez !

Non seulement on ne lui répondit pas, mais un silence total se fit.

La jeune femme ne perdit pas une seconde de plus. Y mettant toutes ses forces, après trois coups de pied elle parvint à faire céder la serrure. Le battant de bois pivota brusquement dans un grand craquement.

Les deux poings serrés sur son arme, Mlle Chapelle s'avança dans l'entrée. Il lui sembla voir une ombre bouger dans la pièce voisine. Aussi prudente que svelte, Lorraine s'y glissa. Dans la faible lueur, elle discerna le luxueux mobilier d'un grand salon. Les yeux plissés, elle fit quelques pas en retenant sa respiration. Quand elle vit soudain une silhouette filer vers une porte opposée, Lorraine tira une balle dans sa direction, en visant volontairement un bon mètre à côté.

Le fuyard s'interrompit immédiatement dans sa course et leva les mains en l'air.

— Un pas de plus, et la prochaine balle est pour vous, menaça Lorraine d'un ton calme.

Jetant un coup d'œil alentour, la jeune femme repéra un interrupteur en cuivre sur sa droite. La maison était reliée à l'électricité. En s'allumant, le plafonnier révéla la chevelure et l'allure reconnaissables du juge Gaudion qui, terrifié, n'avait pas bougé. Autour de lui, on pouvait distinguer des traces de lutte : les éclats d'un vase brisé sur le sol, une chaise renversée…

— Où est-il ? lança-t-elle.

— Je ne sais pas.

— Vous mentez ! s'emporta Lorraine. Mettez vos mains sur la tête et tournez-vous vers moi !

L'homme s'exécuta lentement. Lorraine découvrit alors le filet de sang qui coulait sur sa tempe. À l'évidence, il avait pris un coup sur le crâne.

— Vous me menacez avec le revolver que je vous ai moi-même donné, mademoiselle ! C'est ridicule ! Allons, baissez votre arme !

— C'est moi que vous trouvez ridicule ? Prenez-moi encore une seule fois pour une imbécile et je vais vous montrer que je sais me servir de cette arme. Depuis combien de temps savez-vous que votre fils est impliqué dans cette affaire ?

Le magistrat ne répondit pas. Il la regardait fixement, avec une froideur qui, en réalité, ne parvenait guère à masquer ce qu'il éprouvait : c'était le regard d'un homme qui se savait perdu. Celui d'un notable qui comprenait que sa vie tout entière venait de s'écrouler, que sa réputation serait bientôt détruite, et qu'il n'y aurait aucun retour en arrière possible.

Lorraine, toujours sur ses gardes, s'approcha de lui.

— Depuis le début, n'est-ce pas ? La BSA… Vous ne pouviez pas ne pas savoir. Pour un juge, vous avez une drôle de vision de la justice ! Vous me dégoûtez, Gaudion ! Combien de morts fallait-il pour que vous vous décidiez à agir ?

Resté stoïque jusque-là, le juge baissa les épaules d'un air accablé.

— Il s'est fait manipuler, mademoiselle…

— Est-ce une excuse à vos yeux ?

— Vous n'avez pas la moindre idée de ce que c'est que d'avoir un enfant !

— Allez dire ça aux parents des victimes, espèce d'ordure ! Qui l'a manipulé, d'abord ?

— Je ne sais pas. Ils sont plusieurs. Ils veulent tuer les enfants de Dagda un par un…

Le nominalisme affirme que ce qui n'a pas de nom n'existe pas ; le simple fait de nommer le culte celtique l'incarnait soudain dans la réalité de Blackmore.

— Pourquoi veulent-ils les éliminer ? demanda Lorraine.

— Cela fait des siècles que ce culte sévit sur l'île, créant souvent des tensions. Ce n'était jamais allé aussi loin… Ces gens ont embarqué mon fils dans leur vendetta… Mais ce n'est pas un mauvais garçon !

— Il a tué Mlle Appleton sous mes yeux, et M. Galloway ! Je n'appelle pas cela un « mauvais garçon », en effet, mais un meurtrier. Où est-il ?

Le juge resta muet.

Au même instant, Lorraine entendit un bruit à l'étage. Elle força le juge à se tourner de nouveau.

— Mettez les mains dans le dos ! chuchota-t-elle.

— Mademoiselle Chapelle…

Elle lui donna un coup entre les omoplates.

— Les mains dans le dos ! répéta-t-elle, plus fermement.

Elle enleva son écharpe de son cou et s'en servit pour lier les poignets du juge.

— À genoux ! Si vous avez bougé d'un seul millimètre d'ici à mon retour, je vous colle une balle dans la nuque. Est-ce bien clair ?

— Je vous en supplie… C'est un garçon fragile…

— Fermez-la !

Elle revint vers l'entrée, où elle avait repéré un escalier. La voie était libre. Montant les marches une à une, revolver en joue, elle se hissa discrètement jusqu'au premier étage.

Là, de part et d'autre du palier, un couloir s'étendait, qui donnait sur quatre portes fermées. Se dirigeant vers la gauche aussi silencieusement que possible, Lorraine fit volte-face lorsqu'elle entendit, dans son dos, le fracas distant d'un éclat de verre.

Elle traversa le couloir au pas de course et se plaqua contre le mur, près de la dernière porte. Plus un bruit. Du bout de la main gauche, elle actionna la poignée et poussa le battant pour qu'il s'ouvre tout seul.

La jeune femme sentit les battements de son cœur accélérer, cognant de plus en plus fort contre sa poitrine. Après une profonde inspiration, elle risqua un coup d'œil à l'intérieur. Elle découvrit une chambre dont les volets étaient grands ouverts, et la fenêtre brisée.

Lorraine s'y précipita et arriva juste à temps pour voir la silhouette du jeune homme qui, traversant le jardin en toute hâte, fonçait vers le garage.

— Ah non, pas cette fois ! grogna Mlle Chapelle, folle de rage.

Dans un élan insensé, elle enjamba la fenêtre et sauta. Alors qu'elle venait de se réceptionner, trois mètres plus bas, elle entendit le moteur d'une motocyclette démarrer.

Les événements, alors, s'enchaînèrent à une vitesse diabolique.

Lorsque la double porte du garage s'ouvrit d'un coup, Lorraine, plutôt que de courir, posa un genou à terre et visa, se préparant à faire feu. La BSA jaillit sur le petit chemin.

— Arrêtez-vous ! hurla la jeune femme, qui avait le pilote en ligne de mire.

Mais le jeune Gaudion, tête baissée, accéléra de plus belle.

Le regard noir, Lorraine ajusta son tir vers le réservoir et appuya sur la queue de détente au moment où la motocyclette passait devant elle.

La balle ricocha contre le cadre dans une gerbe d'étincelles.

La BSA rejoignait la rue quand Lorraine, qui avait continué de la viser de ses deux bras tendus, hésita une toute petite seconde. Le dos du fuyard était parfaitement aligné au bout du guidon de son arme. Si elle tirait, elle allait probablement le tuer.

Baissant sa visée au dernier instant, elle envoya une deuxième balle, dans l'espoir de crever le pneu. En vain. Le fils du juge s'engouffra à tombeau ouvert sur la route de Hauteville.

Dans un hurlement de colère, Mlle Chapelle se releva et courut vers sa Harley, qu'elle fit démarrer d'un coup de kick. Elle prit immédiatement la BSA en chasse.

Les deux motocyclettes filèrent vers le sud dans le grondement féroce de leurs pots d'échappement.

Disposant d'une puissance nettement supérieure, Lorraine gagna rapidement du terrain. Dès la sortie du premier virage, les deux engins étaient déjà roue dans roue. Les pilotes se livrèrent alors une bataille périlleuse sur la chaussée, fonçant de courbes en lignes droites, chacun essayant de pousser l'autre à la faute.

Contrainte de freiner chaque fois que le fuyard la serrait dans un dangereux étau contre le fossé, la jeune femme tentait de s'engouffrer à gauche, à droite, et tous deux s'envoyèrent de multiples coups de pied de leur selle, risquant chaque fois de perdre l'équilibre.

Quand la route filait droit, Lorraine venait pointer le nez de sa machine à côté du fils Gaudion, mais elle devait céder sa place à chaque virage, tant le jeune homme, aguerri, prenait la corde au plus juste.

Arrivés près de la mer, au sud de l'île, ils bifurquèrent vers l'ouest, devant les carrières de York.

— C'est une île, sombre idiot ! hurla Lorraine entre ses mâchoires serrées, comme si le jeune homme avait pu l'entendre. Où crois-tu pouvoir t'enfuir ?

À peine avait-elle rattrapé son ennemi par la droite qu'elle fut sortie de la route par un violent coup de guidon. Ses roues dérapant dans la terre meuble, Mlle Chapelle ne put éviter une bosse qui envoya sa machine dans les airs. Propulsée à vive allure, elle parvint à éviter de justesse la chute, et se retrouva dans les cahots du talus, se faisant rapidement distancer.

L'instant d'après, la jeune femme, horrifiée, vit un arbre qui se dressait sur sa trajectoire, et contre lequel elle allait s'écraser si elle ne parvenait à changer rapidement de direction. À gauche, elle s'embourberait dans un champ. À droite, elle ne pourrait rejoindre la route qu'en s'envolant par-dessus le ruisseau qui, désormais, la séparait de la chaussée.

Se refusant à laisser le meurtrier filer une nouvelle fois, Mlle Chapelle conduisit sa motocyclette sur un monticule de terre qui la fit décoller. Les deux roues, détachées du sol, tournèrent dans le vide, et on eût dit que la Harley restait suspendue dans les airs, avant qu'elle ne retombe brusquement sur la route dans un nuage de poussière.

Il fallut à la jeune femme une adresse extraordinaire pour reprendre sa trajectoire. Ivre de colère, elle fonça droit sur son adversaire. Tandis qu'il plongeait dans le virage suivant, elle refusa de lui abandonner le terrain. Penchant aventureusement sa machine, Lorraine suivit une courbe de plus en plus serrée, et son épaule vint se coller au moteur de la BSA. Poussant l'inclinaison de la Harley jusqu'à son extrême limite, la jeune femme continua d'enfermer son adversaire, qui fut contraint de frôler l'intérieur du virage de plus en plus dangereusement.

Quelques mètres avant la sortie de courbe, Lorraine joua son va-tout. Prenant le risque d'être elle-même poussée à la faute, elle réduisit son angle encore davantage. Lors, obligé de choisir entre le choc et l'évitement, le fils Gaudion opta pour la seconde solution, mais celle-ci le conduisit tout droit vers le bas-côté.

Sans doute Lorraine fut-elle saisie du même effroi que lui lorsque, à la sortie du virage, une branche d'arbre apparut, pointée vers eux.

Le jeune homme n'eut guère le temps de corriger sa course. Il eut seulement celui de pousser un cri de terreur. Propulsé à une vitesse folle, il s'empala d'un coup sur la longue perche de bois.

Son pilote arrêté net dans sa course, la motocyclette continua seule sa chevauchée, jusqu'à aller s'écraser plus loin contre un deuxième arbre, où elle éclata en morceaux, avant que le réservoir s'embrase dans une explosion assourdissante.

Quand Lorraine parvint à arrêter son véhicule et à en descendre, elle découvrit, à quelques mètres en arrière, l'horrible spectacle : le jeune homme, livide, percé de part en part, était suspendu dans les airs comme une marionnette lugubre. Au milieu de gerbes de sang, ses entrailles se vidaient dans le fossé sous ses pieds.

Mlle Chapelle se précipita à ses côtés. Très vite, elle comprit qu'elle ne pourrait rien faire pour sauver le fils du magistrat.

Embroché, Cyril Gaudion semblait déjà au seuil de sa mort. Et pourtant, quand, dans un ultime effort, il leva la tête vers Lorraine, on eût dit qu'il souriait.

— Pourquoi avez-vous fait ça ? Qui sont vos complices ? le pressa Lorraine.

— Vous… vous n'y pourrez rien. Il va se réveiller…

Des bulles de salive et de sang mêlés se formèrent entre les lèvres du jeune homme et, un instant plus tard, il livrait son dernier souffle.

45.

Allongé sur un lit du centre de santé Sainte-Christine, le prêtre était toujours dans le même état que la veille. Les yeux ouverts, il paraissait constamment sous hypnose.

Entièrement passif, son corps n'était plus capable que d'une activité instinctive, automatique. Quand on le mettait debout, il ne marchait pas, mais il parvenait à garder sa position. Le mettait-on assis, il s'y maintenait. Sans donner l'impression de voir, il regardait dans le vide et ne réagissait à aucune stimulation extérieure. C'était comme si sa conscience avait été captivée hors de notre monde par quelque rêve angoissant, qui donnait à ses muscles une rigidité permanente.

Ni le médecin du centre ni le Dr McCann – venu en urgence quelques heures après l'admission de son ami – n'avaient été en mesure d'expliquer précisément le mal dont le pauvre homme souffrait. « Pour l'heure, je ne puis faire que des suppositions, avait expliqué le directeur du sanatorium, d'un air grave. La catatonie, qui entraîne une pareille dégradation des fonctions psychomotrices, est le plus souvent le fruit d'une émotion vive, telle que la perte d'un proche, une immense frayeur, un choc physique ou psychique. On parle alors de stupeur catatonique. Mais elle peut aussi être le résultat d'une infection ou d'une intoxication. En l'occurrence, il m'est impossible de dire ce dont le malheureux a été victime, ni combien de temps durera son état… »

Partagé entre la joie d'avoir retrouvé son ami vivant et la crainte qu'il ne guérisse jamais, Edward n'avait pas dormi de la nuit. Hormis pour livrer son témoignage à la police la veille au soir, il n'avait pas quitté le chevet du père Molloy. Assis sur une chaise près de son lit, il le regardait de ses yeux rougis par la fatigue et l'inquiétude. Cela faisait plus de vingt-quatre heures que le prêtre avait été admis ici, et l'après-midi touchait déjà à son terme en ce samedi 31 octobre quand Lorraine fit une nouvelle apparition.

Se dirigeant vers la fenêtre, elle ouvrit doucement les rideaux pour laisser un peu de lumière entrer dans la chambre.

— Vous devriez aller dormir, Edward.

— Je n'en serais pas capable, répliqua celui-ci sans quitter le prêtre des yeux. Qu'ont-ils fait du juge Gaudion ?

La jeune femme, qui, depuis la veille, avait multiplié les allers et retours entre le centre de santé et la maison du gouverneur, vint s'asseoir près du détective et répondit à voix basse :

— Il a avoué avoir couvert son fils, mais prétend avoir essayé de le raisonner… À l'évidence, quand je suis arrivée, ils étaient en train de se battre. Pour l'instant, le juge est enfermé dans l'une des geôles de son propre palais de justice. Mais le gouverneur Glover, qui prend la chose très au sérieux, m'a fait savoir qu'il serait transféré dès lundi à Saint-Pierre-Port, pour y être jugé sous l'autorité du lieutenant-gouverneur de Guernesey.

Cette fois-ci, il n'avait pas été question d'étouffer l'affaire. Le gouverneur, au contraire, avait employé les grands moyens dès qu'il avait été informé de la découverte des trois cadavres. Une équipe d'enquêteurs du bailliage de Guernesey avait été dépêchée sur place, en plus des renforts habituels prévus pour la fin de la Blackmore Week. Les inspecteurs avaient procédé à de nombreux relevés, et Lorraine, à qui l'on avait accordé le droit de revenir sur le site, avait pu constater que la police de l'île voisine disposait d'un équipement et d'un savoir-faire largement supérieurs à ceux de la police de Blackmore. La gravité des crimes et l'horreur de la scène avaient motivé un déploiement armé extraordinaire. Indéniablement, tout avait été fait dans les règles de l'art. À vrai dire, l'île n'avait pas vu autant de forces de l'ordre et de journalistes depuis bien longtemps. On attendait même, dans les prochaines heures, des reporters venus de France et d'Angleterre.

— Avez-vous pu lire le premier rapport ? demanda Pierce, sur le même ton solennel.

— Oui. Les organes des victimes n'ont pas été retrouvés. En vérité, ils n'ont rien découvert d'autre sur place que les trois cadavres. Selon le médecin légiste, celui ou ceux qui ont fait cela avaient forcément des notions d'anatomie et de chirurgie. Il laisse entendre qu'on aurait mené sur les victimes des expérimentations, dont il ignore toutefois la nature. J'ai, quant à moi, ma petite idée…

— Je vous écoute.

Lorraine, hésitante, prit une profonde inspiration.

— Je pense que le meurtrier cherche à étudier la spécificité des enfants de Dagda. Peut-être imagine-t-il que la couleur singulière de leurs yeux n'est pas due à la maladie de Wilson, mais à autre chose…

— Ils appartiendraient à une race à part ? proposa Edward, relevant soudain la figure.

— Une ineptie dans ce genre, oui, se désola Mlle Chapelle. Ce que je n'arrive pas à comprendre, c'est : à quelle fin ? J'arrive à peu près à imaginer pourquoi des déséquilibrés pourraient vouloir tuer les membres du culte, les considérant comme un danger ou une perversion… Mais pourquoi les disséquer ? Pourquoi les étudier comme des rats de laboratoire ?

— Pour découvrir leur secret, sans doute. L'origine de leurs pouvoirs, peut-être ?

Lorraine poussa un profond soupir.

— Je ne m'habituerai jamais à l'insanité de certains de nos concitoyens, Edward…

— Les policiers ont-ils relevé des empreintes ?

— Un grand nombre. Mais ils vont devoir faire le tri, car il y avait aussi les nôtres, celles du père Molloy et des victimes…

Le détective prit la main du prêtre entre les siennes.

Lorraine lui serra l'épaule affectueusement.

— Il va s'en sortir, promit-elle.

— Avez-vous vu Waldon ? demanda Pierce.

— Bien sûr. Il est abattu, vous vous en doutez. Margaret était le dernier membre de sa famille. Elle était tout, pour lui. À son âge, je ne suis pas sûre qu'il puisse s'en remettre… J'ai eu bien du mal à le faire parler, mais il semble croire lui aussi à ce que dit le juge Gaudion, qui affirme que son fils agissait sur les ordres de quelqu'un. J'ai rassuré le lord en lui promettant que notre enquête ne serait pas terminée tant que nous n'aurions pas trouvé les autres coupables.

— Qu'allez-vous faire ?

Lorraine fronça les sourcils.

— Qu'*allons-nous* faire, voulez-vous dire ?

— Pour ma part je reste ici.

— Vous me laisseriez me débrouiller seule ? s'offusqua la jeune femme. Vous n'y pensez pas ! Votre ami est entre de bonnes mains, et nous reviendrons le voir aussi souvent que possible. Mais, par respect pour lui comme pour les autres victimes, nous devons continuer notre enquête, Edward. Sans tarder. Et j'ai besoin de vous.

— Je ne peux tout de même pas l'abandonner dans cet état…

Lorraine s'approcha et prit délicatement la tête du détective entre ses paumes.

— Je ne sais pas s'il vous entend, mais je suis persuadée qu'il serait furieux que vous ne vous mettiez pas tout de suite au travail. Ne vous a-t-il point demandé de venir sur l'île justement pour l'aider dans sa propre enquête ? Allons ! Vous savez très bien que j'ai raison.

— Ah, la raison, mademoiselle… Je crois bien que la raison n'a plus grand'chose à voir avec notre affaire…

— Au contraire ! Il n'y a qu'elle qui puisse mettre un terme à cette folie.

Elle laissa passer un silence, jusqu'à ce que Pierce, résigné, se redresse enfin.

— Soit. Que voulez-vous que nous fassions, dans ce cas ?

— D'abord, vous allez m'accompagner au *Goose & Grill.*

— Dans un pub ? Vous n'êtes pas sérieuse ?

— Je ne vous propose pas d'aller boire un verre, bougre d'âne. Je voudrais vérifier quelque chose. J'ai suivi une piste, cet après-midi, et je voudrais vous montrer d'où elle est partie.

Sans conviction, Pierce hocha la tête et accepta d'accompagner la jeune femme au-dehors.

Ainsi, il n'était pas loin de six heures du soir quand ils arrivèrent ensemble devant le pub bondé de Victoria Street.

En ce dernier jour de la Blackmore Week, malgré la nouvelle de la découverte de trois corps dans un souterrain, les festivités arrivaient à leur point culminant. Ce soir, sous une étroite surveillance policière, tous les occupants de l'île ou presque allaient se retrouver sur le terrain de football du centre-ville, pour la grande cérémonie de clôture. Si le temps ne se gâtait guère, on y danserait jusqu'à l'aube, oubliant dans la boisson et les rires les horreurs de la veille.

— N'entrons-nous pas ? demanda Edward en voyant la jeune femme s'éloigner sur le côté du bâtiment.

— Non. Venez avec moi.

Elle le conduisit jusqu'à la fenêtre sur laquelle le jeune garçon leur avait adressé un message trois jours plus tôt, en traçant des lettres sur la buée.

— Vous vous souvenez du point que le gamin a ajouté en dessous du mot « Croatoan » ? demanda Mlle Chapelle.

— Bien sûr. Et je me souviens aussi que vous disiez avoir une idée à ce sujet…

— Absolument. En réalité, je me demande depuis le début si le garçon n'a pas tout simplement désigné quelqu'un à notre table. N'aurait-il pas laissé cette trace sur la vitre en pointant le doigt vers l'un de nos trois convives ?

Edward acquiesça avec un petit sourire.

— J'y ai pensé aussi, figurez-vous. Mais j'ai du mal à imaginer que l'un des trois hommes qui étaient avec nous puisse être impliqué…

— Pour le Dr McCann et le Pr Vandekade, j'en conviens, la chose serait étonnante. Encore qu'étonnant ne signifie pas impossible. Mais M. Stevens ?

Elle inspecta de nouveau la fenêtre et posa son index sur l'un des carreaux.

— C'était bien là, n'est-ce pas ?

— Il me semble, oui.

Lorraine écrivit le mot « Croatoan » sur la buée, puis fit un point juste en dessous, au milieu.

— Regardez ! Cela pourrait tout à fait désigner l'antiquaire, vous ne pensez pas ?

Edward fit une moue sceptique.

— Cela dépend de tellement de facteurs que je peine à le certifier. Il faudrait prendre en considération la position du jeune garçon au moment où il a écrit, mais aussi la possible inexactitude de nos souvenirs… Cela dit, admettons. M. Stevens vous paraît-il vraiment un suspect crédible ?

— Que savons-nous de lui, en dehors du fait qu'il est joli garçon ?

— Eh bien… Il n'est pas originaire de l'île. Il est né au Caire, où il a grandi, jusqu'à ce que son père vienne se mettre ici à l'ombre. Il est ensuite parti enseigner l'histoire à Cardiff, et il est revenu sur Blackmore à la mort de son père, qui lui a légué cette boutique. Plus tard, il a perdu son épouse et sa fille…

— Comment ? demanda Lorraine avec un regard mystérieux.

— Il ne me l'a pas dit.

— Eh bien, justement, mon ami : je suis allée me renseigner, ce midi. Il y a trois ans, Steve Stevens a épousé Charlene Gillan, l'une des filles de la famille très fortunée qui possède notamment le grand magasin dans High Street. Il y a un an très exactement, en octobre 1924, l'antiquaire a échappé de peu à la mort, lors d'un accident de voiture survenu sur l'île. Sa femme et leur petite fille de dix-huit mois, elles, n'ont pas survécu. Dans le rapport de police, il est écrit que M. Stevens affirmait avoir perdu le contrôle de son véhicule en voulant éviter un jeune garçon qui errait sur la route, en pleine nuit…

— Fichtre ! Vous ne pensez tout de même pas que…

— Je ne pense rien. J'essaye de savoir. La première fois que j'ai vu le gamin qui nous a écrit ce message sur la vitre, le *butler* de sir Ronald m'a dit que ce devait être un petit orphelin de l'Armée du salut. Vous vous souvenez ? J'ai voulu aller vérifier cela avant-hier, mais je n'avais trouvé personne sur place.

— Je me souviens.

— J'y suis retournée tout à l'heure et, une nouvelle fois, je n'ai trouvé personne. Je suis donc allée décrire le jeune garçon au connétable. Celui-ci m'a dit être quasiment certain qu'il s'agissait du jeune Gabriel Donahue, petit-fils de Nancy Donahue, pastoresse de l'Armée du salut. Un gamin qui est connu pour fuguer régulièrement et aller vivre seul dans les bois…

— Doux Jésus. Cela fait beaucoup de coïncidences…

— N'est-ce pas ? Le garçon a la maladie de Wilson, et sa grand-mère, aveugle, en souffre probablement elle aussi. Selon vous, elle pourrait même être… comment disiez-vous, déjà ?

— Mog Ruith ! Le druide-guerrier qui dirige la tribu. Insinuez-vous donc que Steve Stevens aurait pu imputer la mort de sa femme et de leur jeune enfant au culte, et qu'il ait donc décidé de se venger ?

Mlle Chapelle haussa les épaules.

— Nous ne sommes plus à une bizarrerie près. Cela mérite en tout cas qu'on y regarde plus attentivement.

— Maintenant que vous le dites, un élément joue en faveur de votre hypothèse : M. Stevens m'a dressé un tableau très sombre de la culture druidique. Lorsque je l'ai interrogé au sujet du site sur lequel on avait construit l'abbaye de Pennygarth, il m'a parlé du *nemeton*, l'ancien temple celtique, et des sacrifices humains qui y étaient pratiqués en l'honneur de divinités infernales…

Lorraine pencha la tête.

— Et si nous allions rendre une petite visite à votre cher antiquaire ? proposa-t-elle.

— Que lui dirions-nous ? Que nous le soupçonnons d'avoir participé à tous ces crimes atroces ?

— Nous pourrions commencer par lui demander s'il n'aurait pas reconnu le gamin à travers la vitre, suggéra Lorraine avec un petit air malicieux.

46.

À l'approche du soir, tandis que les foules commençaient déjà à se diriger par petits groupes joyeux vers le terrain de football, il n'y avait plus grand monde de ce côté-ci de Murdoch Street. Quand ils furent arrivés devant la boutique d'antiquités, Edward et Lorraine virent que les rideaux avaient été tirés sur sa belle devanture.

— Fermée, un samedi ? murmura Lorraine, suspicieuse. Quelle heure est-il ?

— Six heures trente-cinq.

Les horaires sur la pancarte pendue derrière la vitre indiquaient que la boutique restait d'ordinaire ouverte jusqu'à sept heures.

— M. Stevens aura fermé un peu plus tôt à cause de la Blackmore Week, sans doute ? suggéra le détective.

La jeune femme lui retourna une mimique dubitative. Elle fit deux pas en arrière et jeta un coup d'œil à l'étage. Les volets étaient clos. Aucune lumière n'apparaissait au travers.

— J'ai vérifié cet après-midi : votre ami habite là-haut, au-dessus de son magasin.

— Arrêtez de dire que c'est mon ami, bougonna Edward. Si votre intuition est bonne, il se peut que cela soit en vérité l'un de mes pires ennemis…

— Avez-vous vos outils sur vous ?

Le détective leva les yeux au ciel.

— Nous n'allons tout de même pas entrer chez lui par effraction ?

— Vous, je ne sais pas. Mais moi, si !

Perplexe, Edward regarda la Française rejoindre le mur de brique rouge qui encerclait la cour, à droite du bâtiment. Après s'être assurée que personne ne pouvait la voir, Lorraine sauta pour s'agripper au sommet de la paroi, puis se hissa prestement par-dessus, avant de disparaître.

— Mon Dieu ! soupira Pierce d'un air accablé. C'est reparti !

Arrivé au pied du mur, il lança son parapluie de l'autre côté.

— Attrapez ça !

Les mains libres, il put escalader la paroi et sauter dans la cour.

— Vous exercez sur moi une influence déplorable, mademoiselle, dit-il en récupérant son parapluie.

La cour, invisible de la rue, était dans un triste état. Tout indiquait qu'elle avait dû être coquette par le passé, mais qu'en l'absence d'entretien elle s'était dégradée. Depuis la mort de Mme Stevens sans doute. Les pots de fleurs étaient garnis de plantes mortes dont les branches sèches pendaient désespérément dans le vide. Au sol, la terre et les feuilles jaunies s'accumulaient sur les dalles de pierres plates. La peinture du mobilier de jardin était craquelée, le fer était rouillé, et le toit en bambou d'une pergola bringuebalante s'était à demi effondré. Dans un coin, une balançoire d'enfant s'était détachée d'un côté et oscillait dans le vent.

Sous les lueurs argentées de la lune pleine, Edward se laissa absorber par la désolation que les lieux lui inspiraient. Il en fut sorti par la voix distante de Lorraine.

— Venez-vous ouvrir, ou dois-je enfoncer la porte ?

Le détective leva la tête et vit que son intrépide acolyte avait grimpé un escalier extérieur, le long de la façade arrière, qui conduisait au premier étage.

— J'arrive ! grommela-t-il.

Escaladant les marches métalliques, il sortit sa fameuse trousse et s'agenouilla devant la porte.

— Vous allez encore nous attirer des ennuis, rouspéta-t-il.

Alors qu'il s'affairait sur la serrure, Mlle Chapelle prit le revolver dans son dos et fit rouler le barillet.

— Petit souvenir du juge Gaudion.

Devant elle, Pierce éprouvait quelque difficulté à crocheter la serrure. Ses doigts tremblaient plus qu'à l'accoutumée, et il ne cessait de se frotter les yeux nerveusement.

— Tout va bien, Edward ?

— Je suis un peu fatigué, avoua-t-il.

— J'aurais dû vous laisser dormir, avant de venir ici...

— Ça va aller.

L'affirmation fut suivie d'un cliquetis de bon aloi. La porte s'ouvrit doucement.

S'assurant une dernière fois qu'on ne les espionnait guère de la rue, ils se glissèrent l'un après l'autre dans le bâtiment.

L'appartement de M. Stevens suggérait à peu près la même chose que sa cour : c'étaient ceux d'un homme seul, qui n'en prenait plus soin. L'ensemble détonnait grandement avec les atours alléchants de la vitrine au rez-de-chaussée. La décoration était de bon goût, certes, mais ici tout était négligé. La poussière envahissait meubles et bibelots, les cadres étaient de travers, et le sol était jonché de cartons vides et autres détritus. Dans la cuisine, les boîtes de conserve s'entassaient autant que la vaisselle sale.

Ce qui devait être rangé était abandonné. Ce qui était cassé n'était pas réparé.

— Bon sang, murmura Lorraine, on n'imaginerait pas un intérieur pareil en voyant le propriétaire des lieux...

— La misère se cache parfois derrière de beaux costumes, Lorraine.

— Espérons que ceux de M. Stevens ne dissimuleront rien d'autre...

Ils entrèrent dans le salon où, avec le même laisser-aller, les œuvres d'art et le mobilier ancien fourmillaient au milieu de la saleté, comme autant de traces navrantes d'un passé aussi fastueux que révolu.

Les deux investigateurs commencèrent à fouiller la pièce précautionneusement. Bien que celle-ci fût déjà dans un désordre indicible, ils s'efforcèrent de ne rien déranger. Chaque statuette qu'ils soulevaient, ils la remettaient à sa place. Chaque tiroir qu'ils ouvraient, ils le refermaient. Chacun de son côté, ils procédèrent à une analyse méthodique du fatras ambiant.

— Que cherchons-nous ? murmura Edward en ouvrant un nouveau placard.

— Des preuves, sombre idiot.

— Quel genre de preuves ?

Lorraine mit un temps à répondre.

— Ce genre-là, claironna-t-elle en levant les yeux vers le détective.

Dans ses mains, elle tenait un album photo.

— Venez voir.

Edward alla regarder la double page que lui tendait Mlle Chapelle. L'une des dernières dans l'épais volume relié de cuir. On y voyait six photos, prises visiblement lors d'une cérémonie, à l'entrée du temple maçonnique de Blackmore.

— Eh bien ? On y reconnaît le Dr McCann, le Pr Vandekade, le juge et le gouverneur… Rien de bien étonnant !

— Certes. Mais l'antiquaire : l'avez-vous bien examiné ? sourit la jeune femme en posant son index sur l'un des clichés.

— Ah, tiens ! fit le détective, intrigué.

Vêtu de son tablier maçonnique, Steve Stevens tenait dans sa main droite une belle canne.

— C'est peut-être un hasard, modéra-t-il. Les frères qui officient comme maîtres de cérémonie en loge portent un bâton de commandement, qui peut ressembler à ce genre de canne…

Il se tourna vers un secrétaire en merisier pour y prendre une loupe et examina la chose de plus près.

— Saperlotte ! s'exclama-t-il soudain. Regardez le pommeau !

Il passa la loupe à Lorraine.

— Tiens donc ! Ne serait-ce pas ce cher Croatoan ?

Le manche en argent, ouvragé, semblait en effet surmonté de la tête du Grand Ancien.

— Cela commence à faire un peu beaucoup, dit Edward en hochant la tête.

— Malheureusement, cela ne constitue pas une preuve.

Continuant à feuilleter les différents albums, ils eurent un aperçu de la vie de l'antiquaire. Celle qu'il avait eue avant la mort de son épouse, essentiellement. Les voyages en Égypte, en Éthiopie, au Kenya… Mais aussi des photos d'une époque plus lointaine, où on le voyait devant l'université de Cardiff ou avec des amis… Plus les photos dataient, plus Stevens donnait l'impression d'un homme heureux, serein et insouciant. Plus elles étaient récentes, plus ses traits se durcissaient. Sur les toutes dernières, il avait l'air d'un homme brisé, son regard devenait sévère, et on ne l'y voyait plus jamais sourire.

— Quelque chose s'est manifestement rompu après la mort de son épouse et de sa fille, dit tristement Edward en refermant le dernier classeur.

— Le contraire eût été étonnant, si je puis me permettre…

— Bien sûr. Ce que je veux dire, Lorraine, c'est que cette épreuve terrible a peut-être occasionné chez lui bien plus qu'une simple tristesse, si profonde soit-elle.

— Jusqu'à lui faire sculpter la tête de Croatoan sur une canne ?

— Par exemple…

Ils poursuivirent leur exploration méticuleuse et s'arrêtèrent un peu plus loin devant l'impressionnante bibliothèque de l'antiquaire. Courant du sol au plafond, elle occupait un mur entier du salon. La plupart des livres avaient toute leur place sur les rayonnages d'un ancien professeur d'histoire, qui plus est bibliophile et fils d'archéologue : des ouvrages sur les civilisations anciennes, des traités d'archéologie, d'anthropologie, des usuels, des thèses universitaires, des atlas, des dictionnaires biographiques, des collections de chroniques couvrant toutes les grandes époques de l'histoire de l'humanité… En revanche, la rangée consacrée à l'ésotérisme ne manqua pas d'éveiller la curiosité du détective.

— Bonté divine ! s'extasia-t-il en effleurant les alignements de reliures.

Rapidement, il remarqua qu'il y avait là un corpus fort singulier, plus singulier encore que ce qu'il avait pu voir dans le bibliotaphe du Pr Vandekade. Car plutôt que les écrits attendus, abordant des domaines variés des sciences occultes, plutôt que la littérature qui ornait habituellement les étagères d'un simple franc-maçon érudit, tous les volumes réunis ici, ou presque, traitaient du mythe sumérien, et en particulier des Grands Anciens. Parcourant les titres un par un, Pierce découvrit des ouvrages consacrés aux dieux Tiamat et Apsū, mais aussi à Ashur, Bêl, Isthar, Lakhmu, Mardouk, Shamash, et, bien sûr, Croatoan. En feuilletant d'autres volumes, aux titres moins explicites, Pierce put constater que ceux-là aussi évoquaient tous au moins l'un des Grands Anciens : le *Livre des cultes d'Emegir*, le *De ordine mundi*, les *Manuscrits pnakotiques*, les *Chroniques de Girsu* ou les *Mémoires dravidiens*…

Lorraine sourit en voyant son compagnon se pâmer un peu plus devant chaque nouvel opus qu'il ouvrait.

— Voulez-vous que je vous laisse et que je revienne demain ?

— Çà, par exemple ! murmura Pierce, comme s'il n'avait pas entendu la taquinerie de la Française.

Tenant un livre qu'il venait de tirer de l'étagère, il se laissa tomber sur une marche de l'escabeau derrière lui et feuilleta l'ouvrage d'un air hébété.

— Qu'y a-t-il ? demanda Lorraine.

Elle s'approcha et se pencha pour en lire le titre : *Insula Croatoan*.

— Ce livre parle d'Hatteras, une île qui portait jadis le nom du Grand Ancien ! Elle est située au large de la Caroline du Nord. Et devinez où ? Juste à côté de l'île de Roanoke où ont disparu les colons ! On lit ici que ses premiers habitants, une tribu précolombienne, se faisaient appeler eux-mêmes les Croatoans…

— Fascinant, se moqua gentiment Lorraine.

— Regardez ! insista Edward. Il y a un dessin d'un fort qui aurait été construit sur cette île par les indigènes, au milieu du XVe siècle.

Mlle Chapelle roula des yeux avant de regarder par-dessus son épaule.

— Étonnant, dut-elle reconnaître en découvrant la gravure.

Celle-ci représentait une fortification bastionnée, en forme d'étoile à quatre branches, qui ressemblait trait pour trait aux trois forts de Blackmore. Sans la légende, on eût aisément pu croire qu'il s'agissait d'une reproduction de celui de Toduro.

— Cela dit, à quand remonte ce type d'architecture ? nuança-t-elle. N'était-il pas déjà le plus répandu pour les places militaires au XVe siècle ?

— De mémoire, il fut inventé par les Italiens, mais à la toute fin du XVe siècle… Pas au milieu. Et je n'aurais jamais imaginé que les tribus précolombiennes pussent utiliser cette forme de construction !

— Bah ! Schopenhauer a très bien décrit le mécanisme de ces coïncidences, notamment dans le domaine de l'art ou des innovations. De la même manière que la roue a été inventée simultanément à plusieurs endroits de la planète, il n'est pas rare, dans l'histoire des sciences, que deux esprits étrangers l'un à l'autre, voire de nationalités différentes, parviennent à peu près en même temps à la même invention…

Edward émit un petit ricanement.

— Je ne voudrais pas vous priver de votre sacro-sainte vision cartésienne, Lorraine. Permettez-moi simplement d'envisager une explication autre qu'une improbable coïncidence…

— Laquelle ?

— Les forts de Blackmore pourraient avoir été construits par les enfants de Dagda, qui auraient hérité des connaissances de la tribu précolombienne. Le nom de cette dernière ne peut pas être un hasard !

— Si vous voulez, s'amusa la Française. Mais alors, cela ferait des enfants de Dagda… des Celtes précolombiens ? Voilà un magnifique sujet de thèse !

— Moquez-vous ! Les mythes ont une étonnante habileté à se transmettre d'une civilisation à l'autre par des voies fort mystérieuses ! Toujours est-il qu'une chose est indéniable : notre antiquaire est fasciné par la culture sumérienne, et en particulier par la figure de Croatoan.

— Raison de plus pour continuer à fouiller les lieux, répliqua Lorraine. Au travail !

Ainsi, abandonnant la bibliothèque, ils reprirent leurs recherches. Quand ils eurent exploré intégralement le salon, ils passèrent à la chambre de M. Stevens.

À peine entrés, ils découvrirent, sur un guéridon près du lit, une sorte de petit autel funéraire qui entourait la photo d'une femme tenant un bébé dans ses bras. Il faisait peu de doute qu'il s'agissait de Mme Stevens et de sa fille. Surélevée dans un élégant cadre en argent, l'icône trônait au milieu d'un agencement délicat de bougies, de bâtonnets d'encens, de pierres précieuses et de coquillages, évoquant des offrandes à quelque divinité païenne. L'image, bouleversante, provoqua chez les deux intrus une irrépressible compassion.

— Bigre, quelle tristesse ! souffla Mlle Chapelle.

— C'est terrible, admit le détective.

S'agenouillant devant cette décoration funèbre, il ne put s'empêcher de songer à la douleur qu'il avait lui-même éprouvée quand son frère Christopher était mort. Si insupportable qu'elle eût pu être, il ne parvenait à imaginer celle qui devait s'abattre sur celui qui perd non seulement sa femme, mais son enfant. Sans doute n'en existait-il pas de plus grande.

— Peut-être devrions-nous arrêter là, chuchota-t-il. Ce n'est pas correct, Lorraine…

— Attendez !

La jeune femme venait de s'asseoir devant un magnifique scriban en noyer. Plissant le front, elle sortit du tiroir une liasse de papier à lettres et une règle métallique. Après avoir ouvert le pan du meuble qui servait d'écritoire, elle y posa le papier. Lors, elle prit une plume devant elle, la trempa dans un encrier, et traça une droite sur la feuille, à l'aide du double décimètre.

— Nom d'une pipe ! Venez voir !

Quand Edward fut à ses côtés, Mlle Chapelle extirpa de sa poche la lettre anonyme que Nicky Tudor lui avait confiée et la plaça devant elle. Puis elle leva vers Pierce ses grands yeux verts, écarquillés.

— C'est le même papier et la même encre !

Le Britannique opina du chef, d'un air désolé.

— Cela commence à ressembler à une preuve, murmura-t-il en se frottant le front.

— Continuons !

Le reste de la chambre ne leur apprit rien de plus. Par acquit de conscience, ils jetèrent un coup d'œil à la cuisine et à la salle d'eau, puis ils se décidèrent à descendre l'escalier qui menait à la boutique.

— Restons discrets, préconisa Lorraine. Malgré les rideaux, on pourrait nous voir de la rue.

Ainsi, sans un bruit, ils fouillèrent dans la pénombre les deux grandes pièces de la boutique d'antiquités. Progressant à pas de loup, Edward se concentra sur les recoins qu'il n'avait pu observer lors de sa première visite. Une fois de plus, il fut subjugué par la qualité des pièces que M. Stevens proposait à la vente. Néanmoins, cela faisait près d'une demi-heure qu'ils arpentaient cette oasis de trésors anciens quand il dut se rendre à l'évidence :

— Nous ne trouverons rien de pertinent à cet étage. C'est la partie du bâtiment qui est ouverte au public.

Lorraine fit signe qu'elle partageait son avis.

— Il reste la cave, dit-elle en tournant la tête vers l'escalier.

— Oui. Il reste la cave, répéta Edward en souriant.

— Et c'est toujours dans la cave que l'on cache ses plus intimes secrets, n'est-ce pas ?

— Ou dans le grenier. Mais comme il n'y en a pas ici…

Lors, s'équipant d'une lampe à pétrole, ils descendirent l'un derrière l'autre.

Arrivés en bas, ils découvrirent une vaste pièce voûtée de terre battue, semi-enterrée. Une simple lucarne, percée au sommet du mur nord, laissait entrer les rayons de la pleine lune.

Les deux investigateurs s'avancèrent prudemment. Un petit muret en pierre sèche, à hauteur de taille, séparait l'espace en deux. D'un côté, des centaines de bouteilles de vin et de liqueur étaient soigneusement alignées sur des étagères. De l'autre se dressait une imposante chaudière à charbon.

Lorraine souleva la lampe et, fouillant du regard chaque repli obscur, entreprit de faire le tour du large cylindre en fonte.

— Il y a une porte, ici ! s'exclama-t-elle soudain. Une lourde porte ! Et elle est fermée !

— J'arrive !

Le cambrioleur amateur la rejoignit prestement et se mit au travail.

— Que feriez-vous sans moi ? fanfaronna-t-il en introduisant ses outils dans la serrure.

— Beaucoup de bruit, répondit Mlle Chapelle.

Quand le détective fut parvenu à ouvrir la porte et que la pièce voisine apparut à la lumière de leur lampe, les visages de Lorraine et Edward se figèrent de stupéfaction. Ou d'horreur, plutôt.

Devant eux se tenait un véritable cabinet d'épouvante.

47.

La pièce, tout en pierre sèche et sans lucarne, s'inscrivait dans un grand carré de huit mètres de côté environ. Au premier coup d'œil, on eût dit le simple laboratoire d'un biologiste. Mais l'impression était vite corrigée, sitôt que l'on distinguait la multitude de traces de sang et le contenu des bocaux en verre qui s'alignaient sur une rangée d'étagères, au-dessus d'une paillasse carrelée. Flottant dans le formol, il y avait là une collection macabre d'organes vitaux humains, de membres disséqués.

Lorraine tourna la tête dans une grimace répugnée.

— Foutre-Dieu ! grogna-t-elle, entre haut-le-cœur et colère. Quel esprit malade peut faire une chose pareille ?

Edward, qui n'avait guère meilleure mine, posa une main sur ses lèvres. Le spectacle était véritablement ignominieux, et il l'était plus encore quand on prenait conscience que ces récipients contenaient sans doute les restes d'Élias Carteret, de Diana Tudor et de Margaret Waldon.

Prenant une profonde inspiration, Mlle Chapelle s'arma de courage et s'avança dans cet antre lugubre. Quoique au milieu de flaques de sang, des outils étaient rangés avec un soin méticuleux autour d'un microscope : piles de lamelles, broyeurs, vaisseaux, éprouvettes, pipettes graduées, balances, seringues, rasoirs et scalpels, ciseaux, pinces et pincettes, thermomètres, tamis, étaux… D'une boîte en bois sombre dépassaient une douzaine de bouteilles emplies de liquides de couleur différente. Et quand elle fut assez près, Lorraine poussa un petit gémissement écœuré en apercevant ce qui reposait sur la platine du microscope : un globe oculaire, dont la membrane sclérotique était incisée, laissant apparaître l'humeur vitrée, gélatineuse. Avant de détourner le regard, Mlle Chapelle eut le temps d'y reconnaître le fameux anneau de Kayser-Fleischer, ce cercle brunâtre autour de la cornée qui caractérise la maladie de Wilson.

Dans un frisson nauséeux, la jeune femme releva la tête. Sur le mur central, trois grosses lampes surplombaient l'espace de travail, destinées certainement à lui offrir la plus vive lumière. De part et d'autre du poste principal se trouvaient quatre commodes métalliques, souillées par les mêmes éclaboussures de sang qui recouvraient la céramique blanche. Au-dessus, un même nombre de placards. Sur la paroi de droite se juxtaposaient un fourneau et un alambic. Sur celle de gauche, un large évier en émail, maculé de rouge lui aussi.

La pièce était saturée par une odeur méphitique qui agressait les narines. Et ce n'était pas seulement celle des produits chimiques réunis entre ses murs. C'était le parfum de la mort elle-même !

Les nerfs à vif, Lorraine sursauta quand Edward ouvrit bruyamment une armoire près de l'entrée. Tournant la tête, elle découvrit en même temps que lui les rangées de livres qui se superposaient à l'intérieur.

— Des manuels de chirurgie et d'anatomie, expliqua le détective dans un souffle atterré.

Y regardant de plus près, il lut l'un des titres à voix haute :

— *Traité pratique du microscope, de la préparation et conservation des objets pour la dissection…*

Il referma aussitôt l'armoire dans un soupir.

— Nous en avons assez vu, Lorraine. Sortons d'ici et allons chercher le gouverneur !

La jeune femme ne se fit pas prier. Ils avaient désormais bien plus de preuves qu'il ne leur en fallait pour confondre l'antiquaire, et elle était pressée de quitter ce tableau des plus malsains. Elle fit signe à Edward et lui emboîta le pas.

Mais à peine étaient-ils arrivés sur le seuil qu'un tintement de cloche résonna au rez-de-chaussée.

— Peste ! On entre ! s'affola Edward à voix basse. Cachons-nous !

— Pas là-dedans ! rétorqua Lorraine en désignant avec dégoût le laboratoire derrière eux.

Elle éteignit sa lampe à la hâte, puis prit le détective par le bras et l'entraîna avec elle dans la cave. Sans un bruit, ils se blottirent ensemble sous l'escalier, derrière une pile de sacs de charbon.

En haut, des pas claquèrent vivement sur le parquet de la boutique.

— Je compte deux personnes, chuchota Edward.

Il venait juste de finir sa phrase lorsque la porte s'ouvrit au sommet des marches. Aussitôt, les deux investigateurs se recroquevillèrent encore davantage dans leur cachette et retinrent leur respiration. Imitant sa voisine, le détective sortit doucement son revolver et le tint devant son visage.

Les bruits de pas commencèrent à descendre, juste au-dessus de leurs têtes. Les deux individus devaient être arrivés sur les dernières marches quand Lorraine attrapa Edward par l'épaule et fit une moue inquiète en pointant le menton vers la porte du laboratoire. Ils l'avaient laissée grande ouverte !

Pierce grimaça. Il était bien trop tard pour aller la refermer !

L'instant d'après, deux hommes apparurent dans le clair-obscur du sous-sol. Costauds et trapus l'un comme l'autre, aucun n'avait la silhouette élancée de Steve Stevens.

La mâchoire serrée, Lorraine les regarda passer devant son nez, puis se diriger droit vers la chaudière.

Une voix grave et rauque s'éleva dans les ombres.

— Y t'a donné les clefs ?

— Ben oui, mais c'est ouvert !

— Hein ?

— Regarde ! C'est ouvert, que j'te dis !

Un silence pesant s'installa aussitôt.

Lorraine se crispa en entendant le cliquetis caractéristique d'un revolver dont on arme le chien. Les deux hommes pénétrèrent alors doucement dans le laboratoire. Un silence encore, puis des pas revinrent vers le cellier. La lumière jaune d'une lampe torche s'alluma, et la jeune femme vit son faisceau qui balayait la pièce.

Lorsque des rayons l'éblouirent en passant entre les sacs de charbon, Lorraine resserra son poing autour de la crosse de son arme. Elle sentit le corps d'Edward se contracter à ses côtés. Tandis que la lumière s'attardait sur leur cachette, elle eut l'impression que son cœur allait s'arrêter.

— Allez ! appela une voix dans le laboratoire. Laisse couler et viens m'aider !

— Tss, c'est pas normal ! Y laisse jamais ouvert.

— T'inquiète donc pas ! Y perd la boule, l'antiquaire ! Allez, viens m'aider au lieu d'jaser, empaillé !

À deux mètres à peine, Lorraine entendit l'homme pousser un profond soupir. Puis elle le vit tourner les talons et repartir vers le laboratoire. Discrètement, elle essuya une goutte de sueur sur son front et échangea un regard livide avec le détective.

De la pièce voisine, ils perçurent d'abord le bruit d'une serrure, puis celui d'une petite porte qu'on ouvrait. Un placard ou une armoire, sans doute. Quelques secondes plus tard, ils virent ressortir les deux hommes, portant ensemble une lourde caisse en bois.

— Ma parole ! J'espère qu'on est pas obligés de s'garer trop loin de c'te foutue abbaye, parce que ça pèse un âne mort !

— Mais non, juste assez pour pas qu'y nous entendent arriver.

Les pas, plus lourds, résonnèrent de nouveau sur les marches, au-dessus des investigateurs immobiles.

Quand la cloche d'entrée se remit à tinter et que le silence se fit enfin au rez-de-chaussée, Lorraine poussa le détective et se précipita vers la lucarne.

Se hissant prudemment, la jeune femme jeta un coup d'œil à travers la vitre. À la lumière d'un lampadaire au gaz, elle vit les deux gaillards soulever leur fardeau pour le poser sous une bâche, à l'arrière d'une camionnette Ford TT. L'instant d'après, l'engin démarrait dans un grondement sourd et s'enfuyait vers l'est.

— Pensez-vous comme moi ? demanda Mlle Chapelle tandis qu'Edward, le souffle court, apparaissait dans son dos.

— Qu'ils vont à l'abbaye de Pennygarth, et que c'est le site du *nemeton*, l'ancien temple celtique ?

— Exactement. Et vous souvenez-vous de l'histoire que nous avait racontée Mlle Appleton, à ce sujet ?

— La cérémonie secrète qui se serait tenue là-bas, la nuit du 31 octobre, pendant que tous les habitants de l'île étaient occupés dans le centre-ville ? Évidemment que je m'en souviens ! Et je suppose que vous connaissez l'origine de la fête d'*All Hallows' Eve* ?

La Française hocha la tête.

— *Samain*, répondit-elle, les yeux étincelants.

— La première des quatre grandes fêtes celtiques, confirma le détective. La nuit où l'on célèbre le passage entre le monde des humains et l'Autre Monde, l'*Anaon*.

Le visage de la jeune femme s'anima aussitôt, comme sous le coup d'une exaltation nouvelle. Lors, elle glissa son arme dans son dos et prit vigoureusement Edward par l'épaule.

— Comprenez-vous ce que cela signifie, Sherlock ?

— Que Stevens et ses complices vont profiter de ce que les enfants de Dagda sont tous réunis en un même lieu, loin des regards, pour les attaquer ?

— Cela ne fait aucun doute ! Nous devons aller empêcher cela au plus vite.

Alors qu'elle s'était déjà mise en route, Pierce retint Lorraine par la main et lui adressa un regard autoritaire.

— Allons d'abord chercher le gouverneur !

— Hors de question ! rétorqua Mlle Chapelle. Le temps qu'il nous écoute et qu'il rassemble des policiers, il sera déjà trop tard. On y va tout de suite, et puis c'est tout !

Elle se précipita vers l'escalier et enjamba les marches quatre à quatre.

— Lorraine ! s'agaça Pierce. Ce n'est pas raisonnable !

— Je me fous du raisonnable ! lui lança Lorraine du rez-de-chaussée. Il n'y a que le rationnel qui compte ! Montez, tête de bique, ou je pars sans vous !

Edward, de guerre lasse, monta l'escalier à son tour.

— Ce n'est pas raisonnable, pas raisonnable du tout, grommela-t-il encore entre ses dents.

L'instant d'après, ils grimpaient sur la motocyclette à l'angle de Victoria Street.

À quelques pâtés de maisons, on entendait les bruits de la fête qui, déjà, battait son plein sur le terrain de football. Par moments, les détonations de quelques pétards couvraient la musique d'un orchestre dont les notes se répercutaient entre les façades alentour.

Lorraine enfila ses lunettes d'aviatrice, enclencha la première vitesse et s'engagea dans Murdoch Street à vive allure. Arrivée au croisement de High Street, elle bifurqua vers l'est et, bientôt, ils sortirent des lumières de la ville. La Harley-Davidson remonta les longues rangées d'arbres comme une étoile filante.

La lune était si pleine et si grosse qu'on se fût cru au petit jour. La nature tout entière s'était drapée d'une douce teinte bleutée, et la route scintillait ici et là de vifs éclats argentés. Fonçant vers la pointe nord-est de l'île, ils traversèrent rapidement les villages de Dungate et Dartford, aussi déserts l'un que l'autre. Nulle part ils ne virent âme qui vive et, aux façades des maisons, aucune fenêtre allumée. C'était comme si Blackmore, d'un seul coup – à l'instar de la colonie de Roanoke –, avait été abandonnée par tous ses habitants.

Tandis que la motocyclette approchait des côtes, le vent – ce maudit vent – commença à se lever. À leur gauche, Lorraine et Edward virent se dessiner la silhouette majestueuse du fort Daunay, dont l'ombre protectrice s'étendait sur Port Brayne.

Immanquablement, Mlle Chapelle se remémora le soir de son arrivée, une semaine plus tôt. Elle revit le premier regard de Nicky Tudor sur le quai, hostile et singulier, la silhouette étrange du jeune garçon qui, sous une pluie battante, l'avait observée du bas-côté de la route… De fil en aiguille, ses souvenirs remontèrent le temps pour la conduire jusqu'au jour plus lointain de sa première visite. Et ce fut alors le visage de sa mère qui se forma dans les limbes de son esprit. Son visage éreinté, meurtri par les épreuves de la vie, et pourtant si doux. Pourquoi sa mère avait-elle tenu à l'emmener ici ? À lui présenter sir Ronald, son amant probable, fût-ce d'un amour platonique ? Le vieux lord, au fond, n'avait pas répondu à la question qui hantait Mlle Chapelle…

La figure de sa mère s'effaça lentement lorsque Lorraine aperçut, au loin, les ruines de l'abbaye de Pennygarth, isolées au bout d'une presqu'île dont les falaises abruptes plongeaient dans la mer.

Au même instant, elle sentit la prise d'Edward se resserrer doucement sur ses hanches. Attrapant la main droite du détective, elle la pressa plusieurs fois, dans de petits gestes affectueux, auxquels il répondit pareillement.

Ils n'étaient plus qu'à deux cents mètres à peine du site quand Edward tapa sur l'épaule de la Française.

— J'ai cru voir la camionnette dans les bois, juste derrière !

Coupant aussitôt son moteur, Lorraine laissa la motocyclette filer en roue libre vers le bas-côté. Les pneus craquèrent sur la terre jusqu'à ce que la machine s'arrête doucement toute seule, entre les arbres.

Les deux investigateurs mirent pied à terre.

— Avez-vous vu ? murmura Edward en tendant l'index vers la pointe de l'île.

Au milieu des ruines, quatre colonnes de fumée aux étranges reflets bleutés s'élevaient lentement vers les cieux.

— Cela ressemble à ce dont nous avait parlé Mlle Appleton, acquiesça Lorraine. Mais allons voir la Ford, d'abord.

Ainsi, l'un derrière l'autre, ils rebroussèrent chemin parmi les ombres, marchant aussi silencieusement que possible vers l'endroit où le détective avait aperçu la camionnette. Quand elle apparut dans la pénombre du petit bois, ils se cachèrent derrière un bosquet pour l'observer attentivement.

— Il a l'air de n'y avoir personne, chuchota Edward.

— Restez là, je vais aller vérifier.

Sans attendre, la jeune femme sortit de sa cachette. Filant d'arbre en arbre, elle progressa par étapes jusqu'à l'arrière de la Ford. Là, un genou à terre, elle se hissa tout doucement pour écarter la bâche et jeter un coup d'œil sur le plateau. Vide.

Le dos plaqué à la carrosserie, Lorraine remonta précautionneusement vers la cabine. Elle n'y trouva personne.

Se retournant vers lui, elle fit signe à Edward de la rejoindre.

— La caisse n'est plus là, expliqua-t-elle.

— Ils l'ont déjà emportée vers l'abbaye. Que peut-elle contenir, à votre avis ?

— Je ne serais pas étonnée que ce soient des armes, répondit Lorraine. Allons-y ! Mais passons du côté opposé. Nous pourrons peut-être les prendre à revers.

Le détective acquiesça et, au pas de course, ils traversèrent la route qui montait vers l'abbaye. Coupant à travers bois, ils cavalèrent longuement, jusqu'à ce que les ruines lugubres surgissent enfin à leur droite.

De l'édifice ancien, il ne restait plus que quelques murs – eux-mêmes partiellement effondrés – et de rares toits. Partout, la végétation avait envahi les parois en vieille pierre. Dans les alignements de décombres, on devinait les vestiges de l'ancienne enceinte et, derrière elle, ceux de plusieurs bâtiments, dont le plus imposant était incontestablement l'église romane. Sur son flanc gauche, on pouvait reconnaître les contours d'un cloître. Et c'était du cœur de celui-ci que semblaient s'exhaler les quatre colonnes de fumée.

En avançant de quelques pas, Lorraine et Edward découvrirent un phénomène plus étonnant encore que ces exhalaisons verticales bleutées.

Jusqu'à une dizaine de mètres autour du site, une même vapeur, épaisse, se répandait au ras du sol, rendant celui-ci à peine visible, sous un tapis de nuages lourds. On eût dit que les ruines flottaient sur une mer de brume.

— C'est l'heure de vérité, Edward.

Le détective regarda Mlle Chapelle avec un petit sourire entendu.

— Quelle vérité ?

48.

Sortant des bois, les deux investigateurs se mirent prudemment en marche vers l'abbaye de Pennygarth. Tandis qu'ils approchaient, ils distinguèrent une odeur subtile, dont il fut bientôt évident qu'elle émanait de cet étrange brouillard céruléen qui enveloppait le sol. C'était, en vérité, un parfum agréable, suave, évoquant les effluves d'un encens d'église, comme une résine de Boswellia qu'on eût mêlée à quelques épices délicates.

Ils venaient d'arriver à l'endroit où le tapis de fumée devenait véritablement opaque quand Lorraine fit signe au détective de s'arrêter. Portant l'index devant sa bouche, elle tendit l'oreille et invita Edward à écouter lui aussi.

À peine audibles, les échos fluctuants d'une litanie funeste leur parvinrent alors depuis les vestiges. Sans qu'ils pussent en comprendre les paroles, ils distinguèrent néanmoins plusieurs voix qui, en chœur, récitaient tout bas une incantation aux accents macabres.

Quoiqu'elles fussent fort graves, Edward identifia aisément les cinq notes répétées en boucle : *ré la sol ré la.*

— Vous entendez ? murmura-t-il. C'est la clef cryptée de Dagda !

— Oui, oui ! répondit Lorraine en secouant la tête. Mais qu'est-ce que c'est que ce cirque ?

Le visage du détective s'était couvert d'un voile ténébreux. Immobile, il semblait ne plus cligner des yeux. Lors, sans un mot de plus, il reprit sa marche, et le bas de ses jambes disparut bientôt dans les nuées opaques qui recouvraient la terre.

Lorraine, l'arme au poing, le suivit.

Avançant à tâtons, ils arrivèrent bientôt devant la ligne de l'ancienne enceinte. Remontant vers le nord, ils la franchirent à l'endroit où le pan était le plus effondré.

Là, ils commencèrent à contourner les ruines d'un long bâtiment – le réfectoire sans doute – pour se diriger vers le cloître. À leurs pieds, la couche nébuleuse et mouvante se faisait de plus en plus dense, à mesure que grandissait son odeur capiteuse. À chaque nouveau pas, ils s'attendaient tous deux à buter contre une pierre ou un rocher. Quant à la psalmodie mystérieuse, son écho ne cessait de croître, lui aussi.

Lorsqu'ils parvinrent à l'angle du long bâtiment, les deux acolytes aperçurent, à une vingtaine de mètres, les rangées de piliers qui formaient le pourtour du cloître. Légèrement encaissée et masquée par les galeries, sa cour centrale se dérobait encore au regard, mais, outre les colonnes de fumée, on voyait qu'il en émanait une vive lumière orangée, produite par un grand nombre de torches.

— Nous risquons de nous faire surprendre si nous continuons tout droit, prévint Lorraine.

— Serait-ce si grave ? Après tout, peut-être devrions-nous signaler notre présence et prévenir ces gens afin qu'ils puissent partir d'ici au plus vite.

Lorraine fit non de la tête.

— C'eût été une bonne idée, fussions-nous arrivés avant Stevens et ses complices. Mais, *a priori*, ils sont déjà là, cachés quelque part. Dans la confrontation qui s'annonce, si l'une des deux parties devait surprendre l'autre, j'aimerais autant que ce soit la nôtre.

Edward acquiesça et désigna au sud les vestiges d'un édifice octogonal qui surplombait le cloître.

— Nous aurions sûrement une vue d'ensemble si nous pouvions grimper là-haut, suggéra-t-il. Cela devait être la salle capitulaire. Il y a une grande brèche en haut du mur.

— Nous pouvons essayer, consentit Lorraine. En espérant que l'antiquaire n'aura pas eu la même idée…

Ainsi, courbant l'échine pour se tapir dans les ombres, ils longèrent la façade du réfectoire et se dirigèrent vers ladite salle capitulaire.

À mi-chemin, le détective trébucha. Malgré le soutien de son parapluie, il s'étala de tout son long, disparaissant dans les nappes bleutées.

— Tout va bien ? chuchota Lorraine en l'aidant à se relever.

— Ça va, balbutia Edward. J'ai simplement la tête qui tourne. Ce doit être la fatigue…

— Je n'en suis pas certaine. J'ai moi aussi une sensation de vertige depuis que nous sommes arrivés. Ce doivent être ces effluves qui nous montent au cerveau…

— Hâtons-nous.

Ils se remirent en route, pressant le pas autant que la prudence le permettait. Arrivés au pied du bâtiment octogonal, ils trouvèrent rapidement une ancienne porte et se faufilèrent à l'intérieur.

À peine entrés, ils furent saisis par la fumée qui, retenue par les murs et le toit, était bien plus dense ici qu'au-dehors. Ses volutes mouvantes emplissaient tout l'espace d'un voile énigmatique.

— Dame ! bafouilla Lorraine en se couvrant la bouche. Ces émanations finissent vraiment par me donner le tournis !

— Trouvons un moyen de monter là-haut ! répliqua Edward en désignant la brèche dans le mur qui dominait le cloître. La fumée sera moins épaisse.

À cinq mètres du sol, une mezzanine courait tout autour de la pièce. À condition de pouvoir s'y hisser, elle permettait de rejoindre l'ouverture, laquelle devait offrir une vue plongeante sur le cloître.

Sur sa gauche, Lorraine aperçut un escalier en pierre. Quoique endommagé, il offrait un accès à la coursive. La jeune femme fit signe à Edward de la suivre, et ils avancèrent ensemble vers la volée de marches.

Tout comme la fumée, les échos de l'incantation grave et monotone s'engouffraient dans l'édifice, si bien qu'ils résonnaient autour des deux investigateurs tel un chant liturgique sous la voûte d'une cathédrale.

Évitant les débris de pierre qui jonchaient les marches, ils grimpèrent jusqu'à la mezzanine. Celle-ci avait perdu son garde-corps, aussi se tinrent-ils à l'écart du bord et longèrent-ils le mur prudemment jusqu'à la brèche. Là, ils s'allongèrent côte à côte, afin de profiter de la vue tout en restant cachés dans les ombres.

Perchés au bord du vide, ils éprouvèrent l'un et l'autre la même stupéfaction en découvrant le spectacle fantasmagorique, en contrebas, dans la cour intérieure du cloître.

C'était, en vérité, une scène irréelle, un tableau saisissant, comme tiré d'un songe ou d'une ancienne légende.

Loin d'être un rituel sacrificiel cruel et sanguinaire, la cérémonie s'apparentait plutôt à une orgie antique. Sur la quarantaine d'adeptes qui prenaient part à la célébration, la moitié, au moins, étaient entièrement nus. Et ceux-là s'adonnaient, aux yeux de tous, à des pratiques sensuelles et sexuelles. Mais, à l'opposé de toute sauvagerie, les ébats se livraient dans une grande douceur, si bien qu'il s'en dégageait même une étonnante poésie. Répartis sur quatre estrades – qui, entièrement couvertes de fleurs, évoquaient les chars d'un festival –, ces amants se mêlaient sans distinction : jeunes et vieux, hommes et femmes, chacun offrait avec tendresse à son voisin les plus délicates attentions, allant du simple baiser aux plus intimes caresses, des plus savants massages aux actes d'amour les plus enflammés. Par l'opération de quelque magie esthétique, le décor, la lumière et les nuées vaporeuses affranchissaient cette bacchanale de tout caractère indécent : ce n'était guère la luxure qu'on célébrait ici, mais le plus pur amour qui fût.

En observant la disposition de ces quatre plates-formes, Edward ne put s'empêcher de penser aux bastions des forts de Blackmore.

— Quatre estrades orgiaques, quatre branches aux bâtisses fortifiées, quatre mégalithes pour les attributs de Dagda, murmura-t-il.

Outre ces corps emmêlés, le reste des adeptes se divisait en deux groupes distincts.

Le premier était aligné sur le pourtour intérieur de la galerie. Là, un cercle d'hommes et de femmes se tenant chacun à équidistance, vêtus de toges d'un vert émeraude, psalmodiaient, une torche à la main. Leurs voix – à la fois douces et caverneuses – égrenaient à l'unisson, au rythme des cinq notes répétées, les paroles obscures d'une longue litanie. Hormis quelques occurrences des syllabes *Dag-Da*, le profane ne pouvait reconnaître aucun mot dans cette incantation mélancolique, dont la phonologie évoquait néanmoins un anglais des plus archaïques. Parmi les membres de ce chœur dévoué, Mlle Chapelle, hébétée, distingua la silhouette de Nicky Tudor.

— Mais qu'êtes-vous donc venu faire ici, mon vilain marin ? se lamenta-t-elle.

Le deuxième groupe se tenait au centre de la cour, sur une estrade plus élevée encore que celles où se déroulaient les orgies. Entourée de quatre brasiers d'où s'échappaient les colonnes de fumée, cette tribune fleurie accueillait une sorte de représentation théâtrale, dont la figure principale était une femme. Assise sur un trône majestueux, elle portait sur la tête une couronne de lauriers, et tenait un sceptre dans sa main. Malgré la distance et les nuées de vapeur, Mlle Chapelle n'eut aucune peine à reconnaître les traits de Nancy Donahue, pastoresse de l'Armée du salut. Autour de cette allégorie royale, six personnages en costume jouaient une saynète, où un prince se faisait assassiner par quatre hommes armés de poignards, sous les yeux d'une jeune femme éplorée.

Pendant que cet extraordinaire rituel païen, parfaitement orchestré, se révélait sous les lumières combinées des torches, des brasiers et de la pleine lune, de part et d'autre de la cour, de petits groupes d'enfants joyeux couraient et riaient à pleine voix. Accaparés par leurs jeux, ils n'avaient aucune conscience de ce qui se passait autour d'eux, chahutant gaiement dans les volutes vaporeuses.

Lorraine n'aurait su dire depuis combien de temps elle était allongée là, captivée par ce spectacle onirique, quand elle se rendit compte que son regard s'était longuement fixé sur les quatre colonnes de fumée qui tourbillonnaient vers les cieux. Sans qu'elle pût s'expliquer pourquoi, ce fut comme si ces piliers nébuleux s'étaient mis à exercer sur elle quelque pouvoir hypnotique. Les yeux écarquillés, elle contemplait, béate, ces serpentins de brume bleue, elle s'extasiait en les voyant tournoyer et, bientôt, il lui sembla que les quatre colonnes se rejoignaient au-dessus du cloître, s'enroulant mystérieusement les unes autour des autres comme des hélices grâcieuses.

Troublée, Mlle Chapelle secoua nerveusement la tête et se frotta les yeux. Elle avait dû rêver. Mais lorsque sa vue s'éclaircit de nouveau, elle fut témoin d'un phénomène inexplicable. Dans une danse volubile, les quatre cylindres s'associaient à présent pour donner naissance à une masse opaque, laquelle, peu à peu, prenait la forme de quelque créature céleste qui flottait au-dessus de l'abbaye. Lentement, dans leurs circonvolutions éthérées, les traits de cette bête fantastique s'affinèrent et grandirent, nourris d'une fumée de plus en plus dense.

Soudain, les lèvres de Lorraine s'ouvrirent dans un rictus d'effarement. La silhouette léonine de Croatoan se formait sous ses yeux. Le corps diaphane du Grand Ancien se dressa lentement au milieu du ciel, dans une posture sournoise et menaçante. Et alors ce monstre aux courbes versatiles déploya ses ailes immenses au-dessus de la cour et, de sa large gueule, une armée de tentacules nébuleux se mit à onduler.

— Ed… Edward, bégaya la jeune femme. Vous… Vous voyez ce que je vois ?

N'obtenant aucune réponse, elle dut lutter pour quitter des yeux le spectacle féerique et terrifiant qui l'hypnotisait, et tourna la tête vers le détective.

— Edward ? répéta-t-elle.

Mais l'homme, plus absorbé qu'elle, ne l'entendait point. S'il regardait bien dans la même direction, il paraissait ne pas y voir la même chose.

— Pat ! s'extasiait-il d'un air émerveillé. Pat ! Tu t'es réveillé ! Oh, mon ami, mon frère…

Lorraine leva péniblement sa main vers lui et balbutia :

— Je crois… Je crois que nous sommes drogués. L'encens…

Elle était sur le point d'attraper son voisin par l'épaule pour le secouer lorsqu'une explosion formidable retentit au beau milieu du cloître, provoquant un éclat de lumière qui irradia l'abbaye tout entière.

Écrasée tant par le bruit de la déflagration que par son souffle, Lorraine crut s'évanouir au moment où une vague brûlante fouettait son visage.

Sortie de sa torpeur par la violence du choc, la jeune femme reprit ses esprits et découvrit, anéantie, le décor épouvantable qui s'offrait désormais à son regard médusé.

49.

En une seconde à peine, dans la cour du cloître, la cérémonie féerique avait laissé place à l'horreur d'un champ de bataille.

À l'endroit où s'était trouvée, quelques instants plus tôt, la tribune centrale, il ne restait plus qu'un cratère noir, jonché de débris fumants. Tout autour, des corps déchiquetés. Des membres arrachés. Du sang et des flammes. Après l'immense déflagration, la cour avait sombré dans le plus sinistre des silences, que seul le crépitement des feux venait déranger.

Pétrifiée d'épouvante, Lorraine resta allongée sur la mezzanine, et le temps lui-même sembla se suspendre, jusqu'à ce qu'une série de détonations retentissent dans de grands éclairs blancs.

Mlle Chapelle sursauta en poussant un cri. Au milieu des colonnes de la galerie opposée, elle aperçut alors la silhouette d'un homme qui, mitraillette Thompson dans les mains, faisait feu sur les quelques survivants qui rampaient ou s'enfuyaient. Profitant de la capacité du chargeur à tambour, il tirait des rafales d'une dizaine de coups.

Lorraine se redressa d'un bond. Edward était toujours allongé, aussi lui donna-t-elle un coup de pied sur l'épaule, espérant le libérer ainsi de sa stupeur. Puis, électrifiée par l'urgence, elle s'abrita à l'angle de la brèche et sortit le revolver dans son dos. Retenant sa respiration, elle visa l'homme en contrebas et fit feu dès qu'elle l'eut en ligne de mire. La première balle manqua sa cible. La seconde fit mouche. Touché en pleine poitrine, l'assaillant fut projeté en arrière et s'effondra au milieu des décombres.

Au même instant, Pierce se réveilla. Secouant la tête, il se leva péniblement à son tour, se saisit de son arme et se posta de l'autre côté de l'ouverture. Une nouvelle salve claqua dans le cloître. Plusieurs balles ricochèrent contre le mur, à quelques centimètres à peine du détective.

Un deuxième homme, équipé d'une Thompson lui aussi, était apparu sous la galerie occidentale. Edward sortit brièvement de sa cachette et tira trois coups, sans succès. À peine s'était-il remis à l'abri que son adversaire le mitraillait de nouveau.

— Couvrez-moi ! s'écria Pierce avant de se précipiter vers l'escalier.

Lorraine acquiesça et se décala pour tirer au plus vite. L'homme, contraint de se retrancher, disparut un instant derrière une colonne. Dès qu'il essaya d'en sortir, Mlle Chapelle fit feu, l'obligeant à reprendre position.

Gardant sa visée, Lorraine compta dans sa tête. Elle avait tiré quatre balles. Il en restait deux dans le barillet. Elle grimaça : elle n'avait pas d'autres munitions en réserve !

Les bras tendus, les sens en alerte, voyant l'ombre du tireur se remettre à bouger, elle s'apprêtait à appuyer sur la queue de détente quand une détonation retentit dans la cour. L'homme à la mitraillette, foudroyé, s'écroula au pied de la colonne. Le détective Pierce apparut près de lui, arme au poing.

Alors qu'il était en train de faire signe à Lorraine de descendre, Edward poussa un cri en portant la main sur sa nuque. Enfouie dans les ombres derrière lui, la jeune femme crut reconnaître la silhouette de Steve Stevens qui, du bout d'une fine lame, venait de piquer le cou du détective.

Mâchoire serrée, Lorraine hésita à tirer. Non seulement elle devait économiser ses balles, mais, surtout, elle ne pouvait prendre le risque de toucher Edward. Celui-ci, titubant, tourna lentement sur lui-même, avant de s'effondrer mollement, comme une poupée de chiffon.

Ivre de colère, Lorraine bondit vers l'escalier et dévala les marches. Arrivée au rez-de-chaussée de la salle capitulaire, elle fit une halte pour inspecter les quatre murs. En face de la porte par laquelle ils étaient entrés, elle en entrevit une deuxième. Le dos courbé, Lorraine traversa la vaste pièce au pas de course et sortit prudemment du bâtiment pour rejoindre le cloître par sa galerie orientale.

Dehors, il n'y avait plus un bruit. Lorraine, qui était en train d'avancer dans la fumée, entendit les plaintes épouvantables des blessés. Tandis qu'elle s'approchait lentement de la cour, elle aperçut quelques adeptes qui, gémissant, rampaient parmi les cadavres. La vision d'un jeune enfant, immobile, étendu les bras en croix au pied d'un brasier renversé, lui glaça le sang.

Prenant une profonde inspiration, la jeune femme s'efforça de se concentrer sur ce qu'elle devait faire avant tout : trouver Steve Stevens, et mettre un terme à cette folie !

Dans l'espoir de surprendre son adversaire, elle entreprit de contourner le cloître par le nord. Mais elle se faisait peu d'illusions : l'homme avait sûrement déjà changé de position. Progressant furtivement parmi les ombres, elle essaya de ne pas trop regarder vers la cour, préférant s'épargner le spectacle insoutenable de son parterre ensanglanté.

Arrivée au bout de la galerie septentrionale, elle ne put manquer de reconnaître la silhouette de Nicky Tudor, gisant au pied d'une colonne. Horrifiée, elle se précipita vers lui et s'agenouilla.

Couché sur le flanc, le marin respirait encore. Son visage couvert de terre et de sang, il semblait toutefois grièvement blessé.

Lorraine jeta un rapide coup d'œil alentour, puis se pencha vers l'homme et posa une main sur sa joue.

— Nicky ? Vous m'entendez ? chuchota-t-elle.

Les paupières du marin s'ouvrirent péniblement et, dans un râle, il commença à rouler lentement sur le côté.

— Ne bougez pas, Nicky. Je vais aller chercher du secours !

Lorsqu'il fut sur le dos, la jeune femme découvrit que la toge de M. Tudor avait une énorme marque, rouge et poisseuse, au niveau de la poitrine. L'homme avait reçu un éclat de céramique dans le torse. Le tesson, sans doute, lui transperçait le poumon. Ou le cœur peut-être.

— Ça va aller, répéta-t-elle plusieurs fois, comme pour se convaincre elle-même.

Les lèvres de Nicky Tudor se mirent à trembler, et il essaya de parler, mais sa bouche ne put produire que quelques borborygmes incompréhensibles.

Le regard terrorisé, le marin redressa laborieusement son buste et leva une main tremblante.

— Ne bougez pas ! le supplia Lorraine, incapable de retenir les larmes qui perlaient à ses yeux.

Mais quand, au bout de la main du marin, elle vit l'index se tendre, elle comprit.

Aussi prestement que possible, Lorraine fit volte-face. La figure machiavélique de Steve Stevens se tenait à quelques pas, pistolet dans une main, canne-épée dans l'autre.

Mue par un réflexe de survie, Lorraine fit feu. Le tir, mal ajusté, ricocha contre le mur de la galerie. Hurlant de fureur, la jeune femme appuya une seconde fois sur la queue de détente. Sa dernière balle toucha l'antiquaire à l'épaule.

Dans un grognement, Stevens fit un pas en arrière et grimaça en baissant les yeux vers sa blessure.

Lorraine, dans quelque entêtement ridicule, tira encore plusieurs fois. Barillet vide, le cliquetis désolant du percuteur résonna dans la cour, comme un tintement ironique.

Redressant la tête, Steve Stevens tendit son pistolet devant lui et avança vers Lorraine.

Désarmée et prise d'une peur panique, la jeune femme recula à quatre pattes, jusqu'à ce que son dos heurte le mur de la galerie.

L'ombre redoutable de Steve Stevens grossit lentement, et envahit bientôt la cour tout entière. Marchant d'un pas lourd vers Mlle Chapelle, il venait d'arriver près de M. Tudor quand il baissa son bras et pointa le pistolet vers le marin.

— Non ! hurla Lorraine.

La détonation retentit entre les ruines de l'abbaye.

Le corps de Nicky fut agité d'un dernier soubresaut, avant de s'immobiliser à tout jamais.

Étouffée de sanglots, Lorraine crut perdre la raison.

Elle était anéantie et n'avait même plus la force de fuir. De toute façon, l'antiquaire n'était qu'à deux mètres, et sans doute lui tirerait-il dessus si elle tentait le moindre repli.

Adossée au mur, les yeux embués de larmes, la jeune femme regarda autour d'elle, dans un accablement résigné.

Sur sa droite, à l'autre bout de la galerie, elle vit le corps d'Edward Pierce.

— Il est seulement endormi, fit Steve Stevens avec un sourire diabolique.

Tournant de nouveau la tête vers l'antiquaire, Lorraine lui adressa un regard empli de haine et de mépris.

— Finissons-en, lâcha-t-elle d'une voix sinistre. Tuez-moi, espère d'ordure !

Il eut une moue contrariée.

— Allons, mademoiselle ! Contrairement aux enfants de Dagda, je ne tue pas les innocents, moi. Et, à moins que vous ne m'y contraigniez, je ne vous tuerai pas plus que je n'ai tué le père Molloy ou votre cher détective ici présent.

— Et Mlle Appleton ? Et M. Galloway ?

— *À moins que vous ne m'y contraigniez*, ai-je dit. Ceux-là ne nous ont guère laissé le choix. J'aurais préféré les endormir, comme le prêtre, mais les circonstances en ont voulu autrement…

— Et les enfants qui sont derrière vous ? N'étaient-ils pas aussi innocents que votre fille et votre femme ?

— Il n'est pas innocent, celui qui porte le sang de Dagda dans ses veines.

Lorraine secoua la tête.

— Que leur reprochez-vous ?

— Vous le savez très bien, mademoiselle. Depuis des siècles, les enfants de Dagda veulent empêcher le réveil de Celui qui Marche dans le Temps. Ils ont même essayé de l'anéantir en faisant tomber du ciel leur météorite.

Sans le vouloir, Lorraine éclata d'un étrange rire nerveux.

— Vous n'êtes pas sérieux ? Vous croyez à ces foutaises ? Vraiment ? Vous croyez que Croatoan est un dieu ?

— Il n'est pas un dieu. Il appartient seulement à une espèce différente de la nôtre. Bien plus puissante, et bien plus ancienne…

— Bien sûr ! se moqua Lorraine, qui peinait à croire que son interlocuteur était sincère. Et là, il dort tranquillement sous la mer, au large de Blackmore, c'est cela ?

L'antiquaire pencha la tête, comme s'il était véritablement étonné.

— Vous n'avez pas compris, mademoiselle. Croatoan ne dort pas au large de Blackmore. Croatoan *est* Blackmore. C'est une partie de lui, en tout cas. Le corps du Grand Ancien s'est éparpillé dans les océans, il y a fort longtemps. Je pensais que vous l'aviez saisi, en découvrant les gouffres dans les souterrains…

— Ah ! Ce seraient ses branchies ? persifla Lorraine.

— C'est un peu plus compliqué que cela, mais, oui, en quelque sorte. Les enfants de Dagda ont cru pouvoir empêcher son réveil en plaçant leurs forts au-dessus des bouches principales, mais c'était peine perdue. Contrairement à vous et moi, Croatoan n'a pas besoin d'air pour se réveiller…

— Tiens donc ! C'est pratique ! Et de quoi a-t-il besoin, alors ?

— Il se nourrit d'hormones humaines. En particulier celles du cortex surrénalien. Celles qui rendent si agressifs les faibles êtres que nous sommes. Chaque nouvel épisode de violence sur l'île le réveille un peu plus.

— Je… Je…

Lorraine se mit à rire de nouveau, incapable de finir sa phrase. Elle croyait rêver. Était-elle encore sous les effets hallucinogènes de l'encens ?

— Vous avez parlé de tout cela à votre ami, le Dr McCann ? lança-t-elle dans un soupir. Je suis sûre qu'il pourrait vous accueillir à Bragbury pour un petit séjour…

— Callum est un imbécile. Allons, ne m'en voulez pas, Lorraine, mais j'ai encore beaucoup de choses à faire, ce soir, je vais devoir vous endormir à votre tour.

Pointant sa canne-épée vers la jeune femme, il avança lentement dans sa direction.

— Ne vous inquiétez pas. Vous aurez tout oublié quand vous vous réveillerez.

— Attendez ! s'exclama Lorraine alors que la pointe de la lame affilée n'était plus qu'à quelques centimètres de sa gorge. Puisque je vais tout oublier, ayez au moins la bonté de m'expliquer : pourquoi les avez-vous disséqués ? Qu'est-ce que vous cherchez ?

L'antiquaire s'arrêta et la dévisagea. Il sembla hésiter avant de répondre.

— Les enfants de Dagda ont... un secret. Quelque chose dans leur corps qui les protège. Dans leur sang, dans leurs yeux, dans leur cœur, je ne sais pas...

— Ah ! Je vois ! affirma-t-elle d'un ton faussement sérieux. En réalité, vous êtes simplement jaloux, n'est-ce pas ? Vous vouliez en être ? Vous espériez faire partie du club, peut-être ? Mais vous n'aviez pas les bons yeux ?

À ces mots, le visage de l'antiquaire se métamorphosa. Ce fut comme si un nuage sombre s'était posé sur lui, et ses traits gracieux se muèrent en une expression de colère.

Baissant la canne-épée devant lui, il leva l'autre bras et braqua le pistolet sur Lorraine.

Aussitôt qu'elle vit l'index de Steve Stevens presser la détente, la jeune femme, foudroyée de terreur, ferma les yeux et hurla.

Elle hurla longtemps.

Et pourtant, la détonation ne vint pas.

Lorsque, perplexe, Mlle Chapelle rouvrit les yeux, elle vit la figure hébétée de l'antiquaire, dont le corps oscillait doucement.

Lentement, il ouvrit les doigts de sa main gauche, laissant tomber sa canne-épée, et vint toucher sa poitrine, à l'endroit où une tache rouge était en train de grossir sur la soie blanche de sa chemise.

Et puis, d'un coup, ses yeux se révulsèrent, et il s'effondra sur le sol, inanimé.

Lorraine, bouche bée, vit alors apparaître la silhouette d'un jeune garçon. Elle le reconnut sans peine. C'était celui qu'elle avait aperçu le soir de son arrivée sur l'île. Et plusieurs fois depuis. Celui qui avait désigné Stevens sur la buée d'une fenêtre. Gabriel Donahue, dont la grand-mère venait de trouver une mort violente au cœur de l'explosion.

Dans sa main, il tenait un poignard. L'un de ceux qui avaient servi à la célébration. D'un geste nonchalant, il le jeta au loin, puis il posa son regard sur Mlle Chapelle.

— Va-t'en, Lorraine ! lança-t-il. Contrairement à nous, tu n'es pas obligée de rester, toi.

Incapable de parler, la jeune femme le dévisagea, les yeux écarquillés. Elle n'était pas sûre de comprendre ce qu'il avait dit, ou tout au moins de savoir y lire entre les lignes.

Le garçon lui lança quelque chose comme le plus triste des sourires, et puis, dans un souffle, il tourna les talons et partit en courant.

— Attends ! cria Lorraine en se redressant.

Mais il était déjà loin.

Dans le ciel, la dernière colonne de fumée se dissipa sous les rayons de lune.

Épilogue

Un mois avait passé quand, au soir du 30 novembre 1925, bras dessus, bras dessous, Lorraine et Edward sortirent du *Grasshopper's Inn*, le pub où ils se rendaient désormais chaque jour, au cœur de Saint-Hélier.

— Avez-vous réservé votre retour à Paris, mademoiselle ?

La jeune femme haussa les sourcils d'un air étourdi.

— Oh, flûte alors ! J'ai encore oublié ! Misère ! Vous allez devoir me supporter une semaine de plus, mon petit morse encapuchonné !

— Mais qu'elle est bête ! Qui sait, il se trouve peut-être chez vous une lettre d'Edmond Locard qui vous offre un poste à son laboratoire de police scientifique ?

— Ne m'aviez-vous pas proposé vous-même une place dans votre agence ?

— Tiens donc ! Vous viendriez à Canterbury ? Vous, la Parisienne ? Avec vos petites chaussures salomé et votre chapeau cloche ?

— Je pourrais ouvrir une succursale à Londres !

— Comme détective de l'étrange ? se moqua Pierce.

— Ah non ! *Lorraine Chapelle, détective de la raison pure !*

Au fil des jours, tous deux avaient retrouvé quelque sérénité, et ils riaient de bon cœur ce soir-là, en marchant vers l'hôpital de Jersey.

Une semaine après la *tuerie de Pennygarth*, comme l'appelaient les journaux, le gouverneur de Blackmore leur avait enfin donné l'autorisation de quitter l'île pour rejoindre Jersey, où le Dr McCann avait obtenu que le père Molloy fût transféré, afin d'y recevoir les soins du meilleur hôpital de l'archipel.

L'affaire, bien sûr, avait fait couler beaucoup d'encre, et les articles, quoique sur un rythme moins soutenu, continuaient de paraître, alors que chacun y allait de sa nouvelle explication. Celles d'Edward et de Lorraine, d'ailleurs, différaient grandement, et ils avaient passé de longues soirées à se disputer pour savoir lequel des deux voyait juste : celui qui laissait une place au mystère, ou celle qui n'ouvrait sa porte qu'à la raison. La version du gouverneur Glover, quant à elle, était des plus épurées : sous la houlette de M. Stevens, un groupe de désaxés s'était livré à des crimes odieux sur les membres d'une petite congrégation religieuse. Et c'était tout. Les quatre coupables – l'antiquaire, le fils Gaudion et deux marins – étaient tous morts ; l'affaire était close.

Arrivés à l'hôpital de Jersey, fidèles à leur rituel quotidien, les deux acolytes saluèrent l'infirmière de l'accueil et montèrent au deuxième étage, vers la chambre du père Molloy. Malgré les soins que lui prodiguaient les plus grands médecins de Jersey, le prêtre n'était toujours pas sorti de sa catatonie, et l'espoir qu'il puisse un jour recouvrer ses esprits diminuait comme peau de chagrin à chaque nouveau diagnostic.

Ils étaient parvenus au milieu du couloir quand une apparition arrêta les deux amis dans leur marche.

Devant eux, s'appuyant sur le bras de son irremplaçable Arnold, sir Ronald Waldon sortait de la chambre du prêtre.

Lorraine et Edward échangèrent un regard perplexe, puis s'avancèrent vers le vieux lord.

— Ah ! s'exclama celui-ci en souriant, les yeux perdus dans le vide. Ne seraient-ce point les pas de ma douce Lorraine et de son détective préféré ?

— Si, Monsieur, répondit le *butler*. Les voici qui arrivent.

— Que faites-vous là ? demanda Lorraine, plus sèchement qu'elle ne l'eût voulu.

— Eh bien, nous sommes venus rendre visite à ce bon père Molloy, pardi !

— Vous auriez pu nous prévenir ! rétorqua Mlle Chapelle.

— Nous... Nous vous aurions invités à dîner, ajouta Pierce pour arrondir les angles.

— Dites donc, vous ne manquez pas d'air, mademoiselle ! s'amusa le vieillard. N'est-ce point vous qui me traitez comme un étranger depuis que votre enquête a pris fin ?

Lorraine poussa un long soupir.

— Je suis désolée, lâcha-t-elle. J'ai préféré respecter votre deuil et me faire discrète.

— Tss, tss ! Lorraine ! En quoi disparaître à votre tour pourrait m'être d'une quelconque aide pour traverser mon deuil ? Allons ! Si vous avez quelque chose sur le cœur, dites-le maintenant, ou taisez-vous à jamais !

— J'ai pensé que vous épargner mes reproches dans un moment pareil était sans doute une meilleure idée...

— Vos reproches ? Quels reproches ? la pressa Waldon.

Edward, qui n'avait pas lâché le bras de Mlle Chapelle, le serra un peu plus fort et lui adressa un regard entendu, comme une menace et une invitation à se taire. La jeune femme, forcément, déclina l'invitation.

— Vous étiez peut-être les victimes dans cette sombre affaire, mais vous êtes, au fond, aussi coupables, tous autant que vous êtes ! Combien de vies gâchées au nom de vos croyances ridicules ? Combien d'enfants sacrifiés par votre prosélytisme religieux ?

— Mais, enfin... De qui parlez-vous, Lorraine ? s'offusqua le lord.

— Des enfants de Dagda, sir ! Vous en faites partie, et vous avez entraîné Margaret dans cette folie !

Le visage du vieil homme s'assombrit, tandis que ses deux poings se fermaient sur le pommeau de sa canne blanche.

— Vous vous trompez, ma chère. J'ai quitté les enfants de Dagda aussitôt que j'ai eu atteint la majorité, et je me suis enfui de Blackmore, loin de mes parents et de tout cela. Et sachez que Margaret, paix à son âme, n'en faisait point partie ! Je l'en ai préservée, au grand dam de cette vilaine Donahue ! Le seul tort de ma pauvre Meggy fut d'avoir hérité de mes yeux, ce qui a visiblement incité M. Stevens à la prendre pour une adepte !

Sous le coup de la surprise, les traits de Mlle Chapelle s'adoucirent quelque peu.

— Peut-être auriez-vous dû l'emmener loin de tout cela, dans ce cas...

Le vieil homme eut un petit rire nerveux, derrière lequel se devinait une profonde tristesse.

— J'aurais tant aimé. J'avais pourtant fait en sorte qu'elle grandisse loin de Blackmore, elle aussi. Malheureusement, la mort de ses parents en a voulu autrement... Mais allons ! C'est du passé, tout cela ! Bigre, je suis fatigué. Prenez soin de vous, Lorraine. Et vous, monsieur Pierce, merci de veiller sur elle. J'espère que vous passerez me voir quand vous serez dans de meilleures dispositions.

Mais Mlle Chapelle s'était figée quelques phrases plus tôt. Les lèvres tremblantes, elle regardait le vieil homme.

— *Elle aussi ?* Comment ça, *elle aussi* ? marmonna-t-elle, interdite.

Plutôt que de lui répondre, sir Ronald Waldon donna une petite tape sur le bras de son *butler.*

— Allons-y, Arnold, je suis fourbu.

Embarrassé, le serviteur adressa une révérence à Lorraine et Edward, puis accompagna le vieux lord vers le bout du couloir.

La jeune femme, sonnée, attrapa l'épaule du détective.

— Il a bien dit « elle aussi », n'est-ce pas ? Qu'est-ce... Qu'est-ce qu'il a voulu dire ?

Pierce haussa les épaules, fort mal à son aise.

— Eh bien, je ne suis pas sûr, peut-être que...

Il fut interrompu par l'appel qui résonna juste derrière eux :

— Edward ? C'est toi ?

Abasourdi à son tour, le détective se tourna vers la chambre du père Molloy.

— Edward ?

Par quelque miracle, peut-être, le prêtre s'était enfin réveillé !

Les deux acolytes se précipitaient dans la chambre de Pat Molloy quand, à des kilomètres d'ici, par-delà les flots tempétueux de la Manche, une ombre sournoise apparut sur une crique de l'îlot de Bragbury.

Dans la lueur argentée de la lune, au détour d'un rocher, le visage de Phil Sadler se dessina, dégoulinant d'eau salée.

Nu comme un ver, le corps décharné, le peintre posa les mains sur le granite, et on eût dit qu'il l'embrassait.

Ses yeux, alors, étincelèrent, et sa voix rauque se mêla au bruit lancinant des vagues.

— Croatoan, murmura-t-il. Croatoan…

Dans le lointain, ses paroles s'envolèrent au-delà du murmure des brumes.

FIN

Postface : Hommage à l'oncle Pierre

Tout comme la série des *Enquêtes de Gabriel Joly*, ce roman aux accents lovecraftiens se veut un hommage à la littérature populaire en général, et plus particulièrement aux romans-feuilletons et aux nouvelles des *pulp magazines* de la première moitié du siècle dernier. Mais ces livres sont aussi, plus intimement, une révérence adressée à la mémoire de « l'oncle Pierre ».

Disparu dix mois après ma naissance, je n'ai jamais connu mon grand-oncle, Pierre Lœvenbruck, mais sa personnalité, sa carrière et son œuvre ont bercé de livres mon enfance et mon adolescence. On me demande souvent comment et pourquoi je suis devenu écrivain. Il est difficile de savoir comment un jour on en vient à prendre la plume et à vouloir en faire carrière, mais j'ai toujours pensé qu'il y avait, dans mon cas, un petit peu de génétique derrière tout cela…

Je me souviens encore des heures magiques que je passais, gamin, à feuilleter les vieux bouquins de mon grand-oncle, nichés à l'abri de la lumière, dans le tiroir du bas de la grande armoire paternelle. De vieux romans populaires aux pages jaunies, publiés dans les collections légendaires des éditions Tallandier, avec leurs sublimes couvertures peintes à la main par le grand Maurice Toussaint, et leurs titres qui, déjà, respiraient l'aventure : *Le Secret de l'Antarctide*, *Les Compagnons du dragon noir*, *Les Pionniers de Fachoda*, *La Vengeance du fétiche*, *L'Idole à la lance d'or*… Ces titres, l'odeur du vieux papier, la poussière qui en tombait à chaque page tournée, tout concourait à me donner le sentiment de tenir entre mes mains des trésors, et j'éprouvais une immense fierté à voir tantôt le nom familial imprimé sur ces couvertures (avec l'*e* dans l'*o*, s'il vous plaît), tantôt ces myriades de pseudonymes que je pensais être le seul à pouvoir décrypter : Demousson, Blénod, Maidières…

Mon adorable et fantasque progéniteur me parlait souvent de l'oncle Pierre, avec lequel il avait partagé des liens profonds, et un certain amour pour la pitrerie. C'était la célébrité de la famille mais, surtout, un personnage haut en couleur : consul de France, résistant, officier de la Légion d'honneur, grand voyageur, auteur couronné par l'Académie française, ami de Claudel, de Kessel, de Mac Orlan. Mon grand-père (son frère) le tenait pour un épuisant fantaisiste. Mais moi, sacrebleu, je le voyais comme un héros d'un autre temps ! Une légende, un aventurier, et je crois bien que, toute ma vie, j'ai rêvé de ressembler à l'oncle Pierre.

Las, politiquement, il faut bien l'avouer, je pense que nous aurions eu quelques points d'achoppement. Pierre était un conservateur endurci, amoureux de la chose militaire, catholique pratiquant, et je pense qu'il aurait vu d'un assez mauvais œil le vilain objecteur de conscience agnostique que la vie a fait de moi. Philosophiquement, toutefois, nous aurions sans doute partagé une certaine foi en la perfectibilité de l'homme. Quoi qu'il en fût, combien j'aurais aimé pouvoir échanger avec lui, ce baroudeur élégant, cet homme érudit et curieux, ce résistant de la première heure, cet amoureux des littératures populaires, et qui, en outre, semblait posséder un sacré sens de l'humour.

La vie m'a appris une triste chose : la reconnaissance a la mémoire courte. Les auteurs populaires n'échappent guère à l'adage. Quel qu'ait été leur succès (le sien fut énorme, et sa production gargantuesque), ils tombent facilement dans l'oubli. La plupart de ses textes, il faut l'admettre, ont quelque peu vieilli. Nous dirons qu'ils conservent un charme désuet. Mais, fichtre, avec une telle carrière, l'oncle Pierre n'a même pas sa page Wikipédia (à bon entendeur…) ! Vous me pardonnerez donc d'éprouver ici le besoin viscéral de lutter contre l'oubli et de vous faire connaître la vie mouvementée et l'œuvre foisonnante de Pierre Lœvenbruck. Il était de la trempe de ces grands hommes, ces Romain Gary, ces Joseph Kessel, qui conciliaient un parcours professionnel d'une grande richesse avec une production littéraire faramineuse et un engagement patriotique des plus honorables.

Avant de vous présenter son incroyable biographie, permettez-moi une anecdote amusante, qui démontre que le statut de consul de France n'empêche nullement la fantaisie…

Pour la communion solennelle de mon père, l'oncle Pierre, qui adorait son neveu, décida de lui offrir un étrange cadeau. Ce matin-là de 1950, mes grands-parents eurent la surprise de voir arriver un cocher au bas de l'immeuble, qui conduisait… un âne ! « C'est un cadeau de M. Pierre Lœvenbruck pour votre fils, madame. » Un âne ! Dans la capitale ! Pour un petit garçon de onze ans ! Mon grand-père, furieux, renvoya l'animal à son expéditeur. Vexé, l'oncle Pierre revint deux jours plus tard avec un cadeau moins encombrant, mais tout aussi déconcertant : un fusil de chasse ! De guerre lasse, mon grand-père ne put refuser une seconde fois le présent fait à son fils et emmena donc mon père dans le jardin de leur petite maison de campagne, à Aigleville, où il entreprit de le faire tirer allègrement sur son mobilier d'enfant. Embrassant volontiers ce singulier rituel de passage à l'adolescence, mon père se fit une joie de détruire un par un ses petits meubles bleu pastel avec la carabine de l'oncle Pierre, qui trône toujours aujourd'hui dans la maison familiale.

Aussi, si vous le voulez bien, partons maintenant avec ce curieux ancêtre, auteur des *Captifs de la Vierge rouge*, pour des voyages extraordinaires sur terre, sur mer et dans les airs !

Pierre Marie Joseph Lœvenbruck, né le 2 avril 1891 à Pont-à-Mousson – fief historique de la famille –, est le fils de mon homonyme et arrière-grand-père Henri Lœvenbruck et de Marie Noël. Il grandit avec ses parents, sa petite sœur Jeanne et leur petit frère Émile (mon grand-père) dans la quincaillerie familiale, sise 19, place Duroc, à Pont-à-Mousson.

Le chef de famille, Henri, tient en effet ce beau commerce qui jouxte l'hôtel de ville, une adresse de choix, et ses revenus très honorables permettent à la famille de vivre confortablement. Sur les vieilles cartes postales, on retrouve aisément la trace de cette quincaillerie Lœvenbruck-Noël, qui – un signe ? – était installée à côté de la célèbre librairie Reboulet.

L'adolescence venue, Pierre fait ses études classiques au lycée de la Malgrange, institution privée de la banlieue nancéenne, puis s'inscrit à la faculté de droit de Nancy.

En août 1914, alors que la Première Guerre mondiale éclate, du haut de ses vingt-trois ans, ce jeune homme promis à un brillant avenir est mobilisé au 269e RI, avec le grade de sergent. Dans *Ceux de la réserve*, il relatera sa campagne d'août à octobre 1914, date à laquelle il fut capturé. Dans *Bouches inutiles*, il racontera ensuite ses quatre années de captivité, dont il conservera à la fois une haine farouche pour les « boches » et une admiration résignée pour leur puissance militaire. Emprisonné en Suisse, il rencontre une infirmière autochtone qui lui sauve la vie, alors que les Allemands l'avaient laissé pour mort : Maria-Antonia Kressig. C'est le coup de foudre. Il ne l'oubliera pas.

Après la guerre, Pierre se présente au concours du ministère des Affaires étrangères et sa réussite lui permet d'obtenir rapidement des postes prestigieux. Il s'installe alors à Paris, au 116, rue de la Convention, dans le XVe arrondissement, où il prend à l'entresol un petit appartement, qu'il gardera comme pied-à-terre jusqu'à sa mort. J'ai passé une bonne partie de mon enfance et de mon adolescence dans cet immeuble, puisque mes grands-parents s'installèrent juste au-dessus de lui. Je me souviens encore quand, étudiant en hypokhâgne au tout proche lycée Blomet, j'allais déjeuner chez ma grand-mère, et que celle-ci me parlait de son ancien voisin du dessous, ce beau-frère un peu farfelu et à la vie si romanesque.

De 1919 à 1920, il est vice-consul à Berne, en Suisse, où il retrouve enfin ladite Maria-Antonia Kressig, qu'il épouse. Il poursuit sa carrière de vice-consul à Hambourg, à Copenhague, puis revient à Paris en 1922. Il est alors nommé au ministère des Affaires étrangères comme rédacteur au Bureau du chiffre. Inutile de vous dire, pour ceux qui ont lu mon roman *J'irai tuer pour vous*, que j'ai beaucoup souri en découvrant que mon grand-oncle avait fricoté avec le 2e Bureau, chargé du contre-espionnage pour la région parisienne, puis avec le SDECE, tous deux ancêtres de la DGSE…

En 1923 – alors que Lorraine Chapelle entreprend ses études de criminologie –, Pierre est nommé à la direction politique de l'Administration centrale. C'est pendant cette période qu'il commence à publier, sous pseudonymes, ses premiers romans populaires, à un rythme infernal, et avec succès. Polars, romans d'aventures, romans fantastiques, romans d'anticipation, romans d'amour, tout y passe !

Puis vient la Seconde Guerre mondiale. Attaché au contrôle des étrangers en 1940, avec l'aide du colonel Mengès, du 2e Bureau, et du lieutenant-colonel Schlesser, chef du 5e Bureau, Pierre entre dans la Résistance. Certains de ses livres ayant été inscrits par les Allemands sur la liste Otto des ouvrages bannis, il est rapidement dans le collimateur. À partir de juin 1942, il devient attaché aux services centraux de la Résistance, à Lyon, au service des faux papiers : il fournit aux insurgés de fausses cartes de vivres, de tabac, de textile, de faux livrets militaires, visas, passeports (on peut imaginer d'ailleurs qu'il y rencontra le beau-père de mon bien-aimé confrère Niko Tackian, un certain Adolfo Kaminsky, le « faussaire du siècle » qui mit ses talents au service de la Résistance).

Très vite, Pierre prend lui-même la direction du service du chiffre, dans un bureau clandestin situé 46, rue Auguste-Comte, à Lyon. En septembre 1943, il s'engage dans la France Combattante, sous les auspices du commandant Hettinghausen, jusqu'à ce que Londres, en octobre 1943, le nomme chef du réseau Froment. Six mois plus tard, le 9 mars 1944, il est arrêté par la Gestapo, enfermé à Fresnes, et n'est libéré que grâce à l'intervention amicale d'un diplomate allemand (un certain M. Kieffer – grâces lui soient rendues) qu'il avait connu à l'ambassade d'Allemagne, avant la guerre.

Pierre, « grillé », est obligé de se faire discret et de prendre ses distances. Malheureusement, dénoncé pour la persistance de ses relations avec l'Armée secrète, ces charmantes personnes de la Milice l'arrêtent de nouveau, le 15 juin 1944, et l'enferment au Petit Casino de Vichy, avant de le remettre à la Gestapo le 20 juillet. Interné à Moulins, il sera heureusement libéré par les FFI, le 25 août 1944.

Pour ces faits, il sera remercié par le général de Gaulle, cité à l'ordre du corps d'armée le 22 octobre 1947, et il recevra la croix de guerre, avec étoile de vermeil. La citation explique qu'il « a assuré, dans des circonstances de plus en plus difficiles et périlleuses, durant trois années, la liaison entre des groupements de résistance et des réseaux de la zone nord et de la zone sud. Il n'a cessé, durant un long séjour dans les cellules de la Gestapo, d'être pour tous ses camarades un magnifique exemple de patriotisme et de courage ». Diantre, à cette époque, se dire patriote, ce n'était pas une simple posture électorale, et je vois bien des patriotes autoproclamés d'aujourd'hui qui auraient très certainement garni davantage les rangs de la Milice que ceux de la Résistance… Bref…

Après la guerre, Pierre Lœvenbruck reprend sa carrière diplomatique ; il est nommé consul général à Bâle, dans la Suisse natale de son épouse. S'il abandonne peu à peu la fiction, il publie de plus en plus d'articles, notamment au *Monde diplomatique*. De retour en France au milieu des années 1950, il quitte soudainement sa carrière diplomatique pour se consacrer à l'une de ses plus grandes passions : la faune. Voyant arriver la soixantaine, il s'achète une petite maison dans la Somme et prend la direction du jardin zoologique d'Amiens. Profitant d'un rythme de vie beaucoup plus calme qu'au consulat, il retourne régulièrement dans sa Lorraine adorée. Puis, pendant sa retraite, il se met à écrire des essais, laissant de côté la littérature populaire.

Devenu commandeur de la Légion d'honneur, Pierre Lœvenbruck s'éteint à Paris le 4 décembre 1972, à l'âge de quatre-vingt-deux ans. Fidèle à sa terre natale, il repose dans le caveau familial, à Pont-à-Mousson.

Voilà ce qu'on peut appeler une vie bien remplie, n'est-ce pas ? Mais permettez-moi à présent d'abuser encore un peu de votre bienveillante patience pour vous dire quelques mots de son œuvre.

Quand l'oncle Pierre se lance dans l'écriture, en 1926, comme ce ne sont pas des romans très « sérieux » pour un vice-consul, il utilise deux pseudonymes (Pierre Demousson aux éditions Jules Tallandier, et Pierre Blénod aux éditions Ferenczi). Sous ces sobriquets, il publiera jusqu'en 1938 plus de quarante romans !

En 1930, voulant s'essayer à une littérature « plus sérieuse », il utilise pour la première fois son véritable patronyme pour un roman coécrit avec Pierre Hellin, *Les Cahiers du sergent Walter* qui, primé par l'Académie française, reçoit un joli succès public et critique. Puis, en 1930 et 1931, deux romans autobiographiques, *Ceux de la réserve* et *Bouches inutiles*. Ce dernier, prix du Souvenir, rencontra d'ailleurs un succès plus grand encore, avec neuf réimpressions consécutives, entre 1931 et 1932.

Poussant plus loin le jeu des pseudonymes, il publie en 1931 chez Tallandier *La Surprise*, un roman d'anticipation, prétextant qu'il s'agit d'un ouvrage allemand traduit en français. L'auteur supposé – un certain Oberleutnant Michel T. – y raconte la guerre de revanche préparée par l'Allemagne contre la France… Pour le moins prémonitoire !

À partir de 1932, soucieux de diversifier les genres auxquels il s'adonne, il utilise quatre nouveaux noms de plume : Pierre Maidières, Pierre Dukay, Georges Salin et Georges de Puvenel (cela vous dit quelque chose ?).

À partir des années 1950, il ne publie plus que chez de petits éditeurs, des titres plus confidentiels, consacrés à son amour de la faune sauvage, du cirque et de sa chère Lorraine, alors que ses anciens succès sont régulièrement réédités jusqu'au milieu des années 1960. Pierre Lœvenbruck a soixante-neuf ans quand il publie son dernier ouvrage, *Souvenirs d'un cor de chasse*…

Chacun des six pseudonymes de l'oncle Pierre avait sa logique éditoriale, selon qu'il était utilisé pour un polar, un roman fantastique ou un roman d'aventures, et chacun – comme cela se faisait beaucoup à l'époque – adressait un clin d'œil aux origines géographiques de l'auteur : sa chère Meurthe-et-Moselle. Ainsi, Pierre Demousson était bien sûr une référence à Pont-à-Mousson, sa ville de naissance, Pierre Blénod était un clin d'œil à Blénod-lès-Pont-à-Mousson, Pierre Maidières rendait hommage à cette banlieue homonyme, et Pierre Dukay à la rue du Quai, située à quelques pas de la quincaillerie familiale. Georges Salin renvoyait à Château-Salins, commune voisine, et Georges de Puvenel, enfin, à la forêt de Puvenel, qui borde Pont-à-Mousson.

On dit parfois qu'il n'y a pas de hasard dans la vie… Je ne saurais dire ce qui, dans ma vocation, relève de l'héritage et ce qui relève du hasard, mais toujours est-il qu'il n'est pas un seul de mes romans que je n'aie écrit sans penser à l'oncle Pierre. Comme lui, mon vœu le plus cher est d'emmener mes lecteurs sur les rives de la plus noble littérature qui soit, la littérature populaire ; celle qui nous tend la main pour nous emporter vers l'ailleurs, celle qui nous réunit par le frisson, le rire et les larmes, et qui sait nous tenir autant en haleine que le fit l'œuvre de Wilkie Collins pour cette chère Lorraine Chapelle !

Remerciements

J'ai commencé ce roman en septembre 2021, au soleil du Minervois, et l'ai terminé à Villejuif en janvier 2023.

Avant tout, je veux adresser mes remerciements affectueux à Maxime Chattam, ami de vingt ans et généreux accoucheur qui, quittant son manoir d'Edgecombe, m'a assisté lors de la naissance de la petite île de Blackmore, partageant le même amour (non sans les réserves idéologiques accoutumées) pour l'œuvre de H.P. Lovecraft, maître de Providence auquel ce livre est dédié.

Merci aussi à tous ces amis qui me portent chaque jour sur leurs épaules de géants : Fabrice Mazza, Yves Ragazzoli et ses joyeux Géromois, Renaud Séchan et sa troupe, la Ligue de l'Imaginaire, la fine fleur du ZCR, le Writers' Cthulhu et mes frères Spitfires.

Merci à Rémi Vandeplanque pour le coup de main nautique !

À mes parents, toujours, qui sont un exemple de générosité.

À toute l'équipe des éditions XO, sous le toit desquelles, en haut du mont Parnasse, j'ai trouvé avec bonheur une nouvelle famille. À Sarah Hirsch, éditrice formidable de patience, de bienveillance et d'opiniâtreté. Je crois pouvoir dire honteusement que jamais auteur ne lui en fit autant baver que moi sur cet ouvrage, et j'espère qu'elle trouvera dans ces quelques lignes la force de me pardonner. Et j'adresse aussi ma reconnaissance à notre correctrice érudite, Ève Sorin, tout aussi patiente et vigilante !

Un immense merci, enfin, à Tiphaine, adorable typhon, tout comme à mes trois incroyables enfants, Zoé, Elliott et Malo, qui rendent chaque jour la vie beaucoup plus belle.

Bibliographie documentaire

BLACK Adam et Charles, *The Channel Islands*, Black, 1889.

BONNARD Brian, *Alderney from Old Photographs*, Amberley, 2009.

CHAUVY Gérard, *Les Archives de la police scientifique*, Hors collection, 2013.

CLARKE Louisa Lane, *The Island of Alderney*, H. Brouard, 1851.

CONTY Henry de, *Îles Anglo-Normandes*, Guides Conty, 1904.

GILL Andrew, *Guernsey, Sark and Alderney in 1921*, Amazon, 2021.

JUAN Myriam, *Les Années folles*, Que sais-je ?, 2021.

LE NAOUR Jean-Yves, *1922-1929, les années folles ?*, Perrin, 2022.

MARION Philippe, *Petites histoires de la police technique et scientifique*, BOD, 2018.

MUCCHIELLI Laurent, *Histoire de la criminologie française*, L'Harmattan, 1994.

PARTRIDGE Colin et DAVENPORT Trevor, *The Fortifications of Alderney*, Alderney Publishers, 1993.

PINATEL Jean, *Histoire des sciences de l'homme et de la criminologie*, L'Harmattan, 2001.

POUCHAIN Gérard, *Promenade dans l'archipel de la Manche avec un guide nommé Victor Hugo*, Charles Corlet, 1985.

TIBBATTS Emily, AURIBEAU Philippe, LHOMME Tristan et PUIG Cyril, *Sciences forensiques & psychologies criminelles*, Sans détour, 2013.

Composition et mise en pages
Nord Compo à Villeneuve-d'Ascq

Impression réalisée par CPI BUSSIÈRE
Saint-Amand-Montrond (Cher), en février 2023

N° d'édition : 4929/01 - N° d'impression : 2069918
Dépôt légal : février 2023

Imprimé en France